湖南省报告文学学会

2017年度文学创

第一期湖南省报告文学作家研讨班在毛泽东文学院举行

湖南省作协党组书记、常务副主席龚爱林结合学习贯彻党的十九大精神，就文学创作中的文化自信问题为第一期湖南省报告文学作家研讨班学员授课

12月21日至27日，为期7天的第一期湖南省报告文学作家研讨班在毛泽东文学院举行，41名来自湖南各地的报告文学作家参加了培训学习。

报告文学紧扣时代主旋律，贴近实际、贴近生活、贴近群众，是文艺家“深入生活，扎根人民”的生动注解与诠释。新时期以来，湖南出现了一批又一批优秀的报告文学作品，涌现出了一批又一批勇敢投身于火热生活而卓有成就的报告文学作家与评论家，但近些年来，报告文学创作队伍出现队伍老化、青黄不接的局面。对此，湖南省作协高度重视，为积极推进报告文学人才队伍建设，特组织本次培训。

湖南省作协党组书记、常务副主席龚爱林在为学员授课时说，我们进入了中国特色社会主义新时代，新时代赋予文学创作新活力，注入新的能量。作为报告文学作家，一定要坚持文化自信，自觉把文学创作与国家、民族的命运结合起来，与人民和时代结合起来，深入生活扎根人民，不断推出讴歌党、讴歌人民、讴歌祖国、讴歌英雄的精品力作，与讲好中国故事、展现中国气派、弘扬中国精神结合起来。

湖南省作协主席、党组副书记王跃文在第一期湖南省报告文学作家研讨班开学典礼上讲话

湖南省作协党组副书记、主席王跃文在开学典礼时谈到，我们所处的这个时代是一个迫切需要报告文学、也能够产生优秀报告文学作品的时代，报告文学作家一定要认真学习并践行党的十九大精神，深入学习、认真落实习近平总书记文艺思想，与时代同行，与人民同心，坚持为人民服务、为社会主义服务这一根本方向。

研讨班邀请了李炳银、徐剑、王山、高伟、丁晓原、龚旭东、陈启文等全国知名评论家、作家、编辑家授课，学员反响强烈，收获颇丰。

领导和老师与学员合影

《2016湖南报告文学年选》在长沙首发

2017年1月19日下午,由湖南省报告文学学会选编、湘潭大学出版社出版的《2016湖南报告文学年选》在长沙首发

1月19日下午，由湖南省报告文学学会选编、湘潭大学出版社出版的《2016湖南报告文学年选》在长沙首发。中国作家协会名誉副主席谭谈，湖南省作家协会名誉主席梁瑞郴，湖南省作家协会党组副书记、湖南省报告文学学会会长游和平，以及来自全省各地的报告文学作家、评论家等70多人出席会议。

《2016湖南报告文学年选》集中梳理和归纳了2016年度湖南报告文学作家创作成果。该年选的作品从全国数十种文学期刊和公开出版的湖南报告文学作家的作品中几经遴选，收录了余艳、杨华方、胡启明、彭晓玲、甘建华、杨少波、欧阳伟、纪红建、阮梅、韩生学、张雄文、王杏芬、何宇红、聂元松等人的14部(篇)作品，共计28万字。既有历史题材，也有现实题材;既有宏大叙事，也有微观表达;既有在重要文学评奖中获奖的精品，也有在重要文学报刊发表的优秀作品，以及在重要文学选刊上转载的佳作。不少作品发表后产生了良好社会影响，受到文学界广泛关注。

游和平表示，编辑出版《湖南报告文学年选》，是湖南省报告文学学会为繁荣发展文学事业设立的一项重点工程，旨在集中展示作家创作成果，促进文学精品创作，为广大读者和文学评论工作者研究湖南报告文学和报告文学作家作品提供系统、翔实的资料。

“湖南报告文学作家身上无不体现着脚踏实地、霸蛮吃苦的湖南人性格，在历史感和当代性之间做自觉融合，面对大主题和小题材能得体把握，文本践行着报告文学‘文章合为时而著’的文体担当，彰显了强大的道德情感力量。”游和平介绍，2016年，湖南报告文学作家在《人民文学》《中国作家》《当代》《北京文学》《啄木鸟》等名刊发表长中短篇报告文学20余篇，出版长篇报告文学近10部，“期盼看到报告文学作家放下功利、秉笔直书、敢写敢为，有对深层问题进行分析的勇敢和能力，从本质上做到‘胸中有大义、心里有人民、肩头有责任、笔下有乾坤’”。

首届“湖南省青年报告文学作家论坛”在长沙举行

湖南省作协党组副书记、毛泽东文学院管理处主任、湖南省报告文学学会会长游和平在首届“湖南省青年报告文学作家论坛”上讲话

8月25日至26日，由湖南省报告文学学会主办的首届“湖南青年报告文学作家论坛”在长沙召开。

湖南省作协党组副书记、毛泽东文学院管理处主任、湖南省报告文学学会会长游和平出席论坛并讲话，论坛由青年报告文学作家曾散和报告文学评论家黄菲蒂主持。

据了解，“湖南青年报告文学作家论坛”作为年度论坛，每年下半年举行，旨在为全省青年报告文学作家搭建一个共商报告文学采访创作、编辑出版、理论批评、经验交流及其他相关问题的对话平台，催生出更多真正为人民喜闻乐见的优秀报告文学作品，积极有效地推进湖南青年报告文学作家队伍的蓬勃健康发展。

本届论坛主要包括主题发言、集体探讨、现场对话三个板块，重点探讨了“以报告文学的方式，积极响应时代号召”“如何讲好湖南故事、弘扬湖南精神、传播湖南声音”“青年报告文学作家创作过程中的困惑、迷惘与希望”等问题，集思广益，交流创作经验，收到论文20多篇，取得了丰硕成果，为广大青年报告文学作家进一步明确创作方向、激发创作热情和推进湖南报告文学事业健康繁荣发展将会发挥积极影响。

游和平指出，本届论坛是湖南省报告文学学会成立以来举行的首次论坛，报告文学作为“文学的轻骑兵”，青年报告文学作家更是培育和践行社会主义核心价值观的生力军，也是弘扬主旋律、传递正能量的先锋队。举办此次论坛，目的是共同探讨报告文学的创作方向，激励创作热情，响应时代号召，增强青年报告文学作家为人民写作的使命感、责任感，扩大湖南报告文学作家队伍在全国的影响。

湖南省作协副主席、湖南省报告文学学会常务副会长余艳，湖南省作协组联部主任娄成，湖南省报告文学学会常务副会长章罗生，湖南省报告文学学会副会长龚盛辉、欧阳伟以及省内报告文学作家和出版社专家蒋海文、黎晓慧、周熠、韩生学、王杏芬等出席论坛并作指导。

来自全省各地的青年报告文学作家纪红建、王丽君、何宇红、杨丰美、尹红芳、李伟、艾红光、蒋石林、郭红艳、冯祉艾、张雪云、王芳、易郅力、刘琼等30余人参加。

5 月 23 日，中国作协会员深入学习贯彻习近平总书记文艺工作座谈会重要讲话湖南省培训班开班，学会组织部分班子成员参加

《湖南报告文学》编务会掠影

8 月 5 日至 8 月 9 日，部分报告文学作家亲临扶贫开发一线，走进武冈，采访"扶贫典型"，展现湖南脱贫攻坚的感人事迹

10 月 14 日，湖南省司法厅联合湖南省报告文学学会、湖南法治潇湘文化公司组织学会 10 位作家走进湖南省女子监狱与湖南省坪塘强制隔离戒毒所进行采访，了解"情暖高墙·关爱孩子"联合帮扶工作

韩生学长篇报告文学《中国失独家庭调查》新书发布会在京举行

长篇报告文学《中国失独家庭调查》作者韩生学在新书发布会上

2017年4月15日，由中国人民公安出版社主办、群众出版社和《啄木鸟》杂志社承办的长篇报告文学《中国失独家庭调查》新书发布暨签名售书活动在北京举行。

中国人民公安出版社党委书记、社长闫继忠，中国人口福利基金会原理事长、中国计生协会原副会长苗霞，中国人民公安出版社副总编辑阎新瑞，民政部中民社会救助院副院长、中华志愿者协会常务理事刘红尘，全国优秀志愿者、中华女子学院家庭发展研究中心执行主任张静，河北省保定市恒爱家园顾问、失独老人代表王云龙，以及北京高校师生、读者等各有关方面的人士近200人出席了本次活动。

《中国失独家庭调查》系作者韩生学经过两年多时间采访而写成的一部全面反映失独家庭的报告文学作品。作品从各个不同的侧面，全方位展示了失独之因、失独之痛、失独之殇、自救之举、社会关注、人民关爱、政策关怀，是一部对三十多年独生子女政策回眸与反思的思辨之作，是一部真实记录失独生存状况的"史记"之作，是一部感恩亲情、舐犊情深的沥心之作。它能够帮助读者了解一段历史、记住一个时代、唤醒一份爱心、关注一批家庭、关爱一批老人、温暖一个社会。

韩生学长期在计生部门工作，现为湖南省怀化市卫生计生委副调研员，湖南省作家协会会员，湖南省报告文学学会理事。著有《女孩，你别哭》《生命的太阳》《三十年，我们这样走过》等作品，作品被先后收入《新华文摘》《21世纪年度报告文学选》《中国纪实文学年度

长篇报告文学《中国失独家庭调查》新书发布会现场

佳作》《中国报告文学精选》《湖南报告文学年选》等多个选本。多次获奖，其中《女孩，你别哭》获得中华人口文化奖。

发布会由《啄木鸟》杂志社社长张曙主持。中国人民公安出版社副总编辑阎新瑞代表主办方致辞，他高度评价《中国失独家庭调查》是一部有角度、有态度、有温度、有力度的优秀作品。刘红尘、张静、王云龙以及大学生代表、中华女子学院健康管理系学生梁瑜倩等先后发言。《啄木鸟》杂志主编、本书的策划人杨桂峰介绍了策划过程和编辑心得。作者韩生学介绍了该书的创作情况并表达了感恩之情。他表示，人口安全是国家安全的基础，失独家庭的出现已在一定程度上威胁到人口安全，呼吁大家关注人口安全，关爱失独家庭，期待美丽中国失独不失爱。

王杏芬长篇报告文学《青春·缪伯英》研讨会在长沙举行

长篇报告文学《青春·缪伯英》作者王杏芬在研讨会上

6月20日，由湖南省报告文学学会主办，湖南人民出版社、湖南扬名文化传播有限公司协办的王杏芬长篇报告文学《青春·缪伯英》研讨会在长沙举行。中国作家协会名誉副主席谭谈，中国报告文学学会常务副会长李炳银，《中国作家·纪实》编辑部副主任汪雪涛，湖南省作家协会名誉主席、湖南省散文学会会长梁瑞郴，湖南省作家协会党组副书记、机关党委书记、毛泽东文学院管理处主任、湖南省报告文学学会会长游和平，湖南省作家协会副主席龚旭东、余艳、谢宗玉，湖南省作家协会组联部主任娄成，湖南省人民政府参事、人民银行湖南省分行原党委书记兼行长缪曼聪女士等领导出席会议并讲话，章罗生、龚盛辉、赵志超、方雪梅、奉荣梅、刘哲、贺秋菊、晏杰雄、胡勇平、欧阳伟、纪红建、黎晓慧、黄菲蒂、徐秋良、陆青明、彭晓玲、曾散、张雄文、何宇红、杨丰美等专家学者共40余人参加了会议。研讨会由湖南省作家协会党组副书记、机关党委书记、毛泽东文学院管理处主任、湖南省报告文学学会会长游和平主持。

《青春·缪伯英》由湖南人民出版社单行出版，报告文学作家王杏芬以严谨、客观、真实、生动的原则，结合梳理权威史料，整理采访独家素材，阐述了缪伯英怎样从懵懂少女成长为一个具有坚定社会主义理想的中国共产党党员，并对缪伯英的家庭成长环境以及求学经历做了全方位的深入解读，深度挖掘了缪伯英同志短暂而伟大的一生，剖析了缪伯英无悔的革命信仰和激荡的青春追求，是第一本全面系统地介绍我党第一位女共产党员缪伯英同志的传记类文学作品，也是提振民族精神，培养教育后代的极好教材。

与会专家学者在发言中认为，《青春·缪伯英》这部作品，是一个时代的青春书写。作者赋予“青春”二字多重意义。青春是主人公缪伯英的人生主题。青春不仅是主人公全部的人生岁月，更是一种血气方刚的精神状貌——有同学少年，书生意气之蓬勃；有为国为民，以身许国之壮烈。山河破碎之时，多少中国青年共赴国难，生死度外，因而，这种青春的精神就是一个时代的青年符号。作者又因对人物的爱与诚而以丰沛的情感投入创作，放下功利和技巧，其真挚写作的青春气息与全书的主题天然契合。

2017 年 6 月 20 日，王杏芬长篇报告文学《青春·缪伯英》作品研讨会在长沙举行

张雄文长篇报告文学《多是横戈马上行——野战主将粟裕》研讨会在长沙举行

长篇报告文学《多是横戈马上行——野战主将粟裕》作者张雄文在研讨会上

7月25日，由湖南省报告文学学会和株洲市文学艺术界联合会主办，株洲市作家协会协办的张雄文长篇报告文学《多是横戈马上行——野战主将粟裕》研讨会在长沙举行。中国作家协会名誉副主席谭谈，湖南省作家协会名誉主席、湖南省散文学会会长梁瑞郴，湖南省作家协会党组副书记、机关党委书记、毛泽东文学院管理处主任、湖南省报告文学学会会长游和平，湖南省作家协会副主席龚旭东、谢宗玉，湖南省作家协会副主席、株洲市作家协会主席万宁，湖南党史陈列馆馆长朱习文，湖南省作家协会组联部主任娄成等领导出席会议并讲话，章罗生、胡启明、龚盛辉、刘哲、纪红建、黄菲蒂等专家学者共30余人参加了会议。研讨会由游和平主持。

《多是横戈马上行——野战主将粟裕》由中国文史出版社单行出版，报告文学作家张雄文以简练、生动而客观的文笔，以华东野战军、第三野战军主将粟裕波澜壮阔的军事生涯为主线，再现了有“常胜将军”“无冕元帅”之称的粟裕传奇人生，还原了他智谋百出、谋无遗策，堪为“无双国士”的高超军事指挥才能和远见卓识，也展示了他为守护和平竭忠尽智、枕戈待旦的忠肝义胆。全书史料丰富，言必有据，特别是众多老部下和身边人士的回忆弥足珍贵。粟裕大将长子粟戎生中将亲自审订书稿，朱德元帅孙子朱和平少将撰写序言。著名作家、中国作协副主席谭谈亲笔题写书名。

2017年7月25日，张雄文长篇报告文学《多是横戈马上行——野战主将粟裕》研讨会在长沙举行

文艺扶贫力作——《乡村国是》出版新闻发布会暨研讨会在北京召开

长篇报告文学《乡村国是》作者纪红建在作品研讨会上

为迎接党的十九大胜利召开，9月27日上午，由国务院扶贫办政策法规司指导，国务院扶贫办全国扶贫宣传教育中心、中国作家协会创研部、中国报告文学学会、《中国作家》杂志社、湖南省作家协会联合主办，《中国扶贫》杂志社、湖南人民出版社、湖南省报告文学学会承办的长篇报告文学《乡村国是》出版新闻发布会暨研讨会在北京召开。全国政协常委、中国作家协会副主席陈建功，中国作家协会副主席何建明，中国作家协会书记处书记吴义勤，国务院扶贫办全国扶贫宣传教育中心主任黄承伟，以及范咏戈、张陵、李炳银、黄传会、梁鸿鹰、王山、何向阳、丁临一、刘玉琴、王跃文、李朝全、高伟、赵宁、杨晓升、汪雪涛、王国平、张健等专家学者共30余人参加了会议。国务院扶贫办全国扶贫宣传教育中心副主任刘晓山主持会议。

《乡村国是》由《中国作家》首发，湖南人民出版社单行出版。在国务院扶贫办全国扶贫宣教中心指导支持下，湖南籍青年报告文学作家纪红建耗时两年多，深入六盘山区、滇桂黔石漠化片区、武陵山区、秦巴山区、乌蒙山区、罗霄山区、闽东山区，西藏山南、新疆喀什等脱贫攻坚主战场，走过湖南、云南、甘肃、宁夏、新疆、贵州、广西、福建、重庆、四川、湖北、江西、安徽、西藏等14个省(自治区、直辖市)39个县(区、县级市)的202个村庄，实地采访了脱贫的老乡和当地扶贫工作者，带回了200多个小时的采访录音，整理了100多万字的采访素材。历时8个月整理、思考和创作，完成了这部近40万字的报告文学作品。该书全景式、纪实性呈现了中国脱贫攻坚的进程和成效，是用报告文学形式记载脱贫攻坚这一历史性事件的有益尝试和探索。

在中国共产党领导全国人民消除贫困，全面建成小康社会的伟大历史时期，这部现实主义文学作品，记录了百姓心声，描述了脱贫攻坚战取得的巨大成就，展现了我国人民在中国共产党领导下，追求幸福生活的决心与力量；向世界展现了我国在消除贫困事业上的担当精神及对世界的贡献。尤其在展现党的十八大以来我国精准扶贫的现实行动与重大进展，对于弘扬昂扬向上的社会主义核心价值观，具有特殊的现实意义。

与会专家学者认为，《乡村国是》是一部庄严厚重、气势恢宏的文艺扶贫力作，这部全景式地记述描写当代中国脱贫攻坚的作品，题材重大，视野开阔，内容丰实，温暖人心，堪称当代作家献礼党的十九大的一部佳作。书中用一个个真实、生动的故事展现中国脱贫攻坚取得的巨大成就，也呈现扶贫工作的艰巨性和复杂性，既真实、全面、生动地描述了我国扶贫工作取得的伟大功绩，也充满着思辨和温暖，是一部有历史纵深感和现场感、有血有肉的报告文学作品。

专家们还认为，《乡村国是》全景式描写共和国脱贫攻坚历史与现状的有血有肉的原创纪实文学作品，体现了大叙事与小故事相结合、历史背景与现实状况相结合、国家情怀与个人情感相结合、现实笔法与理性思辨相结合等鲜明特征。《乡村国是》展现了中国扶贫的力量，传达了中国贫困地区脱贫老百姓的心声，彰显了中国在全球减贫事业中的责任意识和担当精神。这是一部凝聚百姓心声，弘扬中国力量，抒写"中国梦"，充满民族自豪感和国家荣誉感的宏大叙事之作。

2017年9月27日，长篇报告文学《乡村国是》出版新闻发布会暨研讨会在北京召开

Reportage
报告文学

2017

湖南报告文学年选

游和平◎主编

湘潭大学出版社

《2017湖南报告文学年选》编辑委员会

在场写作的文体之力

——2017 年湖南报告文学综述

（代序）

黄菲蒂

步履匆匆又一年。在做 2017 年创作综述之时，我们回望近年来湖南报告文学创作之路，在历史和现实的坐标中寻其定位。2015 年以前的湖南报告文学创作尚处于一种自发自为的状态。除余艳、纪红建、龚盛辉等中青年作家有自己的代表作，并取得全国性影响之外，大多数作家仍处于摸索和学习阶段，题材和创作对象也相对狭隘。2015 年湖南报告文学学会成立是一个历史性转折点，学会给省内报告文学同道们搭建了更高更大的创作平台。两年来，彭晓玲、韩生学、张雄文、王杏芬、何宇红、熊立秀、胡勇平、欧阳伟、李万军等一大批报告文学新人涌现，并以较高的起点出现在全国报告文学领域。如果说 2016 年的湖南报告文学创作还是一种对文体谨慎艰难的维护，那么，作家们在 2017 年的写作中展示的是一个文体的自信。他们大多有了自己的园地，逐步选准自己的创作方向，从容不迫地在纪实文本中发声。作家们逐步拓宽题材限度，把握宏大题材的能力增强；叙事维度的有意识拓宽，让作品有意义的同时也有了更多的意味。从整体上看，近年湖南报告文学初步形成了自己独立的创作定位与特征：作品选题集中在红色历史、社会热点、民生、军事科技等题材领域；作家们心怀家国，写作态度真诚，有强烈的社会参与感，历史的宏大、细节的生动都是他们的忧乐之所系，有大历史背景，也有小人物声音。文本资料扎实，整体上朴实厚重，又不失精致细腻。这些特征在 2017 年的重要作品中即有充分体现。

大时代：纪实文体的在场写作

我们今天处在一个波澜壮阔、朝气蓬勃的时代。神州大地上每天都发生着翻天覆地的变化，身处时代的每个人的命运不可避免地打上了国家和时代的印记。

所有“国家”和“人民”故事的总和共同构成了最宏大壮丽也最细微生动的中国故事。习总书记号召文艺工作者“深入生活，扎根人民”，创作出更多“有筋骨、有道德、有温度的文艺作品，书写和记录人民的伟大实践、时代的进步要求，彰显信仰之美、崇高之美，弘扬中国精神、凝聚中国力量，鼓舞全国各族人民朝气蓬勃迈向未来”。就文学而言，也就是希望作家们关注现实，讲好中国故事，创作出真实记录时代、反映民生的作品来。由此我们欣喜地看到文学创作呈现出深度介入生活的态势，以及现实主义创作传统的回归，并逐渐再次成为文学主潮。落实在报告文学上，这种现实主义写作更为明显，也更加自信。直接介入生活的非虚构姿态本身就是报告文学的文体之本，是其本质和优势所在，大量切近国事和民生的优良之作纷纷涌现。近年来的纪实写作状况可以看作是纪实文体在二十世纪八十年代问题报告文学落潮之后的一次集体复兴。就连小说作家都不得不承认“这是一个非虚构的好时代”。与其说是作家选择了报告文学文体，不如说是时代选择了报告文学。我们从作品中明显感受到了二十世纪八十年代问题报告文学的精神风骨，其直面问题的勇气，拷问真相的决心，让我们又一次看到了纪实文本的力量。

其中2017年不得不提的一个最重要成就就是湖南作家纪红建的长篇报告文学《乡村国是》（2017年第9期《中国作家·纪实》首发，并于2017年9月由湖南人民出版社出版）。作品甫一发表，就被数百家媒体报道、评论与转载，多家购书网站卖到断货，引发了很大的社会关注。纪红建多年来行走山乡，关注底层，这次又把目光聚焦于贫困山区，把扶贫攻坚、精准扶贫、扶贫干部和受益于这一政策的地方及百姓纳入写作视野。作者把贫困与战胜贫困这一时代大主题放在对乡土生活的叙述中书写，把农村生活变迁和变迁中的农民生活展示出来。这无疑是在乡土中寄寓重大社会命题这一乡土文学经典叙事模式的继承。他历时两年多，行走在六盘山区等14个贫困片区，在39个县的202个村庄实地采访，最终完成了近40万字的这部长篇。

今天中国的乡土社会既面临农民就业、收入、农业发展等实际生存问题，又面临乡村伦理、乡村精神在现代化进程中消逝与重建的困境。作者在艰苦的田野调查中，走进多重复杂的乡土语境，忠实记录受益于扶贫攻坚政策而脱贫致富的山村变迁，以及在变迁中展露出来的乡土人情，试图从这种嬗变中探索和回答今天的某种乡土困境。在乡村生活凋敝，传统乡村伦理溃败日益严峻的今天，作者在这些偏远的土地深处，看到了久违的乡村伦理、乡村价值的存在。“十八湾老百姓没什么见识，但民心纯朴，路不拾遗，夜不闭户，人们讲义气，讲感情”，85岁高龄的老人要上山崖跟大家一起修路，说自己不参加对不起子孙后代；老伴儿和儿子都去世了的龙凤仙老人说自己是党员，坚持出工修路，否则内心惭愧；

因地形险要，全村男丁修路前交代好家事，如壮士远行一般，情景悲壮。“礼失求诸野”，顽强的生存意志，善良、奉献、牺牲的高贵人性在这些贫困的土地人身上闪光，这是不是乡土秩序和传统伦理的回归呢？精准扶贫政策是国家层面的王道，乡土中国的伦常美德则是更深的文化基因。这是一种拯救人心人性的道德力量，是世代不绝的民族精神。作家用脚步丈量着大地，每一个字句都真实有据，这是报告文学的文体生命，也是它最高贵的品质。在一切有关农村的想象和批判面前，报告文学作家只用凝结真情真心的文字默默回答，深沉稳重，如山如海。而这一切也早已超越了扶贫的单一范畴，走向文化的深处。

如果一件事既符合主流意识形态，又能表达民间声音，那一定是于国于民都有利的好事。“精准扶贫”即是这样一件家国之盛事。国之明，民之幸。纪红建以知识分子之笔赞颂了精准扶贫政策的伟大实绩，又传达了百姓的真实的感激之心。主流政治话语与底层民间立场在作品里得到了真实可信的自然融合，并形成了有力的知识分子表达。高扬的理想主义听到了来自土地的回声！立场的融合让作家有了更广阔的视野，作品展示了我国扶贫工作取得的伟大功绩，也关注到这一过程的艰巨和复杂性；既记述了山区人民战胜贫困的强大意志、生存智慧和牺牲精神，也对人性的弱点做了批判与反思。更难得的是，作者把写作视野伸展到生态移民、环境保护、教育发展、文化建设之上，使作品整体上获得了超越单一主题的广度与深度。

对脱贫攻坚、精准扶贫的书写，绝不仅仅只有一时一地的意义，他给当下艰难的乡村书写和乡村建设提供了精神、情感和思想上的某种经验，更是国家和民族发展的时代寓言。这样的写作有一种“为天地立心、为生民立命”的雄心壮志，是真正从传统中继承的家国情怀。

在获得大众关注的同时，评论家们也给予了作品很高的评价。白烨说：“该作是一部庄严厚重、气势恢宏的文艺扶贫力作，作品题材重大，视野开阔，内容丰实，也充满着思辨和温暖，是一部有历史纵深感和现场感、有血有肉的报告文学作品。”李炳银评价：“这是一个在全局视野下的宏大叙述，是作家携带着挚情进行的一次天下行走，也是作家将自己的报告文学创作融入到国家对人民温暖情感层面的认真写作。”丁晓原认为：“纪红建的《乡村国是》是本年度精准扶贫脱困题材的代表作。作品所写的是中国农村扶贫脱困的实景，呈现的正是实施重大国家战略取得的历史性成就。”《乡村国是》也因此在众多作品中脱颖而出，入选“2017年中国报告文学优秀作品排行榜”，以及多个版本的年度选本。纪红建也因长期以来的优秀创作当之无愧地获得了第二届“中华文学基金会茅盾文学新人奖”和湖南省“五个一工程”奖。

另一个重要的现实问题的写作者是韩生学。他的长篇报告文学《中国失独家庭调查》(2017年4月群众出版社出版)和中篇报告文学《中国剩男剩女调查》(《啄木鸟》2017年第11期发表)是两个不可忽视的作品。作家除了呈现事物本身，也对人物内心世界进行观察，写出了人性的多样性和复杂性。

《中国失独家庭调查》是韩生学历时两年采访而写成的一部全面反映失独家庭的报告文学作品。作品发表之后，受到了全国各界的关注，这种轰动效应似乎只有二十世纪八十年代的问题报告文学才掀起过。报告文学是食人间烟火的文学。正因为对国计民生的高度关注，对现实生活的积极介入，对民情民意的真实反映，对民声民心的热切回应，报告文学获得了与民众及社会的血肉关联，接上了地气，所以有了热气、底气和人气，必然会赢得人心，受到读者大众的欢迎。《中国失独家庭调查》正是这样一部成功的作品。独生子女家庭因为各种原因而丧独、失独，导致白发人送黑发人、父母祭子女的惨剧，造成数以百万计的失独家庭，这是一个庞大的人群。评论家李朝全说：“韩生学及时地抓住了这个独特的人群、独特的题材，进行了深入的挖掘和认真的思考，写下了一部具有社会学、历史学和文学价值的作品。”在自己的计生工作中接触到这一特殊人群，韩生学开始由一个执法者变成一个反思者。他走访了全国许许多多失独家庭，并同许多失独者联盟或自救互助团体建立了密切的联系。他们的人生悲剧无数次冲击了作者的心灵。他必须如实记录下来，希望更多人来关心这百万家庭的处境。失独家庭的自救和呼救引起了党和政府的关注，国家相继出台了“单独”二孩和全面二孩政策。

《中国剩男剩女调查》是作者继《中国失独家庭调查》之后又一次观照社会特殊人群的写作。他遍访从北上广深一线城市高级白领到贫困山村光棍老汉的单身人群。这些受访者分布于各个地域，阶层、文化程度、年龄、所属民族皆有所不同，他们的单身现状基本上就是中国当下大龄不婚人群的整体情形。作家“走近他们，聆听生命的声音。一段段在生命中等待、在生活中挣扎、在期盼里独行、在尊严里坚守、在鄙夷中坦然、在痛楚里欢娱、在‘剩下’里老去的人生，沉重得令人动容。我再也不认为，这无婚的世界，与我无关”。当作家真正产生与他们血肉相连的感情时，写作就不只是给我们展示这一社会问题的严峻性，而是更希望找到问题出现的深层原因，并试图提出解决方案。他从中国传统文化里找到“家”对于中国人的存在意义，以此出发去观察和审视当今社会发生变化的家庭观念：“自古以来，在中国，家国一体。《周易·家人》指出：‘正家而天下安矣。’在中国家文化观念中，家的地位和意义超越个体，在人生中甚至具有‘根’的意义。家就是那个我们生于斯长于斯的地方，是可以永远依赖和寄托我们身心的居所。对许多人而言，人生道路上如果没有一个家，在精神上就会永远处于居无定所的状态。若不能为父母养老送终，将会抱憾终生；若死后不能落叶归根，魂归故里，那人生也是不完满的。总之，故乡和家，是任何一个地方都无法取代的。”他从婚姻危机里看到个体的孤独，更是社会和民族未来的隐忧；他从不婚问题看到了背后严峻的经济问题、伦理问题，这里反映的甚至是文明的冲突，是阶层的断裂；他试图从其他国家解决婚姻问题的方案里找到可用的资源。韩生学无疑是有知识分子担当也有全局视野的写作者，这是一个从婚姻问题出发而涵盖伦理、文化、政治、经济等复杂多元的有文献价值和文化意义的文本。

龚盛辉，军事科技报告文学代表作家之一。他的长篇报告文学《中国超算“银河”“天河”的故事》（2017年9月河南文艺出版社出版）展现了我国超级计算机从无到有、从追赶到领先的震撼历程，还原了“银河”和“天河”系列超级计算机研制过程中的关键环节，刻画了具有深厚科技素养和爱国奉献精神的科学家群像。笔触质朴有力，情节生动具体，带给读者很强的共鸣和代入感，是一部兼具信息密度和情感力度的佳作。他和汪莹的短篇报告文学《畅游数据之海》（2017年6月16日《解放军报》），依然将笔端聚焦在军事科技领域。值得期待的是，龚盛辉已经开始了关于“北斗”长篇报告文学的创作。

大历史：革命传奇的另一种书写

当作家们把目光从现实的纷杂中移开，投向历史的深邃之处时，那些湖湘热土上的传奇就走进了他们的视野。红色历史题材一直是湖南报告文学作家的阵地和优势，2017年此类题材的写作依然保持着强劲的势头。

余艳带着创作《板仓绝唱》《杨开慧》的气势一路走来，今年又出版了三部长篇报告文学：《追梦密码》（2017年4月湖南少儿出版社出版），《家国万岁》（2017年8月希望出版社出版），《守望初心》（2017年12月中国出版集团中译出版社出版）；发表近10个中短篇：《湘妹子的万水千山》（《新华文摘》2017年第2期）、《给何继善画像》（《十月》2017年第4期）、《旋律中的往事》（《中国作家·纪实》2017年第11期）等。其中最值得关注的是《守望初心》，这是一部“初心寻找初心，脚步丈量真实”的作品，主要讲述了湘鄂西苏区的红色历史，一头连着执着的红军，一头连着不屈的红嫂……在革命战争题材的写作上，一是男作家较多，他们对金戈铁马的英雄气概自有一番豪情；一是正面写战争现场、战斗经历、战争英雄的作品较多。茹志鹃的《百合花》是战争题材中少有的写战士爱情的作品，余艳的写作与此相似。她把视角对准湘西红色土地，这里生长着血性的汉子，也滋养着忠贞的爱情。这方土地上的女人们以柔情、以母性给了男人们最温暖的怀抱，最真切的人生。这个角度上的写作，不仅是写战斗的后方，更是写人情人性的美好。当战士们有了家的牵挂时，他们的牺牲才是更壮烈的，他们的回望才是最悲伤的。而这个时候战争的胜败、战斗的生死才具有了超越军事和政治意义的更深的内涵。你才能深切感受到“家”和“国”之间的真实关系，所谓“家国情怀”，还有这层深意。作者选取的这个角度有很大的创作空间，作品塑造了系列军嫂群像。如果对战争英雄的塑造是一个传统的写作方向，那么对后方女性的关注则构成了革命故事的另一种书写。李炳银认为：“余艳的作品是近些年来，我们报告文学创作里面，在思想内容上、真实人物的呈现上和表达上都非常好的。作者掌握材料的时候下了很大功夫。在同类作品中，达到了至今以来很真实、很有文学性的书写。”李朝全评介说：“我认为余艳的长处在于她作为一个女性作家那种比较细腻的、抒情的、个性的表达，这是她的独特的表现。把一个珍贵的手稿，用文学的方式披露出来，这就是余艳的贡献。”王宏甲则说：“为什么说第一个打动我的是文学性，因为我们报告文学遇到的困境和被人家垢病，就是大量的文学文本是缺乏文学性的。余艳原来也写了小说，她带着她写小说的优点和长处，到报告文学领域里头来。现在写的报告文学里头，带着她的很强的优点，也带着她的弱点。”

王杏芬的长篇报告文学《青春·缪伯英》（湖南人民出版社 2017 年 5 月出版）是今年湖南报告文学的一个重要收获。这是第一本全面系统地介绍我党第一位女共产党员缪伯英同志的传记类文学作品，也是提振民族精神、培养教育后代的极好教材。这是一次有关青春的书写。作者赋予“青春”二字多重含义。青春是人一生中宝贵的时光，更是一种代表着许多美好品格的精神气质。作品中，青春是主人公缪伯英的全部人生主题。她的生命在青春的年岁戛然而止，青春即是她全部的人生岁月，但更是一种血气方刚的精神状貌。缪伯英借溺婴事件出场，这件事也成为她意识到旧中国女性悲剧命运的起点。一生致力于女子职业教育的父亲对缪伯英的启蒙和支持是她走上革命道路的重要推动力；杨开慧、何孟雄、高君宇、毛泽东等是她志同道合的革命伙伴；李大钊先生则是她真正走向革命路途的人生导师。缪伯英成为李大钊先生亲自介绍入党的中共第一位女党员，并成为中国妇女运动的先驱。伯英身上有同学少年、书生意气之蓬勃，有敢作敢当、刚烈磊落之性情，有敢爱敢恨、忠贞不渝之爱情，有坚如磐石、初心不改之信仰，有为国为民、以身许国之壮烈。这些高贵的人生品格因她的牺牲而定格，其英雄的悲壮意味更显浓烈。

缪伯英的一生是五四时代进步青年的一个青春符号。在毛泽东、杨开慧、何孟雄、邓中夏、高君宇的身上都有着缪伯英的影子。他们是时代的青春符号，是家国命运的寄寓和希望。时代选择了有为青年，青年又塑造了伟大时代。鲁迅说“无穷的远方，无数的人们，都与我有关”。一个无限的外部世界因个人命运而呈现出来。作者经历的也是一次情感创作，在饱含青春真挚与热情的文字里，我们看得到作者对人物的爱与诚。从这一点上来说，创作的青春朝气与作品的青春主题天然契合。至此，作者也就最终完成了本书的青春书写。

这还是一次旗帜鲜明的英雄书写。在意识到缪伯英的革命事迹还未被更多记录之时，作者选择以真诚之笔为英雄书写。在一个所谓欲望化写作、身体写作充斥，已然不提文学道德的语境中，选择正面歌颂真善美的革命英雄主义，我们难得地听到了灵魂的声音。肯定人性光辉有时候比揭示人性罪恶更难。我们太需要从文学中听到生命的强音，感受到精神的力量。

作品在叙事上采用蒙太奇式的结构，把一个个重要场景放在镜头段落中表现，颇具画面感。开篇病房里的战斗一幕，紧张激烈，抓住读者阅读期待；中秋家人的团圆一节，展现给人一个书香富裕、和睦温馨的家庭关系。一张一弛，在镜头运动和场面转换中推进叙事，语言节制生动，节奏清晰明快。而作者出色的母语写作能力使此番历史纪实的文字有了散文的诗意。“目光越过院墙，可望见宅内桂花树华盖如荫，深黄色小花星星点点杂然其中，轻俏可爱。屋后青山之上，植物葳蕤丰茂，满目浓绿。”读来有古汉语之蕴藉优雅。“乡村的中秋夜是有声音的，蝉在树上，蛙在田间，长一声短一声，有节奏地鸣叫，像舞台上配合默契的演员。大山、树木、房屋……都在静悄悄地倾听。月光把人影拉得忽而长，忽而短，时而重叠，时而分离。空气中满是稻草燃烧过后如煎饼一样的焦香。”这样的描述则有现代汉语之清新晓畅。笔触在新旧语言之间来回跳荡，把握自如。而中国南方乡间的清新野趣便在这贴切的描摹里栩栩如生起来。也恰是乡土中国的人情氛围之深厚养育了朴素高洁的可爱的人们。作者还十分注意动作和环境对人物性格的烘托作用。在谈到未来中国女子职业教育时，“缪芸可说得忘情，一把推开窗户，漫天月色蜂拥而至，桂香雀跃”，足见其洒脱的性情以及做事的决心与力量。作品以景写情、情景交融之写法是对古典美学的自觉运用。但作品对时代风起云涌的革命思潮和社会运动状况把握不够，这必然导致其思想深度有所欠缺。而作品在史料的基础上有一定虚构和演绎的成分，这在报告文学文体属性上亦值得推敲。

张雄文一直致力于革命历史题材写作，也是全国知名的粟裕研究专家。他的长篇报告文学《多是横戈马上行——野战主将粟裕》以简练、生动而客观的文笔，以华东野战军、第三野战军主将粟裕波澜壮阔的军事生涯为主线，再现了有“常胜将军”“无冕元帅”之称的粟裕传奇人生，还原了他智谋百出、谋无遗策，堪为“无双国士”的高超军事指挥才能和远见卓识，也展示了他为守护和平竭忠尽智、枕戈待旦的忠肝义胆。全书史料丰富，言必有据，特别是众多老部下和身边人士的回忆弥足珍贵。长篇纪实《吹角连营：毛泽东和他的五大名将》（团结出版社 2017 年 11 月出版）是张雄文继《无冕元帅：一个真实的粟裕》《名将粟裕珍闻录》《毛泽东粟裕与淮海决战》《眼底吴钩：说不尽的粟裕》等六部粟裕系列纪实书籍之后，又一部有关将帅纪实的长篇作品。该书以严谨的史实与生动的文笔，揭示了共和国开创时期五位野战军级名将彭德怀、林彪、刘伯承、粟裕和徐向前从闾巷中崛起，与最高统帅毛泽东的遇合、相知之谜，其中有信任也有分歧，有幸运也有遗憾，再现了一段令人热血澎湃、荡气回肠、激情昂扬的英雄岁月。全书结构新颖，视角独特，披露了许多鲜为人知的往事。

人物：完整的世界在这里呈现出来

如果说在对时代和历史的宏大命题表现上体现出的是报告文学文体的庄严厚重，那么在对个别人物、事件的观照和写作上体现的则是这一文体的敏锐和精致。

纪红建本年度创作的长篇报告文学《雕刻人生——雕塑家雷宜锌的故事》(2017 年 6 月希望出版社出版）讲述了著名雕塑家雷宜锌全身心投入他所热爱的雕塑艺术，并将中国雕塑艺术和精益求精的中国工匠精神带向全世界的故事。作品简洁清新，雷宜锌的宝贵人生经验，也给年轻读者以人生启迪。短篇报告文学《仰望沙棘》（《中国作家 · 纪实》2017 年第 10 期）讲述了西藏人在黄沙漫漫的隆子河谷上建起万亩沙棘的感人故事，作者“沿着隆子河畔向成片的沙棘林望去，我看到了隆子人的高大与顽强，看到了高于珠峰的西藏人”。

李万军在《因为信仰》（《时代报告 · 中国报告文学》2017 年第 10 期首发，中国国际广播出版社 2017 年 12 月单行出版）将近半年的采写中，行程 3 万余公里，辗转数度、夜以继日，通过深入薛家村、石家庄、北京等地，先后采访了王新法的家人、朋友、战友、同事、律师以及薛家村民 400 余人，展开了前所未有的大调查、大采访和大求真。他一路行走、一路采写、一路不断地向社会摇起信仰的旌旗，擂响新长征的战鼓，不断地向读者发出信仰之问。

欧阳伟的系列短篇报告文学，如《警察中的“金刚葫芦娃”》（《时代报告 · 中国报告文学》2017 年第 4 期)、《竹埠港警事》（《时代报告 · 中国报告文学》2017 年第 5 期)、《小莲小莲静悄悄地开》（《时代报告 · 中国报告文学》2017 年第 8 期)、《危机干预》（《时代报告 · 中国报告文学》2017 年第 10 期)、《公道》（《啄木鸟》2017 年第 3 期)、《英模也可以是这样的》（《啄木鸟》2017 年第 6 期)、《雷锋家乡消防兵》（《啄木鸟》2017 年第 12 期）等，都是书写平凡英雄的作品，风格质朴，但人物故事感动人心。作者说：“我一直在写，一直在改变，一直在探索。结构在变，语言在变，风格在变。不变的是对生活的热爱，对文学的热爱，对警察这个职业、警察这个群体的热爱。”正是因了这份热爱，作者才能深情写出基层警察的悲喜人生。

肖欣整理出版的《人生不满百——朱健九十自述》（文汇出版社2017年7月出版）是“七月派”诗人、现年九十二岁的朱健先生的晚年自述，是一位与时代共命运的中国诗人的生命传奇。书中详细讲述了朱健近一个世纪的人生故事与历史选择，折射了从抗日战争一直到改革开放的中国百年时代风云变幻，也透视了“后五四时代”中国知识分子的心灵成长、独立精神与人文情怀。胡启明的《生命的礼物——中国遗体、器官捐献纪实》（《中国作家·纪实》2017年第7期发表）是一部关于中国遗体器官捐献的纪实作品，为我们讲述了一些有关生命的故事，在靠近死亡的地方看到最真实的灵魂。何宇红的《生长的土地》（《时代报告·中国报告文学》2017年第2期）书写了雷锋曾经工作过的团山湖，从一片滩涂成为社会主义新农村的“生长”历程。谢枚琼的《醉牛山的春天》（《中国作家·纪实》2017年第3期）描述了醉牛山学校许桂枝老师的故事，我们看到了醉牛山的贫穷与落后，更看到了许桂秋老师坚守山村、教书育人的伟大奉献，看到了山村孩子的天真与渴望。尹红芳的《芙蓉国里尽朝晖——毛泽东文学院20年发展回眸》（《湖南日报》2017年10月27日）对毛泽东文学院建院20年来的发展变迁进行了回顾与总结。高汉武的《互联网+“饭”——一名调查记者和他的“免费午餐”》（《中国作家·纪实》2017年第3期）告诉我们，“免费午餐”借力于伟大的互联网，开创了新时期公益的新模式。这种源自草根、蓬勃而起、最终影响国家决策的公益行动，无论其成长的速度、规模还是路径，都足以载入中国公益历史。甘建华的《俄罗斯旅草》（《陕西文学》2017年第6期），胡勇平法治题材的报告文学创作，王丽君的《深杉“候鸟”》等，也都在以自己的方式关注着这个时代的方方面面。

还有不少作家参与了历史题材的报告文学创作。彭晓玲的《空巢——乡村留守老人生活现状启示录》曾在全国产生广泛影响，2017年她进入了历史题材的报告文学创作，如为创作长篇纪实《谭嗣同》作准备，《湖南报告文学》2017年第3期推出了她的中篇报告文学《秋收起义的神话》。刘晓平、王成均的短篇报告文学《红军村里的后人们》（《人民文学》2017年第6期），刘晓平、谢德才的短篇报告文学《马桑树的传说》（《中国作家·纪实》2017年第8期），将笔端瞄准湘西北那片红色的土地，书写着那片土地的赤诚与忠诚。张式成依然耕耘在历史题材的创作中，他的中篇《田汉、田家与湘昆》（《时代报告·中国报告文学》2017年第6期）给我们讲述了艺术家田汉对湘昆艺术的发展所作出的不可磨灭的贡献。袁杰伟的《四代村民为红军守墓》（《时代报告·中国报告文学》2017年第1期），记录了四代村民为红军守墓的感人故事。

勃兰兑斯高度赞扬克鲁泡特金的《我的自传》：“他叙述同时代人的故事实较叙述自己的故事心更切。因此他的一生里面包含着当时的俄国历史，也包含着十九世纪后半期欧洲劳工运动的历史。当他沉入他自己的内心世界中时，我们看到外部世界在那里反映出来。”这段话曾被评论家李建军引用来评价赵瑜的《寻找巴金的黛莉》一作，即作者不仅应反映外部世界，还应观照人的内心世界，呈现人物背后的时代和历史境遇，这才是更完整的世界，包含着时代大环境的情形，也包含着人物精神的光辉。从我们作家的创作来看，对人物和世界的反映还没有达到这样的高度，但我们看到了这种有意识的努力。

文学评论与创作平台建设

随着湖南报告文学创作的蓬勃发展，我们也更重视相应的评论队伍建设。以章罗生为代表的资深评论家一如既往地关注着本土报告文学创作，尤其是关注青年作家的成长，针对报告文学创作存在的问题提出有益建议。以晏杰雄、黄菲蒂为代表的青年报告文学评论家，也逐渐成长起来，受到省内外同行的关注。但相对于创作的丰硕来说，评论的力量仍然是薄弱的。

湖南省报告文学学会是全省广大报告文学作家共同的家园。2017 年 8 月 25 日至 26 日，学会主办的首届“湖南青年报告文学作家论坛”在长沙召开。来自全省各地的青年报告文学作家 30 余人参加了论坛。“湖南青年报告文学作家论坛”将作为年度论坛，每年下半年举行，旨在为全省青年报告文学作家搭建一个共商报告文学采访创作、编辑出版、理论批评、经验交流及其他相关问题的对话平台，催生出更多真正为人民喜闻乐见的优秀报告文学作品，积极有效地推进湖南青年报告文学作家队伍的蓬勃健康发展。这届论坛主要包括主题发言、集体探讨、现场对话三个板块，重点探讨了“以报告文学的方式，积极响应时代号召”“如何讲好湖南故事、弘扬湖南精神、传播湖南声音”“青年报告文学作家创作过程中的困惑、迷惘与希望”等问题，集思广益，交流创作经验，收到论文 20 多篇，为广大青年报告文学作家进一步明确创作方向、激发创作热情和推进湖南报告文学事业健康繁荣发展发挥了积极影响。12 月 21 日至 27 日，由湖南省作协主办、毛泽东文学院承办的为期 7 天的湖南省报告文学作家研讨班，在毛泽东文学院举行，41 名来自全省各地的报告文学作家参加了培训学习。研讨班邀请了李炳银、徐剑、王山、高伟、丁晓原、龚旭东、陈启文等全国知名评论家、作家、编辑家授课，学员反响强烈，收获颇丰。

特别值得一提的是，自 6 月 22 日以来，湖南省普降大到暴雨，部分地区大暴雨，平均降雨量 197. 3 毫米。这场历史罕见的洪灾牵动了无数人的心，也发生了许许多多感人的故事。学会主办的《湖南报告文学》杂志编辑部马上召集全体编辑开会，会上明确意见：全省抗洪形势严峻之时，一线不能少了报告文学作家的身影，这不仅是一位报告文学作家起码的职业担当，更是责任与使命所在。会毕，大家马上分头行动。报告文学作家邓魏率两名记者奔赴崀山，那里，刚发生了一起感人至深的抗洪故事：邵阳崀山八角寨客运索道站售票员李粤玲在巡查险情时不幸被泥石流掩埋，是此次湖南抗洪救灾前线首位殉职的女性。他们用手中的笔含着泪水写下了《崀山精灵》。报告文学作家萧萧则深入到启动一级防汛战备的湘阴县岭北垸，这里是湘阴汛情最为严重的地方。在那里，她见到了县委书记感叹的“白天看不到张水云，晚上看不见秦卫平，我就心里慌”的张水云和秦卫平，这是两位水利专家。正是因为水利工程师和技术人员的智慧和全体民众日日夜夜在大堤上的不眠不休，才让岭北垸不至于冲毁，从而抢救了家园，保住了人民群众的生命财产安全，从而实现了形势的可喜《逆转》。报告文学作家尹红芳和杨丰美分别去往宁乡、辰溪等其他灾情严重的地方，探寻可歌可泣的故事，感受众志成城的豪情，写下了《一曲6500万人唱响的抗洪赞歌》和《魔鬼在左，天使在右》两篇报告文学。而《洪水中的日记》从望城区八曲河小学三位五年级的孩童眼里看抗洪，别是一番触动人的力量。这三篇日记是由报告文学作家何宇红组织她所任教班级的学生写成的。这期特刊，在真实书写湖南抗洪救灾先进事迹的同时，也展现了报告文学作家们的在场意识，从而用报告文学这一独特文体的力量，彰显了洪魔肆虐之时温暖人心的情怀与担当。

学会还一如既往地办好《湖南报告文学》杂志；主办或参与承办了长篇报告文学《乡村国是》《青春·缪伯英》《多是横戈马上行——野战主将粟裕》等作品的新闻发布会或研讨会；组织报告文学作家赴长沙、邵阳，以及湖南省坪塘强制隔离戒毒所与湖南省女子监狱，进行采风创作活动；组织部分报告文学作家走进第六届徐迟报告文学奖颁奖典礼暨2017年全国报告文学创作会现场，探讨交流报告文学创作；举行《2016湖南报告文学年选》首发式暨学会年会等诸多活动。

结　语

2017年湖南报告文学创作主要集中在社会民生题材和红色历史题材这两大领域。这既是当下报告文学创作的主要领域，也是湖南报告文学的传统和优势所在。首先，一系列相关作品稳步推出，并呈现出集中发声的态势，这是创作走向成熟和自信的标志。值得特别提出的是《乡村国是》和《中国失独家庭调查》这两部作品在全国赢得了广泛关注，也得到了学界的好评。它们在同一题材领域里有代表性意义，这是真正有分量的发声。其次，一批青年作家逐步成长起来，创作势头良好，形成某种集体发声的可能，也有望在近年内看到他们更成熟的作品推出。最后，革命历史题材写作集中，《守望初心》和《青春·缪伯英》二作主题宏大，选题角度新颖，结构叙事独特，获得了读者青睐。其他大多数中短期作品因地域、主题、故事、叙事的雷同、单一而使其辨识度普遍较低，让人产生审美倦怠。如果大家能突破这些局限，挖掘到更多有独特价值的创作点，那将是我们期待看到的湖南报告文学创作的新风。

“湖南报告文学”已慢慢成为湖南文学的一张名片，也以其强势发声在全国报告文学领域占有重要的一席之地。但我们也应该意识到，与河北、山东、广东等报告文学重镇相比，我们还有差距。来路可期，任重道远。湖南报告文学写作一直在路上。

目　录

001	女儿队·女儿花 ——湘西北苏区根据地往事	余　艳
018	乡村国是（节选）	纪红建
040	中国剩男剩女调查 ——“婚姻贫困”背后的真相及国家帮扶报告（节选）	韩生学
056	畅游数据之海	龚盛辉
061	英雄恋歌（节选）	王杏芬
072	转兵：秋收起义的英明抉择（节选）	彭晓玲
083	互联网＋“饭” ——一名调查记者和他的“免费午餐”（节选）	高汉武
101	雷锋家乡消防兵（节选）	欧阳伟
116	庙台子写诗（节选）	朱　健 自述，肖　欣 整理
131	芙蓉国里尽朝晖 ——毛泽东文学院20年发展回眸	尹红芳
135	因为信仰（节选）	李万军
146	生长的土地（节选）	何宇红
155	俄罗斯旅草	甘建华
169	与潜逃者对话	胡勇平
182	粟裕与抗美援朝	张雄文
194	深杉“候鸟”（节选）	王丽君
208	红军村里的后人们	刘晓平　王成均
215	红军长征在新化奉家的故事	袁杰伟
224	田汉、田家与湘昆（节选）	张式成

女儿队·女儿花

——湘西北苏区根据地往事

余　艳

一直没有端上文学盛宴的一碗佳肴——红军女儿队，从前是个什么阵势？

1934 年前后，在湘西北那片红色热土上，天地间仿佛都塞满了女儿队队员。奶着孩子的，可能是打探军情的“密探”；挑担山货的小妹子，可能就是秘密交通员；有的直接上了战场，杀敌；而更多的是走出家门，到了红军伤员身边，为他们洗衣喂饭、端屎端尿。她们忙过白天忙晚上，白天辛苦一天，晚上回家还忙着打草鞋、做军鞋。如果后来的抗日战场有《地道战》《地雷战》的全民皆兵，那时红军走过的湘鄂川黔则是——全女皆兵。

我的故事从一个特殊日子说起。

1935 年 11 月 16 日，红二、六军团三天后就要长征，大家正紧锣密鼓做准备。一个挖心挖肺的坏消息像在沸腾的油面上浇了一瓢冷水，天地间一下炸了锅——一船红军女儿队队员在两河口被劫！

原来，驻扎在桑植县城朱家台的红军伤员接到军委分会指示，在大部队出征前先撤离朱家台，于 11 月 13 日天亮前赶到陈家河、仓关峪，休整几日再去追赶队伍。他们乘坐三只大船，原本是安排桑植朱家台的红军送他们上去，怕的是沿途这一段有土匪窝子过不去。可仓关峪那里的队伍来信说来接他们，叫下面不要送。没想到两头空，让土匪钻了空子。

船上都是人们熟悉的李桂香、张金莲、余秀英、王秋菊、张玉儿。原本一起长征的，现在她们……伪乡长兼保安团团长王碧泉，一直想的是打击红军又解决兄弟们的“老婆问题”。

许多年后才知道，她们中有的死、有的伤；有的屈辱做了土匪婆；有的被卖掉，一辈子脸朝黄土背朝天……只有张金莲重回红军队伍，那是王秋菊用命保下的；李桂香被卖给老光棍，活到了新中国成立后，一份回忆录，总算给红军女儿队留下了一笔可供见证的史料。

悲情的故事先放放，先说说红军女儿队。

(1) 欢腾

长篇小说《朝阳花》讲述了三女找红军的动人故事，作者马忆湘就是那个时期参加红军女儿队的。

最初女儿队的诞生，是在 1934 年 11 月 19 日十万坪大捷的第三天，红二、六军团在沙漠河的河滩上召开扩红征兵大会。

那天，秋风带着几丝凉意，刮着。可沙漠河滩上人山人海，那连天接地的热情早融化了一地秋凉，四山八岭的贫苦百姓直往会场上涌，有的送儿子参军，有的送丈夫入伍。有的父子同时报名，有的叔侄同台戴花。很快一千多名青壮年加入了红军队伍。坐在台上的任弼时、贺龙、萧克眼见此景，心中自是高兴。

正在这时，红军妇女委员会主任陈洛英，看到报名参军的 1000 多名战士中没有一位妇女，便走上前台挥舞两手鼓动着说：“姐妹们，红军是为我们穷苦人翻身得解放的队伍，我们妇女也要闹翻身，不要缠小脚、不要当童养媳，也要组织起来和地主老财斗！”说到这，她即兴舞动双手指挥宣传队唱起了一首《妇女歌》：

姐姐妹妹齐把心儿问，
男和女、女和男，本当是平等。
为什么，女儿脚，裹得紧又紧
三步难走一尺远……

歌声冲撞着人们的心田，台下突然传来哭声。大家闻声望去，只见一个女孩泪流满面，她是 16 岁的永顺姑娘李桂香。扩红现场，这位全家靠捡柴维持生活的穷姑娘，突然哭着说：“我要当红军，不再受地主老财欺负。”坐在台上的贺龙看到说：“这个姑娘我认得，农家寨战斗后，她帮助伤员洗过衣服，服侍过伤员，有觉悟。”

听到这，宣传队的“亮嗓子”搂着李桂香唱了一首《苦甜歌》：

天是我的铺，地是我的屋；手膀子做枕头，盖的是肋巴骨；
斗米一斤盐，吃得苦里甜；匹布三石米，贫困如水洗……

李桂香成了第一个女儿队队员，一时间，台下一下子涌上了十多名妇女。“我们不会打枪，要不要？”陈洛英微笑地说：“红军要做的事儿多着呢，不一定扛枪打仗。我们可以帮红军洗衣服、做饭，做军衣军鞋。”

“那我们就是女儿队队员啦，只要能为红军做事就行。”

“这是个创意，好！”任弼时高兴地接过话。再看看，一个、两个、五个、十个，很快参加红军的妇女有了几十个。任弼时十分高兴地对台下大声说：“现在我宣布，中国工农红军湘鄂川黔龙家寨女儿队今天正式成立！”

不知谁在这时说了声“陈主任，你‘巴巴鬓’该剪掉了”。一下，女儿队队员们在陈洛英的带领下都剪成英姿飒爽的短发，在场群众见了都热情地鼓起掌来。

随着马忆湘等人参加红军女儿队，就连在长沙上中学的女学生，也结伴跑到这里来当红军女儿队队员。当时的《大公报》曾以“长沙某校七名女生神秘失踪，远遁湘西成了红军女儿队队员”为题进行过报道，一时舆论哗然。

有个名叫张金莲的贫苦妇女，带着个13岁的女儿来投奔红军。后来母亲在红军医院女儿队，女儿在第六军团当宣传员。贺龙曾对她们母女说，等我们革命成功了，请个作家给你们写本《母女英雄传》。

女人也能参军，一下子在湘鄂川黔传开了。那风起云涌、如火如荼的灼热气浪如四相奔腾，席卷山乡。龙家寨女儿队成立后，作为总指挥贺龙的家乡，桑植的妇女们不甘示弱。“论流血流汗，我们不比别人差；论受苦受欺压，我们几天几夜说不完。我们也要成立女儿队！”贺龙总指挥及时地鼓励：“好嘛，这是一支强大的队伍！”

湘西澧水河边是女儿队当年活跃的地方，就这么个在中国地图上找不到一个“点”的桑植，就有两万多年轻的生命走出大山、奔向革命。这其中，不穿军装的女儿们也是龙腾队，遍布村村寨寨的嫩女儿、小媳妇也是贺龙军，而那山山岭岭的《蛟龙腾》旋律，又成呼龙唤军的呐喊。

> 高山高岭起红云，湘鄂川黔起龙腾；
> 龙头就是共产党，龙身就是贺龙军。

1934年12月下旬，桑植成立苏维埃妇女联合会，全县15个区75个乡都成立了妇女组织，会员达2000多人。在这基础上，各地女儿队像雨后春笋般冒出来，短短一年时间，整个湘鄂川黔革命根据地建立起红军女儿队达218支，总数超过了一万人！

（2）劫持

长征出发前的“两船女兵蒙难”事件，涉及几个关键人物，其中就有前面提到的李桂香。

被劫持、命悬一线、最后竟然能活下来的李桂香，不知算有幸还是不幸。她活到了新中国成立后，在她后来的回忆录里，展现了当年女儿队的点点滴滴，成了珍贵的史料。

这一年，1934年11月，贺龙带领红军从永顺开来，驻扎在龙家寨。红军有的背枪，有的背撬子，挎的大刀，撬子上都有红须子。只有两至三天，周矮子带着好多兵赶来，红军退到了十万坪，准备要打一场大仗。

周矮子的队伍是乱七八糟的，他们见到姑娘就抓。这天，我差点被匪兵抓住，幸亏枪声响了，我才逃脱。那场仗，敌人死了很多，红军也伤了不少。红军伤员都往龙家寨抬，要人洗衣服要人服侍伤兵，我们就参加红军女儿队帮助洗衣服，搞了几个月。

……见到同志们被打的到处都是伤，我们忍不住哭了，我们像对待亲兄弟一样帮助伤员洗衣服。这里已成了后方医院，以后我们被调到上河西也是帮伤病员洗衣服，不久又调到新街。贺龙的夫人蹇先任临产了，他的大女儿贺捷生就是在这里生的。

在《两船女兵蒙难记》里，作者马继散也提到了李桂香：

有位16岁的女子李桂香，是永顺万福人。十万坪打仗那天，她与父亲卖柴到龙家寨去，碰上见姑娘就抓的国民党军阀。她正被一个匪兵拖走，突然枪响了，才得以脱险。仗打完了她就参加了红军女儿队，在贺龙身边工作，后来还照顾过刚生过孩子的贺龙的夫人蹇先任。

李桂香的回忆录里提到的，跟马继散文中描述的是吻合的。

自1934年年底到1935年11月红军离开前的大半年中，红二、六军团在湘西得到了极大的发展，队伍达两万多人，形成了湘鄂川根据地，有力地策应了中国工农红军的长征，这中间自然包含了成千上万红军女儿队队员的无私奉献。

十六岁的李桂香不久就学会了给伤员换药、简单的打针。她打针换药认真细致、手脚轻，成了伤员们人人喜欢的“抢手货”。而每当伤员们夸她，她那山菊花般的笑脸，给人又是一剂更好的良药。

医院当时缺医少药，致使伤员们的伤难以得到及时救治，结果有一大批人化脓发烧。让人感动的是，李桂香小小年纪，主动请教老郎中，和女儿队队员一起找草药、制土药。

但医院还是不断地增加伤员，不少伤员因没有药物止痛，被病痛折磨得难以忍受。威震敌胆的战斗英雄、红军排长刘辉轩因伤病发作，痛苦不堪。刘辉轩一身十三处弹伤，还有两颗子弹尚留在体内，为忍住疼痛，他把嘴唇都咬破了，睡的地铺也被他深深地抠了两个坑，整天十指鲜血淋漓。

李桂香就常常默默地守着他，为他擦汗，为他揉背，看英雄天天忍受巨大痛苦，她心如刀绞。为减轻排长痛苦，李桂香想了很多土方子，不是用嘴嚼烂草药敷伤口，就是这叶那草地熬水给他洗伤……终于有一天，刘辉轩在李桂香的搀扶下站了起来！站起来后的刘辉轩深情的目光望过去，第一件事就是拥抱桂香妹子，并在她耳朵旁向她求婚："嫁给我，我从此不怕受伤。"

李桂香先捂住他的嘴，再点头答应："不许再受伤，你还没痛够，我可磨够了。"刘辉轩顺势答应可爱的妹子"既打胜仗，又躲枪子"的要求。

这里有李桂香回忆录中的一个片段：

> 在罗团长那里有个叫刘辉轩的，永顺人，在红军队伍里当排长。我们建立了感情，便在他家里结了婚。当时，他请了五天假，五天后再回去，红军就不见了，不知道往哪里开走了。当地土匪向英武听到刘辉轩回家结婚，曾跑来围了他的屋，哪晓得我们已经走了。
>
> ……
>
> 过了几个月红军又到关坝来了，我们总算归队了。那时，贺龙军长跟我们一起开伙食，官兵好融洽哟。从这里起，有三个连的妇女开始分手了，刘辉轩分到往龙山去的那个队里，我跟着另外的队伍往桑植上河西的方向去。第二天我们也走到茨岩塘，刘辉轩他们打龙山县城去了。打龙山县城的伤员也抬到了茨岩塘来。

可是，后面出事了。

刘辉轩所在排是冲锋排，伤亡大。打下龙山县城，他来看伤员，顺便看看妻子。

这晚，值完夜的李桂香来到茶树林，这是她和刘辉轩初恋的林子。小女子迈着轻盈的步子向约会的地方走去。借着从树叶间漏出的碎玉般的月光，她悄悄地走近丈夫，想吓他一跳。谁知眼前的一幕令她惊呆了：她的刘辉轩，她心中的英雄，居然……居然靠在树兜上抽大烟！她不相信自己的眼睛，直到真看清"吧嗒""吧嗒"抽吸后冒出的缕缕烟圈，还有那浓烈的大烟味，她才"哇——"地一声哭开了：

"你，你这是犯纪律，不得了哇，要杀头的！"

刘辉轩电击般地反弹起来，抱着她直说是我不好，千万别说出去，我身上的弹片没取出来，疼得难受，也就麻醉一下……

"不行，红军有纪律，发现了就枪毙。你赶紧戒，戒了我就饶了你。不戒，我就报告贺老总……"

贺老总纪律严明，李桂香深深地记着前不久发生的一件事。

那是一个深夜，初到队伍不久的李桂香突然听到一阵急促的紧急集合号："嘟哒嘀嘟嘟嘟，哒嘀嘟嘟嘟——"她和姐妹们迅速从床上弹起，手忙脚乱还相互碰撞得东倒西歪。班长凌厉而清晰的口令在催促。到操场的路途并不远，她们在茫茫夜色中不顾一切地往前奔跑冲刺……

李桂香第一次在“紧急集合”中，体会到它的精神、气质。在有风的操场上接受连长手电筒的检阅，正气喘吁吁紧张期待即将到来的战斗任务，一盏马灯照着，贺龙指挥长铁着个脸出现了。

“做了坏事的，有种给我站出来！”随着贺老总一句洪钟般的厉声呵斥，人们才明白，一女儿队队员被人强暴了。部队紧急集合，受害女子居然从队伍里认出施暴者是贺龙身边的副官。副官见事包不住，当即跪倒在首长面前。

这是跟随自己一起砍盐局的拜把兄弟——老副官的儿子。老副官在一次战斗中为掩护贺龙身中数弹，临死前将唯一的儿子托付给他。贺龙将其视同己出，让他在自己身边，从勤务兵到副官一直带着。小副官也跟父亲当年一样，忠心耿耿，在战斗中为掩护贺龙舍生忘死。尽管他知道红军的规矩很严，但一时冲动之下竟犯下如此大错。

静寂，死一般的静寂，唯有四周的山风吹过，袭来阵阵寒意。沉默良久的贺龙终于发话了。他说家有家规，军有军法，谁触犯了军法，哪怕是天王老子，也要军法从事。不要说我们是红军，就是当年国民革命军，一个士兵偷摘了老百姓园子里的几个橘子，也照样按军法砍了脑袋。红军是人民的队伍，不能容忍这伤天害理的事！

桂香妹子出入贺老总家方便，听到了另一段人性的故事。贺老总安排手下寻来一女子，摆上酒菜，对小副官洒泪说了些话：“我对不起你爹！我答允他要将你抚养成人、培养成材的……你晓得红军的规矩，也晓得我带兵的规矩。给你两天时间，把这门亲事成了，也算是我对你爹的一个交代。”

两天后的黎明，一声枪响，小副官结束了年轻的生命。那位陪伴小副官人生最后两天的小女子，为红军的军纪所感动，也为红军女儿队的生活所吸引，报名成了红军女儿队的一员……

李桂香不是只吓刘明轩，是想让他真戒烟。没想，事情不久还是败露了。不是桂香告的，但事情的发展却让她几近绝望。

知道刘辉轩要被执行枪决，李桂香这晚去做最后一次探望。她一进门就抱着木木的刘辉轩泪流不止。刘辉轩，这个身上中了 13 颗子弹也没有流泪的硬汉，此时泪流满面，只一个劲地说：“对不起，对不起。说好了最后一次，断手指发血誓一定是最后一次，怎么就做不到？”

第二天，刘辉轩被五花大绑地押到站满红军队伍的前坪上。贺龙额角青筋直暴，眼睛瞪得滚圆，一直来回踱着步。

“在我们共产党的红军队伍里，三令五申居然还有人顶风作案。都成大烟鬼，怎么打仗？不要怪我贺龙不讲情面，再有功者，也要执行铁的纪律——抽大烟者，枪毙！”

在贺龙大手一挥的当儿，“贺军长……”一身凄厉的哭喊打破了寂静，一个姑娘猛地冲到贺龙脚下，“扑通”一声跪下了：“军长，您饶恕他这一回，留他一条命吧。也省一颗子弹，留他去杀敌，哪怕为战友挡子弹呀……”

这时，刘辉轩排的战士中间有人哭了，抽泣声迅速传开。

跪着的李桂香，哭述还在继续：“他……您硬要杀他，就拿我抵命吧，留着他比我有用，他能……他能带兵打仗啊。”李桂香说完，一双泪眼投向那片战士。

有三个战士站起来：“给他一次机会吧，不改再杀。”

“对，我们全排负责监督！”一排人都站了起来，“对，我们负责，我们一定负责！”

最终，没有杀刘辉轩。

直到很多年以后，贺龙回忆起这件事，还说：“幸亏战士们保他，要不真的难哟。那是个好排长，打仗勇敢，对士兵又好，心里自然舍不得杀。后来，他真戒掉了大烟，打仗更勇猛了。”

就这么一段美美的、坎坷的爱，却像一面漂亮的镜子般被人摔在地上，碎了，毁了。原因是那两船红军女兵被截，李桂香生病在船，无力反抗，被人以九块大洋卖给一老光棍，那——就是她的后半辈子！

生命每天都在遭遇历练，梦想时刻都在现实中蹉跎。李桂香啊，我宁可她没有那段奇特的真爱，那样的话，就无所谓那漫长纠结一辈子的——痛！可是，现实又是如此的无情，爱过又毁了。能想象，无数个夜晚，她独自靠在墙角，沉默地待在原地，苦涩的泪水顺着脸颊悄悄地流，流成满心沟壑，再风化成满脸的道道皱纹。她一天天就如失群的孤雁进入黄昏，越飞越黑……偏偏，短暂的美好已经毁灭，却就是以折磨人的方式不想说再见，而把爱的苦痛无情地留给长长的时间……

后来，我曾问及李桂香的后人。李桂香的孙女说，奶奶不愿提及过去，只听她说过两次——生不如死。也许，于她，爱死了，岁月也就死了。

采访李桂香的故事，我的心，痛了很久很久……

（3）执着

被劫持的那一船人，还有两个重要人物——张金莲母女，马继散的文中也提到了她们：

> 杉木村有个叫张金莲的贫苦妇女还带着个13岁的女儿范庆芳来投奔红军。母亲在红军医院，女儿在红六军团当宣传员，贺龙曾对她们母女

说："等我们革命成功了，请个作家，给你们写本《母女英雄传》。"

就是这对张金莲母女，多少年以后引发了另一段故事。

20 世纪 80 年代中期，湘西州妇联编修《妇女团体志》，搜集整理湘鄂川黔根据地妇运史料，尤其有关从根据地出发长征的女红军的资料。编修人员进京找到了陈琮英老人，老人为他们联系了几个人。第二天上午，陈老请来李贞、蹇先任、蹇先佛，她们都曾是湘鄂川黔根据地领导机关和红二、六军团总部的干部。李贞还担任过红六军团和湘鄂川黔省军区的组织部长。她们毕竟年事已高，回忆了好久才列出 18 个从湘西北出发的女红军名单。她们是：李贞（浏阳）、陈琮英（长沙）；蹇先任、蹇先佛（慈利）；殷成福、侯幺妹、刘大梅、周雪莲、许青（大庸）；陈琼英（桑植）；马忆湘、石玉珍、张金莲、范二妹（范庆芳）、张四妹（永顺）；陈罗英、曾洪林（江西）；只有一个戚元德弄不清是哪里人。

李贞将军那天反复强调：

> 这只是我们记忆起来的，还有许多，或牺牲，或散落。她们都是没有留下姓名的英雄姐妹。是的，例如红十八师在抢渡龙山、来凤交界的酉水时，就有一船女兵溺水而亡，谁知道她们姓甚名谁呢？
>
> 还有一个插曲不妨让我啰嗦一下。永顺龙家寨，张金莲牵着她女儿范二妹突围踏上长征路，不料走失，音讯全无。范二妹蒸发了吗？数十年中成了一个谜。大约在 1983 年的一天，与我曾经有过书信联系的一位济南空军某部的红军作家陈靖，突然来到吉首。他委托军分区的同志找到我。在州政府招待所，我与陈老及其夫人羽佳会面了。我们谈得很投机，大都是当年红二、六军团那些事儿。说来说去不知怎么扯到了范二妹，他"呼"地站起来说道："范二妹？对，范庆芳，永顺县人，我同她都在六军团宣传队工作，一个班的战友。小姑娘很活泼。抗战时期，我们宣传队奉命东渡黄河，就在那当儿，范二妹被日本飞机炸中而牺牲。"范二妹这位参加长征的小女孩儿之谜揭开了，她的事迹沉重地刊于永顺地方志书上。

"历史是最好的教科书，让我们记住这十八位女红军的姓名，并倾心品读这部历史吧，悟出当中的意义，从而获得前进的正能量！"这是湘西《妇女团体志》上的一段话，也是我心里想的。

张金莲母女在后面的长征故事里还会说到，这里先说说张玉儿。

张玉儿在杉木村村头跟师傅学裁缝。一天，红军在她这里赶制了 100 个子弹袋，当陈罗英付钱给她时，她说什么都不要。她认真地说："你们还要人当红军不？我可以给你们做军服。"陈罗英当即点头，说红军在准备办被服厂，像你这样的能手，正缺。

张玉儿跟师傅好说歹说，起初师傅不点头，只说“干裁缝稳当，你人聪明，身上是留了伤疤的”。五年前，为贺龙的部队赶做军服，事后玉儿被恶霸地主折磨得半死。但是玉儿决心已定，她说：“我学这点手艺能为那么多红军服务，会更有价值呢。十年前，我一个孤儿讨饭到处受欺，多想有人能救穷人、保护穷人，如今红军来了，正是你徒弟我翻身的时候。您收留我，是我的恩人，我想当红军，得您同意。”

师傅见她如此坚定，只得点头。

玉儿是给自己做了一套军服、给师傅鞠了三个躬后才跑到陈罗英处报到的。陈罗英一看，当即掉下脸：“自己是裁缝就先做套军装穿，是吧？都像你这样，部队还不乱套了？红军是有纪律的，哪能不经批准就自作主张？”

张玉儿脱下“军装”，却没想到从此再没机会穿上。后来，她在萧克副指挥长那里领受了自己的任务。

“玉儿呀，革命要动心思，胜利不能蛮干。你就做不穿军装的女儿队队员吧，依然回到裁缝店，那里是个好阵地。白天，来往行人的言行你都能听到，是我们的交通员；晚上还能带路抓土豪，是我们的战斗员。先不上战场，是为工作长远着想。你想想这样行不？”

玉儿知道自己的责任重大，就点点头，在裁缝店做了一个红军的“密探”。

没有多久，听说红军要离开湘西，开到别的地方去，玉儿的师傅像母亲一样要她一定要跟着红军走。“国民党回过头来，年轻女子都保不住，何况你给红军做过事。”所以，玉儿就跟在卫生队的队伍里，等安顿好伤员再去追赶队伍。

女儿队队员的故事总是带着一种美，但随着革命形势的变化，这种美慢慢变成一种凄美，一种因牺牲而呈现的悲壮美。

若干年后的今天，我一直在想，这些大山里清纯的女娃，溪水边没啥奢望的农村妇女，并不知道她们卷入这场洪流，前面会是什么命运在等着，她们也说不出什么高大上的思想，不知道自己的所作所为是革命的需要、国家的需要。尽管，在她们身上真实地反映了中国妇女为中华民族解放，为国家自由、民主、独立、富强所作出的牺牲和奉献。她们最多是想争取改变自己的命运而参加了革命。她们以妻子、母亲的身份走上革命道路，在残酷的斗争中，她们付出的不仅仅是自己的生命，还连带着自己的孩子和家人。她们的牺牲见证了中国革命的艰巨与复杂，证明了革命胜利来得是何等的不易。

（4）蒙难

说起“女儿队员两河口蒙难”的故事，李桂香是这样回忆的：

我记得时间是1935年11月10日到13日，正是挖红薯的季节。

我们都是从南岔上船的，当时开到大溪宿了一晚。谁都没想到，就这个半夜，蒙蒙月下那些该死的做皮肉生意的就给敌人报信了，说有一船女兵会经过这里。快天亮时我们的船往上开，船工对我们调笑：“你们这次是去做队长太太去的。”我们还以为船工撒野，不予理会。

1935年10月，不甘心失败的蒋介石调集30万军队，对红军发起更大规模的反革命“围剿”，红二、六军团不得不实行战略转移，于11月19日开始长征。

长征前的一个重要准备就是把大量的伤员安置好。那是11月10日的一个黎明时分，红军医院女儿队队员带着从来没有过的紧张心情，随同伤病员从澧水河畔的南岔上了船。

三艘船在沉默的黑暗中急速行驶。

夜，黑得像一个无底的深渊，两岸的峭壁像怪兽一样，张着黑洞洞的大口好像随时准备吞没一切。远处传来的狗叫声，在山谷里发出“汪汪汪”的回响，更平添了一种紧张的气氛。

后面真就出事了。马继散在《两船女兵蒙难记》中记述了女儿队队员被抓后的一些情景：

天将黑时走在半路，知道伤员没有用，残忍的匪兵将机关枪对准了那些手无寸铁、还伤重命悬的红军伤病员“哒哒哒”几梭子，子弹像冰雹一样，枪口吐着红红的火舌，红军伤员一个个倒在狮子岩边，全部被杀。

目睹这悲壮的场面，女儿队队员们禁不住失声大哭，太惨了，心痛啊。

“不想像他们这样，就给我的兄弟当老婆去，放你们一条生路。”王碧泉看到女队员们痛苦的场面，心头掠过阵阵快意，匪兵们淫笑着一窝蜂扑了上来。

一个女儿队队员对准扑来的匪徒就是一记耳光，匪徒恼羞成怒爬起来一脚将她踢进了狮子潭。

女战士们的复仇情绪像火山一样爆发了！她们用手、脚、牙齿、石头、木棒与敌人展开殊死搏斗。“啪啪”又是两声枪响，两名女儿队队员应声倒下，搏斗中的队员们一时愣住了……

剩下的女儿队队员全部被俘，傍晚时分，女儿队队员们被关进了王碧泉家黑洞洞的堂屋。

她们紧紧地依偎在一起互相取暖。院内左厢房传来了匪徒们喝酒划拳的声音。王碧泉抓起一块最大的狗腿肉喊道：“弟兄们，庆祝胜利，喝！谁喝的多谁先挑女人。”旋即，手撕口咬大吃起来。

堂屋里令人窒息的沉默。墙角边，忽然有人低泣起来：“他不会要我了，不会要我了……”原来是张玉儿。

“谁不要你啦？”姐妹们不解地问。

“我不能告诉你们，因为他根本就不知道……”张玉儿一把鼻涕一把泪说，“他是个通信员。原想等长征结束了就去告诉他……我再也配不上他了！”玉儿依着墙壁大哭起来，女儿队队员们抱在一起跟着痛哭。

此时此刻只有一个人没有哭，她就是张金莲。张金莲身上带着“秘密”，她只能强压悲愤，尽量让自己静下来，想着如何应对当前的形势。

“姐妹们，如果觉得哭出来舒服些就哭吧。”张金莲停顿了一下，“下一步怎么办，大家都想过没有？”

“跟他们拼了吧，早死早痛快。”

“我们决不当俘虏。”队员们悲痛欲绝，毅然决然地喊着。

“冲出去一死了之，还不容易？可是想办法活下来就难了，留得青山在，不怕没柴烧……只要活着，总还有革命的机会。我已经想好了，不管跟什么人走，我都顺从，只要能让我们这一帮姐妹活着出去就行。”

多年后，李桂香在一份回忆录中说：

> 我们所有的衣服都被土匪抢光，只剩一个光人。那天晚上，我想起那些伤员同志，想起我男人刘辉轩，躺着不说话只是哭。一个土匪副队长说：“把那些哭的闹的拉到外面枪毙算了。”后来因为很多土匪都是年轻人，抓的都是年轻姑娘，每个人想要一个做老婆，就没有这样做。

夜深了，窗外梧桐更兼细雨，寒秋小院处处萧条。晚来风急，泪语凝噎无声，真个是“秋窗风雨秋草黄，耿耿秋灯秋夜长。已觉秋窗秋不尽，那堪风雨助凄凉”。

姑娘们都又气又累，无力地倒了一地。这时，酒醉饭饱的匪兵进来了。他们命令女兵们站成一排，居然按官大官小、兵长兵短排开先后开始挑老婆。首先当然是土匪头子王碧泉选。他自己挑，旁人还帮着参谋。王碧泉举着桐油灯挨个细瞧漂亮脸蛋、好身段的。最先被挑中的是小江，这个最漂亮又年轻的姑娘。

她成了王碧泉选中的“压寨夫人”。

被痢疾折磨得奄奄一息的李桂香，逢上这场灾难更是雪上加霜，此时已是昏死过去，直到她被抬走卖掉，方才醒转。后面发生的更加悲壮的故事，李桂香便无从知道了。

张金莲那番“顺从保命、见机再逃”的话让她身边的王秋菊陷入痛苦的沉思，她知道队长张金莲身上是带着秘密的。一番思考，突然，王秋菊一咬牙，跑到门边拼命擂门。

王碧泉打开房门，吼：“想死?”

“王团长。”王秋菊走上前去低眉顺眼，满是恐惧地说她不想死，想喝酒。

王碧泉闻到女人身上特有的香味儿，兴奋不已：“好哇，好哇，都像你这样不就没事儿啦。”王碧泉看看王秋菊，肌肤白嫩容貌秀丽，顿时眼神迷醉起来。他一步一笑地把王秋菊揽出了屋子。喝着酒的匪徒们惊奇得半截木头似的，都愣愣地站在那儿一动未动。

王秋菊眼泪汪汪，一边走一边直唠叨：“我不想死，王团长，我该叫你声大哥，我们一个王姓呢……”王碧泉一脸征服后的骄傲：“好说好说，这就简单了，只要听话顺从就好。”坐在桌前的王秋菊娇嗔妩媚地举起了酒杯……

“叛徒!”女战士们一片怒骂声，她们愤怒得直喊，“王秋菊，你敢过来，我们……我们掐死你!”几个女战士拼命用拳头捶打着板壁。

过了很久，一匪徒进来指着张金莲：“你，她舅妈?出去。”又指了另一个，穿黑衣服的，还有那个带小孩的：“你们俩也可以走了。”

直到此时，女儿队队员们才明白了王秋菊的良苦用心和她所做出的牺牲。

屋外，“女人……女人……”匪徒们醉得舌头像裹了棉花，话语含混不清，身子东倒西歪。王碧泉一声大吼，匪兵们酒醒了一半，自动排起了队，他们也像头儿一样，一个个轮番着提灯进屋到姑娘们面前仔细挑选。

后来，在回忆中，李桂香清清楚楚地讲述了下面这段话：

> 满屋的女兵被土匪一个个选走。王碧泉发现屋角还蜷缩着一个生病的女人——我因患严重的痢疾，面黄肌瘦、奄奄一息，如快死的人一样。“把她拉到王兴福那去，他清明会上卖了头猪得了九块光洋。”王兴福，就是我后来嫁的男人，当时家里很穷没有老婆，比我年纪大了十岁。王碧泉为得九块光洋，我就被卖到了王兴福家里。
>
> 这些女儿队人员的姓名，我记得的有：小江，配给王碧泉。老陈，配给王承锡。杨菊香，配给王益斋。明秀姑，配给王华南。邹桂英，配给向虎卿。杨秋菊，配给唐青儿。素玉香，配给“糯米它”（小名）。我自己，配给王兴福。其余的就记不清楚，也不知道下落。

一袋烟功夫，18名女儿队队员一个个被他们带走了。女儿队队员们始终在做最后的反抗：李玉娇宁死不屈，在途中纵身跳下幽谷；王三妹在遭受匪徒强奸后，趁匪徒熟睡举刀将其刺死，然后饮恨自尽。

张玉儿被匪徒王二堂押回屋后，就被锁进了黑咕隆咚的谷仓。她拼命地捶打仓门，吵着、骂着、闹着，愤怒的声音宛如爆发的山洪，然而却没有一个人来理会她。渐渐地，时至半夜，坡上传来阵阵狼嚎的声音，她浑身上下像抽掉了筋骨一样疲软无力，声音也嘶哑了。

安静下来后，她心里暗暗地盘算起来，硬斗肯定是斗不过的，最好装疯！只有这样才能逃脱敌人的魔掌。于是，笑声、哭声、捶胸顿足的怒骂声、喋喋不休的片语声，一起混杂着从谷仓里传出……

但，装疯的玉儿最终没逃过禽兽的蹂躏。她不再为求生演戏，直接到剧终——她含恨自杀了。

王秋菊的故事则更加悲壮。王碧泉知道实情后勃然大怒，一把抓住王秋菊："说，放跑的那女人是谁?"

"我舅妈。"

"舅妈? 是你们队长，对不对?"

老羞成怒的王碧泉对着王秋菊鼻子就是一拳，一股鲜血喷射在王碧泉的前胸。王碧泉低头看看满身的血渍，朝王秋菊的嘴巴又是一拳。顿时，她的两个牙齿掉落在地。

王碧泉呼哧呼哧地喘着粗气，气得像一头困兽，来回踱着步，踩得地面"咚咚"直响。"娘的，居然让你们的队长从我的眼皮底下跑了!"他突然疯狂地扑向枕边取出手枪，对着王秋菊，"不不不，不能让你死得太舒服，不能太舒服。"

"来人啊!"四个匪兵冲进来。"把她的衣服剥光，开荤啊!"四名匪徒将赤身裸体的王秋菊按在床上，饿狼抢食似的一起扑上去……

第二天，王碧泉命人用根绳子捆住了王秋菊的双手，又将一只装满煤油的木桶绑在她背上。

王秋菊被推到水田里，罪恶的火苗点燃了煤油。装满煤油的木桶在女人背上顿时火光冲天。水田周围的匪徒们敲着大锣乱喊："快来看啊，女红军'背火笼'、女红军'背火笼'喽——"

一股浓烈的肉焦味弥漫在空中，王秋菊先是跳腾，最后一头栽倒在水田，再也没有起来……

"姐妹们大都死了，我却活着。我幸运? 我开心? 不，那种日子，谁都宁愿死!"李桂香的孙女说，"奶奶每每回忆这段，重复最多的就是这句话。"

关于自己后来的生活，李桂香说：

> 从那时候起王兴福回了家，我就给王家做工，没有在土匪队里了。不几天，红军刘团长来寻找我们，在老庄坡和王碧泉打了一仗。王碧泉打败了，红军也没有追赶他们，听说有几个女儿队队员又回到了刘团长

那里，驻扎在打鼓泉的麻栗溪，以后就开走啦，其余的情况我就不知道了。

几十年来我受尽了痛苦，直到新中国成立后才过上真正自由的生活。

（5）余生

两船女兵两河口蒙难，其中一个最机灵的叫余秀英。

余秀英毕竟有过只身闯荡的经历，她被一个姓王的男人领走后，就装作顺从的样子，让那人放松了戒备，喝得个烂醉如泥，余秀英得以逃出魔窟。

余秀英后来说，她是打定主意，一定要活着出去。女儿还在婆婆处养着，丈夫在前线打仗，她不能辜负他。要不，那真是辜负了两个好男人。

余秀英的爱情，是在红军女儿队一次摸情报中结下的“叫花子”缘。

余秀英为给部队提供可靠情报，装扮成“叫花子”去摸清一处地主武装。在“乞讨”中，她很好地完成了任务，把地主的兵力部署、武器装备摸得一清二楚。返程途中，意外地遇到了同样是化装外出办军需回队伍的贺士银。贺士银很早就追随贺龙在外面闯荡，参加过北伐和南昌起义，在余秀英面前，自然是后者崇拜的年轻的“老革命”。贺士银为人厚道、沉稳能干，给余秀英留下了很好的印象。余秀英回到女儿队，贺士银还来看过她几回。余秀英最爱听他说跟贺老总相关的故事和传说，比如听他说桑植出了个贺龙，是天上的神龙转世，你去抓他毛都抓不到，他出兵来打你每打必胜，领头闹红军，打土豪分田地，政府拿他一点办法都没得，了不得的人物啊……

余秀英跟贺士银在不断的接触中，一来二去有了感觉，从有感觉到有感情，又自然发展成爱情。两个月后，红军女儿队为他们举行了简朴、热烈的婚礼。婚后仍处在热恋状态中的余秀英越来越强烈地感觉到，自己中意的爱情和婚姻，原来竟是这么甜美！

自从一年前红二军团和红六军团会合之后，贺龙带起部队接连打大仗。余秀英所在的女儿队，主要任务是接应和照料从前线抬下来的伤员，替伤员们清洗衣服。看到战士们被打得浑身血污污的，她就忍不住要落泪。

丈夫在主力部队，经常有战事，余秀英就整日担心，害怕枪子不长眼伤及到他。离多聚少的两人，妻子用绣“福垫”来祝福丈夫平安。一有点空她就绣鞋垫。其实，当初贺士银来女儿队看望她，就夸过她的鞋垫绣得好乖好乖，说要是谁能穿上这乖鞋垫儿，只怕路也跑得快、命也保得好。总之，是有福之人才能享用的。

如今余秀英成了他的女人，她就一双接一双地绣，让他老是有新的鞋垫换。而且她活学活用，将在女儿队学到的文化绣到鞋垫上来：绣好一对鸳鸯鸟了，还要别出心裁绣上“红军”“革命”之类的词儿。更多的她是绣上一个大红的“福”字，护身符般地护佑着丈夫平安。一次，贺士银顺道回家，见她做了这多鞋垫，又是心疼又是感动，说哪要做这多的鞋垫儿哟！你不见红军行军打仗都是穿的草鞋吗？余秀英不依，她说眼下不能穿，就留到革命胜利了穿，穿得你下辈子都是有福之人！

谁料到天有不测风云，丈夫突然得病，还一病不起，那些鞋垫还没穿到一半，他就不行了。

贺士银弥留之际，做了一重要的决定：把妻子托付给自己的弟弟贺士周。

贺士周也是红军，为人诚挚干练，机灵聪明，尤其是身体比哥哥好，在部队里打仗是把好手。悲痛欲绝的余秀英，在百般不忍中胡乱点了头。

丈夫走了，入殓时，余秀英将一双双崭新的绣花鞋垫放进了棺材，让它们陪伴丈夫，直到化为泥土，直到地老天荒。

湘西一带，古来就有“坐床”的风俗，即哥哥去世了，嫂子就嫁给尚未婚配的弟弟，叫作“肥水不流外人田”。遵照贺士银生前的意愿，也恪守两人在贺士银面前的承诺，余秀英与贺士周成了亲。开始，她见到弟弟就老是想到哥哥，后来她索性就把两人想成一个人，再后来她就把对前夫的爱，全部移到现在丈夫贺士周身上……贺士周的确待她很好，余秀英就觉得特别幸运：自己命好，遇上一对好兄弟。哥哥让她过了一段做梦都不曾指望的好日子。如今，弟弟也是个可以托付终生的男人。尽管同样是离多聚少，但两人恩恩爱爱，每个日子都阳光灿烂。

到了 1935 年 11 月，余秀英生孩子，孩子满月后她去追队伍，被安排先送伤员，就这样，她上了那条船……

千难万险地逃出来，余秀英跑到留守的刘团长那里。刘团长闻讯，当即率部去营救。在老坡庄打得王碧泉败走，可那些被劫走的女红军，已被强占她们的匪兵藏起来，没法找到。刘团长顺藤摸瓜查到真相。原来，“老丝瓜”夜间与他的姘头过夜得知有一船女兵，遂派人连夜上山密报王碧泉，并讲妥事成后付她一百大洋好处费……闻听此讯，愤恨之极的刘团长，将一对千刀万剐也难解其恨的船工及其姘妇，一并处以极刑。

余秀英便直奔仓关峪找长征部队，她得追上丈夫呀。可部队已经开走几天了。遇上一个同样没赶上部队的红军战士，刚好跟她家男人贺士周一个连队。那人告诉她，贺士周几天前在过澧水战中被飞机炸死了。惊魂未定的余秀英，在突如其来的噩耗面前，呆了，木了。天昏地暗地恸哭一场，余秀英才匆匆赶回去料理后事。队伍是无法赶了，想到这么好的两个男人，说走就走了，她觉得自己命好苦好苦。她也不打算再嫁人了。看到一双风烛残年的老人和刚满月的孩子，余秀英再也拔不动要追赶部队的双腿。

一直寡居在家的余秀英，孤守一生。1969 年她六十岁时，民政部门接她住进了光荣院。离开队伍这么多年了，老人说，总是梦见当年在红军女儿队的那些人，那些事，那些日子。

余秀英还算好的。

无巧不成书，在澧水的这一段土匪窝子里，后来又发生了一起同样的事件：红十八师的一船女兵被土匪劫走，留下又一曲悲歌。

红十八师是为了红二、六军团主力顺利突围转移留下来打掩护的。当部队行至凉水口时，遭地方团土匪武装 1600 余人的袭击。由于红军一路饥寒劳累、疲惫不堪，在陈家河过河时，满载后方工作人员、医务人员和红军家属的两船女兵，被敌人劫走其中一船。

这船女兵和红军女儿队的遭遇一样，不是被土匪强配为妻，就是被卖到烟花柳巷。由于红十八师后来打得很惨，3000 余人的一个师追上主力时，最后只剩下 600 余人。与女儿队一起行动的 300 人，也只剩下了几个人。

对那一船女兵的下落几乎没人知晓，她们连名字都没有留下。

……

换一个时空。

2016 年 9 月，马忆湘病逝于广州。有媒体这样报道：

> 广州市殡仪馆青松厅，老红军马忆湘同志告别会举行。
>
> 大厅正中上方悬挂着黑底白字的横幅“永远怀念马忆湘同志”，横幅下面是马忆湘同志的遗像。
>
> 这是 1962 年，马忆湘 39 岁被授予少校军衔时的照片。马忆湘的遗体安卧在鲜花翠柏丛中，身上覆盖着鲜红的中国共产党党旗。
>
> 大厅里播放着熟悉的《十送红军》歌曲。告别会开始，人群中，有白发斑斑的将军，有英姿勃勃的士兵，有红二方面军的后人，有湘西永顺家乡的代表，还有红色小说经典《朝阳花》的读者……
>
> 人们告别老红军马忆湘，是向一个时代致敬！

有关这个时代，在我们的党史、军史中，类似下面的记载比比皆是。在《参加长征的女红军》一文中“随红二方面军长征的女红军”有：

> 李贞、陈琮英、蹇先任、蹇先佛、马忆湘、张金莲、陈罗英等 21 人，以及殷成福和她的女儿侯幺妹、儿媳刘大梅等 27 人。她们大多走到了红二方面军的终点——宁夏隆德将台堡。

走出长征的女红军中，有的当了将军，有的做了部长。马忆湘躲过了那场劫难，活到90多岁，离去时身上覆盖着鲜红的党旗。张金莲也有后面更好的生活。侯幺妹长征途中坎坷一路，最后失踪永远没回来。侯幺妹的母亲殷成福千辛万苦到陕北后，又选择了回乡等待失散的亲人，也还有儿孙满堂、受人尊敬的生活。

后来，有人问李桂香，你是有一场轰轰烈烈爱情的人，怎么就甘心把自己困在一个老光棍手里？李桂香长叹一声，良久才说，曾经的红军女儿队队员，躲避追杀几乎成了后来生活的全部。还有，这不是有娃儿了嘛？可以自己不要命，孩子的命要保，得保他们——活啊。

无奈的命运！女红军们是革命战士，同时还是母亲。一旦被命运捆绑，母亲的天性自然会在她们的人生抉择中成为至关重要的节点。对此，谁又能否认母性的光辉呢？

我在一部文史资料里读到记载这两船蒙难女红军的文章，作者在文章的末尾，充满感情地提醒后来人，切切不能忘记了她们！

是啊，在那千千万万烈士用鲜血凝聚而成的共和国旗帜上，不仅有她们的鲜血，还有她们的泪水。如果换成另一种命运，她们跟随主力红军长征到胜利，迎来新中国，她们或许早已是“夫人将军”或“将军夫人”了。她们本该有刚正的人生、灿烂的前景，可生命的航船在那一刻就是搁浅了、拐弯了。在或短或长的人生历程中，她们有的被当成土匪兵的玩物，或者像一头牛、一头猪一样地卖掉，或者被打成“土匪婆”挨批斗受管制……

后世的人们，怎可忘却她们的悲苦、辛酸？怎可忘却她们生命中曾经的奋斗和追求？

有人说，美，总是愁人的，这些苗家女、土家妹越是充满悲戚，越显凄美动人，越能激起后人的敬意和怀念。贺龙曾说过，等革命成功了，要为红军女儿队的张金莲、范庆芳母女写本《母女英雄传》。这句话，我们是不应当忘记的！

（原载《美文》，2017年第6期）

作者简介：

余艳，湖南省作协副主席，湖南省网络作家协会主席，湖南省报告文学常务副会长。文学创作一级。出版长篇小说、长篇报告文学等21部个人专著。曾获中宣部“五个一工程”奖、徐迟报告文学奖、湖南省“五个一工程”奖、毛泽东文学奖等奖项。

乡村国是（节选）

纪红建

仅仅是两个山村的对歌吗

一

十八洞村，是位于武陵山脉腹地的湖南湘西土家族苗族自治州花垣县的一个山村苗寨。在这里，习近平总书记首次提出了“精准扶贫”。

2014 年 12 月、2015 年 12 月、2016 年 11 月，我曾先后三次来到武陵山区。武陵山区大山神奇秀美、巍峨耸立、艰险陡峭，这里居住着土家族、瑶族、苗族、侗族等少数民族，日常生活充满丰富多彩的民族风情。探访整个山区，坐落在大山深处的十八洞村只是我行程中一个小小的驿站。

湖南湘西全国著名，除了沈从文和黄永玉这样的大师，还有湘西土匪、湘西赶尸、放蛊等传说故事也让人们对湘西充满好奇。在未到湘西时，纯地理意义的湘西在我心中的印象有五种定格：第一，湘西是个山窝子；第二，湘西曾经是个土匪窝；第三，边缘求生存让湘西人锤炼出坚忍不拔与血性剽悍的气质；第四，湘西一直流传着赶尸、放蛊、辰州符等神秘文化，是块令人向往之地；第五，贫困成了湘西的“标签”。然而，在几次的湘西之行后，这五种印象都只留下了感性意义的认识，特别是对湘西的贫困。这里仅以狭义的湘西州为例。湘西全州山地面积占总面积的 70%。武陵山脉自西向东坐落在湘西州境内，系云贵高原云雾山的东延部分，西骑云贵高原，北邻鄂西山地，东南以雪峰山为屏。因为受地质构造影响，碳酸盐岩在这里广泛分布，喀斯特地貌发育，石漠化问题十分突出。正因为如此，这里山高沟深、险峻陡峭，这也就是人们说“湘西是个山窝子”的缘由吧。

行走在湘西，土匪的故事，赶尸、放蛊、辰州符等神秘文化都成了传说，我看到和感受到的，除了沈从文所说的湘西“美得让人心痛”，还有就是湘西的贫困。湘西人如何脱贫致富？我不得不提一个人——早期民族学家、苗学研究的先驱，苗族教育家、政治家石启贵。

那个傍晚，在乾州一处古典精致的木楼前，石启贵老先生迈着沉重的步伐从历史的深处向我走来！

这位令人敬重的改革先驱，是湘西吉首乾州仙子营人，1924 年从湖南群治法政大学毕业回到故乡。仙子营处在仙子山的半腰上，巉崖壁立，进寨的路是一条挂在山腰的烂草一般的索悬，这里是一个岩多田少、地瘦民穷、庄稼不旺茅草旺的地方。苗语称这个苗寨为“乖者”，意思是石姓人家的寨子，汉语叫仙子营。有谚语称：“一根茅签一捆藤，有女莫嫁仙子营。”前一句是说仙子营的苗民以卖茅草藤柴为生，后一句是说仙子营穷得已不适合女孩嫁进来。读了几年“洋书”的石启贵回来后忧心忡忡，家乡的落后让他失落。面对这么一个贫穷落后的地方，他想到的不是要离开，而是满腔热血要改革。他要改变仙子营，改变其贫困面貌，让它变得跟山外一样富裕起来，让父老乡亲能够挺起胸膛做人。这激起了他心中的斗志，他不相信湘西的土地上只能生长贫穷。

依凭当时的基础条件，这无疑是一件比登天还难的事情。石启贵没有气馁，在他心中早已有了谋略。几年的省城生活，塑造出了一个崭新的自己，现在他要建立一个崭新的家乡。那时，西风东渐已有些年月，长沙又是一个开风气之先的地方。石启贵懂得，民族的贫弱是愚陋、蒙昧造成的，家乡落后的根源在于科技的落后。“科技兴国，实业救国”是那个时代喊得最响亮的口号之一。石启贵深以为然。他决定从工农业两方面同时入手，改变家乡积弱积贫的现状。当时的中国，工商资本已逐渐渗入。南京、武汉、长沙、上海、广州等地，已出现了不少工业革命后才有的新机器。“工欲善其事，必先利其器”，石启贵决定再次离开家乡，去外面学习先进的科学技术。他想搞清机器的成本、投入、产出，以及具体的运转和经营方面的知识。他还要去平原地带，跟江浙一带的农民学习增产增收的新经验，使自己的家乡尽快彻底摆脱传统落后的手工生产和耕种方法。

出门可以，但一分钱难倒英雄汉。家里这几年供他读书已是四壁空空，哪还有多余的闲钱供自己出门游学呢？有一天晚上，趁妻子纺纱之际，石启贵先是顾左右而言他：“金艳，你纺纱的速度很快呢，纺车转得像风一样，我都看不清了。”妻子不知道丈夫在故意夸她，谦虚地说：“不快不行，要赶着纺完好湔洗织布，冬天来了才能给你和孩子们添做新衣啊。”石启贵听了感动地说：“金艳啊，你为了我们这个家，太辛苦了。”妻子说：“辛苦什么，都是一家人，你还客气起来啦。”石启贵说：“我是说真的。我们苗族妇女非常辛苦，白天下地劳动，晚上熬夜纺纱，鸡叫三遍才睡，一个晚上一刻不停地纺，最多能纺两锭纱吧。”妻子半开玩笑说：“世界上真有神仙就好了，点一下就纺出一锭棉纱，点两下就纺出两锭棉纱。”石启贵立刻说：“我知道汉口新出了一种纺纱机，虽然不能点一下纺出来一锭棉纱，但还是比手工推纺车快多了，一台机子一天可以纺几十锭纱。像我们家里这些棉花一天时间就可以纺完，既节省时间，人也轻松很多。”他眉飞色舞地继续说："不光是纺纱机，还有织袜机、卷烟机、照相机，很多先进的劳动工具湘西都没有。"妻子打断他的话说："启贵，你说的这些新鲜东西我也听我那个在北京读书的哥哥讲过，你也是进过大城市读书的，有文化，你有什么想法大胆去做，我都支持！"听了妻子的话，石启贵放心了，他把自己要引进先进技术，开发苗山经济的想法和规划很认真地向妻子和盘托出。妻子说："启贵，你的这些想法、做法都好，我支持你。我知道做这个需要很多的钱，家里没有那么多，你要我怎么支持你就直说吧，我们一起想办法。"石启贵带着歉意轻声地说："我们家里现在也没有什么值钱的了，唯有你陪嫁的60 挑稻田……"他的声音虽然小，但妻子已经听出其中的用意，她思忖了一下说："启贵，你是读书人，见过外面的世界，当掉水田换新机器，应该是好事情。你当田若是用去打牌赌博，我绝对不支持你。但你是为了我们家和乡邻过上好日子，我没有意见。"

那天晚上，兴奋的石启贵就如何改进苗乡落后的生产模式，发展苗乡果木经济，引进先进的民族手工业等想法一股脑儿倾诉给妻子听，不管妻子听懂与否，他像找到知音似的跟她谈了一夜，直到鸡叫三遍才躺下休息。第二天，石启贵就张罗着找来了中间人，把妻子陪嫁的水田卖掉了。

1925 年 3 月，山间春寒料峭，但已有星星点点的嫩绿在山野萌动。石启贵怀揣着当掉田产换来的资金，告别亲人，离开偏僻的苗山，启程到汉口、武昌等地考察棉纺织业。然后又转乘汉口到上海的火车，到上海针织厂学习用机械编织袜子和衣衫，又到柯达摄影公司学照相。随后他去往苏州参观刺绣手工业，到苏州浒墅关女蚕校参观学习，接着又到杭州养蚕学校蚕场见习蚕丝生产。每到一处，他都一丝不苟地用心学习，用心记录。他清楚地知道，家里为自己这次外出学习当田卖地，就像赌博一样押下了最后一注！

半年后，石启贵带着湘西山里人从来没有见过的新机器回到了苗山。1925 年 9 月，他倡导并组织成立了"湘西苗民文化经济改进委员会"。他倡议，充分地利用好山区资源，把坡地改造成梯田梯地，一来可以防止水土流失，二来可以开辟更多田土种植粮食。不能改的地方，还可以开成果园，种植桐、茶、柑橘、柚子、梨子、桃、李、枇杷等果木，发展农家经济，这样，山里人日子将会好过得多。

经过石启贵夫妇的共同努力，加上"湘西苗民文化经济改进委员会"会员的热心打理，几年下来，仙子营焕发出一派生机。山间果木成林，柑橘、柚子果实累累。荒坡上栽植的桐树、油茶树，岩壳边地栽植的桃、李、枇杷、板栗等各种果木都开花挂果，获得了好收成。果子成熟时，石启贵让大家带信给远近乡亲，大家有需要的都来采摘，而他的贤惠善良的妻子还特地煮饭烧菜挑到山上招待大家。亲友们所采摘的果实，不用交给石启贵，他们尽可自己肩挑背驮，运回去自己享用。有的亲友舍不得吃，就拿到圩场卖钱贴补生活。

石启贵所向往的世外桃源般的苗寨，在水深火热的民国时期、在山高路陡环境恶劣的湘西大山里脱颖而出，这不能不说是个奇迹。

不仅付诸行动，带领乡亲脱贫致富，石启贵还专注于苗族研究工作。经过多年的走访调查，他于1940年完成了《湘西苗族实地调查报告》。因石启贵本人是苗族，生活在苗族聚居区，所以深知苗族人民的情况和处境，他认为弘扬苗族优秀文化是很有必要的，但更不能忽视的是发展苗区经济，摆脱贫困，争取政治平等。《湘西苗族实地调查报告》记录了老一辈反贫困斗士的人文情怀，真实反映了当时苗族贫苦大众的心声。即便今天，我们依然能够看到石老身上闪烁的思想光芒。

70多年过去了，有多少湘西人像石启贵老先生这样为了家乡致富前赴后继，有多少湘西人为此抛洒青春和血汗？他们的脱贫之路是否顺利，进展如何？我想，这应该是我们所要关注的。湘西州扶贫办提供的一组数据让我看到了湘西人脱贫的艰难：2013年湘西州地区生产总值仅为湖南全省的1.7%，财政收入仅为全省的1.5%，人均分别为湖南全省平均水平的44%、52.4%。全面小康社会总体实现程度73.6%，其中经济发展实现程度仅为51.4%。到2014年，湘西州通过精准识别确定，还有73.43万贫困人口。这是我在采访时收集到的数据。令人欣喜的是，在创作这部作品时，湘西州的扶贫数据就已经发生了巨大变化。2014年至2017年年初，全州累计减少贫困人口35.0445万人，贫困发生率降至16.14%，全州进入减少贫困人口最多、农村面貌变化最大、贫困群众增收最快的时期。

无论如何，数据依然是沉重的，犹如湘西那险峻的大山，重重地压在了湘西人的肩膀上。湘西州扶贫办工会主席黎小涛向我坦言：湘西脱贫，如果用一个字来形容，那就是“难”，如果用两个字来形容，那就是“艰难”，如果用三个字来形容，那就是“非常难”。难在哪里？怎么个难法？首先是思想难。湘西这地方环境恶劣，交通不便，消息闭塞，可以说是集民族地区、革命老区、贫困地区、边远山区于一体，人们的思想自然也就落后。以前，湘西人“等靠要”的依赖思想严重，贫困不从自己身上找原因，老是埋怨上面，埋怨别人，埋怨老天和命运的不公。其次就是出山难进山也难。黎小涛说：“纪作家，你看看，我们这里除了山还是山，一座又一座，一层又一层的，过了一弯又一弯，没完没了。我们这里的山不仅高，而且险，并且都是石头山，用悬崖绝壁来形容一点都不过分。想想看，要在这样的地方修路又谈何容易？哪像你们长沙那边，都是小山包，还都是黄土的，要修路，把山一推就可以了，成本低得很。我们这里可不行，都要从悬崖绝壁上开山炸石。这里修路的成本与代价，至少是长沙的几十倍以上，甚至上百倍。实话说，湘西州是湖南唯一的少数民族自治州和扶贫攻坚主战场，从20

世纪80年代以来，不少资源、资金都整合到扶贫上，可是扶贫工作年年搞，不少老百姓还是年年贫穷。2013 年 11 月习近平总书记来湖南考察时，为什么要来湘西，为什么又去了花垣的十八洞村，还在那里正式提出精准扶贫，并明确提出可复制、可推广的原则？我想，这与之前一直进行的粗放扶贫有关。以前扶贫，由于贫困居民数据来自抽样调查后的逐级往下分解，扶贫中的低质、低效问题普遍存在。那时贫困居民底数不清，扶贫对象通常是由基层干部推测估算的，扶贫资金也是天女散花，以致年年扶贫年年贫；重点县舍不得脱贫摘帽，数字弄虚作假，挤占浪费国家扶贫资源；人情扶贫、关系扶贫，造成应扶未扶、扶富不扶穷等社会不公，甚至滋生腐败。表面上看，粗放扶贫是工作方法存在问题，实质反映的是干部的群众观念和执政理念的大问题，不可小觑。说得具体点，就是扶贫制度设计存在缺陷，不少扶贫项目粗放‘漫灌’，针对性不强，更多的是在‘扶农’而不是‘扶贫’。就以扶贫搬迁工程为例吧！居住在边远山区、地质灾害隐患区等地的贫困户，一方水土难养一方人，是扶贫开发最难啃的‘硬骨头’，移民搬迁是较好的出路。但是，因为补助资金少，所以，享受扶贫资金补助搬出来的多是经济条件相对较好的农户，贫困的特别是最穷的农户根本搬不起。新村扶贫、产业扶贫、劳务扶贫等项目，受益多的主要还是贫困社区中的中高收入农户，只有较少比例特贫农户从中受益，而且受益也相对较少。原有的扶贫体制机制必须修补和完善。换句话说，就是要解决钱和政策用在谁身上、怎么用、用得怎么样等问题。扶贫必须要有‘精准度’，专项扶贫更要瞄准贫困居民，特别是财政专项扶贫资金务必重点用在贫困居民身上，用在正确的方向上。扶贫要做雪中送炭的事，千万不能拿扶贫的钱去搞高标准的新农村建设，做形象工程不能实现扶真贫。习总书记选择在湘西在十八洞村提精准扶贫，还有一个原因，那就是我们湘西的贫困具有反复性和顽固性、典型性和代表性！在这里提出精准扶贫自然具有里程碑式的意义。至少我是这样认为的。”但黎小涛也欣喜地告诉我说，这两年，随着交通等基础设施的改善，湘西后发赶超的拐点开始出现，在一系列内外因素“共振”下，几十年形成的“等靠要”思想正在发生转变，湘西各地主动对接市场，加快区域发展，快速走上了“造血式”发展道路。

由此，我不禁想，典型光环之下的十八洞村的精准扶贫之路会一帆风顺吗？

二

“山沟两岔穷疙瘩，每天红薯苞谷（玉米）粑，要想吃顿大米饭，除非生病有娃娃。”

2015 年 12 月 19 日上午，在从吉首前往十八洞的途中，黎小涛给我念起了流传在十八洞村的一首民谣。小涛并不是花垣人，但作为一名扶贫干部，他已经记不清多少次到过那里了。他是个开朗、热情的人，一路上给我介绍起十八洞的情况来。

小涛告诉我，十八洞村位于排碧乡西南部，紧邻吉茶高速、209 和 319 国道，距花垣县城 34 公里，吉首 38 公里，矮寨大桥 8 公里，高速公路出口 5 公里，交通十分便利。全村总面积 14162 亩，耕地面积 817 亩，林地面积 11093 亩，森林覆盖率 78%。全村有 4 个自然寨 6 个村民小组 225 户 939 人。十八洞村这个名字，是有传说的。十八洞的老人说，当年古夜郎国打败仗后，翻山越岭来到湘西深山老林，发现了一个能容纳几万人的大溶洞，而且洞内有十八岔溶洞，洞洞相连，于是便定居下来，休养生息，繁衍后代。最先，这里叫夜郎十八洞，后来简称十八洞。2005 年，当地飞虫村和竹子村合并为一个村，为了发展乡村旅游产业，就以洞名作为村名，叫上了十八洞村。

小涛说："纪作家，你别看十八洞村地处高寒山区，但那里面美着呢。那里冬长夏短，属高山熔岩地区，平均海拔 700 米，生态环境优美，境内自然景观独特，有'小张家界'之美誉。那里有原始次森林——莲台山林场、黄马岩、乌龙一线天、背儿山、擎天柱等景点，特别是十八溶洞群，洞内景观奇特，神态各异，巧夺天工，被誉为'亚洲第一奇洞'。村内瀑布纵横，枯藤老树，鸟语花香，高山峡谷遥相呼应，享有'云雾中的苗寨'之美称。十八洞村还属纯苗族聚居村，苗族风情浓郁，苗族原生态文化保存完好，民居特色鲜明，有'过苗年''赶秋节''山歌传情'等民族文化活动。"

然而，这层叠交错的美丽背后，最悲凉的两个字莫过于"贫穷"。

小涛说："过去的十八洞村穷啊！全村人均耕地只有 0.83 亩，山多地少，有地也是三年两不收，靠天吃饭。为什么？没水！碰上了旱年，就会颗粒无收。以前，人家都不愿意到十八洞村来，既藏在山坳里，没有一条像样的路，也没地方住，没有厨房，没有厕所。年轻小伙子找不到老婆，年轻姑娘十五六岁就争着往村外嫁。看着'肥水流了外人田'，十八洞村的小伙子和老男人急得直跺脚。前几年，在各级各项扶贫措施的支持下，村里确实发生了很大的变化，进村公路、水渠、村部大楼等基础设施的建成，着实改变了十八洞村的面貌。然而，扶贫工作队工作到期了，撤离了，全村仍然普遍贫困。2013 年，十八洞村年人均纯收入仅有 1668 元。因为穷，村里的年轻人基本都到外地打工去了，只剩下老幼病残留守；因为穷，村里还有几十个光棍汉找不到老婆……"

我沉浸在小涛的讲述中，也在内心赞叹着他对一个山村扶贫工作如此精准的记忆。也不知过了多久，感觉快要走近那个未曾谋面的山村了，想着一路走来，小涛始终未给村里的扶贫干部打电话，于是我有点担心地提醒他："黎主席，是不是给村里的扶贫干部打个电话?”小涛冲着我一笑，信心满满地说：“放心吧，纪作家，别的我不能保证，但我能保证扶贫队百分之百在村里。他们一个月有二十来天吃住都在村里，即使偶尔到城里办事找项目，也是忙完就往村里跑。”

果不其然，当我们上午 10 时到达十八洞村时，龙秀林队长就像村口那棵扎根大地的银杏稳稳地立在那里了。个头不算高，但壮实；才四十多岁，却已满头白发。

龙队长确实算得上十八洞村的一棵树了。在花垣县委宣传部和扶贫办工作之前，龙秀林一直在基层干，不要说一般干部了，光乡镇的党委书记就干了八年。后来他到县委宣传部当常务副部长，虽然机关工作也是忙忙碌碌，但毕竟还是没有在乡镇当一把手时那么事无巨细。其实他心里一直有一个文艺创作的情结，只是在基层工作千头万绪，难以抽出时间进行创作。到了机关后，他总是忙里偷闲，写写毛笔字，也写点小散文，时不时抒发一下个人感情。私底下，亲戚朋友都叫他作家或是书法家，说他是文化人，叫得他心里美滋滋的。在机关工作了那么多年，加上年纪也不小了，龙秀林也没想过会再回基层。2014 年 1 月中旬的一天上午，他突然接到通知，说是下午 3 点到县委常委会议室参加会议，研究十八洞村的扶贫工作。接到这个通知，他既感突然也感疑惑，十八洞村的新闻报道不是他分管，应该叫另一个分管新闻的副部长去才对呀。即使是扶贫工作，也应该与宣传部关系不大呀。但他对扶贫工作并不陌生，在乡镇的时候，他天天与贫困打交道，天天想着法子让村民脱贫。到会议室一翻会议资料，他就发现上面写着“十八洞村扶贫工作队”，还有工作队队员名单，有十多个人，队长就是他。队员中有不少还是县里大局的党委书记，让他当这个工作队队长，肯定不是最合适的人选。他没想明白，别人也没想明白。龙秀林当时想，管他呢，可能这个工作队也就到十八洞工作一周，顶多一个月，是个短期工作队。但会一开，龙秀林才知道不是自己想象的那样，不是一周，也不是一个月，而是三年，并且要吃住都在村里。虽然龙秀林没有心理准备，但毕竟是多年的党政干部，孰轻孰重他心里清楚。他毫不犹豫地领下了这个“军令状”。一散会，县委书记就把他留下，对他说，你知道为什么派你当县里驻十八洞村扶贫工作队队长吗？龙秀林只是笑了笑，什么也没说。书记说，第一，你当过八年的乡镇党委书记，有丰富的农村工作和扶贫工作经验，擅长与老百姓打交道；第二，你是宣传部的常务副部长，又有文学才华，能写能说，用文化的理念感化老百姓的思想，是你最擅长的。你说，不派你去派谁去？让龙秀林没想到的是，后来县领导看他将十八洞村扶贫搞得风生水起，干脆把他调到县扶贫办任党组副书记、副主任，当上了正儿八经的扶贫干部。

我们行走在十八洞村坚实、干净、宽敞的柏油路上，眼前的景象着实让人惊讶。

昔日进村的狭窄土路变成了宽阔的水泥路；两条长6300米的供水主管道解决了村民生产生活用水；村民房子里原来凹凸不平的泥巴地，现在变成了水泥地面，房屋、厨房、厕所都已经改造得漂漂亮亮……新修的石板路、新扎的竹篾墙、新添的青片瓦、新刷的木板房、新修的宽广的停车场，在暖暖的春光下，绘成了一幅优美的水墨图。

坐落在半山坡上的梨子寨，家家房子都是全木结构。寨子里，上了年纪的人都喜欢这种住了几十年的木屋，冬暖夏凉，通风又好。楼上的排方和无数的横梁，在秋收时节，可以用来挂晒收获的果实。苞谷棒子剥了壳，留两三张鱼尾（剥壳时剩下的叶子，湘西方言），一扎一扎地捆好，悬挂在横梁上，慢慢风干；黄豆连着根须拔下扯出，也捆成一扎一扎的，骑挂在排方上；还有喂猪的红薯藤、萝卜缨等，一茬一茬悬挂晾干后再一茬一茬地收藏；桐球沤在侧屋，油茶果摊在楼板上……

龙队长向我介绍说，2013年年底的时候，十八洞村还有136户贫困户542名贫困人口，2014年有9户42人脱贫，剩下的127户500人计划两年内摘帽。但实际上，今年年初，剩下的127户贫困户都已主动签字认账脱贫。

当然，成绩的背后必然有阵痛与涅槃！

我见到了十八洞村的老村支书石胜莲大姐；我也见到了第一支书、80后小伙施金通；我还听说了村支书、大学生村官、同为80后小伙的龚海华的故事……

他们都是十八洞村脱贫与致富的带头人，阵痛与涅槃的亲历者，他们都是十八洞村山坡上那一棵棵绿色的树，他们都是十八洞村天空那闪闪发光的星星。

三

来到十八洞村梨子寨施全友家的农家乐时，他家堂屋中间那个大火塘烧得正旺，火塘上的腊肉和施全友老婆孔铭英炒的饭菜飘出诱人的香味。

关于十八洞精准扶贫的话题便在火堆边拉开了！

龙队长对我说："2014年1月23日，我们工作队进驻十八洞村的第一天，就遭遇了'下马威'，因为修机耕道占用自家农田，竹子寨村民施长寿和两个儿子分别拿着柴刀、钢棍，阻止施工。看到修路受阻，其他村民纷纷涌上前，准备强行把他们拖走，'械斗'一触即发。当天晚上，我们就赶到竹子寨，七八十个老百姓烧了一炉大火，你一言我一语地商量着修机耕道的事情。当时就有村民说，修路是公益事业，既方便大家，也为子孙后代造福。如果还不同意，就要杀鸡，喝鸡血，歃血为盟，以后他们家就不再是竹子寨的人了，碰到他不叫他，他叫我们也不答应他了。还有村民说，我们不仅要把他们家开除出寨，而且路也要修通，他们要敢拦，我们就把那狗日的丢到田里去。那是我们工作队第一次到十八洞村解决问题，当时我给他们做了思想工作，还提到了西安事变，也讲得在场的村民们都点头了。随后，我们又来到施长寿家，问施长寿到底有什么要求。原来他担心，修机耕道最先占用他家农田，如果后面的村民不同意，导致机耕道修不成，他岂不是吃了哑巴亏？我想，既然这样，那就给他家一个台阶下。于是，我又跟竹子寨的其他村民说，他们家不是不同意修路，而是怕他家让了地，后面的人不让。我问他们，你们是不是真心想修路？他们说，是。我说，既然大家心这么齐，能不能保证后面修路畅通？他们说，能。我说，口说无凭，立字为据。于是，我就叫施金通施书记草拟了一份保证书，写好后，叫村干部一个一个签字，按手印。没有印泥，就用鸡血。给这家人设了台阶后，施长寿父子三人也同意修路了。正因为这件事，竹子寨后来才有个不成文的规矩，凡属竹子寨的公益事业，占村民家耕地0.5亩以下的，都要无条件支持；0.5亩以上的，再商量着做，可以无偿，也可以适当补偿，没有价钱可讲。”

但难题才刚刚开始。进村后，有村民直接问龙秀林，你是扶贫工作队队长，这次带了多少钱来？这让龙秀林哭笑不得。此前，也曾有工作队来扶贫，主要是送钱送物，工作队一走，村民们又陷入了贫困。没看到真金白银，不少村民冷嘲热讽，工作队连动员会也没开成。

龙队长说：“虽然十八洞村村民很纯朴善良，但因为长时期禁锢在大山里面，思想保守，缺乏科技意识和市场观念，加之文化素质不高，存在思想狭隘、目光短浅、斤斤计较等问题。我们以前小学课本上，不是有篇文章说力的方向如果不一致，人再多也没用吗？所以，十八洞村要发展，如果思想没统一，一切都是白搭，不要说五年，就是五十年五百年也发展不起来，都只能跟着人家屁股后头跑。十八洞村是2005年合并的，由飞虫村和竹子村合并。实话说，合并后的十八洞村，村合心不合，各自为政。原来的两个村，一个靠近国道，经济条件较好，那里的村民思想也较为开放。而靠近十八洞的这个村却非常贫穷，他们觉得，要死也要逮（湘西方言，在这里是“抓”的意思）住草根，要不就会掉到悬崖下去。这两个村互不往来。我们扶贫工作队进驻十八洞村后，村民有三种现状：一是抓住机遇，乘机而上，这部分人占了三分之一；二是搞不搞发展，无所谓，这部分人也占了三分之一；三是认为十八洞要发展起来很难，认为不可能，不仅不相信，还反对，也占了三分之一。举个例子：我们来之前，十八洞村村道是三米五宽，如果要发展十八洞的旅游和各项产业，来的车子就会增多，首先就必须拓宽村道，进行农网改造，等等。但刚开工时，几乎天天受阻，进展缓慢，甚至没进展。受阻，我们还能接受，努力去做村民的工作就是了；受气，我们还真有点委屈。一个村民写了一份大字报，晚上偷偷地贴在村部的墙上，说扶贫工作队与村干部贪污了习总书记带来的几个亿，说工作队瞎指挥，说修路是为了四、五、六组。他们不只是批评，还歪曲了事实。第二天一早，施书记就给我打电话，把情况一五一十跟我讲了。我跑到村部，看到了大字报。说实话，刚开始，我很难过，辛辛苦苦、真真切切帮他们脱贫，他们不仅唱反调，还诬陷我们，确实让人难过。开始，我也想查一下写大字报的这个人，后来想，真没必要查了。有村民不理解我们的工作，说明我们工作上也还存在问题。我想，只要我们是实实在在给百姓做事，我们心里就没愧，就不怕，最终也会得到百姓的理解。让我们欣慰的是，修路和农网改造等工作，得到了十八洞村青年的支持。他们看到进展很慢，着急了。修路过程中的一天晚上，已经12点了，我们工作队5个人，加上村干部，被十八洞村的青年约谈。30多个青年，搞了几桌夜宵，请我们一边吃夜宵，一边谈村上修路的事，谈村上发展的事。青年问我们，为什么村上的路这么久还没修通，是不是碰到了困难了？我们点头。青年又说，需要我们做什么，你们一个招呼，我们就上，谁捣乱，谁就是阻碍十八洞的发展，谁捣乱，我们就逮（搞）谁。”

龙队长意识到这是块真正的“硬骨头”，他也陷入了深深的思考：老百姓思想不统一，认识上不去，所建的产业都不会长久。必须统一村民的思想，只有思想统一了，才能激发老百姓的内生动力。这才是精准扶贫核心中的核心。为什么扶贫工作提了几十年了，也搞了几十年了，贫困地区依然贫困，产业始终建不起来？就是这个原因。如果不唤起贫困群众的精气神，光靠干部唱“独角戏”，将是死路一条。

但如何统一思想？这成了龙队长他们首先要解决的难题。

龙队长说：“基于这些现实情况，我们扶贫队在进驻十八洞村不久，就提出了对全村村民进行思想建设的提议。怎么搞？首先是把支委和村委的领导班子调整好，充分发挥村干部的带头作用。其次是与村民进行深入的交流和沟通，要让他们充分理解扶贫政策，以及扶贫的真正目的和意义。对此，我要求我们的扶贫干部必须有思想，必须有和老百姓交流的水平。再次，我们对村民加强道德教育。比如举办道德讲堂就是其中一种方式，让村民聆听身边的道德故事，沐浴道德洗礼，感染道德力量，让心灵在道德讲堂净化，让好心在道德讲堂滋生，积小善为大善，积小德为大德……思想统一后，工作就顺畅起来了。村干部无私奉献，默默付出；村民以十八洞为荣，团结一心，共同努力，不再互不往来。最后，无论是修路，还是农网改造，都占了村民不少责任地，但却一分钱都没要。这在以前是不可想象的，在其他村也是不可想象的，但十八洞村做到了。”

更难的还在后头！

龙队长说："我们经过上门走访，反复调查与研究，认为十八洞村要彻底摆脱贫穷，必须因地制宜，必须跳出'十八洞'建设'十八洞'的扶贫思路。也就是说，我们不能再走'输血式'扶贫的老路，必须'造血式'扶贫，因地制宜发展产业。也就是习总书记提出的可复制、可推广原则和'不搞特殊化，但是不能没有变化'的要求。一次，我与县委书记进行交流，探讨怎么建好十八洞村。书记说，按我们花垣目前的财力状况，给十八洞村投入五六千万进行建设，问题不大。但不能这么做，这么做了，就变成了'栽盆景'，不可复制了，更没有推广价值了，我们的精准扶贫就失去了意义。"

随后，龙队长他们带领村干部和群众大力发展产业。为此，他们磨破了嘴皮，也伤透了脑筋。他们的目的只有一个，那就是要让老百姓真正感受到实惠。正是在他们共同努力下，十八洞村的产业项目，都是采取市场化机制、公司化运作，把龙头企业、贫困户、普通村民紧密团结到一起，形成了产业扶贫合力。比如十八洞村最大的产业项目——千亩猕猴桃产业园，投入达1600 万元。村里引进龙头企业苗汉子合作社，成立十八洞村苗汉子果业有限责任公司，注册资本 600 万元。其中，苗汉子合作社出资 306 万元，占 51% 的股份；十八洞村出资 294 万元，占 49% 的股份（542 个贫困人口以产业扶贫资金入股，占股 27.1%）。

说到产业，龙队长显得颇为得意。他告诉我说："现在我们十八洞村有个'一一三工程'，就是每家每户种 10 棵冬桃，10 棵黄桃，养 300 条稻香鱼。桃树就栽在村民的房前屋后，每当桃花开放时，十八洞就淹没在桃花之中。虽然冬桃目前市场价不低于十块钱一斤，但不能多种，多了就会滥。再说，我们主要不是卖桃子，而是卖桃树。418 块钱一棵桃树，其中 300 块钱直接给老百姓，另外的 118 块钱是管理费用。要是你来十八洞村买了一棵桃树，你就是十八洞村的荣誉村民了，就可以享受到几大好处：第一，可以免费进村，免费停车，免费进十八洞参观，享受'三免'。第二，让你在十八洞村住得下，也吃得下。我们在保证原生态的基础上，保证'五改'，也就是民居改造、厨房改造、卫生间改造、浴室改造、猪圈改造。第三，因为你的参与，让十八洞的桃树更有价值，花点小钱，既承担了政治责任，也助推了精准扶贫，让有爱心的人士找到了平台。第四，就是让你认了一门亲，和你买的桃树的主人建立了感情。第五，长年为你准备了放心食品。因为与十八洞村的村民成了朋友，需要大米的时候，人家给你寄点大米；需要土鸡的时候，人家给你寄土鸡；需要蔬菜的时候，人家给你寄点蔬菜。然后呢，对于你的桃树，我们也会随时让你了解到它的生长情况。不几天，我们就会给你的桃树拍个照，拍个小视频，发个微信给你，让你看看桃树长得怎么样了。开花的时候，你可能要过来看看。要过来，一般不会只有你一个人过来，或许是你一家人，或许还会带上你的亲戚朋友一起过来；要过来，肯定首先要联系，联系好后，村民提前把房间打扫好，把吃的准备好。桃子成熟的时候，你肯定也得过来摘桃子，一次摘不完，可能还得两次三次。来一次，你带五六个人，一年来四次，你就可以带 20 个人。按一个人花费 100 元计算，20 个人就可以给十八洞带来 2000 元的经济效益。按一户 20 棵树算，一年就可以产生 4 万元的毛收入。不是还有稻田里的稻香鱼吗？这个鱼也挣钱，但更大的价值还是用于观赏和营造氛围，能有四五千块钱的收入就可以了。这样一算，一家一年可以逮（挣）到四五万块钱，相当于过去种了 20 亩的烤烟。而且这个产业玩玩就逮了，种烤烟压力多大啊，主要是市场压力大。我们打算在十八洞村栽 5000 棵桃树，5000 棵桃树，就有 5000 个荣誉村民，这 5000 个荣誉村民，都是十八洞的宣传员。不说多了，一人向 100 个人宣传十八洞，5000 人就是 50 万人次。除了这些，你们把十八洞的产品带走，带到花垣，带到吉首，带到长沙，甚至带到北上广深这样的大城市，对十八洞也是一种宣传。如果这些做好了，十八洞村的乡村旅游就做起来了。当然，这是理想状态，有的不一定达得到。但总的来说，方向是好的，路子是对的。我们的这个做法，湖南经视已经报道过了，现在已经有不少人买了十八洞的桃树，成为十八洞村的荣誉村民了。甚至还有企业家提出要在十八洞买 100 棵桃树，我们说，不行，一人只能买一棵，这是限量版的，不能多买。为什么不能多买？我们主要是想把十八洞的 5000 棵桃树分散卖，不能集中在一个地方，这样宣传效果更好。”

十八洞村的产业，不光种冬桃、黄桃，养稻香鱼，开发十八洞村的景点，还开发苗绣，开农家乐，以及发展花卉产业，等等。

老村支书石胜莲大姐难抑喜悦。她说：“2014 年年初，县民委和县妇联来找我，说要到十八洞办一个苗绣合作社，组织广大妇女来做这个事，一起培训。我说，好啊，这是大好事，我参加。2014 年 2 月，我们组织村里的妇女进行了培训，全村 301 个妇女，培训了 192 个。5 月就正式注册成立了合作社。后来，他们又组织投票选举一个领导人，结果把我给选上了，让我当理事长。当时我就跟县民委的领导说，如果领导信任我，让我来管理这个合作社，我有信心做好，我也会把这个担子担起来。但我已经 60 岁了，干支书也干了十六七年，年纪大了，是该让年轻人来挑担子的时候了。于是，我没干支书了，一心一意干苗绣合作社。除了做苗绣，我们还做苗秀用具，包括绣片、花架、装饰品、织布机等，只要与苗族有关的用具都做。平时，公司把产品送到我家，他们出布出图案，包括针和线，我再组织大家来领取，都在家里绣。怕我们的苗绣没出路，县里又给我们联系了相关公司，州里也给我们联系了相关公司，州里的公司叫金苹果公司。我们的产品，除了往外销，也在施成富家搞了个苗绣展示厅，租金一个月 500 块钱，一年 6000 块钱，还装修了墙壁。很多游客对苗绣感兴趣，我们的产品在那里也卖得很好。现在我们合作社，主要是缺少会画的妇女，她们都会绣，就是没一个会画的。画图案难，要美术功底，村里的妇女文化水平都不高，谁都没专门学过美术。这是目前我们最发愁的事。但不管怎样，合作社办起后，确实改变了十八洞村妇女的现状。一是大家都有事可做了，二是大家有了收入，手脚麻利的，一个月能拿到一千七八，最少的也有七八百。我在合作社当理事长，一个月 1000 块钱，支书退休后的工资一个月 150 块钱，一个月总共可以拿到 1150 块钱，很不错了。”

大火塘烧得更旺了，孔铭英也做出了一桌香喷喷的饭菜。她是 2015 年元旦从重庆秀山嫁到十八洞村来的，除了爱情的力量，还有一个重要原因就是十八洞村越来越好的日子吸引了她。她既是这家农家乐的老板娘，又是厨师。小孔抑制不住脸上的笑容，她一边麻利地收拾桌子、端菜盛饭，一边快言快语地说道：“2014 年散客少，主要是工作队照顾我们，带了很多客人来吃饭。今年就不一样了，散客多了。国庆那七天，天天爆满，我也是自己洗菜、自己切菜、自己炒菜，全友就负责买菜、烧火，当火头军。那七天，每天都可以结到二三千块钱。平常，人不是很多，但我们也从不挑剔，来一个也接，两个也接，把他们当朋友当亲人当贵客。”

……

龙队长他们真实的叙说，让我既看到了十八洞村的艰辛，更看到了希望。应该说，十八洞村是整个武陵山区的一个缩影，是整个中国贫困山区的一个缩影。同时我也被扶贫工作队的这种细心、耐心与执着感动。更令人欣喜与震撼的是，我在湖南省扶贫办了解到，2015 年湖南省省、市、县、乡 4 级共有 8000 个扶贫工作队，奔赴农村最基层，进驻到三湘四水的 8000 个贫困村。当然，湖南还只是精准扶贫战场上的一个角落，只是精准扶贫与脱贫大部队的一个方面军。结穷亲、拔穷根、种富苗，全国早已掀起了一轮精准扶贫攻坚战。

从贫困与艰辛到阵痛与涅槃，再到可复制与可推广，我深切地感受到一个山村脱贫的艰难，同时又深刻地体验到，共产党人扎根乡村引领村民致富的担当与作为。

当然，与我一样，许多人都表达着对这个“扶贫明星村”未来之路的担忧。村民的思想是否如龙队长所说都已经统一了？老百姓的内生动力是否真正激发了，或者说较为充分地激发了？村里产业发展的战略部署是否科学、合理与实际？村里的产业看起来红红火火，辉煌的背后是否存在隐情，又能否持久……

我的担忧并不是没有根据，放眼全国，扶贫战场成秀场的现象并不鲜见。比如近年来，各级领导干部都有自己的扶贫点，这已成一种较为普遍的扶贫方式。领导干部对点扶贫有其天然优势，但有个别扶贫点却成了领导干部的政绩秀场，真正扶的不是贫困农民而是领导自己。有个地方，为了让上级考察时看到自己的扶贫成绩，派一些小学生披着装化肥用的白塑料袋，趴在领导路过的山坡上。领导远远望去，山坡上尽是“美羊羊”，大加赞许；地方干部“喜洋洋”，皆大欢喜。这是典型的“造盆景”“垒大户”等重“面子工程”的扶贫做法。还有一个被戴上贫困村帽子的富裕村村干部如是说：“我们村被定为市里某领导的扶贫点，村里挺重视的，要是搞不好，那不是给咱领导丢脸吗？”无疑，这个村干部说的是大实话，但这大实话中透露出的是什么信息？领导的脸面最重要，哪怕弄虚作假，也要维护领导的脸面。我想，这应该也是习近平总书记当时在十八洞村跟干部群众说“要精准扶贫，切忌喊口号，也不要定好高骛远的目标”的重要原因吧。

如何防止扶贫战场成秀场？

我想，除了从思想根源上进行杜绝外，还有就是把好脱贫攻坚验收考核关，这是关键，也是最后一道防线。如果检查验收时大而化之，睁一只眼闭一只眼，不以贫困农民是否脱贫为唯一标准，不对贫困户脱贫情况逐一认真核查，让做虚功、玩花活儿、搞数字游戏、做表面文章者也可过关且邀功请赏，那么，谁还会全力以赴地去冲锋陷阵呢？显然，国务院扶贫办早就意识到了这个问题，并想好了对策——实行最严格的考核评估制度。如何“严”？一是有国家有关部门的考核，二是组织省际之间开展交叉考核，三是第三方评估。对脱贫成绩，不讲情面，只讲事实，有问题及时向社会公开，并严肃处理。

理性与警惕或许就是一种生存自救。我们始终要明白，始终要绷紧这根弦：贫困是人类的顽疾，是人类强劲的对手，是不会那么容易善罢甘休的。不论是谁，如果大意或是轻视，谁都难以真正走出贫困，即便走出了，可能也会脱贫又返贫。

四

与十八洞村深情对歌的是千里之外的赤溪村。这既是历史的对歌，也是现实的对歌。

说到中国三十多年来的扶贫史，我们不能不提赤溪村，不能不提一个叫王绍据的老人。

赤溪村位于福建省宁德市福鼎市磻溪镇东南部，这里本来是个穷得叮当响且默默无闻的小山村，因为王绍据“冒着风险”写的一封信，改变了这个小山村的命运，也让这个小山村被人们誉为“中国扶贫第一村”。

历史并未走远，还深刻地留在了人们的记忆中，很多老人把这段历史珍藏在了内心深处……

2016年9月10日下午，我到达福建宁德时，闽东大地已经下起了滂沱大雨。我给王绍据老人打电话。听说我到了宁德他非常高兴与热情，说欢迎作家来采访，但他现在还在福安办事，要晚上才能回来。我说不急，雨这么大，明天再采访。王绍据老人坚定地说："那不行，你大老远都跑来了，我这几十百把里的算得了什么，一定要赶回来，你在宾馆等着就是了，只是耽误你休息了。"

古稀之年的王老，是个老新闻人。他曾任宁德市福鼎县（今福鼎市）县委办公室副主任兼新闻科科长，宁德市委委员、宣传部副部长、《闽东日报》总编辑等职。一辈子他都没当过扶贫干部，但一辈子他都在做着与扶贫有关的工作。三十多年来，光赤溪村他就去了八十多次，在那里采访调研，既见证了赤溪村脱贫致富的过程，也探索着中国贫困山村脱贫致富的路子。三十余年如一日，他潜心探索、悉心实践、热心参与，采写了《50万元贷款落户记》《农民致富，路在何方》《人往何处去，钱从哪里来》《农民进城喜与忧》《返贫—— 一道必须破解的难题》等一系列专题文章，篇篇写扶贫，篇篇盼脱贫。

晚上快10点的时候，王老敲响了房门。一见面，我的顾虑就打消了。原本以为荣誉加身，且当过多年领导的他会有些架子，但王老的平易近人，立即让我如沐春风，我也少了些拘谨。

夜色中，王老打开了他的心扉。

提到赤溪，提到贫困，王老便充满深情地说："我也是苦水里泡大的孩子啊！我老家也在福鼎的贫困山区，店下镇的台峰村。由于家里兄弟姊妹好几个，加上我10岁那年父亲就去世了，初中只上了一个学期，我就辍学了。当时我才12岁，还是虚岁。回到家，就是放牛和参加劳动，整天在山坡上和稻田里打滚。虽然当时我还小，但我知道读书是大有用处的，所以每当看到伙伴们上学放学时，我就会傻傻地站在那里掉泪。但我对重返学校没有抱希望，因为家里实在太穷，一个哥哥当兵去了，一个哥哥生病了，还有妹妹需要照顾，我要撑起这个家。于是我就拿起原来的课本，天天看，看上面的文章是怎么写的，我就照葫芦画瓢，练习写作，写村里的好人好事。那时家里穷啊，电灯都没听说过，煤油灯也没有，我就到林子里抓萤火虫，放在鸡蛋壳里，当灯泡照明。一个鸡蛋壳可以放八十多只萤火虫，可以用三到五个晚上。我白天放牛，晚上写稿。写了后，我就不断地给《闽东日报》投稿，投了一次又一次，从未灰心。开始编辑老师没当回事，我也确实写得不好，但时间长了，投稿多了，编辑老师们也感觉到了，一个放牛娃写稿子不容易，应该鼓励和支持。于是，后来我的稿子在《闽东日报》发表了，并且越发越多，14岁我就成为《闽东日报》的通讯员，17岁我还成了《福建日报》和《中国青年报》的通讯员。因为自己受过贫困的苦，所以我对贫困一往情深，写的稿子都关注基层关注贫困。”

三十年前的赤溪村是另一番景象：村民过着“家家竹木屋、顿顿揭锅难”的艰辛生活。而要说赤溪的贫困，应该先从下山溪畲族村寨说起。下山溪并非村在溪边，而是下山之后才能见到溪。当地村民说，“前门听水声，后门听鸟鸣”，意思是距崖下几百米处的溪水奔流，只闻其声，难见其形。紧贴屋后的是陡立的山崖。下山溪就这样“挂”在半山腰。这样的环境，其生活之艰难可想而知。村民们住的是破烂不堪的茅草屋或竹木屋，吃的是番薯丝拌野菜，父亲、儿子穿同一条裤子，婆婆、媳妇穿同一条裤子，更不要说家具了。这里大山阻隔，道路崎岖，让村民更伤心的是，这里远离乡镇卫生院，缺医少药，一旦患病，轻则病上加病，重则听天由命。今年 70 岁的李先如老先生，就是下山溪的，四十多年前就眼睁睁看着妻子因难产来不及送医而在家中一间茅草屋去世。

王绍据老人说：“当时我是福鼎县县委办公室副主任兼新闻科科长，主要负责全县的新闻报道工作。一天我正与同事们在办公室聊天，来了一位磻溪公社的干部，他毫不掩饰地对我们说，你们新闻单位只知道报喜不报忧，难道现在农民都富起来了吗？我们赤溪村的下山溪穷得婆媳同穿一条裤哩！说实话，如此尖锐的批评我还是第一次听到。我就问他，还真有这么穷的现象吗？那个公社干部说，怎么没有？你去看了就知道了！我半信半疑，下决心打破砂锅问到底。”

1984 年 5 月 15 日清晨，雨过天晴，王绍据从县城赶乘头一班区间车到达磻溪公社，再从磻溪徒步翻山越岭到赤溪村，然后在村里沿着一条布满荆棘、怪石嶙峋的崎岖小路攀登到下山溪自然村。一路上，饿了，他就用在路边店买来的一串光饼当干粮啃几口；渴了，他就喝沿途的山泉水。全程不知走了多少里山路，后来他听当地人计算总共是 28 公里，好在他当时年轻力壮，但疲惫是免不了的。

说到这，王老心情沉重起来。他告诉我说：“来到这个被深山老林淹没的村里，看到村民们食不果腹、衣难遮体的艰难与窘迫，我震撼不已啊！记得在一户村民家里，我看到有个少妇大白天裹着破棉被，于是忍不住问她，你生病了吗？她十分尴尬地摇摇头，没回答。这时，她的邻居告诉我说，她家里穷，只有一条裤子，让婆婆穿着上山采茶了，自己下不了床。听到这，我泪都出来了。特别是看到孩子们辍学、失学的无奈，我更是百感交集。看到他们的现状，我回想起了自己的童年，想起了童年的贫困与艰辛。穷苦心相连，现场真情牵！我还了解到，这个自然村不仅是畲族聚居地，还是革命老区基点村，叶飞等老一辈革命家曾在这一带打过游击。新中国成立前这里的人口就超过了百人，新中国成立后 30 多年里，这里人口不但没有增加，反而减少了。原因是村里的姑娘着急外嫁，山外的媳妇却娶不进来，光棍不断增加，唯有几个能生育的妇女，却也顶多只能生两孩。更令人不解的是，下山溪没有一丘水田可以种稻谷，仅有边边角角垦填出来的农地，也只能种些番薯，还不够村民们填饱肚子，却还得年年缴公粮和征购粮。”

夕阳开始西下，王绍据揣着沉重的心情原路返回，尽管初夏的美丽杜鹃漫山红遍，但他却毫无兴趣瞟它一眼。他的心头像打翻了五味瓶：下山溪村民的先辈们曾经为革命付出鲜血和生命，怎能让烈士的后代和晚辈过着住不挡雨、衣不蔽体、食不果腹的生活呢？“应该呼吁社会给予扶贫，帮助他们摆脱困境！”王绍据暗下决心。

回到县城，已是夜深人静，万籁俱寂。王绍据躺在床上辗转反侧，难以入眠，脑海中不断浮现那呛人鼻腔的野菜、那面黄肌瘦的男女村民、那光着脚丫的稚嫩孩子、那难以下床的尴尬少妇……他内心无法平静，也无法再睡了，激情在心中点燃。于是他拿着笔和信纸，坐到书桌边，开始写起信来。

让我惊讶的是，32 年过去了，王老还能基本背出这封信。王老说：“大概到凌晨 2 时，我就把这封信写成了，一气呵成，几乎没怎么修改，标题就叫《穷山村希望——实行特殊政策治穷致富》。”这封信记录了一个老新闻人的担当。

编辑同志：

实行农业生产责任制以来，广大农民积极性空前高涨，农村形势发生了巨大变化。但是，还有一些地方，特别是偏僻边远的山村，至今仍处在穷困落后的状态。

在闽东福鼎县与霞浦县交界的一条深山峡谷里，有一个穷山村。这里地名叫下山溪，全村 18 户 81 口人。他们居住的房屋十分简陋与破烂，耕种的土地全是贫瘠狭小的山坡地，粮食产量极低。他们祖祖辈辈靠吃番薯度日，偶尔到外地集镇买几斤大米，只能在春节期间吃两顿，或供妇女“坐月子”吃几天。他们身上穿得破破烂烂，有的人买不起鞋子而光着脚板。这里农民的文化水平更低。解放三十多年来，这里只出过一个高小毕业生。据了解，在闽东山区尚有一些村庄至今生活仍很艰苦。这些地方大多数是解放前红军和游击队的根据地。

要使下山溪这样的穷地方富裕起来，依靠国家零星的救济见效不大。我认为只有从这里的实际出发，扬长避短，并给予特殊的政策扶持，方可从根本上改变其贫穷落后的面貌。下山溪村拥有 1200 多亩的山场，可以大力发展山羊，每户养几十只，这里就成为一个养羊基地。还可以把现有的灌木林逐步改变为杉木、柳杉等混交林；同时大量种植毛竹、棕树，做到长短结合，提高经济效益。这样，要不了多久，这里就能逐渐富裕起来。

实现上述富裕目标，就要实行一些特殊政策，例如，有关部门要舍得花一笔投资，帮助他们搞开发性生产，或由有关单位提供资金、种苗，同他们直接联办羊场、林场。要创造条件帮助他们从外地引进人才、技术，并保送一些当地青少年到外地学习文化、技术，然后回村领导生产。另外，建议国家能减免粮食征购任务。在最好年景，下山溪全村平均每人占有几百斤粗粮。每年向国家交售之后，口粮往往发生困难。下山溪的群众迫切希望干部到那里去走走。

福建省福鼎县委报道组　王绍据

1984 年 5 月 15 日

在这封饱含深情的信中，王老不仅反映了下山溪的贫困现实，也表达了自己的忧虑，更提出了很好的建议。这显示了王老的扶贫情怀，更见证了他的高瞻远瞩。“要使下山溪这样的穷地方富裕起来，依靠国家零星的救济见效不大。我认为只有从这里的实际出发，扬长避短，并给予特殊的政策扶持，方可从根本上改变其贫穷落后的面貌……”事实上这就是我们现在提倡的“造血式”产业扶贫。然而在那个年代，王老的勇气与担当显然比他的高瞻远瞩更为重要与珍贵。

第二天，王绍据就赶到福州，想将信发在省里的内参上。一家省级媒体的一位资深编辑看后兜头泼了一盆冷水，他毫不客气地批评说：“现在全国各地都在宣传农村富裕的大好形势，你却披露缺吃少穿的黑暗面，这不是给‘三中全会’抹黑吗?”碰了“钉子”回到家，王绍据的同事和朋友都劝他别冒这个险了，而他自己的心情也是错综复杂，难以平静。

王绍据铁了心要冒这个险。第三天，王绍据抱着试试看的心态，把这封反映下山溪村真实情况的信件直接寄往北京中共中央机关报——《人民日报》编辑部。

让王绍据没想到的是，19 天后，即 1984 年 6 月 24 日，《人民日报》在第一版刊登了他的这封来信，并配发了题为《关怀贫困地区》的评论员文章。来自北京中南海的发声，犹如一声春雷响彻神州大地，立即引起全国各地的强烈反应。因为此，后来赤溪村也被誉为“中国扶贫第一村”。

当然，《人民日报》作为党中央机关报敢于向全世界披露农村“短板”的实事求是的态度，更是点燃了声势浩大的中国反贫困事业之火。即便今天，《关怀贫困地区》的评论员文章，依然有着很强的现实意义：我国农村形势很好，生产显著增长，农民生活改善，大家都是看到了的。实事求是的思想原则要求我们同时看到另一方面，这就是农村尚有局部地区和少数贫困户，在生产、生活上还存在着相当大的困难，有一部分农民的温饱问题还没有得到解决。今天本报读者来信中反映的闽东一个贫困山村的情况，就是一个有代表性的例子。来信里所说的这类贫困现象，多出现在老革命根据地、少数民族地区、山区、边疆地区。其中有些地区过去在战争年代曾经对革命做出很大贡献，解放以后理应得到较快的发展，政府在财政上也给予不小的支援。但在过去一段相当长的时间里，由于政策上“左”的偏差，这些地区生产、交通、文教、卫生、科技落后的历史状况改变不大，不少群众依然过着“吃粮靠定销、花钱靠救济、生产靠贷款”的贫困日子。我们共产党人的天职，就是领导全体人民走共同富裕的道路，如果让这些贫困现象长久继续下去，不但会影响整个农村经济的持续发展，也愧对那里曾为革命做出过牺牲的父老乡亲。少数贫困地区存在的问题，整个说来属于支流问题。但我们决不能因此而忽视它。支流问题拖着不去解决，越积越多，在一定条件下也会造成灾难。我们有些同志，过去那种搞浮夸、搞形式主义、报喜不报忧的毛病，至今没有很好克服，工作上只搞“锦上添花”，不去“雪中送炭”，谁一提到困难，似乎就是给大好形势抹黑。这种毛病如果不克服，势必助长脱离群众脱离实际的盲目乐观情绪，进而导致工作上的失误……

贫困的呼唤，很快得到了党中央的回应。

1984 年 9 月 29 日，中共中央、国务院发出《关于帮助贫困地区尽快改变面貌的通知》。于是，一场波澜壮阔、旷日持久的扶贫大战，有计划、有组织地在全国如火如荼地开展……

“赤溪村后面的路顺利吗?”我有些担忧地问。我知道，光环的背后往往有辛酸。我又担心触及王老不想触及的话题。

然而，王老对此却非常坦荡。他一脸沉重而又毫无掩饰地说：“不尽人意。最初的办法和社会上的关怀，思路基本一致：送钱、送物。我记得第一次县领导带着各部门负责人，给下山溪 22 户村民送去的是救济金、大米、鱼、肉、衣服、棉被等物资。第二次又是县领导带着各部门负责对下山溪进行‘输血’：民政部门给家家户户送了一笔救济生活费；粮食部门再给每户一袋大米；畜牧部门免费送去了 60 多只山羊崽和 50 多只长毛兔种；林业部门免费送去了 3000 多株杉树苗、2000 多株水果苗；农业和医药部门还免费送去了药材种子及种植方法……当时人们都期盼‘众人拾柴火焰高’，然而事与愿违。由于下山溪山地过于贫瘠，加上那年干旱少雨，种下的杉树苗不到一年枯死一大半，存活下来的长不高，成不了材；一大批桃、李果树挤在‘眉毛丘’‘斗笠丘’的农地上，虽然能长出几粒果，但还没到收成，就让野猴子抢先偷摘了。山羊崽分散到各户饲养，由于山里茅草过于粗硬，啃吃后羊嘴巴普遍冒血泡，接着化脓溃烂，这 60 多只山羊崽没能长大；许多长毛兔也由于缺乏饲养技术，不是患病死亡，就是被野狗叼个精光。当时李先如跟我说，他家养的羊崽和兔子夜里被野狗叼走两次，有一次被啃吃得仅剩一堆残骸。有些村民还种下一批适应性极强的根茎药材，原本有望收获到手，结果被一群野猪咬得惨不忍睹。”

“输血”不治本，“穷根”依旧在。行路难、行路难，无路就走不出真正的“脱贫路”。我了解到，到20世纪80年代末，下山溪村年人均收入仍不足200元，整个赤溪村贫困率达90%以上。而其时，地处闽东的宁德尚属全国18个集中连片贫困地区之一。

针对当时闽东的贫困状况，当时的宁德地委发出了“摆脱贫困”的庄严承诺，一下击中了闽东人的心坎。一场以转变思想观念为突破口的摆脱贫困攻坚战开始打响！

“去年，习总书记在‘2015减贫与发展高层论坛’上发表主旨演讲，他说，25年前，他在中国福建省宁德地区工作，他记住了中国古人的一句话：‘善为国者，遇民如父母之爱子，兄之爱弟，闻其饥寒为之哀，见其劳苦为之悲。’他说，至今，这句话依然在他心中。”说到这，王老难掩激动，“针对当时宁德贫困状况，总书记多次强调：地方贫困，观念不能‘贫困’；不能寄希望于国家上重大项目，一下子抱个‘金娃娃’；要把事事求诸人转为事事先求诸己；要有‘弱鸟先飞’的意识，坚持‘滴水穿石’的精神……只有摆脱意识和思路的‘贫困’，走出一条因地制宜发展经济的路子，才能使贫困地区面貌焕然一新。”

赤溪迎来了转机！

王绍据老人说：“说到赤溪的变化，不能不提两个人。一个是时任赤溪村党支部书记的黄国来，他是村里当时少有的上过初中的文化人；另一个是时任磻溪镇党委书记的许文贵，许书记还有一个身份——桑园水电站建设指挥部副总指挥，分管移民搬迁。1993年，赤溪村上游的桑园水电站实现全面开工。因施工所需，赤溪村通往外界的羊肠土路变成了可以走货车的砂石路。当时老黄的想法是，从村里再修条路接上这条砂石路，把分散的14个自然村集中起来。而老许却在想：能不能把移民搬迁的办法‘移植’到赤溪？后来两人一碰撞，一个‘搬’字脱口而出，不约而同。但说起来容易，做起来难啊！整村搬迁安置的想法，传到了下山溪村老人们的耳朵里，世代居住于此的畲族老人们都反对：下山干什么？吃什么？天不是自己的天，地不是自己的地，路不是自己的路，死了都没个地方埋！应该说，最终打动老人们和下山溪村22户村民的，还是实打实的政策与心贴心的诚意。现在赤溪村主路——长800米、宽15米的长安新街，那时还是一大片竹林、菜园和杂地，属于村里以杜姓为主的几大宗族族产。为了安置下山溪村这22户村民，1993年夏，老黄代表村两委和族长们谈判，他们最终答应以每亩2000元价格出让。每户两层楼，沿着长安新街规划线两侧各11户。他们只从山上带下来80根木头。包括盖房用的砂石、水泥、空心砖等建筑材料，还有钱，全部由赤溪村两委和镇里在上级帮助下筹集，孩子们一并转入赤溪小学。就连老人们担心的坟地，镇里村里也考虑到了：坟墓可以迁到村后山里。大概是从1994

年 8 月到 1995 年 4 月，下山溪村 22 户村民全部完成搬迁。由此开始，20 年间，赤溪另外 13 个自然村的群众，也分三期陆续搬至长安新街两侧。到目前，赤溪村 408 户 1800 多人，已有 356 户 1500 多人搬到中心村。”

赤溪整村搬迁的成功经验，迅速传遍闽东。一场跨世纪的“挪穷窝”“拔穷根”的脱贫行动，在八闽大地全面展开。至 2016 年，福建省累计搬迁 142 万户农民群众，整体搬迁了 7000 多个自然村，建成各类集中安置区 3000 多个。

……

我与王老聊着关于赤溪，关于贫困，关于过去，关于现在，关于未来的话题。雨越下越大，夜越聊越深。

即便整晚几近失眠，但第二天我依然起得很早，对新赤溪的向往与好奇，已经驱散了瞌睡虫。来到赤溪村，整洁干净的村容、新旧错落的房屋，以及村民饱满的精神状态让我强烈地感受到：这里人们的生活已经大大改观，他们应该过上了小康生活吧。

老街质朴的街道、带有民族色彩的古建筑，以一种安静的方式，向我述说属于它的历史；在“赤溪扶贫展示厅”，我强烈地感受到了一个山村的艰难嬗变……

是啊，赤溪村的变化，是中国 30 多年来扶贫工作的一个缩影，也是中国农村建设与发展的一个缩影。

我有一种感觉，从赤溪村到十八洞村，再从十八洞村到赤溪村，并不只是两个山村的对歌，它们的顽强与坚毅，它们的开拓与创新，让这两个山村连接成了中国脱贫攻坚的“彩虹桥”，越来越多的桥梁将连接在一起，最终通往幸福的小康大道。

坐在高铁上，向福鼎、向宁德挥手道别之时，我突然无比留恋起这个地方来。十八洞村，赤溪村，它们在我的视野中越来越远，但在我的心中却变得那么辽阔而亲近。

（选自《乡村国是》，湖南人民出版社，2017 年 9 月出版。《中国作家》2017 年第 9 期首发）

作者简介：

纪红建，湖南望城人，中国作家协会会员，中国报告文学学会理事，中国报告文学学会青年创作委员会副主任，湖南省报告文学学会副会长兼秘书长。文学创作一级。已出版《乡村国是》《中国御林军》《明朝抗倭二百年》《不孕不育者调查》《见证：中国乡村红色群落传奇》（合著）、《马桑树儿搭灯台——湘西北红色传奇》等长篇报告文学十余部，在《中国作家》《当代》等发表《哑巴红军》《人民的记忆》《走向崇高》《不朽残碑》等长中短篇报告文学百余万字。获第二届“中华文学基金会茅盾文学新人奖”、解放军文艺奖、《中国作家》鄂尔多斯文学奖、“希望杯”中国文学创作新人奖、湖南省“五个一工程”奖、湖南省青年文学奖等。

中国剩男剩女调查

——“婚姻贫困”背后的真相及国家帮扶报告（节选）

韩生学

走近他们，聆听生命的声音。一段段在生命中等待、在生活中挣扎、在期盼里独行、在尊严里坚守、在鄙夷中坦然、在痛楚里欢娱、在“剩下”里老去的人生，沉重得令人动容。我再也不认为，这无婚的世界，与我无关。

——采访手记

引子：无婚之上笼罩生命之痛

两千多年前的太史公司马迁，在他的“史家绝唱”《史记》中这样记述：“《易》基乾坤，《诗》始《关雎》，《书》美厘降。”

的确，“群经之首”《周易》的首卦就是象征男女的“乾”“坤”两卦；中国古代诗歌开山鼻祖之《诗经》，其开篇就是描写单身男子思春情怀的《关雎》；有“上古史记”之称的《尚书》中，极度赞美的也是尧把女儿下嫁给舜。

为何这些经典都以“男女之情”冠首？孔子曰：“天地之间，生民之属，王道之原，不外此矣。”是啊，男欢女爱，阴阳调和，万物化生；匹配之际，生民之始，万福之原。这是千古不易的传世真理，是天经地义的自然法则。然而，时光跨越数千年，突然有一天，中华民族男女不匹配了，阴阳不调和了，千古不易的传世真理和天经地义的自然法则被无情打破了。

据多年来的人口普查数据推算，1980 至 2000 年的出生人口中，男性比女性多出 3331 万；据国务院办公厅印发的《人口发展“十一五”和 2020 年规划》显示，到 2020 年，我国 20 至 45 岁男性将比同年龄段女性多 3000 万左右。

2012 年，美国社会学家艾里克·克林南伯格在他的《单身社会》中向世界宣示：人类正面临一场空前强大、无可避免的变革——单身化。

单身浪潮来势汹涌，中国首当其冲。

国际人口科学联盟会员、南开大学老龄发展战略研究中心主任原新说：“‘剩男危机’的深远危害，不亚于 20 世纪中叶的人口膨胀。”

西安交大人口所所长李树茁表示：“这种集团性的无婚姻状态，势必带来一系列社会问题。过剩男性正常的生理需求无法得到满足，社会治安将无法保障。”

北京大学人口所博士生导师穆光宗教授则坚定地认为：“光棍，不仅是一个全新的社会问题，更是一场人道主义灾难。”

因工作需要，更受责任的驱使，我于2010年冬天开始，陆续走进了11个省区市的80多个村庄和社区，走访了170多位单身人士，与他们面对面，聆听他们的诉说，感受他们的悲喜，体味他们的沧桑。最让我震撼的，是一张张因缺少女人的抚慰而干涸褶皱的脸；是一个个因缺少女人打理而一片狼藉的家；是怀揣成家梦想在贫瘠的土地上或钢筋水泥里的汗流浃背；是一次次为了获得女人点滴的温存而导致的尊严的辱没、情感的亵渎、身心的伤害，甚至要付出生命的代价……

《礼记》说：“饮食男女，人之大欲存焉。”《孟子》说：“食色，性也。”这是古代先贤对人的天性的尊重，对阴阳调和的敬仰，对男女匹配的肯定，对夫妻和合的赞美，对后世社会的嘱托与期望。然而，生活在当今的中国光棍们，很多人每天面对的却是一个仅有“食”而无“色”的世界。正如一位单身老人对我说的：“生活没啥别的乐趣，就剩吃饱肚子了。”

无婚之上，笼罩着的是生命的痛楚、灵魂的孤独、人性的挣扎，面对的是家庭的缺损、文明的断裂、人口的危机……无婚之痛，不仅是个人之痛，更是社会之痛、家国之痛、民族之痛、人类之痛。

中国国防大学教授刘明福先生在他所著的《中国婚恋危机》中这样说：“一个国家走出经济危机，可能只需要几年的时间，而一个民族走出婚恋危机，则需要几代人的努力。”为此，他大声疾呼：“兴国必先兴家，给每一个中国男人一个媳妇，给每一个中国女人一个丈夫，给每一个中国婚姻一个安全，让每个家庭养得起一个孩子，保每位中国老人有一个归宿。”

男人梦，女人梦。兴家梦，兴国梦。在美丽中国的大背景下，在全球华人共筑中国梦的伟大时代，在举国上下全力精准扶贫、全面建成小康社会的大潮中，面对如此众多的无婚人口，我们真的不应该再无动于衷。

第二章　乡村剩男，只因为太贫穷

在由“乡土中国”向“城镇中国”推进的过程中，进城、打工、外嫁，几乎抽光了乡村的女人，经济、婚姻“双贫困”的乡村剩男，是“新乡土中国”最大的忧伤和惆怅。

——采访手记

老一代剩男：剩的不只是肉体

罗成之的木屋前种了樱桃树、梨树、板栗树，他对我说："等到春天的时候，花开得漫山遍野都是。"说这话时，他的脸上露出些灿烂来。只是，树木掩映中的木屋已经斑驳不堪、摇摇欲坠，在阳光下散发出腐朽的气息。

位于武陵山深处的重庆市秀山县大溪乡力大村，是一个有名的贫困村，罗成之的家就坐落在村后的山坡上。1989 年前，罗成之年轻有为，长相英俊，而且走南闯北，见过世面，是姑娘们的追逐对象。但那年之后，一切都变了。

罗家共有 6 个兄弟，罗成之排行第二。罗成之小学毕业那年，大哥出去当兵，而父亲身体很差，患严重哮喘，别说重体力活，就是走路都费劲。从此，管理一个家的重担就落在了 14 岁的罗成之身上。他先后学了理发、杀猪、木匠……赚了不少钱，为几兄弟修了这座木屋。正准备再大干一场，存些钱娶个媳妇时，不幸患上了慢性肺病。长期治疗不见好转，不得已，他回到了老家力大村。那一年，他 28 岁。

开初，他在家里种了菜、烟叶、茶叶以及各种果木，但他下不了水田，没有种粮食，吃饭就靠几兄弟接济。后来，兄弟们也都一个个去外地打工了，他便有一顿没一顿，直到乡政府为他申请了低保，生活才有了保障。"那时病得很重，经常喘不过气来，过一天算一天。"回忆起那段凄惨的日子，他至今都不敢相信自己是怎么挺过来的，"当年我和我爸坐在一起，村里的医生都说，我可能死得更早。"

父亲于 1991 年过世，几年后，母亲也过世了，他以为自己很快也会跟着走。谁知，把自己扔在大山里等死的罗成之精神一天天变好。他又活过来了，只是活得仍旧十分艰难。"去一趟小卖部都要歇三四次。"从小卖部到罗成之家有一里多路，罗成之说："如今，除了去小卖部买点儿生活用品，我很少离开家。"

"那你一个人在家干些什么呢？"我问。

"吃了睡，睡了吃，实在无聊，就抄抄书什么的。"罗成之轻描淡写地说。

"抄书？抄什么书？"

"也没什么书抄，就是两本字典。"说着，他从里屋找出两本卷边缺页的字典，一本是学生用的《新华字典》，另一本是发黄变黑的《四角号码字典》。《新华字典》是他读书时买的，《四角号码字典》是他父亲手上传下来的。抄它们，纯粹是为了打发时间。

他带我来到里屋，四面板壁被各色粉笔涂写得不成样子。他没钱买纸笔，就从村小学老师那儿讨了些粉笔头，每天一笔一画照着字典抄。不求学到什么，不求留下什么，只为将每天的时间打发完。

“如果身边有个人就好了。”我叹息着。

“是啊，刚回家的时候，我也想找个女人，但那时已经找不到合适的人了。”罗成之有些泄气地说，“现在更不可能了，就算人家答应，我也养不活她。”

“像你这种情况，村里多吗？”

“很多。前些天有记者来采访，说是统计了一下，35 岁到 55 岁的还有 80 多人没成家。”

老一代剩男，剩的不只是肉体。他们剩下的原因，要么是地方偏僻，要么是家庭贫穷，要么是身带残疾，要么是病魔缠身。他们孤独、痛苦、无助，在社会上更没有地位。

家住湖南会同县广坪镇某村的雷生明，因年轻时家庭条件不好，没有找到老婆，一直单身至今。单身不要紧，但在村里没地位，在人前没尊严，别人总是故意欺侮他。那年，组里修了组级公路，说好了，交由他养护，组里每人每年交给他 1 元钱作为护路工资。全组共计 110 人，也就是说，年底他应该拿到 110 元，可最后，他却没拿到一分钱。有人还说，他没老婆，也没孩子，死后还不是要靠大家埋葬？现在给大家做点儿好事，积点儿阴德，何必非要挨家挨户收这 1 元钱？老雷心里明白，这明摆着就是欺侮他没老婆、没孩子，可他又能怎样呢？

湖南省通道县万佛山镇某村的光棍向良成，因为光棍被人看不起，没人愿意与他来往，以至于性情大变，患上了心理疾病。每到夜晚，为了排遣寂寞，也是为了宣泄，他总是一个人站在院里破口大骂，骂天骂地，一骂就是几小时。村民们说，开初都被吓了一跳，时间久了就习惯了，由他骂去，谁都不去理会。在他们心目中，他跟疯子没什么两样。

像罗成之、雷生明、向良成这样的老年剩男全国到底有多少，没人统计，但绝对不是一个小数目。在一般人眼里，他们本就属于已经被幸福遗弃、被生活淘汰的一群人，他们的喜怒哀乐，他们的生老病死，与世界无关。所以，他们孤独，他们痛苦。痛苦的不仅是肉体，还有灵魂。

年轻的留守一代：经济婚姻“双贫困”

舒老三是湖南桑植县马合口白族乡人，家中三兄弟，他排行老三。他生活的地方，木屋多盖陶瓦，两年就得检修一次，因此，瓦匠这一手艺应运而生。舒老三就学了这门手艺，但 35 岁的他依然单身。

见到舒老三时，他正在村中看人打牌。如今的农村，无论走到哪儿，无论天晴下雨，无论过节与否，都能看见扎堆儿打牌的人，而他们身后是一栋又一栋人去楼空、日渐斑驳的旧屋，是一位又一位蹒跚的老人，是一片又一片撂荒的田地，是一个又一个没有了半点儿生气和文化氛围的村寨。舒老三的家乡就是这样。

舒老三将我引到他位于半山腰的家里。这是怎样的一个家呀！一栋四扇三间的瓦房，中堂连遮挡风雨的板壁都没有安，空洞洞的。东西两头两间房，他与二哥各住一间。二哥也是光棍，外出打工了，那间房空着。舒老三住了东头这一间，既当住房又当伙房还当库房。屋里各种杂七杂八的东西堆得乱七八糟，走进去，几乎找不到一块空地方落脚。

进门的右手边，靠墙堆满了春夏秋冬各季的衣服，衣服没有折叠，一股脑儿堆在一起，几个袋子凌乱地搁在衣服上，仿佛一个垃圾堆。他却笑嘻嘻地说，这就是他的“衣柜”，袋子就是他的“行李箱”。每次洗了衣服，从外面收进来直接一丢就完事。每次出门做手艺，取来袋子就可以直接装衣服，背上就走，省事。

离“衣柜”不远是灶台。所谓的灶台，也就是一个铁皮桶子，在侧面开一个长口子，用于添烧柴火。灶台上搁的锅子结满了厚厚的油垢，可能从来就没有洗过。两寸见方的一块猪肉在锅中煮着。他说他每五天买半斤猪肉一斤香菇，猪肉不切碎，整块放锅里与香菇煮，吃时只吃香菇，不吃肉，肉留到第二餐、第三餐、第四餐……他舍不得吃，要用肉当下一餐的油。说到香菇，我看见灶台边的地上还散落着几个，有些生霉了。他说没事，洗一洗就看不到霉了。在他的生活原则里，只要看不到，就是没有。

晚上睡觉的床，就架在离灶台不到两米远的地方，被褥凌乱，没有蚊帐，床头摆一块石板，蚊香燃过的灰在石板上堆积起厚厚一层，仿佛寺院里没人打理的香案。我问：“就靠这驱蚊？”

他说：“不止是驱蚊，还能驱蛇。”

原来，床周围的楼板早已烂了好几个大洞，直接通到地面，蛇经常从这里钻出来。曾有蛇爬到他的床上，与他同睡，把他吓出一身冷汗。自从点了蚊香，蛇再没来过。他说蛇怕蚊香的味道，只要一闻到，就跑了。

这种说法我可是第一次听到，到底有无科学依据，无从考证，不过，据他说效果很好。我不禁暗自感叹，高手在民间。可当我看到他那无奈的表情时，我终于理解了，他不这样做，又能怎样呢？家，对他来说，其作用也就只剩吃吃饭、睡睡觉了。

我问他：“你还年轻，又有手艺，怎么把日子过成这样？”

他淡淡地说：“没有女人，家不家也就这样了。”

他的单身肯定与贫穷有关，娶不到老婆使他失去了生活的信心，反过来又加重了他的贫困。他就是典型的经济婚姻“双贫困”剩男。像这样的剩男，全国不知有多少……

“山高路陡石旮旯，常年都吃苞谷沙，要想吃顿白米饭，除非老者生娃娃。”听着这样一首民谣，我走进了湖南省溆浦县一个叫茶园冲的古村落。

茶园冲坐落在大山中，我没看见茶园，倒是见到了许多与茶沾不上边的植物，有参天的，也有匍地的，大多叫不出名，自山脚沿陡峭的山坡生长，虽杂乱无章，倒也蓬蓬勃勃。一条嶙峋的石头路从陡峭的山腰穿过，连接山里与山外。村里人告诉我，就这短短的1.5公里的山路，全村人修了整整五年，下至十五六岁的少年，上至七八十岁的老人，每年将秧苗一插完，就上了工地，肩挑背扛，生生地在石崖上凿出了这么一条路。

茶园冲的人纯朴好客，只要你上他家落脚，全家人就会从不知什么地方冒出来。一位叫张二军的热情地留我在他家坐坐，他告诉我，整个冲里只有18户，鼎盛时有120多口人，如今只剩下80多口。这些年一些男子到外村当了上门女婿，连人带户口全部迁出，光这种情况，全村就有9人。

“为什么会这样？”

“穷呗。”张二军幽幽地说。茶园冲山多地少，平均每人不到一亩地，而且都是高山贫瘠地。“如果不是近几年都外出打工，这点儿地根本养不活村里的人。”

张二军是个光棍汉，已经38岁。从20岁起，他就张罗着为自己找老婆，找了十多年，还是没找着。“我不是吹，我的个人条件还算可以的，一米七的个子，不残不傻，能说会做。”

22岁那年，经亲戚介绍，他与一个外村姑娘对上了。两人谈了一段时间，姑娘要求来这里“看人家”，这是按当地婚俗必走的程序。姑娘进了村子，一番考察后，说了句让张二军至今想起来都难受的话：“你太穷了。”之后，他又先后找过六七个，都因为地方穷，留不住。

周围的群众听说我在搞单身问题调查，三三两两跑了来，没多久，便围了十几个人。其中就有8个光棍，最小的28岁，最大的56岁。39岁的李军道是从一公里外赶过来的，他是专程来诉苦的。他说，政府下那么大的力气搞扶贫，为什么不把为光棍找老婆作为重点？只要解决了老婆问题，他们就脱贫了。他希望我把这意见带给政府。

有这种愿望的，不止一个茶园冲。2017年8月30日，响应习总书记“精准扶贫”的号召，我来到了我的扶贫联系点——湖南省芷江县碧涌镇竹溪冲村。一进村，村民没有问我要项目、要资金，而是要媳妇。一位白发苍苍的老母亲拉着我的手：“工作同志，感谢你给我们带来了扶贫资金，但我们更需要的是媳妇。你行行好，给我儿子介绍个对象，我们全家当你是恩人……”面对激动的老人，我真的不忍心说“我做不到”，但我也不敢说“我能做到”。

2014年全国贫困人口信息采录结果显示，全国共有贫困人口8962万人，分布在12.8万个贫困村、2949万贫困户中，其中有相当一部分是单身未婚的贫困光棍人口。经济婚姻“双贫困”是横亘在贫困地区单身男人面前的两座高山，令他们只能仰望，却无法攀越。

打工一族之一：没房没车，他被剩下

他叫阳光，37岁。虽然是农民，但因为打工，他来到了城市。他说，之所以37岁了依然单身，根本问题，是他的农民身份，而且没房没车。

阳光从小生活在一个兄弟姐妹很多的大家庭，排行最小，大哥结婚的时候他才几岁。按理说他在家里应该很受宠，可惜家庭条件太差，父亲去世又早，他身为幺儿，却没有得到过特殊照顾。初中毕业之后，阳光不得不外出打工谋生。没有文化，更没有技术，他只得去了一家煤矿，一干就是好几年。在井下当工人，不但苦，而且随时都有生命危险，但他还是得做，因为这个工作没有技术含量，而且比其他工种的工资稍微高一点儿。

年复一年，阳光逐渐走入了婚龄。他也想恋爱，但在这样的地方工作，每天见到的都是满面煤灰的男工友，根本没机会和异性打交道。身处这样的环境，他没法改变，只有适应。后来，终于有亲戚在老家农村为他介绍了一个对象，他特意跑回去一趟，相亲见了面。他心里清楚，以他的条件，是没资本挑三拣四的，只要别人愿意，他就愿意。

女孩儿对阳光的第一印象还算不错，说他憨厚、本分、勤劳，表示可以先交往着看看。两人留了电话，加了QQ。之后，他又回到了矿上，继续他的打工生涯。只是这以后，他多了一份念想，为了讨个老婆，他要更加努力地赚钱。

白天下到矿井深处，手机没信号，只有晚上他才有可能与“女朋友”联系。开初，“女朋友”还很客气，他完全可以从字里行间体会到那种特有的温暖。但过了一段时间，情况有了变化。他发信息过去，半天不回，就算回了，也就一个字：“嗯”。

单纯的阳光没想太多，依旧拼命工作，每天只想多做一些，赚更多的钱。春节时，他高高兴兴回家，迫不及待地想去见见姑娘，不料却被告知，女孩儿前不久跟别人订了婚。那个男人家在城里，有车有房。

就仿佛当头一棒，阳光傻了。但他明白，这怨不得别人。姑娘嫁的是城里人，人往高处走，换了谁都一样。谁叫自己是农村人呢？谁叫自己没车没房呢？

对阳光来说这一次的打击非常大。他不再去矿上，而是去了城里，学了水电工。初中毕业的他有一些基础，没多久，就基本掌握了简单的水电安装技术。在城里有了份工作，收入也比以前多些，他想，找老婆应该容易些了吧。但他依旧处处碰壁。不是没人给他介绍，可女方张口闭口就要求他在城里买房。城里的房子动不动几千元一平方米，他哪有这么多钱？

这一拖又是几年。在30岁上，有人给他介绍了一个女友。女方34岁，比他大4岁，离婚后带着孩子生活，这些他都不介意，只要能给他一个家。交往了一段时间，他们住到了一起。每天，他在外做工，她在家里做好饭菜等他回来，他觉得很温暖。吃过饭后，他便陪着孩子做作业，孩子才上小学，很多课程他还能辅导一下。其间，他先后三次向她提过结婚的事，她却总说不着急。

这年春节，他出了一次车祸，不算严重，但还是住进了医院。因为怕花钱，他提前出院回家休养。这些日子他不能做工，不做工就没有收入，房租、水电费却是照交不误，还有三口人的吃喝，他感到了压力。于是，他提出回农村老家休养。她一听火了："要回你回吧，我是不会跟你再回去当农民的。要不，咱们分手吧……"

他终于明白了。之前他多次提出结婚，对方却总是推三阻四，就因为他是个农民，就因为他没房没车。可他也是凭自己的力气吃饭呀，不偷不抢不骗，怎么就低人一等了？就这样，他最看好的一段恋情宣告结束。

随着打工潮的兴起，大量农民涌进城市，成了城市的建设者，腰包也鼓了起来。但毕竟他们没有固定的工作，没有固定的收入，没有房，没有车，他们的根依然在农村，他们依然是农民。在婚恋之路上，他们比城里人走得更艰难，甚至撞得头破血流……

打工一族之二：只因家乡条件差

涉过一条河，翻越两座山，跨过五道溪，钻进遮天蔽日的森林。弃车步行，大约走了两个多小时，我终于来到了这里——湖南省沅陵县火场乡桃坪界。尚未看到房屋，狗叫声已先从树林中传来。一般规律，有了狗吠，离住户也就不远了。然而，在这里，听到狗叫后，又走了将近半小时，才看到从树尖上翘过来的半边屋檐。

这户人家的主人叫张有良，65岁，坐在火塘边，煮着一罐开水。已经是五月天了，他好像还怕冷，不但衣服穿得和冬天一样，而且一双脚伸在火塘前烤着。见有人来，他马上起身，倒茶递烟。他说，他身体不好，干不得重体力活，更下不了水，要不现在这农忙季节也下田帮着插秧去了，家里儿亩田就靠妻子一个人种，他干着急。

"儿子呢？"我问。

他叹了口气："你别提儿子，一提儿子，我心里就痛……如果当年生的是两个女儿，我比现在不知要快活多少。"

我们的谈话马上进入正题。他的大儿子叫张在根，32岁，小儿子叫张在育，29岁，两人先后到外面打工。他对儿子们没有别的要求，就希望他们带个媳妇回来。儿子们还算争气，几年下来，还真每人带回一个姑娘，一个是四川凉山的，一个是贵州凯里的。姑娘们在这里过了年，又拜会了亲戚，还行了订婚礼，只等上乡政府领结婚证，然后办酒席完婚。这一切，让村里人好生羡慕。

老人琢磨，两个儿子一起结婚，经济上受不了。征求孩子的意见后，按大小顺序，老大先办。老人希望大儿子和女友暂时不要回去，等把婚事办完了再说。大儿子和女友都听老人的，留在家里为婚事做准备。一切妥当后，择吉日，发请帖，就等为儿子完婚了。

可就在婚礼前两天，新娘却偷偷跑了。一家人到处找，甚至动员了县城的亲戚朋友也没有找到。面对布置一新的婚房，面对几大筐采购回来的婚宴物资，一家人哭丧着脸。张老头儿问儿子："你们吵架了？"

儿子说："也没怎么吵。"

"什么叫没怎么吵？"

"就是拌了几句嘴，她嫌我们这里太偏僻，但也没说不同意结婚啊……"

"现在说这些有屁用！"张老头儿吼道，"明天客人就要来了，连通知都来不及了。这回洋相出大了……"

一家人冥思苦想，也想不出还有什么好办法。最后，老大张在根说话了："就给弟弟办吧，迟早要办的，反正准备都做了，客人也请了，就办他们的婚宴。"

他们连夜与小儿子张在育联系。小儿子过年后没走远，就在县城里一家建筑公司做事，女朋友在一家超市上班。父亲要他们连夜赶回来，说是有重要事情商量。两人赶到家已是深夜，一家人都还齐整整地等着，父亲把事情的原委一说，小儿子和女友吓了一跳："啊？这也太突然了……"

张老头儿泪流满面："儿啊，你们就不要逼我了……"

大哥张在根也拉住小弟的手："你们就依了爸妈吧。要怪也只能怪我，发生这样的糗事，我真是无脸见人……如今，只有你们能救这个急。我的新房给你们，家具家电也都给你们，反正你们迟早要办的……"

第二天，婚宴如期举行，只是新郎、新娘不是原先的那一对儿了。张有良老人也没有因此挽回颜面，这个"兄婚弟顶"的笑话依然让他在村里抬不起头。更让他揪心的是，一年多后，小儿媳妇也跑了，把一个嗷嗷待哺的小孙子留给了他们。

小儿媳临走前给丈夫留了一封信："请原谅我的不辞而别……也许是你真的不该带我回来，回到这个偏僻的山村。你事先告诉过我你家很穷，我也以为自己并不是一个嫌贫爱富的人。但我怎么也想不到，现实远超乎我的想象……我也曾试着一遍又一遍地说服自己，认命，但是，通过这一年多的生活体验，我发现我做不到。如果让我在这里住一辈子，我会疯掉……"

复又成了光棍的儿子们，一个去了广州，一个去了云南。本来温馨和睦的家，就这么散了。面对如此境况，张老头儿一病不起，从此身体垮了……

正聊着，外面有了说话声。张有良说，是他老伴和孙子回来了。进门时，小孙子拖着奶奶的腿，几乎是滚一般翻过门槛，滚到堂屋里，满身的尘土，满脸的污泥。我问小朋友："几岁了?"

他有些怕生，爷爷奶奶一个劲儿教他："快告诉伯伯，说有4岁了。"但他就是不说话。

没多一会儿，他从里屋找来一张照片递给我，照片上是一个年轻时髦的姑娘。我问："这是谁?"

"是妈妈。"说着，他用一根小指头轻轻地抚摸着照片上的妈妈……

孩子的奶奶说："这是他妈妈留给他的唯一念想。我们经常对他说，妈妈出外打工了，给娃娃挣买糖的钱去了。后来，他有一点儿懂事了，就经常拿出照片来看。每次他拿出照片，我们就忍不住流泪……"

沉默良久，张有良说："这山里确实是太苦了。如果儿子们就在外面打工不回来，或者不把媳妇带回来，可能不会跑……"

老人说的有道理。人都是生活在现实中的，她们害怕自己一辈子困在这偏僻的大山里，没有别的办法，只有选择逃离。

第四章　城市剩女，另一种单身人生

上一代人讲"嫁汉嫁汉，穿衣吃饭"，当女性无须"嫁汉"也可以衣食无忧，当女性无须借助结婚来依赖一个男人时，自然就有了所谓的剩女。其实，像这样的剩女，根本不是剩，我们无非是经济独立了，不再像老一辈女人，需要依靠男人才能过活。

——摘自一位剩女的博客

经济独立，反而"剩"了

上海市徐汇区某连锁公司34岁的女白领张丽，月收入4万，双硕士学位，公司副总，身高一米七五。高收入，高学历，高职务，高个头儿，典型的"四高"女郎。

没见面之前，张丽的朋友小汪这样告诉我：张丽领导着一家几十人的公司，开着一辆路虎，平时最大的爱好就是参加自驾游和赛车。要说长相嘛，只要一看见她，多数男人都会被她的外表打动，身上该凸的凸，该凹的凹，该翘的翘；但只要一听说她的自身条件，多数男人又都会退避三舍，敬而远之。人们都说，本科生是黄蓉，硕士生是李莫愁，博士生是灭绝师太，博士后是东方不败。对于她这样一个“四高”女郎来说，出嫁真成了一件难事。

小汪领我去张丽的公司，不巧，张丽没在。办公室里坐着一位白发苍苍的老人，七十来岁，小汪说这是张丽的妈。当着老人的面，小汪猛夸张丽：“阿姨，你女儿实在是太优秀了，年纪轻轻就成了有车有房有职务的三有一族，人长得又漂亮……”

老人翻了小汪一个白眼：“你这是夸她还是损她呢？我倒是宁肯她没有这些，好好嫁个人，成个家。像现在这样，拿那么些钱，开那么好的车又有什么用？没结婚成家，一切等于零！”

看得出，老人心里着急。在中国传统观念里，作为长辈，只要儿女没成家，就是自己的责任。一边说，老人一边长吁短叹：“就是所谓的太优秀害了她，如果是一个中专生、大专生，或者什么生都不是，早嫁人了。”

说话间，张丽回来了。果如小汪所说，瓜子脸，长睫毛，大眼睛，容貌秀丽，皮肤白皙，身材苗条，有着30岁女人青春巅峰的极致美——成熟，稳重，自信。与我们打过招呼，她就被老人拖到门外，好一会儿才回来，带着点儿自嘲地说：“又被老太婆催婚了。说再不结婚，就不认我这个女儿了。实话告诉你们，在老太太面前，我工作上的压力都不算事儿。你们快给我介绍一个，我嫁了算了。”

从上小学开始到高中毕业，张丽的成绩从来没有跌下过前三名，高考更是以全校第一名的成绩考取了复旦大学，后保送研究生。也许是因为优秀，她一直不乏追求者。初中时，就有男同学往她的课桌里塞纸条；高中时，不止一人给她写过情书；大学时，更是追求者众多。但她是个乖乖女，永远牢记妈妈“读书时不准谈恋爱”的教诲，一心只读圣贤书。

她的第一份工作是上海某报社的记者，这期间，她爱上了同报社广告部的一位同事。用她自己的话说，这是她人生第一次心动。在她下定决心向对方表白时，才知道人家早有了女友，还是一个报社的，只是没有公开罢了。遭遇如此打击，她顿觉无地自容，逃亡般离开了那家报社。

临走时，那位同事对她说：“你太优秀了，给人一种不安全感，我要的不是一个长相漂亮、身材超好、文凭极高、理想远大、工作出色的老婆，普普通通看着顺眼就好。你不是这样的女人，你的心太高了。和你在一起，我压力太大。”

她一个人去了一个海滨城市，独自待了7天，然后带着满身的伤痛来到目前的公司，当了一个产品经理。那时，公司濒临倒闭。一个MBA辞职了，又过了一个多月，她的顶头上司，一个海归博士，也被炒了鱿鱼。就在她三个月实习期满的时候，被正式任命为公司的副总经理。

这种临危受命，只能说，老板的胆子够大！毕竟，她迈进商场不过三个月，还是个初出茅庐的无名之辈。但老板的眼光没错，在她和老板的共同努力下，公司扭亏为盈。如今，公司从6个人发展到50多个人，另租了四间大办公室，利润是她接手时的20倍。在全球15个分公司当中，由倒数第一，跃居前三。

“也怪了，那时候居然没人追我，我正好可以把所有的精力放在工作上。我很珍惜我现在的事业，我也享受其中的快乐……”她这样说时，毫不掩饰她的自豪感。

小汪叹了口气：“所以你才嫁不出去呀。你的生活太独立，经济太独立，性格太独立，任何一个男人，不管他比你强还是比你差，在你面前都会有压力。所以，我们虽然喜欢你，但都不敢追你。大家宁可拿你当红颜知己，有时候甚至愿意拿你当个哥们儿。”

“我就那么可怕吗？你们男人不是整天喊着让女人独立一点儿吗？不是整天喊着不要太依赖男人吗？不是不让女人整天黏着你们，要给你们一点儿空间吗？我真成了这样的人，你们又不满意了。”

一连串的反问让小汪哑口无言，张丽继续说：“其实我明白你的意思，不就是假装弱势一点儿，小鸟依人一点儿，适当的时候，还要发发嗲。为什么？就为了满足你们男人那点儿可怜的自尊心？我的天！现在都什么年代了，女人还要靠在男人面前发嗲过日子？那样的话，我宁可终身不嫁！我现在的生活挺好，一切由我自己做主，我觉得很充实！”

如今的剩女中，有很大一部分就是张丽这种情况。经济独立，思想独立，人格独立，不需要依靠男人养活。就算是剩下，她们也无所谓。

因为累了，不想再爱

她如约而至，在清华园工字厅后门的“水木清华”，我、她，还有清华大学我与她共同的教授朋友，我们相对而坐。我不知道她选择这么一个地方来接受我的采访是出于何种考虑，但当我看到荷塘边已经落叶的杨柳，荷塘里接近枯萎的荷叶时，似乎又明白了什么。

她倒率直，在教授朋友一番介绍，特别是说明我就是经《啄木鸟》杂志首发、群众出版社出版、曾引起强烈反响的报告文学《中国失独家庭调查》的作者后，对我的戒心突然间卸除。我一再保证不透露单位，不具真名，她终于敞开心扉，讲述了她不一样的单身故事——

“我今年34岁，生于宁波，工作于北京。在这座繁华都市里，没有亲人，一个人住着一套房子，早上出，晚上归。我自小就是个挑剔的人。我妈说，我小时候出去逛街买东西，经常看不中，空手回来。而人家的小姑娘，无论如何也会买点儿东西回来的。这就是性格，从人生一开始，可能就预示着我会孤独一生吧。

对于爱情、婚姻、家庭，从开始的期望，到后来的失望，到现在的想都不愿再想，我有种看破红尘的感觉……

“过去是因为读书、找工作，婚姻大事没有摆上议事日程。随着年龄的增长，容貌也像这荷塘里的荷花，一阵秋风吹来，说谢就谢了，这越发让我缺少爱的勇气。倒是爸妈总不消停，妈妈还从宁波跑到北京，守了我一年，不停地给我灌输男大当婚女大当嫁，没有任何效果，爸爸又接踵而至。爸爸更直接，说现在生活多元，不婚、丁克、同性恋他都接受，但必须得给个说法。同事、朋友也热心，想方设法为我牵线，经常弄出些让人啼笑皆非的事。

“第一次牵线，朋友约饭。席间来了个朋友的同事，某中学校长。吃过饭后，朋友就发来微信，说这个校长丧偶，对我的印象很好，想认识我云云。我的天啊，这个校长怕有50多了吧，我真的从未考虑过找一个比我大那么多岁的男人，还是丧偶。这位校长倒是十分主动，天天发来短信，约去喝茶。真是笑话，还一见钟情了？我忙不迭找理由果断拒绝。

“也有朋友建议，找个伴儿过日子，不一定要结婚。可是，环顾四周，有感觉的都少。或许，我真的爱无能了……后来，在情绪很低落的时候，电话里跟一男同学倾诉了一下。他竟然借着出差的名义来北京找我，请他吃过饭后，提出到我家坐坐，我表示不方便，他又力邀我去他住的宾馆。我只能找个理由狼狈逃窜。是不是男人都以为单身的女人空虚寂寞冷？而且会很随便？

“有一天一大早，那位校长又发来短信，约去爬山。我回绝了。他突然发来一大段，意思是他周围很多女性都找了比自己大10多岁的，有个公务员妹妹还找了个大她15岁的普通老师。还有他身体很好，会让我幸福、满足……我回复，人各有志，然后把他拉黑。

“此后又认识了几个男人，都向我表达了好感，但总体素质上总比我差了一截。是我自身定位太高了吗？还是婚姻市场就这样？一算命的讲，像我这样的，如果是男的，可以找个20多岁的未婚姑娘。可我是女的，要找条件相当的男人，就得撞大运了。我也知道，北京这么大的城市，有很多优秀的剩女，我找到优秀男人的可能性微乎其微。可我还是不想凑合，看到某些男人，真的连聊天的欲望都没有，还能跟他过？

“最近看到群里的一个帖子，一个30多岁、长相不差的妹子，相亲时说自己是处女，结果，对方用一种复杂的眼神看她。她就后悔，是不是应该撒谎说自己早破处了？很多事都是双刃剑，守身如玉，一方面证明你对感情很慎重，另一方面也说明你在感情上缺乏经验。这妹子跟我还真像。

“有一个周末，我还是和一个男人去看了电影。已经有很多年没和男的去看电影了，不过，心跳并没加快。这个男的是几年前认识的，是少有的见面、吃饭超过两次的人之一。认识时，他说跟我同岁，短婚、离异、没孩子。因为我们的成长经历、背景、工作都比较类似，还是有些共同话题。我一直都在反思，也许，我真的是把自己包裹得太严实了。工作之外，没有什么爱好，也没什么朋友。因此，那天他给我打电话，我竟然接了。吃了饭，还一起去看了电影。看电影时，他想牵我的手，我躲开了。他送我回来的路上下雨了，他想上我家去坐坐，我没让。

“突然有一天，我收到他的短信，真是哭笑不得。他哀怨地说，我在玩弄他的感情，给他颗糖吃，又不让他接近，他玩不起……我的天！我玩他？我成了情场高手？仅有的几次见面，我们都是轮流买的单呀。是，我跟他去看了电影，没让他牵手，没让他上家里坐。可是，一个随便让人牵手的人，你看得上吗？晚上10点，一个单身女人邀请男人去家里坐，合适吗？突然之间我明白了，他一直等着我主动，然后发生点儿什么。可惜让他失望了。我还是过于单纯了，我以为我们可以做个普通朋友的，但他想要的只是免费的‘炮友’。

“突然有一天，我还是主动去相亲了。对方比我大五岁，有个孩子上高一了。对方的长相谈吐情商都还可以，做销售管理的，吃饭时的气氛也很融洽。见面的第二天，他就表现得斗志昂扬，志在必得，很想立刻跟我发生某种关系。我不知道他为什么这么急，我们毕竟才见过一次而已。我希望先从相处开始，有心动，有理解，才看是不是该牵手，太快了，我吃不消。我把态度表明后，他明显冷淡多了。后来，跟朋友闲聊说起这事，朋友说，男的都想一步到位吧。

“今年五一小长假，我和一个男人去了某个县城。他约我时，我纠结了下要不要去。某种程度上，这次出游不是我的风格，更像一夜情。我和他认识快三年了，那时他刚结婚，有种一见如故、相见恨晚的相惜。我们俩的喜好、习惯都惊人相似，收入、家庭条件也相当。但他是有妻室的男人，还比我小一岁，从现实条件来说，这是完全不可能的。所以在意识到彼此的好感后，我决定悬崖勒马。对我这样的大龄女人来说，保护自己是最重要的，我不想把自己陷入某种危险关系中。

“这三年我们很少联系，他找过我，给我留言，说起他们夫妻的不和谐，以及对我的想念。我想放下，于是把他拉黑了。但是，在心里，我还是最喜欢他，我们相处有种默契。我们第一次相识，就像已经认识了很多年，也许这就是传说中的一见钟情吧。此后，虽然没有联系，可我内心深处，隐隐还是有一种渴望。因此，五一节前，当他把电话打到单位约我出游时，我虽然有些纠结，最后还是飞蛾扑火般冲上去了。

“可是，一切并没有向我期望的方向发展。后来有一天，我开车去了他住的小区，在楼下给他发了条短信，他躲闪不及地回复，已经睡了，累了，不下来了。

呵呵，也是意料之中。他有老婆，有家，他也只是吃着碗里看着锅里的渣男一枚，而我，充其量不过是一个破坏别人家庭的第三者。想到这儿，我哭了。放下，清盘，给自己留点儿尊严。

“正在我为一次又一次深受打击而颓废的时候，突然有一天，一位大学时的学长不知从哪儿弄到了我的电话，跟我联系上了。那个学长非常优秀，已经拿到了美国绿卡，这段时间在国内工作，大概一两年后就要回美国。得知我还没对象，他一副惊讶的样子，说我还是那么青春亮丽，令他很动心。我知道这是场面上的话，但我也爱听。接下来，在我面前，他特别绅士，也特别浪漫。于是，我们越走越近。他告诉我，‘结完婚就一起去美国！’

“可结果呢？突然有一天，他消失了，杳无音信。我疯了似的给他打电话，发信息，他就是不回。我的判断告诉我，他应该是悄无声息地回了美国。他就是想在国内工作的这段空窗期找个人排遣一下寂寞，然后该回美国回美国。真是个垃圾……现在，我真的感觉好累，我真的不想再爱了……”

她剩下了。像她这样的情况在剩女中也不少。她们主观上并不想剩，但总是不能如愿。她们的被剩下，有自己的原因，有男人的原因，也许，还有其他原因。

关于不嫁，更多的城市女孩儿这样说

A女：“我从没想过要结婚。恋爱可以，结婚就是不想。家人也总是嘀咕，年纪不小了，该把自己嫁出去了，再这样下去真的没人要了。可我觉得这样很好啊。我的好多朋友还没结婚时都想结婚，结了婚没多久又纷纷离婚。没结婚时爱得死去活来，结了婚一切都变了。还是单身好，只要自己想得开就行。”

B女：“我是典型的乖小孩儿。上初中时，老师三令五申不准早恋。我埋头读书，不敢越雷池。高中时，老师拿高考说事，学校天天盯着。大学了，解放了，却发现我已经没有和异性交往的能力了。我们专业基本没男生，一个学期下来，除了食堂打饭的师傅，我基本没有跟男的说过话……”

C女：“我重视细节。比如一次去相亲，男方的衬衫里面穿了一件高领秋衣，太没品位了。还有一个男人，居然小指甲留那么长，恶心。没办法，我真的不能容忍这些毛病。”

D女：“我不想结婚，我还没玩够。”

E女：“相亲对象的收入大概是我的十分之一，长相学历都比较差，这样一个人，你让我嫁给他，还顺带着养活他全家？”

F女：“我不想结婚，因为男人真心靠不住，只有靠自己。”

G女：“不应该为结婚而结婚。很多条道路都可以通往幸福的人生，不是只有结婚生孩子这一条路。”

H 女："我不想当生育机器，也不想当男人一家的保姆，就这。"

……

调查完众多不想嫁的城市女人，我忧心忡忡，"不嫁"的现象竟如此普遍，"不想嫁"的理由竟如此复杂纷繁……

2014 年 6 月，广东人民出版社出版了《中国剩女调查》一书，分别有着文学、新闻学、传播学、法学、药学、医学等各学科研究经历的三位作者——罗爱萍、王蜂、江宇，通过深度访谈，实地调查，数据和图表分析，深刻地解读了中国剩女群体的真实面貌和生存现状。在沉淀下来后，作者真诚地说："剩女人数增长迅速，是整个社会必须面对的现实。在了解的基础上理解和尊重她们，是社会必须具有的态度。"

（因保护个人隐私需要，文中部分人名为化名）

（原载《啄木鸟》，2017 年第 11 期）

作者简介：

韩生学，男，湖南溆浦人，中国作家协会会员，湖南省报告文学学会理事。从事文学创作多年，先后发表小说、散文、报告文学多篇（部），主要作品有长篇报告文学《女孩，你别哭》《中国失独家庭调查》《中国人口安全调查》等，作品先后入选《新华文摘》《21 世纪年度报告文学选 2015》《中国纪实文学年度佳作 2015》《2016 年中国报告文学精选》等多个选本，《中国失独家庭调查》还被多家报刊转摘、连载和报道，产生较大反响。多次获奖，其中《女孩，你别哭》获中华人口文化奖。

畅游数据之海

龚盛辉

计算机海量数据，在一般人眼里无异于茫茫沙漠、无边戈壁，是这般索然乏味、寂寞无趣，让人头晕眼花、昏昏欲睡。

可它在国防科学技术大学教授、数学家朱炬波眼里，就是另外一番景象了。你看他面对航天海量数据时的那种形态：微眯着眼睛，眉宇间写满了欢喜，脸庞上荡漾着笑容——俨然是在欣赏一幅艺术价值极高的名画。

的确，海量数据在朱炬波心目中，是一片森林，再茫茫无际、茂密错乱，他也能找到蜿蜒其间的通幽曲径；是一片沃土，通过耕耘，能收获春天的花朵、秋天的果实；是一片蓝天，清晨有朝霞、傍晚有晚霞，白天有阳光、有云朵，夜间有月亮、有星星，时刻都有赏不尽的景致；是一片大海，那里有浪花、有海市蜃楼、有远航的帆影……

朱炬波说，他是一叶喜欢在数据之海上冲浪的小舟，虽然付出了巨大艰辛，但收获更多的是人生快乐。

祖籍湖南双峰、生长于湖南大通湖农场的朱炬波，上学时就觉得数学很有趣、很好玩，他总是盼星星、盼月亮般盼着上数学课。课堂上，他聚精会神听，挖空心思想，听不清楚、想不透底的问题，下课后就撵着老师问。无论是小学、初中，还是高中，他的数学成绩，都是年级最棒的。

他在数学王国里乐此不疲、一路登攀。1985 年，他参加国家数学奥林匹克竞赛，一举夺得全国一等奖，取得保送大学深造的资格。那年，湖南赛区共有 10 名同学获得全国数学奥林匹克一等奖。其中 6 人选择了清华、北大，3 人选择了国防科大其他专业，唯有朱炬波选择了国防科大数学与系统工程系。而促使他特立独行的原因，一是这里集合着孙本旺、汪浩等一批知名数学家，二是他挡不住这所大学校名里“国防”二字的诱惑。走进这所享有“军中第一工程技术学府”美誉的大学，朱炬波继续在数学王国里快乐徜徉、勤奋耕耘，仅用三年修满大学学分，于 1988 年提前一年结束本科学业，以优异成绩考入素有“数学王府”之称的复旦大学，继续攻读数学专业研究生。1991 年硕士毕业，由于镌刻于胸的“国防”二字难以割舍，他重返母校担任教员。2002 年，他又带着在工作中遇到的“导弹的计算弹道与实际弹道为什么存在误差”这一数学应用前沿难题，跟随知名雷达专家梁甸农攻读博士学位，并与导师一道完成一项国家“973”项目。

数学王国的长期的耳濡目染，给予朱炬波丰厚的学术底蕴，让他对数学更加有好感，也更加敏感，还赋予他一双挖掘数学之美的慧眼。

他对书刊报纸上有关数学研究成果的报道不仅特别感兴趣，而且一眼便能洞悉它的应用前景及其军事应用方向，迅速找到学科增长点。他带领学生做过或正在做的多个基础研究项目，都是从媒体宣传中得到启发而申请的课题。

一次，他到某航天测试部队调研，接触到一张雷达测试数据图，立刻发现图中存在严重缺陷，并由此推导出问题出在什么装备的什么部件。部队领导根据他的指引，对该型雷达部件进行彻底诊查，果然发现了长期困扰该型雷达工作效能的技术问题。该部队科技人员对该部件的改进成果，获得了军队科技进步一等奖！

又一次，他看了一些星载光学成像数据后，意识到通过改进成像数学模型，能大幅提升星载设备成像清晰度。果然，他带领课题组通过一番深入研究，提出了基于压缩采样新原理的星载光学成像技术，能够研发新型成像系统。

茫茫太空，无边无际。导弹要严格按照预定轨道飞行、准确命中目标，必须在导弹内部安装遥测装置，不停地测试自身的位置和飞行速度；与此同时，还需要地面站点对其进行跟踪测试，与遥测数据进行对比，纠正导弹飞行偏差。为此，世界头号洲际导弹大国美国，在世界各地设立众多地面测试站点，建立“测距＋测速”测控机制，应用于洲际导弹测试及作战。

20世纪70年代，我国自主研发出各种型号导弹后，也参照美国的布站模式和计算模型，在我国西北地区设置一系列测控站点，建立有着显著“美国痕迹”的测距测速相结合的导弹试验测控机制。可人家美国是“世界警察”，可以在全球各地布点，而我们中国却只能在自己国土上建站，站点间距显著缩小，舶来的测控机制难免“水土不服”。

1997年，我国进行某型洲际导弹试验时就出问题了：计算弹道、落点与实际弹道、落点竟相差甚远。为什么？试验部队领导与科技人员百思不得其解。

部队领导抱着雷达测试数据来到国防科大求援。当天晚上，朱炬波便和易东云、郭军海在实验室里摆开攻关战场。

三个人围着几台电脑昼夜计算，每人每天轮流休息三四个小时，连续七天，算法换了一个又一个，几乎把所有能想到的招儿都使尽了，把那堆庞大的数据倒腾了不知多少遍，可两条计算弹道与实际弹道依然没有一点相互靠拢的迹象。

山重水复之际，他们灵机一动：为什么不丢开测距数据，单纯从测速数据中找找原因呢？

他们根据这一崭新思路改编计算程序。一算，其结果与导弹实际落点几乎一模一样！

难道是偶然的巧合？他们又找来同类案例，应用这一计算模型进行处理，得出的结果竟如出一辙！

三个人几乎同时跳起来：真是太棒了！

的确是个令人兴奋的发现。只运用测速数据计算航天器弹道，在国际上是第一次！而且是中国发明！它为建立中国特色导弹弹道测量机制开创了一条阳光大道！

他们发明的这一计算模式，把近乎一座小房子般庞大笨重的导弹测试装备，缩小为一只小小盒子。2010 年，该产品装备到中国导弹测控部队后，实现了由站点式固定测控转变成为移动式机动测控，使中国成为世界上第一个实现车载式测控的国家！

原总装备部领导称赞他们："你们的一个数学公式改变了测控部队的执勤作战模式！"

1999 年 8 月，某导弹试验基地在某新型导弹试验时又一次告急：由于受客观因素干扰，导弹主动段弹道数据几乎全部丢失，丢失部分占整个弹道数据的 50%。如果不能把丢失的弹道数据找回来，意味着这次基地官兵忙乎了近半年、耗资上千万的试验，无异于打了水漂。

基地领导把那些残缺的数据交给朱炬波，苦涩地摇着头说："我们放出去的一群羊，一不小心丢失了一大半，恳求朱教授帮我们找找吧。"

朱炬波微笑着接过那些数据，自信满满地说："请放心，我一定把它们给找回来。"

部队领导问道："朱教授有什么要求尽管提。"

朱炬波说："我要一片实验室钥匙，好让我进出自由。"

部队领导说："那是必须的。"

朱炬波说："实验室要准备四五台电脑。它们速度太慢，我要几台电脑同时算。"

基地领导说："没问题。但朱教授要注意休息。"

朱炬波把自己关在实验室里，不停地穿梭在几台电脑间，运用自己独创的数学模型，没黑没白地寻找那些丢失的"羊群"。找得腰酸腿疼了，就站起来踱几圈；眼皮子实在撑不住了，就打开实验室的沙发睡一会；肚子咕咕叫唤了，就泡上一包方便面；方便面吃得让人作呕了，就去附近食堂改善一下伙食，顺道出去遛个弯……一个多月后，通过对低精度雷达数据的误差分析与处理，那些丢失的"羊群"，终于被他一只不少地找了回来。

朱炬波把一个圆满的弹道数据交给基地领导。基地领导望着他那熬得黑黑的眼圈，感动地说："朱教授，你是我们基地的功臣呀。你的一个数学公式挽救了一次重大国防科技试验!”

“北斗二号”建设之初，GEO卫星突然冒出“伪距波动”现象。这一问题不解决，将直接影响北斗系统工作稳定及其导航定位精度，使系统性能大打折扣。

为什么出现波动？“病灶”在哪里？在“天上”还是“地上”？大家吵吵嚷嚷，但又莫衷一是，形同“瞎子摸象”，什么都像又什么都不像，致使整改工作无从下手，难以展开。

总装北斗工程办公室领导带着一头雾水，特意找到早已在数据误差领域声如雷鸣的朱炬波，请他诊断“病因”、查找“病灶”。

朱炬波面对的数据很大，是名副其实的海量。从中找到“病灶”、查出“病因”，不仅需要逐个数据排查，还需要综合分析推理，其难度何止于“大海捞针”？

朱炬波每天完成日常教学科研工作后，就与课题组成员来到实验室，一头扎进那片海量数据里。他形同一名老中医，耐心细致地对每一个数据“望、闻、问、切”，一层层拨去迷雾。半年后，导致北斗GEO卫星“伪距波动”的“病灶”“病因”，终于“显山露水”。

在北斗工程总师组组织召开的有关会议上，大家鸦雀无声，都把目光聚焦在朱炬波身上。

朱炬波和盘托出诊断结果：导致“伪距波动”既有“天上”的原因，也有“地上”的原因；误差中快的数据是地面系统导致的，理由“一二三”；误差中慢的数据是天上系统造成的，理由“一二三”。

朱炬波宣读完毕，会议主持人说：“大家有什么疑问，现在就向朱教授咨询。”

与会者都摇头、沉默。然后会场爆出热烈掌声。

“天上”“地面”系统，分别按照朱炬波给出的分析报告进行整改。GEO卫星“伪距波动”现象随之销声匿迹。

鉴于朱炬波业务水平及其贡献，北斗工程总师组吸收他为专家组专家，并授予他“北斗二号一期建设突出贡献奖章”。

北斗数据中心，储存着北斗系统所有原始数据，是有关部门和科技人员研究、开发、改进、监测北斗系统的重要依据。

2013年，朱炬波带领的课题组承担起北斗专项三个数据中心之一——国防科学技术大学北斗数据中心建设维护重任。2014年，该中心正式挂牌成立。经过他们共同努力、精心呵护，中心没有出过任务故障，成为同类中心中管理最完善的中心。

但朱炬波并不满足于只当好一个“管家婆”。在他眼里，这是一片良田沃土，经过精耕细作，就能结出大果实，赢得大收获。于是，他从美国引进了一套 GPS 卫星定位程序，开发北斗卫星数据，获得理想的成果。

然而，在骄人的成绩面前，朱炬波心头却有着深深的忧虑：舶来的计算程序，都是铁板一块，任何情况下都不能更新。长此以往，要是随着北斗工程建设不断深入出现了新情况，导致了“水土不服”怎么办？要是别人在程序里动点小手脚，又怎么办？

朱炬波决心带领大家运用北斗数据，开发出一个具有北斗特色的卫星定位程序。目前，该程序研制已取得阶段性成果。

待到“山花烂漫”时，它将完全实现自主可控：自己能计算 GPS、伽利略、格罗纳斯等导航卫星定位数据，并能对其中的任何小小变化情况做到了如指掌。

期待着朱炬波在这片肥沃的土地上收获更多的成果、更大的成果。

（原载《解放军报》（长征副刊），2017 年 6 月 16 日）

作者简介：

龚盛辉，湖南江永人，中宣部第十二届“五个一工程”奖、第六届中华优秀出版物（图书）奖、湖南省第十一届“五个一工程”奖、湖南省第十二届“五个一工程”奖、湖南省第十三届“五个一工程”奖、全军优秀文艺作品奖特别奖获得者，我国军事科技报告文学代表作家之一。中国作家协会会员，湖南省报告文学学会副会长。1994 年开始文学创作，先后出版长篇报告文学《铸剑》《决战崛起》《向着中国梦强军梦前行》《国防之光》和长篇小说《绝境无泪》，发表中篇小说《通天桥》《导师》《与我同行》《老大》《章鱼》等 10 余篇。因文学创作成绩突出，荣立二等功一次。

英雄恋歌（节选）

王杏芬

追求光明

1919年秋季，长沙火车站站台。行色匆匆的人流中，一对父女正在告别。穿着灰布长衫的父亲，将自己在日本留学时带回的一面蓝色闹钟递到女儿手里，郑重道："玉桃，你是我的女儿，却有男儿般的豪气。今日赴京求学，请将此钟带去陪你左右，为父希望你以此警醒自己，勿荒废大好时光，爱时惜时。求学路上，读有字之书时，不忘求无字之真理。无论身处何地，都需向着光明的路上走。"

列车员吹响了哨子，女儿玉桃怀揣蓝色闹钟，一步三回头登上列车。轰鸣声响起，火车"哐当哐当"开始启动。在蒸汽机的白雾中，父亲缪芸可的身影急速向后退去。

这位扎着两条长辫，被父亲昵称为玉桃的姑娘，大名缪伯英。车轮向着北方滚滚前进，秀美的湖湘大地在窗外一闪而逝。伯英将头用力地点了两下，似乎爹爹还在面前。爹爹放心，黑夜再深，我也会不懈追求光明！缪伯英在心底对父亲、也对自己立下誓言。

石驸马大街北京女子高等师范学校门口，缪伯英等来了接她的杨开慧。12月下旬的北京，阳光甚好，气温却不高。穿着棉袍的缪伯英坐在来接她的开慧的自行车后座上，依然感到风如刀割。

她不禁更紧地搂住在奋力蹬着车轮的开慧，说："妹妹，风都对着你吹，肯定很冷呀！"

杨开慧在前大声道："你别担心我了！我都已经出一身汗了，踩自行车不会冷的！"

豆腐池胡同9号一块挂着"板仓杨宅"的院子里，早早候着她俩的向振熙，对着伯英热情地伸开了双臂。伯英扑进她的怀里，如见到母亲般高兴。一阵寒暄过后，伯英问道："我家昌济叔呢？"

向振熙对着南房一努嘴："在那。有几个学生来了，又在谈时事呢！"

“我最喜欢昌济叔叔这样，不为书斋所囿，心怀天下。真正的读书人便应如此。”缪伯英接过杨开慧端来的茶，还没喝便忍不住发表自己的意见。

“平民都囚在治者和资本家的铁锁之下，太不合理，必须改造。”南房的门没有合上，里面传出一个年轻的湖南口音。

“孟雄，你觉得应如何改造呢?”是杨昌济的声音，一如既往的平和亲切。

“我觉得无须武力，也不用议会，只用平民的直接行动，把手里为资本家创造财富的工具一齐丢掉，进行总同盟罢工!”一个山西口音插话道，声音同样年轻。

“嗯，有自己的想法，不错。”杨昌济似乎在微笑点头，语调饶有兴致。然后又似乎望向了前一位发言的男生：“你说说，看看你的改造方法与高君宇的有何不同!”

“我认为当前社会不平等的来源，主要就是一部分人劳心，一部分人劳力。要想消灭不平等，就得人人读书，人人劳动。我们可以根据勤工俭学的宗旨，于通都大邑的地方，组织一个模范公司作为青年们共同生活的大本营。无论什么人，可以去做工，一面做工，一面读书，工作学习兼可。这样既可以使青年自食其力，取得自由，又可开始改造社会的运动，使智识阶级变为劳动阶级，劳动阶级变为智识阶级，具互助思想，改良现在社会上物质之现象。”叫何孟雄的男生的声音沉稳有力。他继续说道：“日本的武者小路实笃，在九州办了个‘第一新村’，我们不妨借鉴一下，建一个中国的新村……”

“非常好!”又一个湖南口音带头鼓起掌来，杨昌济问道：“润之，你觉得好在哪里呢?”

毛泽东大声道：“好在以这种大团体大联合的方式，逐步扩大，推行到全国，就可以改造整个中国；推行到全世界，就可以实现世界大同。”

“毛润之!”院墙外一声大呼，进来一位面部轮廓分明、短发浓密的高个子青年，他的左眉心上还有一粒显眼的黑痣。他恭敬地朝向振熙行了一个礼，大踏步往传来毛泽东回应的南房走去。伯英悄悄对向振熙道：“振熙婶婶，我能进去听听吗?”

向振熙眼神充满鼓励：“能！进去吧，你昌济叔就喜欢有见识又勇敢的女孩子!”

刚进来的邓中夏背后竟然还立着一位陌生的漂亮女学生，好几个男生的眼睛都被胶着了。伯英大方地冲他们笑笑，嘴里喊着“昌济叔”，径直朝杨昌济走去。杨昌济突然见到伯英，十分开心，问了几句缪芸可的情况后，便牵着她的手对着学生们道：“来来来，我给大家介绍一下这位女才子缪伯英，今年，她以全长沙地区考分第一的佳绩，考入了北京女子高等师范学校。”

“哇，杨先生，你们湖南不仅出男才子，还出女才子呀，佩服佩服!”刚进来的邓中夏由衷地赞叹道，然后不忘捶毛泽东一拳，“我刚去北大图书馆没找到你，想必你在杨先生这，果不其然。”

“你就是缪伯英?!”毛泽东躲避着邓中夏的拳头，站到缪伯英面前，由衷地说道，“开慧不止一次在我面前提起过你们小时的趣事，她说你们那块都叫你为‘桃哥’。不错，与我一样，从小就不服输，有反抗意识！现时的中国就需要你这种敢于硬碰硬的精神，我要为你竖大拇指!”

缪伯英说：“毛润之，虽说我们没有见过面，但我早就知道你。你们在长沙河西刘家台子发起成立新民学会，我们湖南第一女子师范学校的女生们都特别激动与兴奋，觉得湖南的年轻人就应该像你们一样志存高远，敢为天下之先。我尤其对你倡导的青年学生赴法勤工俭学感兴趣。”

毛泽东饶有兴趣地望着她，问道：“为什么呢?”

“因为，如若要改造中国，必定要寻求大本大源。而求大本大源之道，不能只囿于身处的小圈子，也不能只囿于单纯的书本，一定要开辟更多的途径，以此获得更广阔的视野!”缪伯英的见解让毛泽东非常敬佩，他不由真的竖起自己的大拇指，对着伯英道：“巾帼不让须眉！缪伯英，不，桃哥，你思想的深度会令许多男子自愧弗如。”

毛泽东的一声“桃哥”让在场的人都忍不住笑了起来，其中，一位戴着眼镜的清秀男生走上前来，向缪伯英伸出手去：“你好，缪伯英！我叫何孟雄，也是湖南人。”

缪伯英想接住何孟雄伸过来的手，半路却又缩了回去。许多陌生青年在这里，刚满 20 岁的缪伯英还是有点害羞。她双手交叉垂在青色学生裙上，笑容腼腆：“你好!”

“我在北京大学做旁听生，离你们那个女子高等师范学校不远，到时我带你各处逛逛。我对这里熟，我比你早来一年……”何孟雄热情地说着，英俊硬朗、健康阳光的脸上，有双男生中少见的大眼。伯英不敢与他的目光对视，生怕一不小心，就沉沦在那对深潭般柔情万丈的眸子中了。

“来北京之前，我和润之本是想去法国勤工俭学的。我们 20 来个人从长沙一起乘船转途武昌北上，坐车到河南郾城又碰上水灾，只得一路步行到了北京。”

何孟雄兴致勃勃地说着：“但到了北京以后，我与润之就改变了主意，决定留在国内勤工俭学，觉得唯有如此方能实现自身的救国理想与抱负。”

……

何孟雄忘情地诉说，众人都已悄悄离房，两人浑然不觉。待到发现屋内只剩他俩时，孟雄才不好意思打住话头。

“什么时候走的?”何孟雄环顾四周，下意识问道。

“我也不知道。”缪伯英也条件反射般回答。

两人看着对方的痴样，联想到自己，不由又害羞又激动又腼腆，一时陷入沉默状态。

门虽被合上了，但外面有声音传进来，较是清晰。何孟雄脸色潮红，向缪伯英伸手，伯英仍未接住，却跟着他走到窗前。孟雄推开窗户，见杨先生领着那几位青年，团团围坐在大槐树下的石桌旁。杨先生的声音激越又饱含深情：“今天你们的辩论令我欣慰。暂且不论你们观点的正确与否，但你们身上那股初生牛犊不怕虎的朝气值得称道，也让我看到了未来中国之希望。一个国家的生长形态和面貌，是由这个国家的青年们的行为与声音所决定的。所以，我恳切地希望各位，珍惜青春年华，保持坚守理想的勇气，立志做一个坦坦荡荡的君子，以备他日成为大木而拄长天。”

槐树下掌声一片。窗内，何孟雄和缪伯英一边热烈地跟着鼓掌，一边兴奋地用眼神交流着无声的语言。

第一个女共产党员

一段时间来，李大钊的心情颇不平静。

中国共产党北京小组自筹建始到召开第一次会议，一切看上去都很顺利，天时地利人也和，但事情很快出现了麻烦。在不久前举行的第二次会议上，裂缝开始出现。虽人人表面温和，但实则态度坚定。这主要来源于李大钊争取的那几个无政府主义者。无政府主义者一贯崇尚个人自由，反对无产阶级专政。在小组正式宣布成立的会议上，既没设主席，也没有文字记录，因为他们反对采取有组织的形式。在工作如何进行和分配的问题上，他们提议各项工作不必明确由谁承担，就是说小组决定做什么时，大家自由分担，没有必要给每个人挂上不同的头衔……这种种分歧已给工作的开展带来诸多不便，但令李大钊最终失望的还在于无政府主义者竟然从骨子里不认同马克思主义无产阶级专政思想。道不同，不相为谋。在一系列矛盾发生以后，双方都觉得根本无法合作下去，六位无政府主义者最后“和和气气”地集体退出了北京共产主义小组。

在亢慕义斋外间的阅览室里，许多学生在埋头苦读，室内一角坐着缪伯英，她的手里捧着一本白报纸印刷的平装小册子，崭新的书本散发出油墨的香味。其中的好多内容她都能背出来了，因为她翻来覆去看过多遍，看得爱不释手，看得心里越来越亮堂。

这是马克思与恩格斯合著的《共产党宣言》，封面印有水红色的马克思的微侧半身肖像。

“无产阶级经历了各个不同的发展阶段。它反对资产阶级的斗争是和它的存在同时开始的。”

“过去的一切运动都是少数人的或者为少数人谋利益的运动。无产阶级的运动是绝大多数人的、为绝大多数人谋利益的独立的运动。无产阶级，现今社会的最下层，如果不炸毁构成官方社会的整个上层，就不能抬起头来，挺起胸来。”

“共产主义并不剥夺任何人占有社会产品的权力，它只剥夺利用这种占有去奴役他人劳动的权力。”

“共产党人不屑于隐瞒自己的观点和意图。他们公开宣布：他们的目的只有用暴力推翻全部现存的社会制度才能达到。让统治阶级在共产主义革命面前发抖吧。无产者在这个革命中失去的只是锁链。他们获得的将是整个世界。”

伯英如饥似渴地读着，并将大段大段的句子摘抄在特意带来的小本子上。她看得那么专注用心，连何孟雄几个穿过阅览室进入里间也没有觉察。孟雄却一眼在阅读的人群中瞥见了她，但他没有与她打招呼，望着她痴迷于书本的可爱模样，一股甜蜜涌上他的心头。

何孟雄、邓中夏、高君宇依次走进李大钊的办公室，情感的潮水忽然间就濡湿了李大钊的眼睛。这群亲爱的学生，绝对会是他坚定的拥护者，他有十足的把握。不论何时何地，他们都会站在他的身后，如一堵墙壁，一堵铜墙铁壁。

连续多日的失眠和思虑，让李大钊的声音略显沙哑。他毫无隐瞒地开始向何孟雄他们讲述共产国际维金斯基的来访及如何开始建党的事情，讲述无政府主义者最初的同意参与及最后的集体退出……末了，他明确无误地告诉他们，鉴于他们对共产主义思想的坚定信仰，他将发展他们加入北京共产主义小组，以此充实党的队伍，壮大党的力量。

三人没有丝毫犹豫就答应了李大钊的邀请，他们面容严峻，表情坚毅。加入一个前途未卜的新生组织，在严酷的现实背景下，不代表享乐，恰恰相反，它意味着更多的奉献，意味着更多的牺牲，意味着从此以后个人命运将与壮丽的共产主义事业紧密相连。

正在此时，门被推开了，伯英浅笑着在半开的门缝间调皮地望着大家。见大家一脸庄重，她吐了吐舌头准备退出，却被李大钊叫住了。

伯英站在门边，有点不好意思地解释道：“方才在架上找一本书时听到有孟雄的声音，就想进来看看，没料到你们在开会。”说完，又要返身出去，何孟雄说：“伯英，你在外面等着我吧，等下我们一道走。”

李大钊却说：“伯英留下。你也是马克思主义研究会的成员，今天我与他们开会讨论的内容，你也有知道的必要。”

何孟雄一听立即明白了李大钊的意思，心里有惊喜也有不安。惊喜的是在李大钊眼里，伯英也成了发展的对象；不安在于，伯英是个女子，潜意识里他不愿她过担惊受怕的日子。从监狱出来后，何孟雄彻底告别了无政府主义，开始了对马克思主义的潜心研究。在这个过程中，他发现马克思、恩格斯对人类社会发展的分析和预言是非常正确的，人类必须通过暴力革命、通过无产阶级专政才能实现共产主义。这个发现是非常重要的转折点，从此他变成了一个信仰坚定的共产主义者。但是，又恰恰因为这个发现，他对伯英是否加入这个组织充满了矛盾。为了内心的信仰，他愿意奉献和牺牲，也愿意伯英一同进步，而在爱的范畴里考虑，他更愿意伯英永远远离所有的风险与动荡不安。

何孟雄头脑里刮起风暴的时候，伯英正一脸茫然地望向李大钊。她全然不知这群神色庄重的男人在谈什么，她还在为自己冒失莽撞闯了进来而心生愧意呢！

“伯英！”李大钊的呼唤一如往常亲切。

“李先生！”伯英预感到李大钊有什么重要的事情要与她说，声音不免带着几分惶恐和激动。

“八月份陈独秀先生在上海成立了中国共产党小组，你知道吗？”

“我略微知道一点。李先生，我觉得北京也要成立一个共产党小组，毕竟上海是南方，远了点。北京若成立了，就能把北方的马克思主义者联合起来，更利于北方革命工作的开展。”伯英不假思索说出的话语，令李大钊惊喜。作为一个女孩子，伯英的政治敏锐力之高，出乎他的意料。

“如若北京成立共产党小组，你愿意加入么？”李大钊热切地望着她，眼神里是满满的期待。

“那肯定愿意！”没有片刻迟疑，伯英马上回答。

“但是，加入共产党的组织，可能有流血，可能有牺牲，可能会颠沛流离饱受亲人分离之苦，也可能会被反对派们投进黑牢遭受非人折磨……这些，你怕不怕？”

伯英的脸立即红了：“我知道你们都还记着孟雄坐牢时的事呢！确实，那时我失态了，我——我害怕孟雄就此死去，从此以后见不着他了。”伯英的性情之语将在场的各位逗笑了，孟雄的笑里带着泪花。伯英平素性格爽快，但爱起来却温柔绵稠。她的爱，总能于细微处给孟雄带来感动。

李大钊目光灼灼，说：“伯英，人非草木，孰能无情？你那都是正常之举。关键在于你哭过后还能站起来，还能比从前更勇敢地走下去，这就是你与常人不同的地方，也正是我欣赏你的所在。”

“李先生又表扬我了。虽说不好意思，但听了还是挺鼓励我的。谢谢您！”伯英很坦白，眼神纯净，像孩童一样没有半点杂质，“我还没回答您提的问题呢，您说的那一切，没有任何可怕！人大不了一死，为了信仰而献身是最光荣的事情！我虽说是个女子，总免不了有女子的弱点，譬如说容易流泪等，但在其他问题上，您无须有任何顾虑。我暂且不与旁人比，只与他比，”伯英将手指向何孟雄，“他能做得到的，我一定能做到！他能坚守的，我一样能坚守！”

“作为你们的老师，我为你们高兴，也被你们感动！”李大钊望望伯英，又望望孟雄，“你们名字合起来就是‘英雄’二字，我希望你们成为推翻黑暗社会、缔造光明未来的一对男女英雄。”

邓中夏和高君宇在旁连声叫好说，与两人在一起许久，都没察觉到两人名字还有如此巧妙联系。先生毕竟是先生，看什么都比学生先一步。缪伯英与何孟雄对视一眼，李大钊的“英雄”一说，让他俩既激动又不安。孟雄忍不住开口说道：“伯英，告诉你一个大好消息，北京共产主义小组已在李大钊先生亲自负责下于日前成立了！”

伯英不相信自己的耳朵，睁大眼睛盯着李大钊：“李先生，是真的吗？我怎么一点也不知道？”

李大钊含笑点点头。伯英反应了过来，用手一一指着何孟雄、邓中夏、高君宇道：“这么说，你，你，还有你，都比我早知道了！不行！”她快速转身，对着李大钊道：“李先生，我不会令您失望的，您发展我加入共产党小组吧！假若我有不够资格的地方，请您帮我指出来，我一定改正。我郑重请求您吸纳我成为其中的一员！”

李大钊如慈祥敦厚的长者，两手放在伯英肩膀上，对着伯英，也对着其余几位语重心长道：“你是我见过的马克思学说研究会里最优秀的女性，我们新成立的北京共产主义小组非常需要你这样意志坚定，对马克思主义理论有充分理解和认识的女性。今天，由在座各位见证，我李大钊愿意发展缪伯英同志为北京共产主义小组成员。从今往后，让我们为实现共产主义的崇高理想而一起努力和奋斗！”

“李大钊同志！”李大钊一声“同志”，让缪伯英听到了世界上最美的称呼，“感谢您的信赖！十几岁时我就曾读过您主编的《言治》，您的进步思想很早就帮助我拓宽了看世界的视野。当年在平江读书时，我目睹了黑暗的社会如何溺杀女婴、逼疯女学生的骇人事件。从老家一路走到北平，按家父的嘱托，就是为了寻找光明而来。而今，在这条既是寻找光明也是寻求真理的征程中与您及孟雄、中夏、君宇等成为同路人，这是我人生的幸事！”缪伯英喉头一哽，热泪滚滚而下，“我既以身许党，必将为党的事业奉献终身！请李大钊同志放心！”

李大钊充满感情道：“伯英说得太好了！她的话也代表了我的心声。希望各位同志不忘共产党人的历史使命，坚定信仰，为了未来中国的平等、民主和公正，为了下一代可享福中之福，我们需随时准备吃苦中之苦，随时要舍得付出最大的代价。让我们欢迎缪伯英——中国共产党第一个女党员的加入！”

一片掌声中，何孟雄拍得最响，他为刚刚闪现的私念而羞愧。

婚礼

1921年9月16日，是农历传统的中秋佳节，中老胡同口的枣树上已挂满个头饱满的大枣。初秋微风轻拂，隐隐枣香令人沉醉。

在胡同5号一间普通的房子内，正在举行一场朴实的婚礼，客人都是共产党北京支部的成员。主婚人李大钊高举一杯清茶，对在座各位说道：“请大家举起手中茶杯，为今天喜结连理的两位新人碰杯祝贺！”

一时间，碰杯声连连，恭贺道喜之声不绝于耳。

孟雄与伯英大喜之日，穿的都是平常衣裳，唯有伯英发髻插了一朵沾着露水的鲜花，这是孟雄一大早从野外采来的。

李大钊放下茶杯，继续说道：“孟雄与伯英是我看着成长起来的无产阶级战士。两人志同道合，对马克思主义信仰坚定，我为他们能成为一对革命的伴侣而倍感高兴。伯英是中国共产党的第一个女党员，今天的婚礼又将为他们开创另外一个第一，那就是，他俩成为中国共产党北京支部的第一对党内夫妻，这是他们的荣誉，让我们用掌声来向他们表示祝贺！”

婚后不久，孟雄即被党组织安排去长辛店开展工人运动。与孟雄离别的日子，缪伯英忙成了一个陀螺。忙有忙的好处，因为没有闲工夫，也避免了许多相思之苦。她先是与邓中夏等一起筹备成立了北京民权运动大同盟；尔后，又被北京女权运动同盟会委派南下，帮助南京进步妇女创建女权运动同盟南京分会；赴湖北武昌协助建立了“湖北全省民权运动大同盟会”。有一日，与湖北女师学生运动负责人途经女师校园的高墙时，伯英形象地打起了比喻：“墙再高，也挡不住新思想的传播。”

1923年7月，震惊中外的“二七”大罢工爆发，已经担任中共北方区委妇女部部长的缪伯英从武汉赶回北京，遵照北京区委书记李大钊的指示，在北京骑河楼等处秘密编辑出版了《京汉工人流血记》等记述劳工运动的宣传书籍。聚少离多的这对英雄夫妻各自为理想的实现而忙碌奔波。

一份45人的名单及住址摆在了京师警察厅厅长的案头，李大钊、缪伯英等共产党员及各路工会干部的名字赫然纸上。被逮捕的张国焘熬不过牢狱之苦叛党变节了，党和工会组织处于万分危急之中。

伯英在睡梦中被匆匆赶回的孟雄叫醒：“赶紧起床，党内出了叛徒，供出了你的共产党员身份。我们得马上转移，否则随时会被军警带走。”

伯英一骨碌爬起，来不及吃惊，三下五除二就整理出一口皮箱，重要文件都放在这里面的一个布口袋里——那是比生命还珍贵的东西，决不能落到敌人手里。

南行的火车上，缪伯英无限留恋地注视着窗外急速向后退去的北京。她举起手来，默默向这个古老又充满变革活力的城市告别。这里，点燃了她理想的火种，激越了她的青春之歌，她终将难忘它！

憾未战死沙场

1926年，蒋介石夺取国民党的党、政、军大权之后，实行军事独裁的野心日益膨胀。同年，他在南昌成立了总司令部，决心实行清党反共。在上海，他联络青红帮组织，密谋联合反共，得到青红帮头子、上海滩三大亨杜月笙、黄金荣、张啸林的一致赞同。因为三人都认为机不可失，只有参加反共，才有将来的政治地位。帮会开始重金搜罗打手、密探，进行追踪共产党人、破坏共产党组织的活动。

在反革命势力严重的摧残下，有的人动摇了，有的人害怕了，有的人消极了。到最后，要召集人开会，都变得非常困难。白色恐怖笼罩着整个上海滩。

伯英抱着讲义夹走出华夏中学的大门，一路上有学生礼貌地与她打着招呼，称她为“廖先生”。在这里，无人知晓她的真名，都只知她为廖慕群。而何孟雄，则在上海街头开了一家名为“韩昌”的书店，也隐藏了真名，外人都道他为“刘元和”。

其实，物理教师与书店老板，都是为了地下工作的需要而谋得的公开职业。伯英真实的身份是上海市总工会女工部部长，而孟雄则为中共沪西区委书记。

上海旧弄堂简陋的民房里，纱厂、丝厂的女工宿舍中，女子学校夜自习的课堂上……哪里有女子，哪里就有伯英的身影。她忘记了危险，忘记了劳累，甚至忘记了吃饭和睡觉，她铆足了劲头，只有一个念头，将所有有觉悟的劳苦大众宣传鼓动起来，向反革命势力发起讨伐！

恢复党组织的工作，在逮捕、监禁和枪杀的威胁下，顽强地进行着。打散了的党员，又逐渐地集中起来；垮了的组织，又一个个地建立了。有的组织一连被敌人破坏几次，又一连恢复了几次。一个同志被捕了，另一个同志又站到那个岗位上，继续坚持着斗争。形势眼看向好，意外却向伯英袭来。

上海总工会女工部通过伯英的努力，又开始了正常的运转。那天，她召集女工部骨干成员开会至半夜。会上，她一点也不低估当前的险恶形势，告诫同志们提高警惕，即使在路上遇见自己的同志，也不要随便打招呼。万一不幸被捕，一定要尽全力避免暴露自己和同志们。然后，她提高了一点声音，有力地说："但是，当前更要有坚强的信心，相信党，相信革命，相信我们一定能胜利！这在今天，对我们是最最重要的！"

会开至一半，外面望风的同志匆匆进来，要大家赶紧撤离。大半夜的，大马路上竟然开来了大警车。事不宜迟，军警已经从车上跳下，凶神恶煞地朝这边扑来，为首的便衣就是戴着鸭舌帽的陆鑫源。

伯英推开后窗，这是二楼，楼下是杂草丛生的大片荒地。她从容地让其他同志先顺着管道爬下去，万一来不及，她已经做好了被敌人逮捕的准备。

先跳下去的几个人往不同的方向飞奔疏散，轮到伯英时，木楼梯上已经响起警靴橐橐的踏地声。她两腿夹住管道后，还将窗户细心合好，才往下爬。

一个军警举枪欲朝外扫射，领头的制止住，手一挥："不要打草惊蛇，我们赶紧往屋后追！"

一行人举着亮晃晃的手电筒，在屋后的荒地左右照射，却不见任何人影。穿过荒地，是一条小河，河水奔突的声音在寂静的夜里分外响亮。

孟雄从电厂发动完工人回家，启明星已在天际忽隐忽现了。家里并无伯英身影，孟雄心急如焚，抽身又往外跑。

天，开始下雨，一声惊雷掠过，小雨变成了瓢泼大雨。孟雄不管不顾地在雨中奔跑，眼睛不停地在四处搜索。

天亮时分，孟雄终于在一条小河边的荒草丛中发现了伯英。面前的伯英昏迷在地，全身被雨浇得透湿，脚上只有一只鞋，另一只脚光着。她的头发上、衣服间到处挂着乱草屑，手指缝里厚厚一层泥垢。这晚发生了什么，孟雄无法得知，只是背起妻子，飞速往医院的方向跑去。

来会诊的几个医生都摇摇头走出了病房。孟雄流着泪，拉着妻子的手，手上全是荆棘划破的血印。伯英气息微弱，断断续续在孟雄耳旁道："孟雄，我恐怕活不长了。"

孟雄道："不准瞎说！"

伯英嘴唇干裂得像久旱的土地，每吐一个字都非常艰难："孟雄，让我说几句话，你听着就行。"

孟雄噙着眼泪轻轻点头。

"过去的几十年，我活得非常值得！在寻找光明和真理的路上，我成为一名中国共产党党员，这是我终生引以为傲的事情。而现在，我满是遗憾……"伯英说着，泪水盈满了眼眶，"既以身许党，应为党的事业牺牲，奈何因病行将逝世，未能战死沙场，真是憾事。孟雄，你要坚决与敌斗争，直到胜利……你要善待重九和小英，使之健康成长，以继我志。”

孟雄埋在伯英发间，泣不成声。伯英的手缓缓张开，垂落床旁，永远离开了这个她和他为之奋斗的世界。

1929 年 10 月，年仅 30 岁的伯英在德国宝隆医院去世以后，灵柩暂时存放在上海扬州会馆，孟雄拟择日送回长沙乡下。

1931 年 1 月 17 日，由于叛徒出卖，何孟雄不幸被捕，同时投入监狱的还有他 5 岁的儿子重九和 3 岁的女儿小英。面对敌人，何孟雄厉声斥责：“今天叛徒出卖了我，明天就会有千万个革命的后来人！”2 月 7 日晚上 9 点，何孟雄与另外 23 位同志被秘密枪杀于龙华，终年 33 岁，为著名的龙华二十四烈士之一。孟雄殉难以后，他和伯英的一双儿女重九与小英失散，至今下落不明。

孟雄就义以后，因时局混乱，伯英灵柩最后不知所踪。

（选自《青春·缪伯英》，湖南人民出版社，2017 年 4 月出版。《中国报告文学》2017 年第 7 期载登）

作者简介：

王杏芬，中国报告文学学会会员，湖南省作家协会会员，有报告文学、小说、散文等见于《人民文学》（增刊）《文艺报》《中国报告文学》《青年博览》《中外文摘》《湖南文学》《黄河文学》《湖南日报》等，曾获《人民文学》主办的全国旅游散文大赛佳作奖。出版有长篇报告文学《青春·缪伯英》《大漠游侠》。现为《湖南报告文学》杂志副主编。

转兵：秋收起义的英明抉择（节选）

彭晓玲

秋收暴动自1927年9月11日全线爆发后，二团于9月15日攻入浏阳城，第二天下午即遭敌人反扑，只得突围往南而去。三团则于9月14日在东门受挫，于当天黄昏时分到达上坪，第二天折回江西排埠。倘三团没在东门受挫，攻下达浒，直指浏阳城，是不是二三团就可以在浏阳城汇合呢？但正因为三团1000余人在东门就失利了，身为前敌委员会书记的毛泽东大受震动，不得不认真思索秋收起义部队到底何去何从。

一

为什么会胜利，又为什么会失败呢？前路在哪里呢？当我阅读《亲历秋收起义》《湘赣边界秋收起义》《潘心源》等书时，最先引起我关注的是慕容楚强的《红旗插上浏阳城》。这是他书写的亲身经历，是如此珍贵。在灯下阅读他的回忆，不由感慨昔日秋收起义的艰难与曲折。正是1927年8月，国民革命军第二十军独立团的一部分——浏阳工农义勇队，执行贺龙军长的命令，从平江长寿街出发，风餐露宿，日夜疾行，想在8月6日前赶到南昌。不料刚到修水河畔，起义部队已撤离南昌，团党委只好决定折往铜鼓，待机再举事。干部和战士的脸上都挂上了几丝愁容，再举的机会，不知要盼到什么时候呢。

不久，部队就接到毛泽东的指示，改编为工农革命军第一师第三团，还限令在9月11日（应为9月9日）起义：先打浏阳，然后与一、二团会师攻长沙。得到这命令，大家欢天喜地，个个摩拳擦掌，准备大干一场。这时，派到安源方面探听消息的周克明、刘正发也急急地回来了，兴奋地报告：毛泽东和毛泽民、潘心源同志到了安源，就要到铜鼓来亲自领导三团起义！听了这个消息，全团人员更加欢腾起来，准备迎接毛泽东。

在等待的期间，团党委开会研究了情况，认为没接到毛泽东改变计划的指示，仍应按期起义，攻打浏阳。同时，决定派慕容楚强到安源去，向毛泽东报告三团的情况，并与二团联络，然后转回浏阳布置内应。

慕容楚强星夜赶到目的地，找到了安源党委，才知道毛泽东已经到三团去了，二团已经顺利地打下了醴陵。党委用药水写了一封密信，要慕容楚强在三团攻下浏阳后，交给毛泽东。

慕容楚强立即出发，赶往浏阳县城。当他走过大瑶，来到枫林时，遇到认识的几个农民（慕容楚强曾在金刚、大瑶、枫林做过农运工作），他们异口同声地告诉他："听说铜鼓来的部队在东门市打了败仗，县里出300元悬赏捉你呢，你还是不要去县城罢！"他们一说完，就急急忙忙地走开了，又一再回头看他。慕容楚强想，内应工作对这次攻城关系重大，不能轻率地擅自改变行动，何况他们也是听人传言，不尽可信。于是决定进城弄清情况再说。后来，沿途又听到不少行人谈话，他推测工农革命军三团在东门市失败是确定的，便决定黄昏后进城。到达南流桥的时候，天色还早，就在一家僻静的小茶店里休息，等时间晚些再走。

喝了茶出发，还没走半里路，他就碰上了池成竹（叛徒）率领的团防队。团防队听说工农革命军第二团打下醴陵后，即向浏阳前进，已到达大瑶、枫林，便前来阻击他们。既是迎面碰上了，慕容楚强就被抓起来了，还被捆了个结实。团防队的侦察回来说："枫林、大瑶无共军，金岗头也没有发现！"池成竹就下命令回县城去，一路上，看守很严，慕容楚强根本没希望逃跑。但好在之前他假装解大便，已将包鞋子的那张写有密信的纸撕碎了，也就没有什么顾虑了。

深夜十二点钟，慕容楚强被押到了浏阳县政府，之后被带到国民党县长谭鼎巍家门口。谭县长亲自审问，却一无所获，没奈何地提笔在审问记录上写了"暴徒，上镣铐"5个字，慕容楚强随之被打入牢里。之后，换了三个人审问他，他被拷打了3次，踩了一次杠子。可是那三个人除了挨了他的咒骂以外，什么东西也没得着。停止刑讯后，他被拖进牢里等待处决。牢里共有9个同志，当局都已替他们写好了"罪状"，并且在他们的名字上点过朱笔了，慕容楚强却在牵挂秋收起义部队到底开到了何方。

第三天早晨，9月15日，慕容楚强突然听到西、南两个方向炸弹声、步枪声响成一片，那些政府官员一听声音，顿时如丧家之犬，急忙逃跑了。他高兴得忘记了伤痛，大喊："我们的队伍打来了！快打开门冲出去！"各牢的人都喊着口号，跟着他们9个人冲了出来。这时，二团的战士大批大批地拥进屋来。慕容楚强在大门口拉住一个干部模样的人问道："团长在哪里？我是三团派进城做内应的，不幸前天下午被捕了，现在有重要的消息报告团长。"那人转头吩咐一个战士说："团长来了带他去！"不一会，团长王新亚来了。慕容楚强随那名战士到了国民党县政府，自我介绍之后立刻将三团在东门市失败的消息告诉了王团长。王团长见他两腿鲜血直流，就叫卫兵送他到卫生队上药。洗血污时，慕容楚强才感到不但两腿而且遍身都痛得很。

敷药后，慕容楚强拄着一根竹杖，又去找王团长。王团长说："你休息吧，太辛苦了!”他本来早已筋疲力尽，很想休息一下。可是，看王新亚这样冷漠，他心里放心不下，为了弄清三团的情况，决定上街找地下党的关系去。

走出县政府不远（衙背街），慕容楚强意外地碰上了潘心源。潘上前附在慕容楚强的耳朵说:“三团在东门失败!”原来他和毛泽东一同被捕后，（在他的掩护下）毛泽东逃脱了，他在被押解往浏阳的途中（在古港）才逃脱。

慕容楚强带潘心源会见了王新亚，俩人向他详细讲述了三团失败的情况，并说部队已向铜（鼓）万（载）方向退去。当时，慕容楚强和潘心源都认为孤军守城很危险，建议黄昏后撤向文家市，向铜（铜鼓）万（万载）边界靠近，与一、三团取得联络。但王新亚不置可否，只说多派人到各方面侦察敌情。他俩没办法，只得去找地下党布置城里的工作。恰好碰上由永和市来的刘少林，他也知道三团失败的情况。黄昏后，他们三人又去向王新亚重提前议，可是王新亚仍不采纳。

深夜，张培基也由南乡荆坪赶来了。他们四人详细地分析了二团当时所处的情况，都主张将部队撤到文家市，防备敌人包围。于是，一大早又向王新亚提出建议（赶紧撤出县城到南门外，占领阵地，以防万一），王新亚似乎觉得他们太啰嗦了，连话都不答，仅点了点头。潘心源他们几个人虽着急，但又没有办法。

老潘他们到农民协会布置召开群众大会的工作去了，慕容楚强留在团部。想到目前部队的处境，他就像有什么东西梗在喉头。吃过午饭，他正想去县农协看看，刚走到北正街（紫薇街），城的东、南、北三面忽然响起枪声。糟糕！被敌人包围了！他忍着浑身的伤痛，飞也似地向团部跑去，正巧一连全连人从北街跑来，连长看见他就问:“敌人从哪来的?”

“跟我来!”慕容楚强折回北街，带着一连跑到天后宫的后山上一看，敌人漫山遍野地向山坡涌来了！他对一连连长说:“坚决打下去，掩护部队撤退!”慕容楚强转身又跑到团部，王团长带着特务连站在街前草坪上，吓得脸色苍白，不知道咋办。慕容楚强就不客气地说:“王团长，赶快命令部队，一面抵抗，一面向西门撤退，你带特务连从西门冲出去!”

慕容楚强跟随特务连顺利地冲出了西门，见城里有许多部队没撤出来，就说:“王团长，快派一个排抢占山头，掩护城里的部队撤退。”而王新亚却惊慌失措地只顾拉着他问:“往哪里走，往哪里走?”北门的枪声响得那样激烈，一连还在那儿阻击敌人，王新亚也不管了，带着特务连往西南跑，一气跑到衙祭山，深夜又到达枫林。部队刚到不一会，就有几个农民跑来报告:“枫林团防队有40多条枪，现在这帮家伙睡得像死猪一样，我们给你们带路，快快去打吧!”可是，王新亚这时已经失魂落魄，什么话也不说，悲观到了极点。

慕容楚强和老潘请特务连连长检查了一下人数。一查，还有130多个人，128

支枪。他们俩对王新亚说："这次虽然失败，但还有这么多人枪，还是个不小的力量，何况还有一、三团呢。"王新亚听了这些话，勉强振作精神，商量部队的行动。

深夜，部队向文家市前进。路上（天亮时到达澄潭江），听到当地农民说，文家市团防队已登山，叫部队准备打仗。潘心源和慕容楚强认为敌人登山不是准备打他们，而是害怕，准备逃跑，因此主张分两路进攻团防队。王新亚起先犹豫不决，后来就死不同意了。最后，他派刘少林当代表，向敌人谈判"借路"。刘少林去后，潘心源和慕容楚强就劝王新亚利用谈判的机会，沿大路冲入文家市。王新亚还是不同意，经潘心源苦口婆心地说服，才点了头。部队顺利地冲进文家市（仅一战士负伤），当天到达离此东35里的岩前宿营。

在这里，慕容楚强、潘心源和王新亚以及连、排干部开了一次会，决定部队按原先的计划行动，由慕容楚强当向导，抄近路，争取在短时间内与一、三团会合。王新亚在会上没有发一言，只是微微点头（忙叫特务连、排长，特务长各带随身手枪）。不想王新亚就在这个时候，借口说到附近蔺家洗澡，带着特务连、排长和特务长逃跑了。

眼睁睁看着这支革命队伍瓦解了（第二天早晨才发觉王新亚他们都不见了，后来三三两两的士兵都走了），慕容楚强和潘心源心里很难过，伤心地哭了起来。过后，潘心源很快振作起来了，说道："难过有什么用呢，快行动吧！"于是，一大早，他俩就向铜鼓方向找革命队伍去了（他们先后到了铜鼓、安源等地，都没找到部队，最后只好潜回家乡浏阳，恢复党的地下县委工作）。

此时为9月18日早上，他们根本不知道毛泽东率领第三团已至孙家塅，与一团汇合了。他们错过了文家市会师。

二

话说9月11日天刚拂晓（三团因毛泽东张坊遇险，推迟了起义时间），老百姓还没有起床，铜鼓老街商铺门前的洋油灯闪着暗淡的微光。三团战士在铜鼓河边的大沙洲集合，毛泽东作了简短的战前动员，宣布了军事纪律，1000多人的队伍直向浏阳方向进军。那时，毛泽东的脚磨烂了，不能行走，三团临时找张椅子，绑上两根杠子抬着他。三团旗开得胜，顺利占领了浏阳白沙镇。攻克白沙镇是毛泽东第一次领军打下的第一个胜仗。当晚三团住在白沙镇刘家祠。

毛泽东率军取得小胜之后，感慨系之，在白沙镇填了一首词：

军叫工农革命，旗号镰刀斧头。

匡庐一带不停留，要向潇湘直进。

地主重重压迫，农民个个同仇。

秋收时节暮云沉，霹雳一声暴动。

第二天，毛泽东指挥秋收起义军攻克了东门镇，率团驻扎在东门浏阳河两岸涂家祠堂和何家祠堂。9 月 14 日，敌人从达浒出发，悄然围上来了，为了保存实力，毛泽东下达了撤退命令，并于黄昏率部退至上坪宿营。那是毛泽东在湖南一师的同学、好朋友陈锡虞的老家，处于崇山峻岭之间，人烟稀少。当天晚上，在陈锡虞家，毛泽东召开了三团干部会议，就是有名的上坪会议。陈锡虞，白沙乡上坪人，1926 年加入共产党，1927 年担任白沙乡农民协会委员长，又是白沙乡肃反委员会主任（当时肃清反革命的主要对象是土豪劣绅）。后来任湘赣苏维埃政府肃反委员会委员，1930 年被国民党反动派杀害于白沙。

上坪会议召开地为下新屋，房屋建筑结构为泥砖木混合式两层木板楼房，整体布局呈凹字形。后来遭到严重破坏，仅存左侧 5 间厢房，建筑面积为 276 平方米。毛泽东在上坪村下新屋召开由三团连以上干部参加的军事会议，分析了起义部队面临的严峻形势，决定放弃原定攻打长沙的军事计划，写信呈报湖南省委，同时传信第一团、第二团余部向三团靠拢。9 月 15 日一大早，毛泽东率领三团从上坪出发，经浏阳界岭回师铜鼓，在排埠乡水庆村万寿宫驻扎下来，等待第一团。

然而，毛泽东没有料到：秋收暴动全线爆发后，一、二、三团相继失利，"军威因是不振"，"竟致溃不成军"。此外，秋收暴动部队与敌鏖战之际，长沙城周围各县农村的暴动也失去了对长沙的军事包围。9 月 13 日后，萍、醴、浏、平迭传不利消息，农民暴动队伍相继溃散。在这种情况下，湖南省委只得停止了 9 月 16 日的长沙总暴动计划。

在这严峻的局势下，还是第一次独立主持和领导武装革命的毛泽东却表现出非凡的沉着冷静。根据当时咄咄逼人的实际情况，他不断地、适时地调整战略部署，其间有过几次军事思想的改变。

对于上坪会议，目前虽未发现直接的历史文件，但当年的会议参加者张启龙（时浏阳县委宣传部长）、王俊民（三团三营党代表）、李芳（浏阳大围山人）都有详细的回忆，说毛泽东在会议上提出了"退萍乡再说"的主张，并通知了一团。

具体情况又如何呢？2017 年 2 月 15 日，太阳很好，驱走了多日的寒冷。早饭后，从浏阳城驱车前往东门镇，在这里接到了当地有名的文史专家卢安国和徐和初主任。卢安国之前是大围山中学老师，已退休多年。而徐和初主任，刚刚五十出头，一直在当地白沙乡、大围山镇政府工作，对当地历史掌故很熟悉。听说我要去走访当年上坪会议旧址，他俩便热心地为我当向导。

从东门镇出发，直往白沙，一路沿大溪河而行。自白沙乡与大围山镇合并以来，原本热闹的白沙乡政府所在地白沙镇就渐渐边缘化了，集镇上的路都有些崎岖不平了。穿过白沙集镇，再往前，便是往千秋、黄花洞，当初秋收起义进军白沙时就走此路。待到9月14日在东门失利退却时，却不走此路。从刘家祠经过，向左拐，过河，就是往上坪的方向。一路上，也有条小河，就是上坪河。路倒是水泥路，但两边群山绵延，沿路那些楼房大都是新建的。想到九十年前，这里应是山高林深，路上行人寂寥，毕竟太偏僻了，为秋收起义退却路线，也就不奇怪了。转了一道又一道弯，终见前方有一宽阔之地。徐主任指着左前方，山下的几栋老屋说，那就是昔日上坪会议旧址——陈家下新屋（张家屋场），这里是上坪村新屋组。我看了看，前方一栋泥墙青瓦的旧房子很打眼，中间那片白墙上有红色大字：劳动生产，人人尊敬！劳动好比摇钱树！巩固农业生产合作社！节约好比聚宝盆！

横过田垅，停在那片老屋跟前，正前方是一栋人去屋空的土砖老屋，左边那栋大门偏在一侧，其黑色底上标有“上坪会议旧址”，外墙上有大块大块烟熏火燎的印痕，看来此屋有些年头。走进大屋，光线昏暗，先是一间横屋，再过去有左右两间房。穿过靠外那间房，来到屋子第三部分：长方形天井，天井过去是一长方形厅，厅两头都有一间房。天井里长了些杂草，一片翠绿，厅里则空荡荡的，厅前头墙上挂着一面秋收起义的红旗。来开门的当地刘姓老人说：“当年上坪会议就在此厅里召开！此会议旧址是当时长沙市某领导在此办扶贫点时整修好的。”此时卢老师连连摇头说：“这是上坪会议旧址不错，但上坪会议不在这间屋子里召开，应在大屋前厅花楼上召开连以上干部会议，会后毛泽东住在上新屋陈锡虞家里。刚才门前那片空地就是前厅的位置，后面那栋土砖屋是后来建在后厅的原址上。右边那栋土墙屋也是重建的，当初与左边这栋老屋规格一样，左右对称。”刘老头点头称是，说：“卢老师讲得很对，但后来，前厅、后厅及右边屋了都被国民党烧掉了，就剩下左边这几间屋子，也就成了上坪会议旧址。”

那么陈锡虞的屋子又在哪里呢？刘老头告诉我们说，还得往上走几百米，就在旧日小学的对面，走过河就到了。在刘老头的带领下，我们沿着刚才的水泥路朝冲内走，没多久就走到了昔日上坪小学门口，学校已关闭多年了。这时，刘老头指着斜对面山脚下的两栋现代楼房，说：“那就是陈锡虞家所在地，但老房子都被国民党烧掉了，整整九栋大屋呢。后来在原址又建了些房子，那两栋漂亮的楼房就是他后代近几年拆掉老屋兴建的。”

过上坪河，来到陈家老屋旧址，在冬日的阳光里，两栋新楼房近看更加气派，右边那栋两层楼房大门紧闭，主人已外出打工去了。左边那栋三层小洋楼，更为新潮，屋前坪里停了几辆小轿车，家里来了不少客人，很热闹。我们走了进去，一位中年胖女子迎了出来，客气地请我们进去喝茶。

我们就见到了刘粮建老太太，今天是她 83 岁生日。老太太正坐在客厅的沙发上，旁边坐着些她的晚辈。但见老太太满头白发，穿着碎花棉衣棉裤，因前段时间摔了一跤，到现在还不能行走。好在老太太思维清楚，听力尚好，我与她聊了起来。1955 年，18 岁的她嫁入陈家，丈夫陈荣兴，是陈锡虞的侄孙。其时，陈家都是种田人，粮食都不够吃，只有五间土筑墙的房子。说起陈锡虞，老太太还知道不少呢，都是她婆婆廖传明说给她听的。大概那年 9 月 14 日傍晚，毛主席率领秋收起义部队来到上坪，一来就扎在陈家下新屋，门口、小路、山头都站了几重岗哨。当天晚上在陈家下新屋开了干部会议，陈锡虞也去开了会。开完会后，陈锡虞安排毛主席就住在自己家里的书房里，陪着他聊了一通宵。第二天一早，毛主席就带着部队走了。临走时，毛主席要陈锡虞一起走，但陈锡虞不肯，就留在当地做工作。后来，陈锡虞就被反动派抓走了，关在白沙街上，被杀掉时只有 35 岁。还是他的弟弟陈锡尧花了六块银元，才将他的遗体运回家。他的侄子陈炳其跟着秋收起义部队走了，后来牺牲在江西。

回到东门集镇时，我们一行还特地去找了老大围山区委副书记屈克夫，他快 80 岁了，退休后一直住在大围山镇政府宿舍楼里。早在 1958 年 5 月，他响应“把青春献给革命老苏区”的号召，从湖南一师毕业后就来到了大围山脚下，曾在上坪会议旧址住过三个月。他很清楚地回忆道，会议旧址原是张家大屋，让陈家买了，也就叫陈家下新屋。等部队走后，国民党部队尾随而来，烧掉了前厅，当年会议就在前厅花楼上召开。至于现在保留下来的房屋，曾经办过学校。他听不少当地知情的人说起过，毛主席当年就住在陈家上新屋陈锡虞家的书房里，现在知情人大多过世了，但他曾读过李芳写的回忆录，很详细很有价值。他还告诉我，李芳当年在秋收起义部队第三团机枪连，是第三班班长，当时兵力不足，一个机枪连的兵力最多只相当于一个排。

李芳早已去世，且没有子女，我自然不可能采访到他及其后代，心里自然有些着急。没想到，当我即将离开时，卢老师递给我一个旧档案册，神秘地笑了笑。我赶紧一看，其上题着：浏阳县白沙公社办公室毛主席革命纪念地“上坪会址”“白沙战斗”历史资料（采访编印资料），1979 年 1 月 1 日。我如获至宝，当晚就在灯下翻阅，而我最为关注的还是上坪会议的情景，于是《李芳同志谈秋收起义有关情况笔录》（口述资料）一文进入了我的视野。我认真地看了起来。九十年前那场硝烟弥漫的战争便铺展在眼前……

三

李芳，又名李杰临，男性，现年七十八岁，住白沙公社围山大队寨上生产队。

他是民国十四年（1925）由白沙区区委刘有德（烈士）同志介绍加入中国共产党，地点在白沙街上商会楼上，入党后他被委派为白沙区三溪村农会委员长。民国十五年（1926）北伐战争时，北伐军路过白沙，要搞运输队，党支部派他去担任运输队队长。是由支部书记刘有德同志委派的，主要是运输枪支弹药到南昌。在南昌他患痢疾，部队派人用担架将他送回了家。后传染到家里小孩，一天一夜死去了一儿一女两个小孩，他心里十分难过。病好后，于民国十六年（1927年）他被白沙区农协会选举为白沙区农协会委员长。

当年4月发生马日事变，6月10日，毛泽东率工农义勇队过平江，派人通知重要党员立即转移到平江。李芳与刘有德、工会主任李尚荣、徐应生、刘春连等7人同往平江。到了平江白水皂，次日往平江嘉义堂。6月14日在嘉义参加工农义勇队（常备队，还不是正式工农义勇队）。6月15日，工农义勇队开到了长寿街，改为平浏醴三县工农义勇队。

到了七月初，南昌贺龙、叶挺来信要工农义勇队到江西去。部队从长寿街到龙门，经朱茅厂、渣津、马坳、修水、武宁等地，在白岔（槎）与当地一股土匪部队打了一仗。当时南昌又来信说，南昌部队会去湘西。待工农义勇队赶到南昌时，贺龙、叶挺部队早三天（二天）已开走了。在南昌，工农义勇队与许克祥部队打了一仗，便退往上高、高安、奉新、宜丰，最后扎在铜鼓肖家祠，住了二十多天，在铜鼓改编为江西省防军二十四师独立第三团。

古历八月十五日晚（9月10日），毛泽东来了，召开排以上干部会议，决定进攻湖南长沙。李芳没有参加会议，当时他只是机关枪连任班长，连长雷仕峨。下面共有三个班，李芳是一班班长，张介（上坪人）任二班班长，赖月明任三班班长。凤山的刘春林是机枪连的号兵。会后连长向班长们传达了会议内容，说毛委员讲了，明天有临阵退缩贪生怕死的可以枪毙，你们当班长的要注意。当日晚铜鼓商会打了三头牛慰劳三团，听说一团打红口，二团打平江，三团打浏阳，毛泽东亲自指挥三团。

古历八月十六日（9月11日）早上，部队在铜鼓河洲上集合开会。会上毛泽东讲了话，宣布了军事纪律之后就出发，共有1000多人。走温汤、石桥、金锡、上庄，在铜浏交界的上庄吃了中饭，一路上老百姓都送了茶水给部队吃（喝）了。饭后经千秋、黄泥坳、黄花洞，到达白沙濠溪（现称司口）。在濠溪一个沙洲上坐下来休息，又召了排以上干部去开了会，进行了战斗分工。一营走平泉坑、易华、大冈岭，到大屋场后背，攻打龙颈上的伪军。一营营长姓张，副营长李寿解（东门人）。二营从左走泉坑、水坳、野人栋、三溪，到凤山屋场后，直插屙屎坳，阻敌人的去路。二营营长鲁子林（东门人）。二营因在泉坑做晚饭吃去了，未赶到。三营走芷荷、翻车坳、珠砂桥、高塅坳，直扑白沙集镇。毛泽东指挥三营，三营营长朱延盛（官渡以下人），副营长李学焦（白沙人）。

当时下令因一营路途较远，二、三营较近，要待一营打响后，其他营才能开火。到晚上八九点钟，一营在龙颈头与敌人交火，打了一阵，发现敌人在樟树坳山上有火力支援龙颈上的守敌。此时，毛泽东下令三营火力猛击樟树坳的敌军，当即打死一敌军连长（这是后来战斗结束时到白沙街上才知道的），敌人溃退。但因二营到迟，未能阻住敌军退路，未能全歼守敌，溃敌窜出包围圈逃往东门去了。部队取得战斗胜利，开进白沙。二营驻在慈皇庙（后为石灰厂，现房子被拆，白沙下面坳上），一营扎在水府庙（后为荷坪小学，现房子已拆，在河西岸，万福桥桥头），三营扎在刘家祠堂（原白沙完小旧房子），团部扎在团防局（原为廖氏支祠——仰止堂，后为供销社侧边荒坪里，现为白沙康乐药店下方隔壁处）。

三营在三溪坳（白沙中学后背）的战斗情况是，从濠溪下来后，一直就埋伏在后背茶山里。李芳他们机枪连跟团部和毛泽东在一起，团部指挥所在坳上高一点的山脊上。这一带以前都没有人家，毛泽东和团部领导与部队士兵一样，都在茶山里埋伏。

毛泽东到白沙后，住在团防局，原来团总住的房里，与团长苏先骏住在一起。李芳也住在团防局原来枪兵的房里，他们机枪连为毛泽东等做保卫工作。

当天晚上，团部还下令机枪连由李芳带一班人到白沙附近抓反动派。他带人到荷坪洲上抓了李和旺（剿共的积极者）、胡志乾（反动派）、刘家荣（三栋屋大地主）、李宗兴等人。第二天，由机枪连政委将李和国、胡志乾（注：实为李宗兴）枪毙在刘家祠堂门口田里（现已建成街）。由李芳将从铜鼓抓来的帅尚奎（外名帅跛子，铜鼓县挨户团大队长）枪毙在白沙下街局巷里门口的码头上。

古历八月十七日（9 月 12 日），部队攻打东门，敌人反扑到白沙十二牌，二营走头前，与敌交火，又打死敌人一连长，敌人逃跑。全团开进东门市，胜利夺取了东门市，到东门时已是中午时分。到东门后，二营住张家咀大屋里，一营扎在马鞍山脚下的涂家祠堂，三营扎在围山学校（书院）里。团部扎在福音堂（基督教堂，原大围山区公所办公地，现已拆）楼上，毛泽东也住在这里。当时街上锦文书局着火，部队去救了火。

古历八月十八日（9 月 13 日），部队打达浒，未打进去，退了回来。古历八月十九日（9 月 14 日），东门商会打牙祭，杀了牛，慰问部队。这天敌人反攻东门（补：从金钟桥分两路包围三团，一路经刘家冲占领羊牯脑制高点，一路越过大溪河，走杨家山，过施家塘、上车，企图夺取马鞍山制高点，与羊牯脑呼应），一营有损失，只好撤退。一营走小路，二、三营走大路，过跳石桥。在珠林坪会了面，一路过长鳌江、栗子岗到上坪。在路上，李芳就听说有人讲今晚到上坪胡万财（绰号，真姓是陈，陈喜财，大地主）家去宿营。

到了上坪后，团部扎在胡万财家里（即原张家屋场，其余驻扎在上坪塅里的坳上屋、岭下屋、新屋里等几个较大屋场），具体不知住在哪个房里，只知道是前厅花楼上，李芳他们只负责守卫。据他所知，是在这里开了会（连以上干部会），因守卫时看见干部都来了这里。会后连长曾仕峨对他说，今晚开了会，毛委员作了计划，明天要派传令兵去找一、二团，通知他们都往江西边界去集中，我们明天就出发。

李芳他们是古历八月二十日（9月15日）从上坪出发的，部队往排埠、双溪、上洪、张坊七溪，经小河、蒋埠江，再往孙家塅。走到孙家塅，一团从平江追来了，之前就听说他们内部有人反了水，也打了败仗。在孙家塅，两个团会师了，接着就准备去文家市。到小河时，李芳发了打摆子病，不能行走了，连长曾仕峨要他交了枪支，回家治病，病好了再回部队。于是，李芳就回了家，文家市会师他没参加。（黎暑生记录，1978年12月12日下午，黎时为白沙公社书记）

话说东门一战，由于敌强我弱，加上地形对我军不利，病号又多，毛泽东便果断决定：部队实行战略转移。9月14日下午，部队分三路向上坪转移，于黄昏时分到达上坪。而9月14日下午，慕容楚强正好赶到浏阳城近郊枫林铺，已经从路人的议论中知道三团已经失利的消息。不想却被县团防局捉了起来，投进了大牢，且有可能很快就会被处决。到9月15日一大早，一团攻进了浏阳城，慕容楚强得以放出了大牢，他找了二团团长王新亚，告诉他三团已失利。王却没有得到三团已经失利的确切消息，乃至迟迟不肯撤出县城。

至9月16日午饭后，敌人反扑了过来，二团仓促应战，损失殆尽，一路逃至岩前。到第二天（9月17日）一大早，慕容楚强和潘心源发现二团团长王新亚已带着特务连跑得不知去向，只得无奈地潜回老家。就在这一天下午时分，毛泽东所在的三团已到达浏阳孙家塅，且在此等候一、二团的消息。又哪知二团王新亚只管逃跑，未能及时集合部队，剩下的士兵已纷纷自行离开，后来仅有少数战士赶到文家市。

此时，秋收暴动部队已遭到严重损失，铁的事实已证明了大敌当前是无法与国民党争夺中心城市的，但中央对占领长沙这一目标仍没有改变。不得不佩服毛泽东审时度势，在东门失利，退至上坪时，当晚就召集连以上干部开会，在两难的境况下提出“退萍乡再说”。一团和二团的余部此时均未能与三团会合，前委委员尚未到齐，在无法做出放弃攻打长沙的计划时，也只能先退萍乡后再选择机会了。

但无论从哪个角度上看，上坪会议上毛泽东提出的这一主张，其战略思想是带有转变性质的，它适时地改变了秋收暴动前不切实际的攻打长沙的计划，为文家市会合及向农村进军的伟大决策迈进了重要一步。

（选自《秋收起义的神话》，原载《湖南报告文学》，2017 年 3 期）

作者简介：

彭晓玲，中国作协会员，鲁迅文学院十四届高研班学员，东莞文学艺术院签约作家。有作品散见于《散文》《散文百家》《清明》《长城》《山花》《文艺报》《文学报》等报纸杂志上，曾出版散文集《红石头的舞蹈》《挂在城市上空的忧伤》《苍茫潇湘》，长篇纪实《空巢：乡村留守老人生活现状启示录》等。

互联网 +“饭”

——一名调查记者和他的“免费午餐”(节选)

高汉武

“免费午餐”借力于伟大的互联网，开创了新时期公益的新模式。这种源自草根、蓬勃而起，最终影响国家决策的公益行动，无论其成长的速度、规模还是路径，都足以载入中国公益历史。

——来自民政部的评介

一、星星点灯

“可以抱怨，可以批评，但是，中国更需要行动。”

——邓飞

可以更多

船在海上航行，很容易迷失方向，特别是在夜晚。这时候，它需要一颗星或几颗星作为参照。邓飞仰望头顶蔚蓝欲滴、浩瀚无际的星空，陷在深深思索中。

并不是感叹生命有如尘埃，而是沉思此生怎样再生翼翅。

这是2011年2月25日的晚上。游轮正划破波浪，游弋在一碧万里的南海上。

小剧场里，“天涯社区2010年年度颁奖”正在进行。星光璀璨，名士如云。“天涯”将这场颁奖会整得浪漫而高大上。邓飞是“年度记者”殊荣的获得者。

过去的一年，邓飞用微博展示了江西宜黄县一个家庭遭遇强拆的历程，并将这个县的书记、县长等一大拨官员拉下马。年底最后一天，他依靠微博，在江苏找到一个已足足寻找了3年的男孩。

同一年，邓飞斩获“新浪微博年度记者”“《南方周末》年度传媒致敬”、《时代周报》“影响中国时代进程100人”诸多荣誉。

一个“以笔为刀”的人，信奉真相的力量，誓言“写尽中国所有幽暗”——《沈阳蚂蚁梦》《杀死阳宗海》《狗日的普九造》《湘西州长的北京一夜》《南中国贩童链》《周庄肺病》……

10 年，160 多篇深度调查，事涉死刑犯取器官、三峡移民回流、男童贩卖、环境保护等诸多重大事件。也曾带着一群调查记者，潜伏湖南，将郴州市委书记李大伦、市长周政坤、纪委书记曾锦春等 110 名贪腐分子悉数挖出，引发郴州官场大整肃，其中周政坤被判无期，李大伦、曾锦春被判死刑。

他“自黑”自己是“扒粪的人”。

19 世纪末，美国社会因为盲目追逐发展而问题丛生，一批调查记者挺身而出，掀起一场“扒粪运动”，持续精准地揭露各种社会问题，最终联合中产阶级推动各项立法，终于重建秩序，改变了整个国家。

他认为，他也可以。

但是，写得越多，洞庭湖边长大的他，越觉自己“如同童年一个人置身在家乡的芦苇荡里”。那么，除了愤怒、揭露与批判，要改变这个国度，是不是还有其他更有效的方式？

“免午”之念

“在黔西，一吃中餐我心里就不是滋味，我只能端着碗回自己宿舍，关上门来吃。”蔡家芹说。

“为什么？”邓飞一愣。

主持人在念一个名册，掌声“哗啦啦”地响。

或是情绪被触动，或是要让自己的声音盖过现场的喧哗，蔡加芹几乎在喊叫：“孩子们没中餐吃呀。每一次开饭，孩子们闻到香味，就眼勾勾地看老师的碗。”

还有孩子吃不上饭？

邓飞被震到了，向蔡加芹询问缘由。

蔡加芹是“天涯”网友们评选出的“中国最美支教女教师”。这个江苏盐城的 80 后女孩，从贵州省警校毕业后，在黔西素朴支教。

“现在山区撤点并校，孩子们集中到一个学校，上学路途太远，孩子们根本不可能中午回家。他们每天 6 点起床上学，下午 4 点半放学，回家已经天黑，才能吃上晚饭。很多孩子都不吃中午饭，一天只吃两顿，学校里有超过一半的孩子都这样。”

“为了填饱肚子，有男孩在老师吃中餐时，偷偷跑到村民田土里刨土豆红薯，捡点柴，找个空地烧了吃。学校纪律不允许。每天中餐时，老师就去巡查。为提防老师突袭，土豆红薯什么的多数时候并没有熟，孩子们就狼吞虎咽下了肚。下午回教室上课，嘴都是黑的。也有被老师逮了个正着的，遇上性子急的，他会踢了学生的锅。孩子又怕又饿，看着滚落在泥土里的食品，眼里包着泪……

甲板上，蔡加芹向邓飞一一解释。

邓飞的脸色凝在一块。他想起洞庭湖畔的童年。也想起自己的女儿三三——对生活在北京的她来说，不是为了没东西吃发愁，而是为选择吃什么东西发愁。2009年年初他前往湖北长阳县调查希望小学遭废弃一事时，所看到的一幕也闪回在他脑海中——在一所小学的旧房子里，一群小学生围在一起，用石头架着铁锅，蹲着做饭吃。房间烟雾弥漫，空气非常不好，但孩子们盯着锅，没有一个到外面来透气……那么，是不是说，中餐饥饿是乡村孩子普遍面临的痛苦？

鄢烈山掺进邓飞与蔡加芹的对话中。他是当晚活动的获奖者之一。这位从湖北仙桃走出的第三届鲁迅文学奖得主，联想到了自己40年前关于饥饿的记忆，表情沉重："发展这么多年了，还有乡村孩子还在挨饿！邓飞，你是记者，你有责任呈现！"

邓飞不语。波光映照他的脸，僵硬阴沉。

"任何人的不幸，都使我承受损失，因为我包孕在人类之中。"邓飞想起这句话来。他掉转头，对蔡加芹说："我以后每年筹上两三万块钱，让素朴的孩子吃上饭。"随后，他与她约定：由蔡加芹提供黔西学校资料，他回深圳筹钱，筹了钱就去贵州。

次日，邓飞从香港下了邮轮，转道深圳。途中，他发出微博："最美丽的支教教师小玉说，很多学生中午没饭吃，穷，只能喝水，我和鄢老令狐去看看，无事可来，同去。"评论共12条。"猫妈45"说：是西南省份么？如是，请联系"西部儿童基金"。此前，他们在玉树的帐篷里给孩子做午餐。留言俺也行（我病中）。一起努力。看到"一起努力"四个字，邓飞全身一阵温热，随手写下第二条微博：一起努力，贫困学生"免费午餐"计划。

一份调查报告与"国外孩子的中餐"

邓飞提出"免费午餐"概念的当天，2月27日下午，北京东联大厦四楼会议室，中国发展研究基金会就中国农村贫困学生营养状况调研召开新闻发布会。

这是一项始于2006年、时间长达5年的调查。调查对象为青海省乐都县、云南省寻甸县、广西壮族自治区都安县和宁夏回族自治区西吉县等中西部地区四个国家级贫困县的1458名10—13岁小学生。

调查显示：

> 中西部贫困地区儿童营养摄入严重不足。1458名小学生中，生长迟缓率近12%，低体重率达9%，平均每日热摄入量仅为专家推荐量的68%。钙、铁、锌等微量元素摄入量低于20%。
>
> 72%的学生反映，上课期间有饥饿感。

与城市孩子相比，农村孩子平均身高低于同龄城市孩子 6 到 15 厘米，平均体重低于同龄城市孩子约 7 至 15 公斤。形象点说，很多 13 岁农村男孩的身高和体重，只相当于城市 10 岁男生的水平。

报告指出："在中国人均 GDP 已近 4000 美元、全国财政收入突破 8 万亿元的今天，这些数字，不能不令人难堪。这是一种巨大的人力资本损失，并形成贫困代际传递，最终影响的是民族与国家的未来。"

调查组认为："午餐空缺"是孩子们营养不足的重要原因之一。

中国发展研究基金会是国务院发展研究中心主管的一家组织。多年来，它一直关注和研究贫困地区学生营养贫困问题。

消除饥饿，是人类几千年的梦想。其他国度的孩子，他们在校时间的午餐又是怎样解决的呢？

邓飞查阅资料获知：

1954 年，战后的日本，一片萧条。在财政资金十分紧缺的情况下，他们颁布了《学校给食法》及其"施行规则"，规定对在校的中小学生统一供应午餐，其中对家庭生活困难的免费。如今日本每个地区，都设有专门制作学校饭菜的"给食中心"，每个中心至少配备一名经国家考试合格的营养师，负责学生营养的摄入的管理。属于国家教育系统的 5—12 岁的 1100 万孩子全部都在学校吃午餐。大和民族从来就没有忘记他们的后代必须强大；

美国联邦政府资助的中小学午餐项目始于 1946 年，国会立法将保证美国儿童营养健康作为维护美国国家利益的重要手段；

泰国 1952 年开始国家层面的学校供餐措施。1992 年颁布《小学学校午餐基金法》……

"免费午餐"这一概念的最初提出，则是印度的卡马拉奇。

20 世纪 60 年代，时任印度国民大会党主席驾车探访民情。在印度南部泰米尔纳德邦的一个小村庄，他看到几个小男孩正在尘土飞扬的街上赶着一群牛羊。他拦住一个孩子，问他为什么不上学，孩子张口就说："如果我去学校，你会给我东西吃吗？"孩子的回答让这位高官无言以对。此时，他才明白，宪法虽明文规定"国家向所有 14 岁以下儿童提供免费义务教育"，但是现实中仍有许多孩子离开课堂，原因就在于"饿着肚皮"。

卡马拉奇制定一套制度，让穷人的孩子能在学校吃到"免费午餐"。

从此，印度大约每天有 1.2 亿中小学生吃到由学校提供的热饭热菜，并因此按时上学。至今，经过几十年的发展，该国的"免费午餐"项目正在一步步接近初衷："不让一个孩子因为饥饿失去受教育的机会。"

当大地荒芜，当天空残缺

邓飞被这些数据深深刺痛。

呈现、呐喊以及批判，邓飞并不陌生，现在他更明白，中国的改变需要的是行动，是建设。

十分钟内，邓飞连发两条微博：

> 中国贫困地区需要一顿"免费午餐"！
>
> 呼吁"免费午餐"！

3 月 24 日，蔡加芹发来邮件，介绍黔西几所没有食堂的学校。

当晚，邓飞在微博中写下：明天去贵州一悬崖下的乡村小学，当地学生无午餐，每天中午喝凉水充饥。我们尝试在该校建一个食堂，让孩子们吃上饭。推动中国贫困山区的"免费午餐"计划。

德不孤，必有邻。秒秒钟，网络将邓飞西上的消息传至西湖之边。沈雁冰点了个大大的赞。2007 年，邓飞带他进京，他在邓飞家长住 3 年。当年写"希望工程遭弃"的调查，两人曾挤一辆摩托车沿清江一路走遍湖北当阳的村村落落。

马伊琍剧场回来，没卸妆，先留言："有需要帮忙吱一声，大家愿意的！"

3 月 25 日清晨，北京寓所，邓飞与家人道别。

3 月 25 日，邓飞来到贵阳。他先去了《黔中早报》办公室。他为乡村孩子而来，他要唤起更多人对他们的关注。

26 日，一行人直奔黔西。

黔西所见，令邓飞大跌眼镜。

几乎每所学校，或校内或校墙外，学校校长或什么人开有"超市"。破烂不堪、布满灰尘与蜘蛛网的货架上，摆放着一些没有生产厂家、没有生产日期、散发着浓烈的味精味的食品。它们，就是孩子们的中餐。说到建食堂让孩子吃上饭时，校长们一脸不解：吃饭的事，不是由家长管吗？学校不就教书吗？

邓飞心里愈加沉重起来，决意寻找答案。

这时，邓飞发现，现状的造成缘于两个方面的原因。

1980 年，中国政府把实行计划生育确定为基本国策。到 1987 年，人口出生率大幅减少。第五次人口普查和 2005 年抽样调查的数据显示，19—22 岁人口到 2018 年将只剩下 0.53 亿，9 年下降一半。人口是降下来了，但许多问题随之孪生。其中之一，是儿童越来越少，中国提前进入老龄化社会。2004 年之后几乎每一个春节的"用工荒"，就是证明。

随着这条中国人口曲线，中国农村教育绘出这样一条曲线：

20世纪80年代中期，乡村人口多，生源充足，相关部门要求农村“村村有小学，乡乡有中学”，规定学生上课路程半径不超过2.5公里。进入新世纪，新生代急剧减少，迅速推进的中国工业化进程又将无数年轻农民推向城市，一部分孩子也带进了城市。于是，城市里打工子女的教育成为社会问题时，农村却出现学生生源严重不足。教育管理部门为集中教育资源，大量撤销中小学学校，大量“两基”达标时所建学校由此而闲置。权威资料显示，1997年全国农村小学数为512993所，2009年为234157所，减少学校数总计达278836所，总量减少一半，12年期间，平均每天减少64所。

村上学校撤了，甚至邻村学校也撤了，孩子上学就不得不去几公里甚至上十公里外的学校去。路途遥远，如果学校不开中餐，他们就没地方吃饭。

这就是中国广大乡村及乡村孩子的现状。时代的列车辗压我们的乡村，乡村承受来自“都市和欲望的挤压”，呈现“残酷的崩裂”（阎连科语）。而在这辆高速前进的列车旁，乡村孩子大多站在“列车”之边，上车也不是，下车也不是。这些总数高达6100万的孩子，分布在祖国的山山坳坳，姓氏不一，却有一个共同的又特有的名字：留守儿童。

躺在黔西简陋的小旅馆里，邓飞看夜空的星星，想起了一个多月前的南海之夜。他忽然觉得，每一颗星星都是自己的生命之灯，它们提示他，一个伟大的、前所未有而又艰难无比的事业，正需要他超越围观与抱怨，用新的、建设性的方式去使用生命——“孩子们看不到母亲，就一定要让他们看到炊烟”……

二、沙坝之火

“我只是要帮助乡村孩子获得一份安全、正点的午餐，纯粹而坚定。”

——邓飞

就它了，沙坝

方坤友将电话打给了邓飞。

他在本校的支教老师手机上看到邓飞发出的在黔西调查孩子饥饿问题的微博后，决定打电话给他。

方坤友所在学校叫沙坝小学，地处黔西花溪乡沙坝村。全校8个教师，169名学生，开设幼儿班至6年级。原来这里是一所中学，后来学生少了，乡中学并到了到花溪乡政府所在镇上。于是，原有小学生，外加上沙坝、中沙坝、下沙坝三个村的学生，还有相邻的金沙县高坪乡部分学生，就组成了这个学校。花溪是个彝族苗族乡。当地主要经济作物是烟叶。大多学生离校远，最远的，家在金沙县高坪乡钟山村新寨组，单程距离成年人需要走两个小时。

地理环境使然，学生没法回家去吃中餐。看着饥饿的孩子，方坤友伤透了脑筋。

就在这时候，邓飞的微博来了。

互联网以这种无缝对接的方式，奇妙地连接起两个父亲。

电话通完两个小时后，瘦小的、腿脚有点点不便的方坤友脸色发白，一身汗水站在了邓飞面前。

有点意外。眼前的邓飞，30 多岁年纪，不见城里人的洋气，不见红润的脸色，不见啤酒肚，风尘满面，透着疲惫与沧桑。而且，双鬓竟有了白发。

邓飞 1978 年生，这年 33 岁。

两人交谈一会之后，邓飞认定："免费午餐"就从这里开始。他与方坤友商定，他回深圳筹钱，方坤友作开餐前准备。

第一笔善款、同盟军及"免午"雏形

邓飞回到深圳，就去找王树春。

飞机上，他将可能"勒索"到的朋友搜了一遍，锁定让王来挨"第一刀"。

王树春曾是警察，转型三门岛做房企。他是吉林汉子，身前一站，一扇门板，能让你的手机信号找不到北。2008 年，时已离开长沙《今日女报》来《凤凰周刊》的邓飞，冒死调查深圳、东莞两地上千男童的拐卖案，由此结识他。

王树春一见邓飞，就停止了与客户的交谈。抬腕看表，正好是中餐时间，他带邓飞来到餐厅。王问何事前来造访，邓飞不语，指着桌上的餐食。

饭？王树春一脸不解。

"孩子们的饭。"邓飞脸色庄重。

邓飞提出要两万块钱。

两万？王树春很是吃惊。

邓飞心沉了一下。

王树春说："两万怎么够?!"

邓飞笑了："只要两万。先拿两万。开个学校试试，动起来，动起来孩子们才有饭吃。"

王树春不认识似地看邓飞，看着这个过去以笔为刀的观察者、记录者与批判者，补一句："对，动起来!"

与王树春别后，邓飞转身就去了华侨城。

邓飞知道，这只是一场大戏的序幕。更多的角色要上台。谁是同道者？沈雁冰已经参与，马伊琍说过“有需要吱一声”，孔维已将爱心捧出，《黔中早报》也算……但是，这还不够，远远不够……

他去与“小斯”（苏哲芳）“会晤”。她是“招商地产”高管，负责品牌与策划。更重要的，她是一个孩子的母亲。他与她是“微友”，微博上多有互动。听到邓飞的想法，苏哲芳眼睛刹地放强光：“好啊好啊，积德积福……那么，我给你守家，连横合纵，你在前方拼拼杀杀?”

正是！邓飞一听，乐了，只差一拳打在她酥胸上。

后来，苏哲芳拜拜“招商”高薪，负责起“免费午餐”品牌推广与联络工作，可谓实至名归。后话。再表。

见过苏哲芳，邓飞即与她同去见刘嵘。

刘嵘，微博认证名“小微企业苦主”，广东荣晖集团董事长。祖籍广东饶平柘林，1969年在福建出生。1989年毕业于福建省艺术学校，1994年从商。瘦长，戴眼镜，貌似文质彬彬。一个左手赚钱右手写诗的家伙。

名片还写有：广东饶平商会会长、广州市政协委员。

茶桌上，“免费午餐”雏形诞生：一个鸡蛋，一碗米饭，一个菜。食品标准定3元。

三生万物。邓飞的女儿就叫三三。他喜欢3这个数字。

久违的炊烟升起来

走出刘嵘办公室，邓飞两手同时使上：左手将沙坝小学账号转给王树春，右手通知方坤友准备开第一餐。

4月1日晚，邓飞从广州飞往贵阳。

4月2日晨，由孔维借车，满车装上孩子们的礼物，前往沙坝。

不挂横幅，不排队迎候，也不要等到他们才开饭。“我们不来做秀，来做饭。”出发前，邓飞向方坤友打过招呼。可是一到学校，学校门前的道上，全是欢迎的村民。在学校的操坪上，搭了一个蒙着红布的台子，台下，上百孩子规规矩矩地坐着。他们脸色黝黑，眼神里闪着感恩与坚毅的光。大喇叭里，《运动员进行曲》循环播放。学校还升了旗。那是一面风吹雨打过的、已有些时日的国旗。

操坪西侧是厨房。一缕淡蓝色的炊烟在袅袅升起。

炊烟——归属于孩子的、久违的、渐至消失的炊烟，与红旗，一竖一横，写在乡村的天空。

得说点什么，然而，什么也说不出。邓飞望望孩子，又望望国旗，突然哽咽，喊出预演台词中从未有的、仅有的、无头无尾的一句：只要沙坝小学存在，我们的“免费午餐”就会永远送到沙坝孩子们的嘴边！

掌声雷动。

事后，一位记者问及邓飞这次哽咽。邓飞眼眶再次发湿。他说，那一刻，他想起了他的三三，想起了北京孩子手中的 iPad，也想起了我们灾难深沉、永不嘶哑、也正在改变的乡村——中国的根。

开饭了。

在领到一个新的不锈钢饭盒后，8 岁男孩陈兴安走到了 42 岁的煮饭阿姨郑敏面前，得到了一份米饭、一个煮鸡蛋、一勺酸菜炒肉、一勺烧土豆、一勺白菜汤。双层饭盒塞得满满的。他端了饭菜，与几个小朋友蹲成一圈，大口大口地吃。小小的腮帮子，一鼓一凹。饭粒挂在嘴角了。

笑。闹。9 岁的李秀花突然有了泪。

大家停住吃，不解地望着她。

陈兴安从自己碗里夹一片肉放到她碗里，安慰她：“有吃的哭，有吃的也哭……不哭了，乖！”

李秀花家在金沙高坪乡，家离校大概 5 公里。

很多家长与村民围了过来，看孩子吃饭。许多人边看边发感叹。

菩萨。活菩萨。说得最多的，是这句话。

当然不是菩萨，英雄也不是，只是朝生暮死的众生。邓飞想。只是，父母的孩子，孩子的父亲。只是，一个生命有责任温暖另外的生命。

“互联网 +”

忙碌的一天过去了，夜里，沙坝淅淅沥沥下起了小雨。

在学校的操场上，邓飞支起了帐篷，钻进睡袋。

细雨敲打帐篷，乡村的夜更显静谧。

邓飞无法入睡。

下一步怎么走？

沙坝小学的午餐支出，一个月就是 1 万多，王树春这 2 万只能支撑两个月。如果更多的学校开餐呢？3 块钱是小数目，但千千万万个、日复一日、月复一月、年复一年的 3 块钱的累计，又将是一个以十万、百万，甚至千万计的数字啊。那么，这大笔的钱从哪来？自己双手空空，朋友有限，能一掷千金的朋友更少。再说，也不可能一个个去“化缘”……

思虑之中，邓飞想起了曾经看过的一本书：亚当·斯密的《国富论》。亚当·斯密说，“一切改良中，以交通改良最有实效”。那么，当进入信息时代，是不是可以说“信息流通改良最为有效”？——让信息大规模自由流通，让人们知晓真相，进而获得共识，聚集人心，再创造新时期的公益奇迹！

要知道，孩子永远是这个世界最大的公约数，他们的状况与需求永远是人性最大的痛点啊！

犹如一道闪电划过雨夜，邓飞忽然双眼放光。他清晰地看到了一个巨大无比的魔盒般的钱柜。这个钱柜，就摆在互联网的大厅里。

邓飞是只试水春江的鸭子。他所采取的方式，就是"互联网 + 公益"——"互联网 +"就是"互联网 + 各个传统行业"，指利用信息通信技术以及互联网平台，让互联网与传统行业进行深度融合，创造新的发展生态。它代表着先进的生产力。

2013 年 11 月 6 日，在上海复旦大学，马化腾于业内首次提出"互联网 +"。2015 年的《政府工作报告》中，李克强总理宣布，国家将"制定'互联网 +'行动计划"，并已"设立 400 亿产业创业投资引导资金"。从此，"互联网 +"就成为一个热词，并深刻影响中国社会经济的发展。比如，电子商务、互联网金融、在线旅游、在线影视、在线房产等行业都是"互联网 +"的杰作。

回顾社会发展史，每次工业革命都有一种新的生产力工具给行业带来效率大提升。第一次工业革命时是"蒸汽机"，第二次工业革命中是"电"。当今，是互联网。互联网给人类社会带来的改变，是全面、深刻并具颠覆性的。公益事业同样如此。中国慈善联合会副会长、有公益界"教父"之誉的徐永光指出：它"深刻改变着中国公益界的权力格局"，能让每个人获得一种新技术的"赋权"；它"满足了公益捐赠透明性、可选择性和快捷性的需求，为大众参与公益活动提供了前所未有的便利条件"。换句话说，"互联网 + 公益"，能让每一位手握智能手机的人和机构，享有平等权利和机会参与公益并分享公益，并有效监督公益。

据权威统计，至 2014 年，我国已有互联网用户 6.49 亿，手机网民则达 5.57 亿。这是个巨大的数字。显然，如果能够激化网民——这个最松散也最团结、最强硬也最柔软的群体的善心，公益就少了几分悲壮，至少，会少几分艰难。

后来的事实证明了这一点。

在帐篷里点燃世界

邓飞的行动，得到民政部下属的中国社会福利教育基金会的支持。该基金会副秘书长肖隆君，听了"免费午餐"介绍后，同意在"福基会"下面一个基金里，设立"免费午餐"基金。

有了"福基会"所给公募名分，一切立即运作起来。

京城，邓飞老友、中国人寿经理人党军开通"免费午餐"官方微博。

沙坝，邓飞进入一个叫"蓝衣"的 QQ 群——那里有 500 个分布全国各省的调查记者和编辑。这个群，由邓飞2005年创建。其起意是调查记者抱成一团，交流信息，互通有无，并共同对抗邪恶、暴力及丑恶。现在，邓飞要以乡村孩子的名义，向他们发出号召。

随邓飞一路来沙坝的“免费午餐”的追随者们，一个个钻出睡袋，站在了“群”外。他们是：“西湖一支笔”沈雁冰：杭州《都市快报》记者；“京城一张嘴”胡益华：北京知名刑事律师；“招商一张脸”苏哲芳：“招商地产”高管；等等。

各路英豪驾到，邓飞用手机播放起电影《七剑》的主题曲。大鼓轰鸣，侠客们手持宝剑自天山飘然而至，集结列队，策马草原。在音乐声中，邓飞猛敲键盘，对着身边的人、对着全国500名记者编辑、对着中国与世界，振臂高呼：今晚，是个历史性时刻，我们要干一件牛逼到顶的事情——发起中国乡村儿童“免费午餐”行动，让中国的乡村儿童不再挨饿。

邓飞极力抑制自己将要引爆的情绪，停留片刻——

你们来不来？

满群沸腾，回应声从北京、郑州、西宁、西安、南宁、贵阳、长沙、广州等地四面响起——

算我一个，算我一个，算我一个……

邓飞全身颤抖。10多年记者生涯，160篇官场、黑道、水与火、泪与血的报道。面对高官，他没抖过。遭遇一方恶霸，他没抖过。但现在，这位湖南大学人文社会科学院新闻专业2000届毕业生，这位立志做中国最优秀的，以自己的血性、责任与担当，每天都在挖掘、还原与公开真相的记者，却情不自禁颤抖了。

为互联网的神奇；为人性深处爱与善的种子；为一切努力改变这个国度的人们；也为今年此夜，记者邓飞人生模式的重大切换。

邓飞强制自己平静下来，一番深呼吸后，写下“免费午餐”第一条官方微博：

> 2011年4月2日，邓飞联合全国500名记者发起“中国乡村免费午餐计划”，旨在募集资金，为中国乡村儿童提供午餐，解决校园饥饿问题。

三、炊烟四起

“一只蝴蝶在巴西拍打翅膀，一个月后就可能在美国得克萨斯州刮起一场龙卷风。”

——爱德华·罗伦兹

豫、湘、贵的呼应

沙坝之火点燃之后，北地河南，也升起袅袅炊烟。

4 月 8 日，河南鲁山县观音寺桐树庄小学开餐。

桐树庄小学是《大河报》记者朱长振的启蒙学校。朱长振网上获知“免费午餐”计划后，带着学校破落的照片在郑州募集善款。朱本人捐出一个月工资 4800 元，郑州“中家家政”朱凤莲捐出 1 万元。新乡、宁波等地爱心人士定向捐款共计 8500 元。拿着这些钱，朱长振即回村庄，请人给孩子做饭。

6 天之后，鲁山瓦屋乡第五小学上寺教学点“开伙”。

邓飞与“财新传媒”记者凯莉亲眼见证了第一餐：

教室前的泥地上，摆着几张课桌，上面放着三只铁桶，一只桶内是大米饭，另外两只盛满了炒菜：肉、白菜、洋葱、粉条。110 名学生好奇地瞪大眼睛，按年级由低到高端着饭碗领饭。领过饭，孩子们就飞跑进教室，回座位去吃。孩子吃得太急，呛着了。年老的校长顶着一头白发，在各教室巡回，一轮轮嘱咐：慢点吃，慢点吃。他觉得这话还不够，说完再补一句：以后还有吃。

凯莉见此场景百感交集。她走近邓飞，脸色庄肃，想有很多话说，但最后只叫了一声：飞哥。

上寺开伙后不久，鲁县的刺坡岭小学的孩子们吃上了“免费午餐”。

接下来，嵩县板庙小学、方城县小包庄学校也相继开餐。

伏牛山腹地炊烟四起。

湖南也动起来了。

4 月 11 日，《湖南日报》下属“华声在线”发布消息，在全省征集愿意执行“免费午餐”的学校。两天时间，该省 20 多所学校前来联系。其中，新晃侗族自治县团委干事钱亮发来了本县 11 所贫困学校的资料。

新晃位于湖南最西陲，与贵州交界，为国家级贫困县。

4 月 13 日，由新晃县教育局副局长蒲曾坤带路，“免费午餐”志愿者及“华声在线”、《三湘都市报》数名记者前往该县洞坪乡大坪坡小学，落实开餐事宜。这所学校坐落在新晃洞坪、步头降、中寨三乡镇交界的半山腰上。一些学生每天上学要走 4 个小时的山路。

新晃的转折，正功归于这位蒲副局长。

“免费午餐”进入新晃初期，考虑到当地“正面形象”问题，蒲曾坤有顾虑。犹豫中，时在大坪坡当代课老师后任该村村支书的彭玉霞打来电话，询问“免费午餐”是什么样的项目，大坪坡能不能搞。接到电话，蒲曾坤陷入了沉思。他是大坪坡人，特别能体会孩子们对于一份健康午餐的渴求……那么，究竟是所谓形象重要，还是孩子们重要？最终，他选择了后者。

由此，大坪坡小学成为湖南第一所“免费午餐”学校。

4月27日中午，该校41名学生吃上“免费午餐”。饭间，8岁的、被母亲遗弃的彭仪在志愿者询问“是不是吃得好”时，回答说“好吃好吃”，然后怯生生问，明天还会有吗？一句话，让在场的所有人无不动容。

7岁女孩彭晓雨得知学校中餐有饭吃，向老师请假，然后走一个多小时山路接来了弟弟，开饭时一口一口喂给他吃——《三湘都市报》记者彭立三抢到了这个镜头。这一画面见报后，击中了无数人心中柔软的地方，使得“免费午餐”善款一路飙升。

5月4日，即大坪坡开餐后第7天，新化县奉家镇横拉坪村快乐小学的43个孩子也吃上“免费午餐”。这是湖南第二所“免费午餐”学校。

5月20日，作为湖南第三所“免费午餐”学校，新化白云小学开餐。

给孩子们盛饭菜的一位“姐姐”，有点特殊。她身穿“免费午餐”T恤，右胸别一枚红色徽章，汗水滑过她精致的脸蛋，脸蛋儿一直在微笑。太美了，以致方圆十里的乡亲们里三层外三层来“猎色”。

她是马伊琍。

最早回应邓飞“有需要吱一声”，并且是第一位大额捐款人的马伊琍。

她昨天晚上抵达新化。墨镜遮不住她的美丽，在黄花机场，她一下飞机就被人们团团围住，突围之后，在湘江边匆匆扒了一口饭，就往新化赶。山路崎岖，车辆颠簸，黑暗中村庄的灯火昏暗而温暖，她的记忆也碎了一路：幼时在上海，她总生病，常住院治疗，切身触摸过病患孩子的痛苦，现在做了母亲，对孩子更多了一份母性的柔情……所以，她觉得，多远多累也不管多么重要的戏，她也不能不来新化当一回“厨娘”，用她的手，她的心，给孩子们捧上一碗热腾腾的饭……

镜头返回贵州。

在邓飞转战其他省份寻找新突破口时，沈雁冰屯兵贵州，倾心创建“根据地”。

3月27日，沈雁冰带着《都市快报》摄影记者许康平，先后“潜入”黔西、纳雍、大方三县8所大山深处的学校。正是这一趟跋山涉水，沈雁冰坚信“免费午餐”的必要与伟大。

“天无三日晴，人无三纹银，地无三尺平。”说的就是喀斯特地貌的贵州。其中，最贫困的纳雍、威宁、赫章三县，人称“纳威赫，去不得”。沈雁冰一路走过去，不见植被，只见漫山遍野都是裸露的石头。植被退化，再加频繁暴雨，土地基本不能耕种。农民主种土豆玉米，产量很低。教育同样糟糕：国家一直在清理代理教师，但贵州几乎每所学校都有——原因就在于缺师资。老师什么课都得教，谓之包班。学校破旧，孩子的状况更叫人心酸。有的孩子常年一件衣服，解放胶鞋穿到脚趾头在外还在穿。一些孩子的书包是编织袋改造的。家离学校远，又是山路，要过岭过河，如果天气恶劣，就不能去上学。学校与家一个来回，一般都要3到4个小时。在纳雍，沈雁冰遇到一个孩子在路边的石头上做作业，很奇怪。孩子说，“回家天就暗了，爷爷奶奶舍不得开灯，得趁天亮做完”。因为集中上课，很多学校挤得满满的。下课时孩子必须踩着课桌才能出来。在岩上小学、场坝小学，他看到，有些孩子只能站着上课。

7岁的陈文祥，甚至没有课本。他的姐姐，10岁的陈文菊，也在这个学校上课。

沈雁冰去了他家，被他的贫困的家境刺痛到几乎窒息。

10来平方米、石头码成的房子。没有屋顶，尼龙纸与树枝抵瓦。一把旧雨伞挂在一根木梁上，用来挡雨。伞下，一张桌子，一张木板搭的床。占了整个空间的一半。

父亲陈绍华，30多岁，小学三年级辍学。一匹马是他最贵重的家当，他用它在山路上给人家运东西。他很少回家。马背下，树下，山道边某家的屋檐下，就是他的家。

母亲在家带儿女，耕种山地，年收入约1000元。

所有关于贫困的想象被颠覆，沈雁冰心沉如铅，立即与邓飞运作“东水西调”——集结江浙大爱，“调”往贵地深山。

贵州之火再添薪——

4月10日，纳雍昆寨乡岩上小学开饭。274名苗族孩子在学校吃到中餐。

这是历史性的，苗家人繁衍生息数千年，不见史料有此类记载。

这也是一村人的节日。苗家村民身着民族服装，站在太阳下，等孩子们开饭。

辍学的孩子回来了。4月18日，岩上小学3个辍学孩子重回课堂。

洋场联场小学的一些孩子也过来了，为了中午这餐饭，他们宁肯每天多走一两个小时山路。

随后，130名学生的纳雍县昆寨苗族彝族白族乡丫口小学开伙；119名学生的左儿鸟（lí）戛彝族苗族乡场坝小学开伙；318名学生的羊场苗族彝族乡歌乐小学开伙……

14天，1009个孩子，1009份热乎乎的中餐。这就是“免费午餐”的速度。

善款，全“东水西调”。他们是：浙江伟达园林工程有限公司、宁波银行杭州分行全体员工、《都市快报》爱心读者等。“xiaoxx0824”——23岁的“快抱网”文员王旭是爱心读者之一，她亲去贵州，去看孩子们。她看到三个孩子挤一条板凳，用一张课桌，边上的孩子只有半个屁股落在板凳上，她被震住了。6天之后，离开纳雍回杭州，当车辆爬行在似乎永远也爬不出山的山道，回想一双又一双的孩子的眼睛，她忍得太久的眼泪，再也无法控制，当着一车人的面，大哭了一场……

离开杭州，跳槽《黔中早报》，直扑“免费午餐”最前线。沈雁冰更以令世人诧异的人生选择，诠释他对孩子们的爱。

两个月时间，纳雍全县小学实现“免费午餐”全覆盖。

新晃“2+1”

马伊琍给新化的孩子们盛饭时，《三湘都市报》副总编辑杨博智率领王立三、鲁红、小康等湖南“免费午餐”志愿者们，继续在新晃的弯弯山道上跋涉。

杨博智要去找张霞。

大坪坡41个孩子能在学校吃上饭，显然远远不够。杨博智找张霞，就是要争得她的支持，让新晃数百倍于41的孩子们在学校也有中饭可吃。

张霞时任该县县委副书记、县长。此前，她任怀化旅游局局长时，杨博智因工作与她有过交集。他还知道，她是从一名幼师成长起来的，在县希望工程办公室也工作过一段时间。更主要的，她是一位母亲。由此，杨博智认定，她一定会热心于“免费午餐”。

不想，杨博智去找张霞时，她恰好下乡防汛去了。

新晃县分管教育的副县长田竑、教育局局长姚斌以及副局长蒲曾坤，接待了杨博智。杨博智询问了县财政财力和民政救助等情况，然后提出“免费午餐”希望政府掏钱支持。尽管十分热心“免费午餐”，大坪坡开餐的前期工作，田竑都亲力亲为，但这一要求，把他们几个都难住了。政府开支一般有年前预算，年中要政府拿钱，并不好处理。何况，新晃又是国家级贫困县，财力十分有限。

正尴尬时，姚斌悄悄把杨博智喊到房间门口，透露给他一个信息——县里年内有一笔民政系统筹集资金，有一定额度，原计划就是用于资助贫困地区学生，用于“免费午餐”符合资金定位，也不需要修改预算。犹如摸到绝好底牌，杨博智暗自高兴，寻思只待突破张霞，就大功告成了。

杨博智没想到，张霞比他还要主动。

当晚，张霞回来，饭也没吃，就赶来和杨博智一行人见面。“免费午餐”在新晃是否展开？下一步又如何走？狭小的房间里，几个人或站或坐，展开讨论。张霞表态：孩子是我们的，新晃人民的。县里可以为将来开餐的每一个“免费午餐”学校承建厨房。杨博智“得寸进尺”：“作为老朋友，我有一个不情之请，政府能否以补贴的方式参与进来？”随后，他拿出一个本子，常务副县长一般，熟练地讲了一组数字。“新晃人口基数小，一年下来，政府也只要掏出30多万元。”然后，眼睛盯着张霞：“您是一县之主，你怎么样看?”

几秒，仅几秒，张霞回答：“我看行。”

她停顿几秒，又吐出一句：“新晃再穷，也不让孩子饿。”

女汉子啊！一屋子人愣住了。

有人复盘：“县长，我录了音。”

张霞笑：“哥们，我可以写进文件。”

新晃几秒钟，“免费午餐”一大步。在这里，民间慈善的“免费午餐”与地方政府实现联姻。杨博智推动并见证这一刻，高兴不已，当即致电邓飞。邓飞久没回话，再回话时声音潮湿：“替我转达对张县长的敬意，她在开创历史。”

6月1日，新晃方家屯乡胡家坝小学“免费午餐”启动。仪式进行中，兼任“免费午餐”基金管理委员会秘书长的肖隆君与新晃侗族自治县教育局局长姚斌签订项目捐赠协议，约定双方将共同为新晃侗族自治县内41所村小1500余名贫困学童提供“免费午餐”。其中，政府将为境内41所村小修建厨房，并为享受“免费午餐”的每个孩子每天提供一元餐费。仅后一项，按一年220个学习日算，新晃县政府将为全县小学的孩子提供餐补30余万元。

“人是自己的园丁”（星云大师），厚德厚得——

女汉子张霞最后成了女神：这年年底，升任怀化中方县县委书记。2015年6月，荣获全国优秀县委书记称号，受到习近平总书记的接见。为湖南四位获此殊荣的县委书记之一。2015年8月，才过40岁生日的她，升任怀化市副市长（副厅级）。

鹤峰“1+2”

杨安文1969年出生，湖南龙山人，大张霞6岁。

出任拉萨市副市长前，他是湖北鹤峰县县委书记。出任县委书记之前，他是该县县长。

鹤峰地处鄂西南，是全国一类革命老区、边远山区。1928年到1933年之间，贺龙在此组织中国工农红军第四军。《鹤峰县志》载：时才6万人口的鹤峰县，有2.5万人投身革命斗争，青壮年劳力中的80%投身革命，3000余人献出生命。贺龙大姐贺英，就牺牲于此。“走马坪大捷”后，贺龙站在走马坪一棵高大的银杏树下，热泪盈眶，表达他对这片土地的深情：桑植是我的家乡，鹤峰是我的第二家乡。沧海桑田，90年过去，那棵银杏愈加叶茂枝繁，但为中国人民解放事业做出巨大牺牲的这片土地，仍是全国少有的无铁路、无机场、无高速、无国道、无水运的交通“五无”县，仍处在贫困之中。

据该县统计局资料：2010 年，该县生产总值为 24.8 亿元，农村居民人均收入仅 3250 元。

作为一县之长，杨安文夙夜难眠。一为贫困，二为教育。

贫困之根在教育，孩子连饭都吃不好，办好教育又从何谈起？

因为有着同样的忧思，邓飞与杨安文一拍即合。

10 月，邓飞前往鹤峰。

邓飞此行，希望鹤峰有如新晃，与“免费午餐”深度融合，并创建更科学的模块，以大面积复制与推广。

当晚，在县城山脚之下的一家宾馆里，两个湖南男人一见如故，双手紧握，一场实对实的对话随即展开——

邓飞：“于孩子，‘免费午餐’可以说是天掉馅饼，但有些地方考虑地方形象，并不配合。”

“是孩子的胃重要还是当官的脸重要？”杨安文怒问。

“那要看什么样的官员。”邓飞据实回答。

杨安文再问：“你看我是什么样的官员？”

邓飞笑，不答，顾左右而言新晃：“全县铺开。政府 1 元，‘免费午餐’2 元。”无状语，无定语。他是聪明人，知道对什么人用什么方式说话。说完，他盯住杨安文眼睛。

“六个字，”杨安文说，“好事情，一起搞。”

不拖泥，不带水。六个字。

一个惠及鹤峰 4000 名小学生的营养工程，就这样落地。

1 月 8 日，在寒雾冷风中，高原小学迎来最温暖的一天。

这所“鹤峰最高的学校”的孩子们，第一次吃上了免费的午餐。

孩子们午餐时，鹤峰县政府一间会议室，杨安文正在召开会议。到会的，是鹤峰县里几个头头，还有教育等部门的一把手。会议就一个主题：如何在鹤峰全县铺开“免费午餐”。账一算，即使每个小学生的“免费午餐”政府配资一块钱，全县也要一百万，另加其他配套，还真不是个小数目。会上有人反对，理由没有明讲，但还是听得出来：这不算政绩。杨安文脸放下来：“政绩？你是说做‘免费午餐’不算政绩？那么，请问，到底什么是政绩？”他缓了缓，努力抑制自己的情绪，然后诚恳地说，“同志们，如果你自己的孩子天天中午饿着肚子，你揪不揪心？让孩子们挨饿，我们当负荆请罪，做好‘免费午餐’，是我们向孩子们赎罪。要知道，现在是八竿子都打不到鹤峰的一些人要给鹤峰的孩子做饭，我们鹤峰人难道还有脸坐在饭桌边看?！说到底，鹤峰老百姓要我们做的事，就是鹤峰共产党人最大的政绩啊！”

会议室顿时鸦雀无声。

会议形成决议：仿照新晃模式，政府出 1 元，出厨房，“免费午餐”出 2 元，承担厨具及承担厨师费用，共计支付 598 万元，让“免费午餐”在所有乡村小学铺开。

（原载《中国作家》，2017 年第 7 期）

作者简介：

高汉武，湖南省作协会员。《读者》签约作家。原《知音》杂志编辑。国家级期刊发表报告文学、散文、纪实特稿、歌词等各类作品 300 万字。获“夏衍剧本奖”、湖南省新闻奖、散文奖、各地征歌奖等总计 50 余次。作品入选各种选本，《扣子》等多篇入选各地中考现代文阅读试题。现居长沙。

雷锋家乡消防兵（节选）

欧阳伟

望城，雷锋的家乡。

望城，名望之城，希望之城。

一座城，因一个人而名扬天下。

这里还有一群最可爱的人，望城区公安消防大队（以下简称望城消防大队），他们还有一个响亮的名字：雷锋家乡消防兵。

今年5月12日，中共中央总书记、国家主席、中央军委主席习近平，国务院总理李克强签署命令，授予湖南省公安消防总队长沙市支队望城区大队“学雷锋模范消防大队”荣誉称号。5月19日，望城消防大队教导员肖亚华和望城区委书记孔玉成一同进京，参加全国公安系统英雄模范立功集体表彰大会，受到了习近平等党和国家领导人的亲切接见。

在刚刚过去的抗击超历史特大洪水的战斗中，望城消防大队官兵日夜奋战，营救群众98名，疏散群众489名。

望城消防大队是保境安民的“钢铁卫士”，是神州大地上学雷锋的杰出代表，是一个时代的英雄传奇。

撒什么种子开什么花

我是幸运的。在“八一”建军节的前一天，我受湖南省公安厅指派，走进望城消防大队，采访这个英雄集体的官兵们。

从长沙城区去望城，越近越有一种感受，雷锋气息扑面而来，雷锋雕像、雷锋大道、雷锋超市、雷锋580热线……让人格外亲切。湖南省消防总队方锐到省公安厅接我，一路上，我们谈得最多的也是雷锋。车子停在旺旺中路一个大门前，“望城区公安消防大队”的牌子十分醒目。下得车来，抬头看见院内三层楼顶矗立着“听党指挥，能打胜仗，作风优良”十二个鲜红大字，楼下5辆消防战车一字排开，整装待发。左侧是雷锋广场，一尊雷锋铜像在阳光下熠熠生辉；右侧一块景观石上，镌刻着毛主席“向雷锋同志学习”的题词。院落不大，也就十来亩地吧，四四方方，却十分精致。军营里树木花草，郁郁葱葱。四面围墙上都得到充分利用，做成了各具特色的文化墙，一幅幅照片、一段段文字、一个个故事展示着官兵们平凡而感人的事迹。

望城消防大队参谋王金银带我一路参观，一路讲解，言语间透着满满的爱恋与自豪。

从爱心墙到办公区，从食堂到宿舍，从雷锋班到荣誉室……看到战士们英俊又略带几分稚气的脸，再看看一张张泛黄的照片，我徜徉在这支英雄部队的历史画卷里，忽然有种穿越时空的感觉，追随着望城消防人的足迹，领略着望城消防人的战斗历程，探寻着望城消防人在图片、文字背后的故事。

39年前的那个寒冬，在望城县街头一个很不起眼的平房前，挂上了一块门牌，上面写着六个字：望城县消防股。

这就是望城消防大队的前身。

张保初是望城历史上第一任消防股长。

说是消防股，其实就3个人。据张老回忆，新中国建立之初便有望城县，到1959年被撤销并入长沙县，直到1977年才恢复望城县。当时的望城县有19个乡镇，方圆几百里，交通不发达。众所周知的原因，消防工作长期处于停滞瘫痪状态，消防设备落后，群众消防意识差。消防股刚成立，什么也没有，要通讯没通讯，要装备没装备，要人力没人力，要钱没钱。

“灭火基本靠桶，宣传基本靠嘴，检查基本靠腿……”这个顺口溜就是那个时候的真实写照。

“我是党员，做不好老百姓的工作，我就不当这个消防股长！”张保初立下军令状，一干就是5年。张保初穿着一身橄榄绿警服，没日没夜地走村串户，耐心讲解，将消防知识的种子遍洒望城的县城和村庄。张保初说，只要能天天不发生火灾，我宁愿失业，或者改行做别的。

在农村长大的张保初对穷人有一种天然的同情。每次救援后，如果发现受灾群众特别困难，张保初总是把自己并不充裕的干粮分给他们，或者默默地留下几张粮票，尽自己的微薄之力去温暖受灾群众的心。

许多村民见证了消防人的侠骨柔情，纷纷加入到灭火的队伍中来，自愿成为义务消防员。

在望城消防大队，流传着这样一个故事：1984年2月10日，正月初一，大雪纷飞，北风呼啸，人们都沉浸在春节团圆的气氛之中。望城县光荣院里却是另一番景象，餐桌上摆满丰盛的饭菜，老人们围坐在餐桌旁边，没有人动一下筷子，眼睛都望着紧闭的大门，像是在等着最最重要的亲人。

天色渐渐灰暗下来，饭菜也凉了。

有位老娭毑叹口气说，这么晚了，他不会来了。

有位大爷信心满满地说，会来的，他一定会来的，十五年哪，他年年都来陪我们过春节，陪我们吃饭。

老人们内心五味杂陈，有的焦急，有的失落，有的担忧。

忽然，门开了，一个人身上披着雪花冲了进来。

来人正是张保初。

一屋子的老人齐刷刷望着他，半天说不出一句话。

张保初看着老人们说，对不起，单位有事耽搁了一会，来晚了，让你们久等了。

大爷拉着他坐下，紧握住他的手，用自己的体温去暖和着他的手，眼里闪着激动的泪花。

15 年哪，老人们怎能忘记，张保初连续 15 年都在望城光荣院陪他们吃的春节第一餐。

张保初退休了，接他班的是王维。

说到王维，也是个身上尽是故事的人。有个“哑巴”老人开口说话的故事，人们至今津津乐道。

1985 年 4 月 13 日，春寒料峭，人们还穿着厚厚的棉衣。王维从外面办事回来，看到在县公安局门口，有一位老人衣衫单薄，瑟瑟发抖。

王维走过去，说，老人家，天气这么冷，你怎么不回家？

老人缩成一团，眯缝着眼睛，不说一句话。

王维只好把他带到办公室，泡了热茶。看见老人又冷又饿的样子，又去买了热饭菜给老人吃。老人喝了几口热茶后，端起饭菜狼吞虎咽，一会就吃了个精光。

王维担心老人家里找他不到着急，问他，老人家，你家在哪里，我送你回去好不好？

老人直摇头。

王维心想，会不会是哑巴？下班了，王维只好把老人带回家，给他换了干净衣服，安顿好睡下，一夜无话。到了第二天，老人突然说话了，你真是好人哪。

原来老人是长沙县人，妻子去世得早，他和儿子相依为命。儿子长大了结婚了，嫌弃老人，就把他赶了出来。

王维义愤填膺，想办法联系了老人所在地政府，把老人送回了家中。他还和乡上领导一起做老人儿子儿媳工作，这才放心回来。

望城县光荣院院长朱新民说，我们光荣院里的老人基本上都是 1954 年前参军的老兵，大多是孤寡老人，精神上感到寂寞。从我 1995 年当院长以来，望城消防大队官兵年年都来，从没间断，经常送来大米、面粉、食油、水果，来院里打扫卫生，陪老人聊天读报。在物质上和精神上都给了老人们很大的帮助和安慰。

1998年1月20日，大队官兵得知望城县丁字镇一名14岁女孩彭阳因家庭困难，即将面临辍学的情况后，官兵们自发地为彭阳募捐，你5元我10元，从自己有限的津贴中挤出钱来，资助这名贫困学子，直到2006年7月彭阳从华中科技大学毕业。

年轻的消防队员经常会去看望退休在家的张保初老人，对老一辈消防人的故事颇感兴趣。年轻的大队参谋陈国军曾经问张老，你们3个人管着那么多乡镇，你们遇到过最大的困难是什么？

张老稍稍思索了一下，感叹地说，当时最大的困难就是宣传，消防工作不光是救火啊，更重要的是要让老百姓提高防火意识。毕竟我们救火是一时，真正重要的是不起火才好。

有人问张老，真不敢想象，你们那个时候是怎么熬过来的？

张老笑着说，别看那时什么也没有，我们有热情，有信心啊！肩负着雷锋家乡消防兵的责任和使命，我们有人定胜天的信念，咬着牙也要挺过来。

救人帮人，帮人救人，我们消防不就是干这个的吗？这是张老说得最多的一句话。

现任望城消防大队教导员肖亚华欣喜地说，我们消防大队一直依托驻守雷锋家乡的独特优势，建成雷锋文化广场，雷锋文化长廊，坚持组织官兵诵读雷锋日记、编写学雷锋故事集、拍摄学雷锋光碟。

听说你们还有个坚持多年的“五个一”？我饶有兴致地问。

肖教说，我们落实新兵教育有“五个一”，第一堂课是学习雷锋先进事迹，第一次活动是参观雷锋纪念馆，第一本书是《雷锋的故事》，第一支歌是《学习雷锋好榜样》，第一次大会是学习雷锋动员会。通过这样一系列学雷锋活动，持之以恒，雷锋精神已经深深根植于消防官兵的血液中。

是的，张保初他们不光是撒下了防火的种子，更是撒下了雷锋的种子，在消防队里，在望城大地，孕育着一个个明朗的春天。

39年来，望城消防大队党委班子换了一届又一届，官兵走了一茬又一茬，尊老敬老的传统一直在延续，学雷锋、做雷锋之路从来没有停歇。

一根手指救一个人，值！

有个时期，在望城消防大队有个特殊的场景，给人留下特别深刻的印象。官兵列队敬礼时，有一个人举起右手，手已经变了形，显得有些笨拙，艰难地完成一个不太标准的军礼。

这个人就是陈国军，一个舍生忘死的救火英雄。

1997 年 2 月 19 日，长沙市八一路上的燕山酒店突发大火，风助火势，浓烟滚滚。当消防官兵赶到时，大火已经烧到了屋顶。

楼内还有多名群众被困，情况万分危急。

班长陈国军带领几名战士冲进了酒楼。

楼内光线昏暗，热浪灼人，浓烟熏得人睁不开眼睛。

楼道里一片混乱，逃生的群众四外乱窜。

陈国军和战友们只好排着队形，一边摸索着前进，一边大声呼喊，有人吗？我们是消防队的，我们来救你们了，听到请回答。

我在这里，快救我，我睁不开眼，什么也看不见。

一个，两个……陈国军和战友们找到了 6 个被困群众。

陈国军果断决定，必须先把群众护送出去。

外面多支水枪在扫射，屋内大火仍在猛烈地燃烧，烈焰和浓烟阻断了通道，6 名群众惊慌失措。陈国军指挥战士们抓牢群众的手，不让一个人掉队。

就这样，消防官兵与群众手拉着手，摸索着往外走。

找到出口了，找到出口了！

陈国军带领战士拉着群众往外冲。

啪啪两声，不好，有东西坠落下来。陈国军顾不上多想，本能地用右手一挡，哎哟，一块爆裂的玻璃砸到他的手上，顿时鲜血直流。他强忍伤痛，带着大家一起冲出了火海。

6 名群众脱险了，鲜血却染红了陈国军身上的消防服。

医生跑了过来，正要给他包扎，他一把将医生推开，向火场冲去。

战友见状，强行把他拉住，让医生给他做了简单的消毒处理和包扎。医生说，你伤得不轻啊，最好赶紧到医院手术，弄不好你的手就废了。

陈国军抬起淌血的右手，急切地说，这点伤算什么，现在最大的事就是救人！说着，转身再次冲进了楼内。

战士们大声喊道，跟着班长，进楼救人！

一次、二次、三次……陈国军接连四次进出火场，先后背出 4 名被困群众。正当他第五次要冲进火场时，一个趔趄，栽倒在地。

战友们用担架把他抬上了救护车。

医院里，陈国军躺在病床上，鲜血染红了战斗服和毛衣，严寒天气，鲜血都已经结痂，衣服无法脱下来，医生只好用剪刀把衣服一件件剪开，才找到伤口。他右手的四根手指肌腱被玻璃切断，耽误了最佳救治时间，手指无法复原，落下了终身残疾，连一个简单的军礼也无法完成。

陈国军是 1993 年 12 月入伍的，他才 20 多岁呀。老家远在贫困山区，还有年迈的父母，这次负伤对他往后的工作和生活肯定有很大的影响。

事后，有人问他，你在火场这样拼命，值得吗？

值！陈国军不加思索地说，我断了四根手指，如果说一根手指换一条人命，真值！

陈国军在日记里写道：1997年2月19日，我永远都不会忘记这个特殊的日子，这天是我人生中第一次面对生与死的考验的一天。我是消防兵，灭火救人是我的天职！虽说这次我负伤了，但想想雷锋，他为了党和人民的事业，奉献了自己的青春和热血，献出了自己年轻的生命。我只是失去了四根手指，与雷锋比，我还差得远呢。

王金银参谋又给我讲了这样一个故事。

长沙医学院是望城县的一所民办高校。

2009年3月初，消防大队到该校例行检查时，发现教学楼和图书馆有重大火灾隐患。

大队领导指派陈国军和肖云峰两员老将出马，督促学校整改。

校长是个明白人，他一边承认，一边叫苦，这些年学校发展快，校园面积多次扩大，新建的楼馆增多，消防设施没跟上，问题是缺钱哪。

陈国军态度坚决地说，校长，消防安全可是关系师生生命的大事啊。别的钱可以省，这个钱省不得！说着，拿出了整改方案。

校长一脸苦笑，我知道你们是为我们好，可现在的支出远远超出了预算，就是拿不出钱哪，你叫我们怎么改？

双方谈不下去，陈国军只好丢下一句话，有钱得改，没钱也得改，这事决不能含糊。

过一段时间再去，陈国军大吃一惊，学校非但没有改造，施工方还擅自更改图纸，将原本的敞开式改为封闭式，完全不符合防火规范的要求，图书馆的火灾隐患比先前更严重了。

陈国军当即找到校长，严厉地说，图书馆必须拆掉重建。

校长摇着头说，学校董事会做的决定，不可能再拿出钱来改造，我也没办法啊。

一边是学校的发展大计，一边是消防安全，谁也不想让步，谁也说服不了谁。

陈国军找到自己最好的朋友，开口向他借钱。

朋友是个老板，听他说得句句在理，又信誓旦旦替人家学校担保，动情地说，见过帮人的，可没见过你这样铁了心帮人的。行，就冲你这份心，这钱我借了。

学校图书馆整改到位了。校长笑了，陈国军也笑了。

我还听说，陈国军长期资助17名湘西贫困学生……

续写“雷锋日记”，赓续红色基因

每年，望城消防大队都会迎来一批新兵。

一张张新面孔，就是一个个新希望。

大队的荣誉室保存着从第一任股长张保初开始写的官兵日记，这些日记详细记录了大队为社会单位、人民群众做的好人好事，从逢年过节看望慰问敬老院老人，到农忙时帮助群众开展春耕生产和“双抢”；从义务献血，到义务种植“雷锋林”……

《雷锋日记》是雷锋生前留给祖国和人民的宝贵精神财富，那是一个时代的印记，更是一个民族的精神图腾。

2009年10月18日，时任望城消防大队教导员的黄黔湘，在给新战士上思想政治课的时候，忽然有了一个新的想法，何不让战士们续写《雷锋日记》呢？

第二天，在全体官兵会上，她说出了自己的想法，我们是雷锋家乡消防兵，就要做雷锋传人，传承雷锋精神。让我们从身边的一点一滴做起，把一点一滴的成长都用日记的形式记下来，长期坚持下去，成为我们消防大队一笔新的精神财富。

打那以后，望城消防大队官兵每人都写自己的《雷锋日记》，统一用专柜存放，永久保存，流传下去。

走进雷锋班，左右两边各三张床，床上的被子叠成方块，军帽摆放整齐，看上去就像复制的艺术品一样。屋子中间用透明玻璃做了一堵隔墙，里面就是战士们的学习室兼荣誉室了。

坐在我面前的张定轩是雷锋班第八任班长。他身体壮实，皮肤黝黑，眼睛炯炯有神，已然没有了新兵的稚嫩，更多的是沉稳与坚毅。

张定轩是广东罗定人，属兔，18岁入伍，新兵下队就来到了望城消防中队。他告诉我，从小就想当兵，向往军营。高中未毕业就来当兵了，这也是他第一次离开家乡。

我来之前就听说了，大家都叫他“张万能”。

张定轩憨憨地一笑，哪有人是“万能”的喽。中队没有专职维修人员，灯坏了或水龙头坏了都要到外边喊人来修。我主动要求自己动手检修，中队领导很支持，让老班长带着我熟悉环境，修灯修水电。刚开始我有些害怕，不敢多问，我就多看，多想，多琢磨。有一次鱼池假山不喷水了，池子里的水是作为消防备用水源。我查不出问题，合上开关电是通的，是不是水泵坏了？从假山瀑布后面找到水泵，会不会是电线接头氧化？拆开一看，果然电线断了两根。接上，还是不动。这下我也懵了。队里没人知道是怎么回事。我只好到外面找那个五金店老板请教，他是个电工，他告诉我，380 伏电火线有三根，可能是左右分相分错了。我按他说的，中间线不动，左右线互换了。电闸一推，好了，水喷出来了，我的眼泪也流出来了。

有次，救生抛投器坏了，打不出去。产品是韩国产的，要寄回韩国去修，这可麻烦了。费用近万元，时间还得个把月。

对消防员来说，装备就像战士的枪。韩文看不懂，只能看图示，查找原因。到了第三天，找到一个 O 型密封圈，挑出来一看，有个小口子，很可能是磨损了，漏气。我跑遍了望城大大小小修理店，在一个电机维修店里找到了，2 元钱一个，装上去就好了。

就这样，张定轩边学边干，从水电维修到电器电脑维修，再到消防车故障的检修，哪里坏了修哪里。有人做了统计，这些年经张定轩维修的器材等，为队里节约各类经费开支 20 多万元。

如此说来，“张万能”可不是随便喊出来的。

一进部队，张定轩就开始写日记，渐渐养成了习惯。

张定轩日记（2006 年 3 月 24 日，星期五，晴）

今天，我来到了望城县消防中队。

我刚到望城的时候，就知道望城是雷锋的家乡。但是说实话，在那之前，雷锋对于我来说，只是小学时社会道德课本上的一个榜样人物。我下队以后才知道，对于望城消防官兵来说，他既是一个偶像，也是一个活生生、有血有肉的年轻军人。我们亲手抚摸过雷锋曾经使用过的生活物品，亲耳聆听过雷锋的战友讲雷锋的故事，亲身体会过身为雷锋家乡消防兵，群众投给我们的赞赏和期待的眼神。在我进入望城消防大队的第一天起，我就明白了，身在雷锋的家乡，就要随时把雷锋精神带在身上。

张定轩日记（2014 年 8 月 27 日，星期三，晴）

昨天，大队被中宣部授予“时代楷模”荣誉称号。这是目前湖南省暨全国公安系统首个获此殊荣的集体。作为望城消防的一员，我感到莫大的荣幸。

记得授奖的时候，著名主持人敬一丹曾问过我的战友：“全国这么多基层消防大队，为什么只有你们被评为‘时代楷模’？你们和其他消防战士有什么不同吗？”战友答道：“我们和全国消防官兵一样，是一群最普通的消防战士，二十四小时执勤备战，从事的都是防火灭火、抢险救灾、社会救助的工作。唯一不同的是，我们驻守在望城，沿着雷锋的足迹，在雷锋家乡学雷锋、做雷锋、传承雷锋精神！”

说得多好啊，这也是我的心声，是我们共同的心声！

当兵12年，张定轩写了12年的《雷锋日记》。从一名新兵，到战友们口中的“万能战士”，一篇篇日记，记录着他的成长，这是他人生最宝贵的财富，它无时无刻不在坚定着他的理想信念，也无时无刻不在激励着他奋勇拼搏、砥砺前行……

作为教导员的黄黔湘，也续写了自己的一本本《雷锋日记》。

她在第一本日记的扉页上写下这样的人生感悟：我愿做一滴水，去滋润每一片土地；我愿做一线阳光，去照亮每一片黑暗。

黄黔湘日记（2009年5月2日，星期六，晴）

8岁小女孩曹哲慧身患白血病，养母不堪巨大压力不辞而别。我们全体官兵虽然已经带头在全社会发起募捐筹集了3万多元，可怜的小女孩病情暂时稳定，但是我们做得还不够，还很不够……

黄黔湘日记（2011年8月4日，星期四，晴）

今天，望城靖港镇80岁的孤寡老人谷奶奶家发生火灾，由于报警晚房屋尽毁。老奶奶哭喊着说卧室里还有存折和传家耳环，老吾老以及人之老，我们的官兵冒着房屋倒塌的危险，从冒着青烟的瓦砾中扒出了滚烫的耳环，交到了老奶奶手里，并捐款900元。以后我们还要继续关心这位老人。

黄黔湘日记（2012年6月29日，星期五，雨）

我们长期资助的彭阳、黄雯、胡少伟三个贫困学子今天都从大学毕业了，他们都是思想纯朴、诚实守信、学习优异的好孩子，我真为他们感到高兴。

2014年5月7日上午，国务委员、公安部党委书记、部长郭声琨视察了望城消防大队，看望慰问消防官兵。在雷锋班宿舍，他兴致勃勃地翻阅了官兵续写的雷锋日记，语重心长地说，雷锋班将荣誉扛在肩上，责任也在肩上，大家要像雷锋同志一样，做党和人民的一块砖，哪里需要哪里搬，不辱使命。

望城消防大队官兵的《雷锋日记》，是一部大队爱心简史，一个时代的青春印记。

特别的爱给特别的你

那天，正赶上望城消防大队先进事迹报告会在望城雷锋大剧院彩排，我采访了报告会成员、长沙市特殊教育学校教师何礼。

何老师穿一件红色连衣裙，艳丽大方，她说话轻柔而富有磁性。

我是启聪部的老师，我们学校里全是听障、视障和智障的孩子，望城消防大队的官兵经常来看孩子们，开展爱心结对帮扶活动。2006 年 3 月，望城消防中队指导员袁政带着 12 名战士来到我们学校，一进来，消防官兵们就用手语向孩子们问好，尽管不是很标准，却一下子就拉近了彼此的距离。消防官兵和孩子们一起做游戏，孩子们都很放松，跑啊，跳啊，笑啊……

听着何老师的讲述，我眼前仿佛映照着蓝天、鲜花和笑脸，那是一幅多么温馨、多么和谐的画面啊。

消防官兵不光是给孩子们带礼物、讲故事、做游戏，还从自己的津贴中每人每年拿出 1000 元，资助孩子们。这一帮，就是 11 年。

我的班上有个听障学生叫胡婷，她哥哥也是聋哑人，家庭十分贫困，她妈妈忧郁，她也忧郁。战士王金银走进了胡婷的生活，一对一帮扶，一年多的时间里，小姑娘的进步非常明显，变得开朗自信了。当得知王金银考上军校，我替他高兴的同时又为我的学生胡婷担心。我担心她又变回那个自卑、忧郁的小姑娘。我多虑了。一个新面孔出现在胡婷的面前，战友田原野接过了帮扶胡婷的接力棒！后来，田原野退伍了，这个接力棒又传给了班长张定轩。张定轩与胡婷兄妹相称，经常到学校，或者到她家里去开导她。我有时想，他比我们做的还好哇。胡婷长大了，参加了工作，又结了婚。张定轩又资助张琪敏，一直从小学到考上大学。

在望城消防官兵看来，关爱这群特殊的孩子，首先就是要保障他们的安全。官兵主动联系了我们，每个学期组织两次逃生演练。一次防火，一次防震。

要知道，搞这样一次演练，对正常孩子都是有很大难度的，何况我们特殊学校的孩子，更是难上加难。就说紧急疏散的演练吧，尽管战士们把演练的要领讲得很清楚，可警报声一响，孩子们还是你撞我、我撞你，乱成了一团。

一个聋哑孩子告诉我，我连警报声都听不见，怎么可能及时逃生啊？

一个失明的孩子不小心摔了一跤，委屈地喊道，我什么都看不见，你叫我怎么逃呀？

就这样，第一次演练失败了。

没过几天，消防官兵又来了，这次带来了宣传展板、消防器材和一些安全教育视频。孩子们摸的摸、看的看、听的听，非常认真。有个聋哑孩子在中队长陈源身后跟了好一阵子。

陈源问他，是不是哪儿没弄懂？

孩子犹豫了半天，涨红着脸比划说，我的爸爸妈妈也是聋哑人，我想让他们也来听课，好吗？

好，当然好！陈源高兴地说。

是啊，孩子觉得消防知识有用了，想着与家人分享，还有什么比这更让人欣慰的呢？

为了让孩子们进一步掌握逃生疏散方法，大队官兵在教室、寝室、走廊、楼梯口等部位都安装了卡通版、盲文版的消防疏散提示，让听障学生看得懂、视障学生摸得到、智障学生学得会。他们还特意准备了一根长长的绳子，让视障孩子们摸着绳子走。很多战士大半天都得弯着腰，甚至跪着陪孩子们练习一遍又一遍，他们毫无怨言，直到每个孩子都掌握了要领。

特殊教育学校紧急疏散演练从刚开始的失败，到一次需要 2 小时、1 小时，慢慢地缩短为十几分钟，而现在仅仅 5 分钟就能顺利完成。

在紧急关头，时间意味着生命！

很多学校师生慕名而来，参观后不无感慨地说，这真是个奇迹。对，这是奇迹。作为这些奇迹的见证者，我还要告诉人们，这是望城消防官兵创造的奇迹，是爱的奇迹！

有一次，一个双目失明的孩子跟消防战士说："叔叔，平时的消防知识都是听来的，记不住，要是能编成盲文书，想摸的时候就可以摸读，那该多好啊！"

这个想法好！望城消防官兵马上跟我们学校联手，共同编制了我国第一部盲文版《消防安全知识手册》。当孩子们用稚嫩的小手，缓缓抚过那由凹凸的小点组成的文字，读出"消防安全、人人有责"时，我看到了孩子们脸上会心的微笑，也看到了消防战士们脸上灿烂的笑容。

是的，望城消防大队与长沙市特殊教育学校开展了以学习消防知识、共创平安校园为主题的系列教育活动，创造了好几个第一：成立了全国第一所消防特殊教育基地；编制了全国第一部盲文版《消防安全知识手册》；创编了全国第一套消防安全手语操，填补了全国消防宣传教育史上的多项空白；2010 年，长沙市特殊教育学校被公安部、教育部联合命名，成为全国第一批消防安全教育示范学校中唯一的一所特殊教育学校；2011 年，长沙市特殊教育学校被命名为全国消防科普教育基地。

何礼老师捋了一下额头上的头发，接着说，2015 年 3 月，和往年一样，我们学校与望城消防大队官兵开展了学雷锋的活动。活动结束后，一个叫丁丁的孩子一直缠着一位班长，脸上一副不罢休的样子，急切地对班长说，叔叔，叔叔，请你告诉我，雷锋是什么样子的？

丁丁是个盲童。

班长牵着丁丁的手说，好吧，叔叔一会儿就告诉你。班长带丁丁来到军营，让她触摸雷锋铜像，还让她坐了坐消防车。

就在那天，附近突然发生了一场严重的火灾，班长立即奔赴火场，在执行任务时他不幸受了重伤。得知此事后，我带丁丁前去探望。面对躺在病床上的班长，丁丁含着眼泪说，叔叔，谢谢你！

谢我？为什么要谢我呀？

因为我已经知道雷锋是什么样子啦。

哦，那你告诉我，雷锋是什么样子啊？

好，叔叔你闭上眼睛。丁丁用手缓缓地摸着班长的脸说，叔叔，你感觉到了么？你的样子，就是雷锋的样子呀。

早上出操不喊口号，夜里出警不拉警报

“红警车，119，群众有事不用求；消防兵，像雷锋，全心全意为人民。”这是在望城地区流传很久的一首民谣，孩子们唱，大人们也唱，乡村地头，街头巷尾，到处都能听到。到底从什么时候开始有的，出自谁的杰作，谁也说不清。人们喜欢，才会口口相传，发自肺腑，才会经久不衰。这或许正是民谣的力量。

湖南省公安消防总队政治部副主任黄湘黔，2009年至2013年曾担任望城消防大队第七任教导员。她深有感触地说，学雷锋要沉下心来学，因为全国人民学雷锋学了几十年，有好的经验，也有跟风走形式的东西。我们为什么要学雷锋？我们是人民子弟兵，听党的话，为人民服务，这是最核心的要求。再说，我们战斗生活的这片土地，是雷锋的家乡，我们必须坚定不移地走下去，这也是官兵的责任和使命。

消防官兵时时刻刻与老百姓打交道，老百姓的喜怒哀乐时时刻刻牵动着消防官兵的心。消防大队党委提出了立足岗位学雷锋的口号，为老百姓做好事做实事，做到老百姓心坎上。

“出操不喊口号，出警不拉警报，灭火用泡沫，爱民利民有新招。”这是望城一首新的民谣。

黄黔湘主任给我讲了三个小故事。

故事一：早上出操不喊口号。

按照部队的惯例，出操时是要呼喊口号的，而且是喊得越响亮越好，以统一

步伐，振奋士气。

有市民拨打119求助，你们消防队出操能不能不喊口号哪？接警员问，为什么？对方说，家中有老人，体弱多病，你们大清早喊口号，老人就被惊醒，再也睡不着，天天这样，神经衰弱，老人家实在受不了。还有的说孩子夜里要复习，早上想好好睡会，你们喊口号对孩子学习和休息都有影响。

是啊，望城消防大队、消防中队营区正在城中心，出门就是旺旺中路，对面是公安局家属小区，四周都是高楼小区和商铺。按照部队作息时间，中队官兵冬季每天早晨6点半、夏季每天早晨6点出操，绝大部分群众还在睡梦之中，几十个人的队伍一齐呼喊口号，肯定会把他们吵醒。

怎么办？一边是部队的规定，一边是群众的呼声。

有人说，不管它，部队规定我们不能随意改。

也有人说，群众有意见，我们就得想办法改。

大队党委专题讨论，人民至上，是雷锋精神的价值取向，也是雷锋精神的核心内涵。

规矩是死的，人是活的。改！

打那时起，中队早上出操就再也不喊口号了。

官兵们开心地说，让呼号在心中呐喊吧。

故事二：夜里出警不拉警报。

望城百姓又有了一个新发现，咦，消防车晚上出警不响警报了。

的确，过去不管白天还是黑夜，只要是消防车出警，就会拉响警报，可谓是警报大作，一路呼啸而过。

消防车的警报，就是生命通道。有人把它比作摩西分开红海的魔法，无论多么拥挤的道路，人们只要听到消防车那尖厉刺耳的呼啸声，都会毫不迟疑地让开一条道来，让消防车通行。

什么叫想老百姓所想？这就是。如果说早晨出操喊口号是搅了老百姓的好梦，那么夜里出警突然拉响警报，就会惊吓到老百姓，弄得人心惶惶，难以入梦。

消防大队党委一班人举一反三，从出早操不喊口号，想到人民群众对晚上警报的意见。何不一起改了呢？

也有人反对，哪有消防车出警不响警报的？

有没有既不影响出警速度又不打搅群众的好办法？

大队官兵多次商议，有啦，望城消防大队又出台了一项新规定：夜里11点后出警，一律不拉警报；如果在道路上遇到阻碍，尽量鸣短笛提醒，不惊扰群众。

所以又有了夜里出警静悄悄的故事。

故事三：灭火用水最少，多用泡沫灭火。

在人们的印象中，消防队用水枪灭火是又快又好，天经地义。

某居民小区一张姓住户家起火了。有市民报警，望城消防中队及时出警，战士用水枪猛烈扫射，火刚刚蔓延就被扑灭了。

老张赶回家来，握着消防战士的手千恩万谢。

原来是老张家厨房电器老化，引发火灾。好在消防队员来得及时，只烧坏了厨房，没有烧到其他房间。

老张一进屋，吓得尖叫起来，完了完了，所有房间里全是水，电脑全泡在水里了，我的资料全完了。

屋里一片狼藉，老张欲哭无泪，消防队员们面面相觑，十分难堪。

这样的场面已经有好多次了。队员们心里清楚，屋主没有埋怨和指责他们，却在脸上写下了不满和无奈。

每次出警归来，消防队员们都会带着成功的喜悦回来，也会带着内疚回来。

中队长和指导员看到大家垂头丧气，问明了情况，出了道题目让大家来解答。怎么样才能做到灭火快，又尽量减少对屋主家财物的损伤?

集思广益的结果是，一是组建最精干的第一出动力量，尽快灭火，灭火时间越短，也就用水量越少，尽量用泡沫灭火，减少对屋内财物的次生灾害；二是加强火情侦察，杜绝乱扫乱射，集中火势区域扫射，避免对其他非着火部位和受火势威胁不明显的部位造成损害；三是清理现场时尽可能地清除一些水渍，减少失火业主的损失。

这三招一出，群众反响特别好，都夸消防官兵是老百姓的贴心人。

黄黔湘主任说，有的战士对学雷锋有些迷茫，认为雷锋伟大，我们学不了。我给他们讲，什么是伟大?当别人十七八岁还在伸手向父母要钱，你们却把有限的工资或津贴拿出来帮助别人；当别人还在父母面前撒娇的时候，你们却在外洒热血保家卫国。这就是伟大。

强军路上，绽放青春梦想

奔波在望城大地，进军营，进学校，进企业，访古镇，我真切地感受到这片热土的温度与力量，时而热血沸腾，时而思绪万千……

青春当热血，军中正少年。

社会在变革，时代在进步，在驱散了历史的重重迷雾之后，雷锋精神越来越凸显其最美的内核，即大爱之心！爱祖国、爱人民、爱工作、爱生活。正是这种大爱，才有了雷锋“把有限的生命投入到无限的为人民服务之中”，才有了一代又一代雷锋在成长。

39 年来，望城消防大队共参加 7200 余次灭火救援、3800 余次社会救助、营救被困群众 1100 余人、抢救保护财产价值 20 余亿元……

是的，这里是雷锋的家乡，这是一片英雄成长的土地。望城消防大队官兵是千万个雷锋中的一个缩影，是铁血之师，是时代楷模，是践行社会主义核心价值观的排头兵。

一个人的脊梁，不是骨头，而是精神；一支军队的脊梁，不是武器，而是军魂！

39 年的坚守，39 年的传承，他们立足本职岗位，做雷锋传人，以热血与奉献筑起了一道消防安全的橙色屏障，用忠诚与创新走出了一条具有望城消防特色的为民服务之路，用大爱与执着谱写了一曲曲新时代的青春之歌！

（原载《啄木鸟》，2017 年第 12 期）

作者简介：

欧阳伟，湖南省湘潭市公安局警官培训中心高级教官，中国作家协会会员、湖南省报告文学学会副会长、湖南省公安文联作协副主席、湘潭市作家协会副主席。

庙台子写诗（节选）

朱　健自述，肖　欣整理

1941年秋天，我在西北公路局邠州站时，开始学着写诗。

其实开始也并没有想起来要写诗。车站事情不多，我没事就自己看看书，有所感触就随手在纸上乱写几句。当时我印象最深的，就是西北放羊的人很多，他们出来得很早。我常常一大早就听到这些牧羊的人在山上高声地唱山歌。在兰州、甘肃、陕北、青海这些地方，人们唱的山歌调子叫“花儿”，很苍凉。这个对我影响很大。我最早写诗就是受这个启发，听到他们唱歌，有什么感触我就记下来。后来我把这些小短文用一个巴掌大的小本子记下来，大约几十首诗，我把它们订成一个小本子，还取了个名字叫“果实”，大约是取先开花，后结果的意思吧。

1942年我到了庙台子，这个本子也一直带到了这里。

庙台子这个地方，对我这一生来说都算是一个转折。我在这里开始正式地、大批量地写诗。

庙台子位于秦岭柴关岭南麓，过了这里路就越走越平，不远就是留霸县，开始进入汉中平原了。庙台子是山中的一片小谷地。这里有一座很大的张良庙，里面除了可以住上百的道士以外，还可以驻扎一连军队。我没见过这么大的庙。据说张良这个人明哲保身，他看到吕后太厉害了，就以辟谷闭关修道为名，住到这个地方。后来人们就在这里修了一座张良庙来纪念他。

庙台子这个地方风景很美。夏天很凉快，没蚊子没苍蝇。有一座山叫紫柏山。还有一条河，平常是小溪流，一下大雨就会变成河，叫做青羊河。这名字可能和道家有什么关系。

我从邠州来到庙台子，心情是很复杂的。原来我去西北公路局还带有一个梦想，要想办法到延安去。结果到了邠州，虽然离边区只有四十里路，也找不到办法去，只能等。还要第二次入四川，这让我很失望。但是当我坐汽车从邠州去庙台子，一路上慢慢看到北面还是很荒凉的山坡，一下南岭就变得郁郁葱葱，生机勃勃，变化很大，又看到了这么美丽的南方风景，心情变得很兴奋。一边是很沉重的失望，另一方面又有一种重回第二故乡四川，重新感受到自然这么美的兴奋。这种交融在一起的情绪很复杂。虽然当时我没有想写诗，但这些情绪已经在心灵上酝酿着了。

我以前在小本子上写写画画，是不太自觉的，只是一些情绪一些心情的记录，但在庙台子就开始有意识地、真正把写诗当成一件事来做了。这跟两个人有关。

一个是我在山东师范读书时的同班同学。姓晁。他本来的名字叫晁秀贞，像个女孩子名字，后来他自己改成了晁若兵。我和他称得上是少年伙伴总角交。抗战初期，我们一起随学校出山东千里流亡到四川，一起在国立第六中学学习。只不过他在第二分校，我在第四分校。

他是我们这些同学里面喜欢写诗、喜欢文学的人。他年纪比我大，写诗比我早，也跟贺敬之一起写诗，笔名叫白莎。当时他们都在罗江国立六中二分校读书，很多年以后我也才知道，白莎到达四川后不久已是地下党员。以他为核心，伙伴们成立了“挺进读书会”，学政治，当然也写诗。读书会成员还有贺敬之，当时的笔名叫艾漠。白莎、艾漠之名，互为表里，既富有雅趣，更见情谊。

贺敬之当年到我们罗江四分校来找李广田，想转到四分校来。他是走了两百多里地到四分校的。不过当时学校实在是没地方住了，他没有办法转过来。后来去延安，他一路边走边唱写下的诗，陆续寄给了白莎。伙伴们除分抄刊发于学校壁报外，白莎又抄寄给胡风，在胡风主编的《七月》杂志上发表。

我在庙台子的时候，白莎在重庆教书。1940 年，他就已经在胡风编的《七月》杂志上发表过诗了，是比较有名气的诗人。当时我在庙台子写了诗就寄给他。他就来信鼓励我写诗，还给我寄很多当时他能收集到的诗刊、诗集。当时桂林是文化城，有几个专门的诗刊。胡风还在桂林办了一个蓝天出版社，出版了最早的《七月诗丛》，绿原、曾卓都是在这里出的诗集。白莎就把胡风出的这些诗集源源不断地寄给我，我便读到了胡风论诗短札，读到了绿原、鲁藜等人的诗集。我也把我的那些写在旧账本、废报表上的诗歌寄给他。

1943 年上半年开始，白莎就把我寄给他的诗，推介给重庆的一些报纸，比如《大公报》。姚蓬子，就是姚文元的爸爸，当时在主编《新蜀报》副刊，也帮我发表了一首。陈白尘当时在成都《华西日报》编《星期文艺》副刊，我就把诗直接寄给他，他也帮我发表了。当时我才 19 岁，但自己也没把写诗当回事，好玩一样。

贺敬之的诗在胡风那里发表，我的诗发表，都是白莎推介的。

庙台子是个小站，站员只有三个人。每天旅客来来往往，其中有两位给我的印象最深。一位是张大千先生，敦煌临摹数年，满载而归回四川，包租当时最豪华的美制长途大客车，日暮山关，借宿庙台子小镇。跟随他的人比较多，声势有点煊赫。浓髯拂胸的大画家手牵了一条如虎如豹的大黑狗，也不知是不是藏獒，跨出车门，那个样子还是相当拽的。旅客里还碰到的一个人，就跟我写诗有关。

他叫霍恺，是牛汉的同学，西北大学的学生。他不知怎么被分配到西北公路局特别党部工作。在去那里的路上，他坐的车因为下大雨，塌方走不了，就停在了庙台子。天天都有车上的旅客到车站来打听，路什么时候可以修好。霍恺也常来车站打听，一来二往我们就碰到一起了。他告诉我他刚从西北联大毕业，不能不令我这个初中生小站员肃然起敬。我们就常在一起聊天，聊着聊着我就问他，你说你是西北联大的学生，你知道李满红吗？

这个李满红的原名叫陈墨痕，他用这个笔名发过很多诗，当时很有名气。我从报纸上得知，这个李满红因为肠胃病没有及时治疗，死了，成为西北联大的大事。《汉中日报》还发了消息，学校也举办了很大的追悼会。所以就问他认不认识李满红。

霍恺说，我认识啊。但他很吃惊，就问，你怎么知道李满红呢？我说我读过他的诗。他脱口而出说，你还读诗？于是我背诵几句李满红流传甚广的《听啊中国在响》和谷风（即牛汉）刚刚引起注意的长诗《绿色的鄂尔多斯》。我说我不仅喜欢诗，我还写诗呢。他就笑，意思是你这个小站员，有点瞎扯。我顺手从抽屉里拿出各色废纸装订成册的小本子给他看我写的诗。他看看封面“果实”二字，又看看我，说了一句“不可思议”，打开小本子认真读起来，边读边摇头连说“不可思议”。越翻越吃惊，你还真写诗啊，你写的诗还相当不错。他还跟我谈谷风，说原名叫史文汉，他也知道长诗《绿色的鄂尔多斯》。还谈起西北联大文学活动的情况，说李满红有很重的诗人气质，不太懂人情世故。还有点不正常，大太阳天的时候，一个人站在太阳下面，一动不动地晒。李满红死了后，开了追悼会，一副对联中有一句叫“满红已去墨痕在”。

我和霍恺是萍水相逢，他给我很大鼓励，我后来还跟他通信很多年。虽然由于生活的变动失去了联系，但数十年来我仍然常常想起他骨骼清奇的脸、矮矮的身材和温和的笑。他对我的诗歌的赞许，也促使我从“因寂寞而写诗”的自在状态，逐步进入放飞心灵、追求精神自由愉悦的自觉、自为状态了。前几年牛汉告诉我，霍恺也在北京，也不知他的近况如何了。

就这样，霍恺给我的鼓励，加上我在重庆、成都开始发表诗歌，慢慢地我开始有意识地写诗了。

因为霍恺描述了西北联大的诗歌氛围，加上还有我的一些同学在那里，其中有一个同学去联大上学时经过庙台子，还在我这儿住过。我知道他是地下党员，叫刘锋先。这样我就很想去西北联大所在地城固，主要的目的还是找刘锋先，看能不能找一点共产党的关系。那时候虽然有汽车，但走得很慢。现在从庙台子到城固，多半天就到了，那时候坐大卡车要走两天。第一天住褒城，从庙台子到褒城是一天的车程，从褒城到城固要半天多。我老想着去城固。我去城固倒是有一些便利条件，坐车不花钱，司机都熟悉。加之车站也不忙，早上招呼上车，下午查票，没什么事情。站里只有三个小青年，都是二十多岁，站长只比我大一两岁，也很好说话。我跟他们说，我要请假到城固去找同学，他们就说，去吧去吧。这样我就坐了两天车到城固去了。

我很快找到了刘锋先，他就把杨兆中等同学喊到一起。杨兆中也喜欢文学，也写诗，还给我介绍认识了牛汉这些人，大家晚上就到“高尔基甜酒店”聚会。因为这个老板的胡子长得很像高尔基，大学生们就给这家甜酒店取了这个名字。第二天晚上，我和他们几个西北联大的学生，一起到了他们的同学寿孝鹤住的地方。

这个寿孝鹤长得非常帅，个子比我高，我们一帮人就在他的房子里大喊大叫，无话不谈。谈到下半夜，那些人都走了，我才发现，我到哪里去睡？寿孝鹤马上就说，你就睡我这算了。我们两个就睡一张床，在床上聊天，越聊越投机。第二天，我说我请你吃饭，到汉江上玩，我有工资收入。

我在他这里睡了两三晚。有一次他就指着墙上一张很小的黑白照片说，你看这个照片，这是我妹妹，在西安西北音乐学院读书，叫寿琴。你们两个通信好吧，我叫她给你写信。我说好啊，当时也没想什么，都是很单纯的青年。那真是青春年华。

《青羊河小曲》本事

我从城固回到庙台子，刚回去没几天，没想到寿琴就真给我来信了，说她哥哥叫她给我写信。两个人就这样书信往来，几乎是一个礼拜两三封信呢，想写什么就写什么。青年人还真有意思，两个人根本也没有谈恋爱，也没寄过照片，就这样开始通信了。我还写了《青羊河小曲》这首诗寄给她，后来又在陈白尘那里发表了。

我和寿琴连续通信通了三年，她哥哥也鼓励她和我通信。我从庙台子调到宁强车站，我们也没有中断通信。最有意思的是，日本人准备占领洛阳、潼关，打西安。西安人心惶惶，这时我在宁强，寿琴就写信说，日本人要打来了。他们打来了，我就要到你这里来了。我就回信说，只要日本人来了，你就过来我这里。后来日本人没来，她也就没过来了。她那时候上学，也没时间来玩，再说从西安过来也很远，坐汽车要走三天。后来我离开宁强又重回四川，我们也一直保持着通信，信也写得很多。我再回到四川后，变动过三个地方，我们的通信都没有断过。

到 1945 年下半年，我在临水这个县女中教书。一开始，寿琴还是不断来信，大约是 1945 年初冬，她来了一封信，告诉我她已经结婚了，就不要再给她写信了。从那以后我就没给她写信了。当时我们中断通信后，我也没有什么失落的感觉，不晓得她怎么样。我们通信主要是因为她哥哥，他一直鼓励她跟我写信。

我后来才听说，寿琴的婚姻很不幸。她的第一个爱人是西安有名的记者，听说结婚当晚两个人就闹翻了，她可能脾气有点怪。后来她在北京的婚姻也不幸。“文革”前，我到北京去，知道寿孝鹤在人民日报，我去找过他，他不在。“文革”后，八十年代我才到他家去过。我就问他，寿琴呢？他说她精神也不太好，有点冷漠症。寿孝鹤有个女儿，好像也有什么毛病，都是不太好。我们在北京就见过这一次。

有一次我到牛汉家去，牛汉他夫人吴平就说，上次你来北京的时候，我跟寿琴说了呢，说朱健来了。我还问她，他要是再来了，你还见不见他？她说，见。我就说，你给寿琴打个电话，我们去看她。吴平想了半天，说，算了算了，不去了。保留青春美好的记忆多好。现在来看都是老头老太了。哈哈，那倒也是。就这样，我们一直没有见过面。

去年下半年，寿孝鹤突然来了一封信。他告诉我，他早就离休了，之前在人民日报做资料工作，还在西藏待了六年，回来后就离休了。虽然这么多年没有联系，但我所有出的书，他都有，他都买了。这一点很不容易，我看了之后很感动，这个寿孝鹤真是个有心人呢。他同时也告诉我，寿琴已经去世了。她的婚姻不太好，他自己对她妹妹的婚姻也很不满，跟妹夫几乎没有来往。

这就是《青羊河小曲》本事，诗歌背后，一段很有意思的青春记忆。

笔名的故事

1943 年，我第一次投寄诗稿到成都《华西日报》陈白尘主编的副刊《星期文艺》，想取个笔名，恰好收到我在罗江时很要好的一位同学的来信。他的信以“祝健”结尾，我就顺便挪用过来。要寄信时浏览一遍，脑海里突然想起了也是当年在罗江一位姓朱的女同学，就把“祝”改成了“朱”。

说起来，这位叫朱静英的女同学，在罗江的同学里是很特别的。当时我们罗江的学生都是山东出来的，都很贫穷，穿得破破烂烂的。大约是 1939 年的冬天，学校里突然来了一个女同学，引起了全校同学的注意。不要说那时候看她穿的衣服很时髦，就算现在来看也都是很高级的，一看就是那种贵族少女。我们学校女同学本来就少，三百多人的学校女生还不到十个人，而她又实在穿得太抢眼了，虽然说不上很漂亮，但很有气质，成了学校的明星。她就是朱静英。

我和朱静英不是一个班，没有机会接触，当时的男女界限还是很分明的，但她的性格很特别、很开朗，跟男同学接触也很开放。一到学校就有传闻说她跟谁谈恋爱了，引起很多男同学的注目。我们后来才知道，她爸爸是国民党的一个军工厂的厂长。她本来是从老家无锡出来，一个人通过沦陷区来四川，也并没有打算要到我们学校来读书。路上她住旅馆时，跟来我们学校的女同学住到了一起，听她们说起我们学校的好，她说，我也跟你们一起去。就这样，她到了我们学校。

朱静英的思想也比较进步。很快，她就和我们学校的进步同学融合在一起，非常活跃，特别是跟我的朋友刘守身接触得很多。我和她倒没什么接触。有一次不知道是一件什么事情，她对我不是很客气，但我也没怎么在意。没想到这事情过了几天后，她写了个条子给我，意思是不知道我也是进步学生，大家都是好朋友，对不起。这样子我对她有了一种朦胧的感情，但她对我印象不深。1941 年皖南事变后，国民党要抓进步学生，她是第一批逃走的，和刘守身一起逃走的，先跑到成都，后又到重庆，到她爸爸那里去了。1943 年冬天我在庙台子的时候，写了一首叫《问讯》的诗，就是写的这种很朦胧的感情。

1941 年她离开罗江后一直到 1945 年，我和她都没有联系。我忘记了是怎么知道她在重庆的乡建学院读书了，那时我已经在胡风的《希望》杂志上发表了诗，这说得上是身价倍增了。因为那时候写诗的全国也只有那么多人，她也很快读到了我的诗。当时我在重庆临水教书，因为过去那种朦胧的情感，我给她写过信，她也给我回了信，我们就这样恢复了联系。她对我有点崇拜，我们之间就有那么一点谈恋爱的感觉，但也不是正式的。

1946 年的上半年，我从河川到重庆去，还专门跑到乡建学院去找了她，这就有点恋爱的意思了。她这个人非常热情。我找到她后，她就找来很多女同学一起包饺子给我吃，好像是正式恋爱了。吃完饺子她就跟同学们说，我们出去玩去了。

我们两个就找个地方谈话去了，谈得很晚。当时我比她要拘束得多，她是非常开放的那种人，说着说着她就要拥抱我，但我不敢。这就得罪了她了。但她当时没有表露。第二天我还带着她去当时在重庆的复旦大学，介绍她认识绿原这些人。虽然她不高兴，还是跟我去了。本来说好，我和她看完这些人之后，就一起去重庆，但第二天她却不去重庆了。我当时也不知道她这种心理的变化原因，回去后还是继续给她写信，但她再也不给我回信了。

说起来很有意思，我认识我老伴余潜，也是因为找她。当时我老是想找到朱静英。有一个同学到了重庆，我就问这个朱静英怎么回事，半年都找不到她。他说，去找三联书店的人一问就知道。他就领着我去找余潜，说找到余潜就能找到她。我说我不认识余潜呢。他也不管，拉着我就跑到城里一家书店。这家书店下面是卖书的地方，中间是天井，有一圈走廊，办公在楼上。我一进去书店就看到一个女孩子的后脑勺，头发上戴着一个很红的发卡。然后朋友说找余潜，那个叫余潜的女孩子下来了，就是那个带红发卡的女孩子。

那是我第一眼见到我老伴，那真是一见钟情，我们就是这样子认识的。人到老的时候总结这一生，最幸福的就是一见钟情，白头偕老。一见钟情可遇不可求，白头偕老是可以经营的。

后来我也去了乡建学院读书，我老伴去看我，朱静英才知道我们在谈恋爱。她跟我一个同学说，你看，你看，好巧啊，又遇到他了。我和老伴结婚的时候她也来了。

朱静英在重庆读高中时，跟一个老师谈恋爱，后来这个老师到了解放区当了周恩来的秘书。新中国成立后，两个人结了婚，她爱人在新华社，曾经当过参考消息部的主任，后来又当了驻日本新华社的社长。我到北京去，她家是必去的，我们是老同学，没有一点拘束。她后来也告诉我，新中国成立初期，她父亲在重庆时被当作国民党的重要人物而被枪毙了，其实她父亲是无锡地下党的创始人，20 世纪 80 年代才平了反。

“朱健”这个笔名，就是这么来的。《问讯》这首诗，也是我在庙台子写诗的时候，对她怀着那种非常朦胧的情感的时候写的。有意思的是，这些我从来没有跟朱静英说起过，我们也从来没有谈到过这个话题。前几年，她不小心在家里摔了一跤，不久就去世了。

这个叫“朱健”的笔名，就这样带着这一点她不知晓的青春的秘密，伴着我浮浮沉沉了大半个世纪。

从心里流出的《骆驼和星》

从西北联大回来以后，我先写了《青羊河小曲》这些诗，写开手了，不知道怎么会写出《骆驼和星》这么一首诗来。它就像一棵笋一样，是突然拱出来的。

很奇怪的，当时我不到二十岁，也没读过什么书，也没什么多少经历，就写了这么一首诗。其实我一点也没费力，也没有什么构思，有如神助，突然就开始写起来了。我记得写完这首诗大概用了两个晚上，点着蜡烛写，自己把自己感动了，写得痛哭流涕。写完之后，正好太阳出来了，如释重负，一个字都没有改，马上把这首诗寄给重庆的白莎。他回信未置可否，我也没有管它了。

结果没想到白莎把这首诗寄给胡风了。这时候胡风正在筹备《希望》，白莎他也没给我说。1944 年，我已经到了重庆，寄寓在沙坪坝中央大学学生宿舍里，过着半饥半饱的失业生活。有一天，我突然接到白莎寄来的一封信，里面有两封胡风的亲笔信。一封是写给我的，寄到庙台子，转到宁强又退回重庆。一封是写给白莎，打听我的下落。在给我的信里，胡风说他正在筹备《希望》，叫我不要把《骆驼和星》这首诗投到别的地方，将要把它放在《希望》创刊号发表。说这首诗是“从一个深沉的胸怀里成长出来的故事”，当时我并不懂，我也没有认真思考与理解。近几年几次回答青年的询问，回忆当年写这首诗的情境与心态，我才一次又一次惊叹胡风对诗的洞察力。他是能够从诗的本身，直接读出诗作者本人的心，感应那血脉涌动的源头与流动的。

这封信让我又惊又喜。更深深触动我的还有他给白莎信中的几句话：“信寄到庙台子去了，退了回来，不知他流落到哪里去了。”那时候胡风在青年学生里的影响太大了，他是真正的鲁迅的传人啊。我们崇敬鲁迅，当然也崇敬胡风，把他当作偶像来看，精神上的导师，精神领袖式的人物。而我当时二十岁出头，无名小卒，和他素昧平生，仅仅因为一首诗，却使这位年龄隔代的长者、尊者，如此深情地关切牵挂着辗转于生活底层的一个年轻人的命运。这令生活艰辛的我，感到温馨，感到一颗巨大心灵的贴近。

胡风的亲笔信也在我年轻的伙伴们中间引起了很大的轰动。可能现在的人们难以想象，胡风这个名字在20世纪40年代部分年轻人心中有着怎样的分量。当时胡风在年轻人中间被称为“鲁迅的大弟子”“活着的鲁迅”“中国的别林斯基”。年轻的伙伴们七手八脚地把我抬了起来，高呼“呜拉”（“呜拉”是俄语中表示激动、兴奋的语气词，在当时进步青年中很流行），齐力一甩，把我抛到了大学生宿舍中简陋的双人床上层。然后，在那间仅容身的走道里，咿哩哇啦，扭腰摆臀，载歌载舞，跳起了经戴爱莲大师传播、正风行一时的藏族“锅庄”舞。

《骆驼和星》是在《希望》第一期发出来的。我只在《希望》上发过两期诗，合起来也不过几百行，之所以比较有影响，很重要的原因是，胡风是到了《希望》后，才真正形成了一个很稳固的流派，我的诗是在《希望》第一期，又比较长，所以给人印象比较深。当时“七月派”的影响太大了，到哪里一说这是谁，大家都知道的。新中国成立前写诗的人不多，全国真正写诗、别人又都知道的，只有几十个人，都互相知道，所以说起来了如指掌，不像现在蚂蚁上树那么多。

因为《骆驼之星》，我和胡风写了一封信，于是有了通信往来。我记得在他给我的第二封信里，就这样直率坦诚地提示：不要到圈子里去混，那会把你拖干的。他的忠告很有道理，一天到晚在这个圈子里，很不好，再加上我的性格，也不是坐下来搞这个事的。

我一辈子写的诗不多，总共也只有200多首，因为我是断断续续地写，比较集中写的，1943年、1944年、1945年，这是一个时期。最集中写诗的时期是1943年、1944年。再一个时期就是“文革”以后，1978年开始零碎地写，1982

年到1989年也写得比较多。虽然技术上可能要纯熟些，但是最高峰还是《骆驼和星》。这是没办法的事情，因为在我的生命中不可能再有那样的经历，不可能再有20岁时候的心灵的敏感和纯净心境，那是生命的自然的流动。

我常讲，我这一辈子就写了一首诗。我真正有影响的，自己也比较满意的诗歌，的确也只有《骆驼和星》这一首。胡风评价说是“从一个深沉的胸怀里成长出来的故事”，我当时也不懂这句话。现在回头再看，可以说诗里有很沉重的沧桑感，比较深厚的历史感，还有宗教感，但我又没学过宗教。这首诗预言了不是一代而是很多代的感受，还有更多更多的意味，我无法理解，也没办法解释。我自己常说，这一辈子吃的就是这首诗了。

这首诗也是当时自己生活感受的真实经历。想追求一个很美好的理想没有实现，带着很失落的感情又回到了南方，回到了四川，所以很失落。当时内心也是很压抑的，周围也没什么人可以谈话，但是这个愿望并没有放弃，还想以另外的形式来实现，哪怕遭受更多的挫折，还是想要实现这个美好愿望。

《骆驼和星》这首诗实际上就是写内心的这么一个历程。为什么胡风评价说“从一个深沉的胸怀里成长起来的”？因为它不是偶尔触发的，而是酝酿了很长的时间。而且这种追求愿望的经历往往是一个人一生都是这样。当时自己写的时候没想到，但回想起来人一辈子就是这样，一辈子都追求美好的东西，永远都处在追求的过程里面。所以胡风这个人厉害，一句话就点穿了这首诗的灵魂。当时我才十九岁，是不到二十岁这么一个小青年，却有这么一种深沉的感受可以概括自己一生追求美好的历程，我以后写的别的诗或者是这首诗的补充，或者是发扬。

我觉得自己本质上是一个诗人，凡是具备诗人气质的人，都是一生都在写一首诗，总有一个基本的调子。他可以写各种各样的体裁，但如果把这些诗放在一起，可以看作是一首诗。他总有基本的调子，总有最能引起他创作灵感的体裁。

林贤治给我的诗集写前言，说我写了很多女性题材的诗歌，我没有想到这些事，但女性的题材，确实是最容易引起我创作欲望的。女性是大爱至美的象征。女性作为妻子、母亲的双重身份，不管对于自己的伴侣还是子女，都是大爱，不想自己。这种大爱就是至美，所以女性是这样的象征。《骆驼和星》就是说的这个东西，也是对大爱至美的一种赞美。

“骆驼”与“星”的这两个意象也很有意思，当时没有想这些事，一想就写不出来了，它们是自己蹦出来的。如果一定要解说呢，骆驼它需要的最少，付出的最多，而且默默无闻。这和我出生在北方有关。我小时候就经常看到拉骆驼的人，从小就看到有位拉骆驼的人到村里来给人看病，所以这个形象是一直就在心里的，很自然地出来了。如果从小生活在南方恐怕很难写骆驼。为什么会选择神话这种体裁也是很有意思的，我的想象力比较丰富，这个和我从小就听聊斋这样的故事有没有关系就很难说了。不过从小就接触文学作品，是能启发人的想象力的。

关于《骆驼和星》这首诗，还有一个小插曲。二十世纪八十年代我去北京找牛汉，几十年没见面了，我在人民文学出版社找到他，他一见面的第一句话就是说的《骆驼和星》。他说一看到这个，就知道是与他有关的。他指着书说，前面两句“昨夜，在干涸了的河底聚会/一位诗人说一个沙漠的童话。”不是正式的诗，是讲诗的来历，应当要用另外一种字体来印刷。后来出版诗集时，我就采纳了他的意见。

这首诗确实和他有关。我当时去西北联大时，天还有点冷，我穿了一件羊皮袄子，就是北方赶大车的，一般的老百姓常穿的那种没有面子的那种袄子，羊皮穿在外边。我当时就有一件，带着去了城固，我把羊皮袄子摊在汉江的沙滩上，我们两个人躺在上面，无话不谈，海阔天空，说了一上午。牛汉当时已发表了《绿色的鄂尔多斯》，是小有名气的诗人了。

还有一首诗，我自己蛮喜欢的，叫《早晨我开始写诗》。这时我已经从庙台子到了宁强，住在一间破破的小房子里。一天早上起来好冷，本来没想写诗，听到外边有人唱歌，突然有了灵感，脸也没洗，就在桌子上写，一字未改，坐到那儿就写出来了。

写诗跟写小说不一样，写诗就是很直接的东西，无法隐藏，真正从心灵里流出来的东西。大师也是一样，没有办法的事情。《骆驼和星》这首诗，几乎谈不上要思考任何写诗的技巧，就是从心里流出来的。二十世纪八十年代后写的诗，虽然阅历丰富了，技巧也更纯熟了，但是再有没有那种自然而然的心灵流动之感了。

重返四川

在庙台子车站待了不到一年，我就调到了宁强车站。1944 年的春节，我是在宁强过的，在这里待了大约四个月后，又回到了四川。

我之所以想从庙台子往宁强调，是想把我母亲送到四川去，那时我父亲在那里。母亲带着弟弟不远千里来兰州找到了我。如果是自己掏钱买票坐车从陕西去四川要花很多钱，我没这个经济条件，只能想办法先调到宁强，再通过这里往四川走。

在宁强的环境没有在庙台子那么好。庙台子我们三四个小年轻，都是二十多岁，大家无所谓。但在宁强这个小站上，站长虽然是个小官，却有点小官僚的味道。我带着妈妈到这里，他一点都不管。我自己租个很小的房，吃饭就搞个小炉子自己做。在庙台子的时候，弟弟就跟着我的同学到重庆去了，在宁强就是我和妈妈在一起，过得很清贫。农历的四月底，我就写报告请假说，我要送我妈妈到四川我爸爸那里去。就这样，我领到了两张公路局的免票，到了广源，进入了四川。

广源这个地方据说是武则天小时候住过的，是进入四川的第一个中等城市。当时我父亲在重庆附近一个叫合川的地方，这里有一个当时国民党教育部直属的生物标本制造所。这个制造所里基本上都是来自山东的人，因为所长就是一个来自山东的当时很有名的生物学家，姓马。这个人是父亲的中学老师，当时在国民党区很有名。从广源到合川去，最便捷的办法就是坐船走嘉陵江。我们从广源坐木船，虽然是顺水，一天也走不好远。我记得是在船上过了端午节，大约是到农历的五月中旬，才到了河川生物标本所。标本所在一个叫北仙庵的大庙下，一个叫钓鱼城的地方。

这个地方很有名，当年蒙古大军打败了宋朝，但因为这个城，双方僵持了三年。这个城也是蒙古最后攻下来的地方。钓鱼城的来源也跟这段历史有关。这里地势险要，当时蒙古有个大将叫蒙哥，守钓鱼城的是姓吴的兄弟。蒙哥以为只要包围了这里，饿都要饿死宋朝的军队。结果，山上的守军为了表示他们资源丰富，从山上钓到了鱼，还叫山下的蒙军人看。当时整个南宋都被占领了，他们在这里却坚守了三年，蒙哥最后死在城下。

生物标本所就在城下面。我父母希望我留在身边，但我不愿意，自己又跑到重庆去了。因为我有一些同学在重庆的中央大学读书，就是现在南京的东南大学，校长是蒋介石。抗战时候流亡的中学生和大学生读书不但不要交学费，还有饭吃。我就跑到中央大学去，吃饭就跟着他们去吃，睡也睡在那里，还想着找工作。

1944 年 10 月间，秋末冬初时，我父亲的一个朋友秦林舒把我介绍到川西乐山永利化学公司去了。秦林舒是民国四公子之一蓝公武的女婿，新中国成立后当过最高法院的院长。秦林舒当时在国民党的中央图书馆工作，曾经是抗战之前一个叫通俗教育出版社的成员。

化学公司在离乐山五十里路的一个小地方，叫老龙坝。这个公司抗战之前是中国民族化学工业的代表，办在天津。永利化学公司用海水制碱，总经理叫范旭东，湖南人。总工程师叫侯得宝，是英国皇家学会会员，新中国成立后当过化工部副部长。范旭东有两家企业和一个研究机构。另一家公司叫九大盐业公司，研究机构叫海王研究所。抗战爆发后，永利公司搬迁到了老龙坝，五通桥附近有很多井盐，公司就用这个井盐做碱。

永利公司是我看到的第一个现代化企业，很规范，有很多留学生，管理得井井有条。管理层里还可以看得出中国很传统的东西。比如中层以上的管理人员，相互之间都称“爷”，我的部门负责人姓赵，就喊“赵四爷”。范旭东这样的企业家比较重视职工的文化教育，专门设了一个文教科。公司里的文教科长叫李一非，也曾是通俗教育出版社的。秦林舒就是把我介绍给他，我就在他手下当文化教员。文教科就我和李一非两个人。主要是办职工夜校，白天基本没什么事。晚上的职工学校，谁愿意谁就去上课。那时候工人真是非常贫困的，晚上来上课的不多，十几二十个人。就我一个教员，语文、数学都教，都是些小学的文化，愿意上什么就上什么。八九点上完课我又回到办公室。每天听广播，听到晚上十二点，边听边把内容记录下来。晚上十二点厨房煮一锅面，吃完后把广播的内容写在一张纸上，贴在公司大门那里，第二天职工一上班就可以看到。

这样做了大约两三个月，管文教科的赵四爷很欣赏我，对我办事情很满意，就提拔我，任命我做工宿课课长，管工人宿舍。我就住在宿舍里，教工人要打扫卫生。还管理着一个小茶馆、一个澡堂。这样子又搞了一段时间。

李一非的夫人是个话剧演员，他们两个都是左派人士，我和他们谈得来。员工里面还有一部分人，介于工人与正式职员之间，有十几个小知识青年。我们给青年介绍进步书籍，还组织了一次罢工。因为煤矿上的一个工人触电电死了，我们就通过小知识青年（当时也有地下党，但我们没有联系，他们也许有联系）联合起来罢工。公司有武装，但事态还是比较平和，因为李一非在上层做了工作，说千万动不得枪，一动枪越闹越大。结果为这位工人开了场面很大的追悼会。另外呢，在这里还碰到一个有意思的人——刽子手徐昌风，当时在中华剧艺社搞过，在这个公司还组织了话剧演出，很懂行。

有一天晚上，我从广播里突然听到日本人投降了，那就不得了。老龙坝的工人，街上的老百姓都出来了，完全是自发的，那个气氛呀。小镇挤满了工人，老百姓狂欢。

抗战快胜利的时候，共产党组织大批知识青年进入解放区。我也就在这个时候接到了重庆一直跟我有联系的一名地下党员刘晴波给我发来的电报，当时在他中央大学读书，要我马上去重庆，进入中原解放区，就是李先念在湖北建立的解放区。电报上当然不是这么写的。我高兴死了，行李什么的都不要了，马上买船票上重庆。我告诉李一非我不会回来了，要到重庆去送我妈妈回家。

结果我跑到重庆找到那些同学，才知道又不去解放区了。因为当时整个都乱套了，路线不知道怎么走了，找什么人也不知道，去不了，我就留在重庆了。我不愿意回永利公司，原来安排我走的同学，又想办法给我找工作，把我介绍到重庆华蓥山过去的邻水县，要我到邻水女中去教书。到那里去交通不便，我们先坐船到长寿县，在长寿县坐滑竿，走了两天半过巴山，才到邻水。

邻水的男中有正式的地下党组织，女中没有。我和另外一个同学是地下党介绍去的，男中的地下党组织就以为我们是地下党员，专门派人来找我们，要我们成立一个党小组。我们只好告诉他们，我们不是党员。

在那里只教了半年，和校长搞不好关系。这个校长是老处女，出身大户人家，年轻时是留学日本的大学生，一辈子没结婚，有快五十岁了。当时我才二十一岁，天不怕地不怕。这个老处女校长脾气怪，开大会时骂学生："你们都是猪啊。"上课时，我公开讲，校长骂你们都是猪，她不就是个老母猪？这样我只教了一学期书，就走了。

当时邻水属大足专区，这个大足专区是乡村建设实验区，专员也是梁漱溟这一派的，叫霍六加。我当时给他写了一封信，告诉他我在这里教书，放假了想回重庆，问他有没有便车去重庆。结果我走了之后，霍六加还真的派了车到学校去找我。校长不知道有这个关系，把她吓了一跳。

初谒胡风先生

1944 年初冬，我当时已经到了四川，在五通桥永利公司谋生。由于胡风的指引和伙伴们的鼓励，我在五通桥写出大量的诗，做了各种尝试。我记得重庆《新华日报》刊登了陶行知的《创造宣言》："上帝创造天，创造地；人创造上帝，人是创造主。"巨大的气势和热情马上吸引了我。激动之中，我用全部摘引原文的方式把《创造宣言》改编成一首长诗，寄给胡风。他很快回信，表示了意见：很热情，很可惜被原作一些俗语拖累了，诗应当有自己的语言。以后，胡风在悼念陶行知的文章中提到有人把《创造宣言》改写成诗，大约指的就是这件事。

神话，一直对我有特别的吸引力。但在灾难深重的年代，写一些脱离现实的题材，是否合适？我感到困惑，便向胡风请教。他回信明确表示：神话当然可以写。神话，是照亮黑暗天空的光电，是刺破腐朽人生的长剑，你应当写。但我却没有再写了。

我在五通桥的时候，牛汉到西安创办了一个文学刊物，取名《流火》。"七月流火"，意思很明白，表示自己也是拥护胡风的。他这时和胡风还没有任何联系，写信给我转请胡风为《流火》写文章。我当然照办，胡风却是慎重的，回信说，写文章，以后看看再说吧。牛汉的刊物一期而终，胡风的文章自然没有写。胡风可能不愿意给不太了解的人写文章。新中国成立后，大约是 1949 年下半年，牛汉把他的诗集通过复旦他的同学寄给胡风，才跟胡风联系上。

1945 年下半年我在邻水教书，假期到了重庆，按信上的地址，到张家花园去看胡风先生。第一天，是中华剧艺社的演员魏永秀带路。他认识也住在张家花园的陈白尘，而我则在陈白尘主编的报纸副刊上发表过几首诗。这次，陈白尘说，胡风出去了。我留下一张便条请他转交。送我们出来时，陈白尘指着一间东向的小屋说，胡风就住在这里，明天再来吧。

第二天，我径直走进了这间小屋。不顾屋子里正有别的客人，自报名姓。胡风正坐在西边窗下条桌与书架之间，面色黝黑，宽额秃顶，身躯伟岸，有点胖。他马上起身，目光炯炯，伸手相迎。这时坐在北边墙下一张大床上一位秀美的女性也站了起来，含笑连声："知道你要来，欢迎欢迎。"我想这就是有着许多美好传闻的梅志了。他们两个人对我热情张罗时，那位客人起身告辞，用十分锐利的目光扫了我一眼，飘然而去。胡风送客到门边回来对我说："这是冯雪锋。"

我在冯雪锋的椅子上坐下来，对面是窗下侧身而坐的胡风。房子很小，整个下午，大约就是我手比指划，滔滔不绝地信口开河。身心自在，无拘无束，因为我感到始终有一双明亮清澈、兴味盎然、坦陈热烈的目光在注视着我，鼓励我倾吐一切。我到底说了些什么？现在已经记不太清了。只记得他一直侧头微笑着听我高谈阔论的面影，还有偶尔的插话和提示："看到《财主的儿女们》了么？怎么样？"我不假思索地说："热情，非常热情。"

听了我的回答，他显得兴奋，立即说："第二部更热情，快印出来了。"谈着话，他突然转身从身后小小的竹书架底层抽出一本杂志——《希望》第四期递到我手中："刚印出来，有绿原的诗。"我不等他说完，便翻开来读，绿原的《终点，又一个起点》赫然在目，不禁忘乎所以地读了下去。直到我读完，他始终没说一句话，只是默默地坐在窗下看着我。听我读完之后，胡风问我："你不是也写了一首长诗么？"他指的是我在邻水写的《中国，什么是和平的代价》。

胡风淡淡地谈到《骆驼和星》，毫无奖饰之意，只是说："一位朋友，在女子中学教高中，把这首诗当教材给学生们读了，不知道反应怎么样？"梅志接过去说："蛮好。反应蛮好。"我应声说："我的一个朋友说这不是诗，是造谣，一个美丽的谣言。"胡风听了，先是一愣，接着大笑："美丽的谣言，美丽的谣言。"

除此之外，印象完全一片模糊了。以后我是否又到了一次张家园呢，也不记得了。因为我记不起《中国，什么是和平的代价》这首诗是在邻水寄给他的，还是这次见面带过去的。只记得他把诗稿交还给我的时候说："太激动了，不行，太杂乱，仔细改一改，再寄给我吧。"我认真地改了这首诗，赶在他们离开重庆东下前又寄给了他。临行前他写信告诉我，稿子已交给了由何其芳主持的《希望》等四个刊物联合特刊。1946 年春天，我在重庆覃家岗教书，何其芳把稿子寄还给我，说联合特刊篇幅有限，诗太长，没法发表。情况是真实的，并非推诿。在此之前，我一首歌颂毛泽东的短诗，也是胡风转给何其芳在联合诗刊发表，而且招来一位读者的直言批评，表示他不理解为什么要写这种赞美个人的诗。在发表这封读者来信的同时，何其芳执笔为我辩解，文辞十分委婉温顺：也许作者认为毛泽东同志对中国人民所做出的伟大贡献是有目共睹的，用不着另外的说明和解释，便写了这样的诗。

这场小小的风波当时并没有人注意。我的赞美诗也无助于解脱 1955 年迎面而来的困境。现在想起来，倒是能品味出一点历史的幽默感。

1948 年，胡风从上海给我来过一封信，告诉我他准备到香港去。当时胡风不愿意去延安，对周扬这些人有些看法。

从那以后我再也没跟他联系，全心全意搞地下工作去了。

（选自《人生不满百——朱健九十自述》，上海文汇出版社，2017 年 8 月出版）

作者简介：

朱健，原名杨镇畿、杨竹剑，1923 年生，山东郓城人，“七月派”诗人之一。著有诗集《骆驼和星》《朱健诗选》，散文随笔集《潇园随笔》《无霜斋札记》《逍遥读红楼》《人间烟火》《碎红偶拾》等。

肖欣，1994 毕业于湘潭大学中文系。湖南省青联第九届委员，湖南省第七届十佳新闻工作者。现为《湖南日报·湘江周刊》主任编辑。出版散文专著《悦读潇湘女》，参与编撰《发现湖南系列丛书》，整理出版《人生不满百——朱健九十自述》。

芙蓉国里尽朝晖

——毛泽东文学院20年发展回眸

尹红芳

金秋十月，凉爽的秋风吹拂着三湘大地；星城长沙繁华的岳麓大道上，长沙市政府东侧，一群兼具古典与现代气息的建筑，经新一轮提质改造，更显诗韵风味。

10月23日，在喜迎十九大的欢腾氛围中，在这所被誉为湖南文学的“黄埔军校”20周年华诞来临之际，湖南省第十六期青年作家研讨班和第六期新疆作家班开学典礼在这里隆重举行，又一批来自三湘四水和天山南北的中青年作家聚集在这里，扬起文学的风帆。

23年前，这里还只是一片荒山野岭；20年前，在那红枫似火的季节，她拔地而起；20年后的今天，她历经沧桑，不断发展，更显典雅宏伟气质。

她，便是享誉全国的毛泽东文学院。

20年来，她历经风雨洗礼，兼具培训、展览、典藏、交流等多种功能，已成为在全国有影响的湖南文化建设的重要基地。

20年来，她一次次提质创新，飞跃发展，谱写了一个个新的篇章。

典雅、宏伟的文学殿堂

1995年2月14日，湖南省委常委会议室，参会者就湖南文学奖的名称进行着如火如荼的讨论。当一位作家提议叫毛泽东文学奖时，时任省委主要领导连声叫好，对大家说：“我们省的文学奖，就叫毛泽东文学奖。这次，中国作家协会打算在少数几个省创建青年作家培训基地，你们积极去申请，去争取，筹建青年作家培训基地。这个基地，就叫毛泽东文学院。”

1995年12月25日，毛泽东同志诞生102周年前夕，奠基典礼如期举行。高耸的工地牌楼两侧书写着一副对联：惟楚有材春秋千载先贤迭出，于今为盛四水三湘后俊沓来。1997年12月，毛泽东文学院盛大落成。昔日的荒山之野，耸立起一座典雅、宏伟的文学殿堂。

随即，毛泽东文学院向全国征集凸显文学院特色的院徽和雕塑设计，最终，院徽为“三本书”图案，组成一个“毛”字，“毛”字圆心为一轮红太阳；而毛泽东文学院大厅中央，矗立起一组醒目的群雕，内容为毛泽东与萧三、田汉、周扬、丁玲、周立波五位湘籍著名作家在一起……

20年来，这座文学的殿堂不断蓬勃发展，得到了社会各界的广泛赞誉。2011年12月，湖南省委宣传部批准了毛泽东文学院提质改造的请求，毛泽东文学院提质改造工程写入《中共湖南省委关于贯彻党的十七届六中全会精神加快建设文化强省的意见》。随后，省发改委和省财政厅大力支持提质改造项目的立项和资金落实。2017年4月，提质改造完成，全面对外开放。提质改造后的毛泽东文学院，硬件设施得到全面升级，并以崭新的面貌进入人们的视野。

湖南文学的“黄埔军校”

20年来，毛泽东文学院在发展中探索，在探索中发展，始终坚持出人才与出精品并重，走出了一条人才培养的特色之路。

中青年作家研讨班是毛泽东文学院最常规也最重要的文学人才培养方式。20年来，毛泽东文学院已举办15期全省范围的中青年作家研讨班，共培训学员1000余名，为湖南文学生力军的成长发挥了重要的助推作用，被誉为“文学湘军的摇篮”“湖南文学的‘黄埔军校’”。

毛泽东文学院的作家研讨班学员学费及其他费用全免，完全由财政扶持。来院学习深造的学员由各市、州文联作协推荐，毛泽东文学院、省作协审查批准，经过层层审查，保证学员的质量。学院坚持名师授课，每期均设置12—15堂讲座，邀请省内国内知名作家学者授课。迄今为止，已有上百位文学大家前来授课。根据学员实际情况、组织与各文学刊社、网站举行座谈交流，在学员中组织专题讨论。学员创作水平得到显著提高。学院还分门别类地举办湖南新锐作家班、改稿班，以及长篇小说班、儿童文学班、诗歌班等各类短期培训班，针对不同的文学创作体裁，培养不同的文学人才。20年来，从毛泽东文学院走出的作家已成为湖南文学创作的生力军和骨干力量，很多人还担任了省作协和市州文联、作协及文学刊物的领导工作，为文学湘军的崛起做出了巨大贡献。

文学的资料、展示、推介中心

20年来，毛泽东文学院作为湖南文学展览中心、湖南现当代文学资料中心，尤为注重资料的征集和馆藏的丰富。2012年，经湖南省编办批准，学院加挂“湖南现当代文学馆”的牌子，搜集、收藏、整理、研究、展示现当代湖南作家的作品、手稿、照片、音像、字画、期刊、实物等各种文物文献资料和湖南现当代文学有关的各种史料，自觉担当起为一个时代的印记传承下去的责任。目前已为149位知名文学艺术家设立了资料专柜，收集各类珍贵资料4000余件。并即将筹建省作协会员作家版本图书馆和手稿珍品馆，尽量齐全地收藏我省现当代每一位作家的文学作品、研究著作的版本和手稿。

毛泽东文学院常设的“毛泽东与文艺”专题展览，作为学院的基本陈列，第一次全面反映了毛泽东同志的文艺思想和文艺成果，参观人数已达8万余人次，广受社会各界赞许，曾由中宣部确定在中国革命博物馆展出。学院还建立了毛泽东文艺研究资料中心，取得了丰硕的研究成果。

毛泽东文学院还承办湖南省作协的官方网站湖南作家网，全面推介文学湘军。目前，已开设湖湘文讯、文学奖项、作品扶持、文学湘军、作家访谈、精品力作、文学馆藏、市州巡礼、湖湘文汇、湘军文萃、文艺论坛等栏目20大板块，成为高端、高效，在业界具有影响力、号召力和权威性的综合性门户网站、信息发布平台、作家交流平台。

“文学名家讲堂”也是毛泽东文学院的一张名片。从2011年10月开始，学院举办“文学名家讲堂”，邀请全国知名作家，面向广大文学工作者和社会公众免费开讲，成为代表湖南作协形象的品牌窗口、具有广泛社会影响和品牌价值的著名文学讲堂，迄今已有王蒙、张炜、刘醒龙、韩少功、李敬泽、阎晶明、阿来、蒋子龙、何建明、陈建功、施战军、毕飞宇、洪治纲、曹文轩等众多名家前来讲学，每场讲座都座无虚席，甚至教室门口和走道都挤满了热忱执着的文学青年。湖南文学事业的繁荣发展，在此可见一斑。

文学交流与创新发展的基地

20年来，毛泽东文学院始终以包容开放的姿态，承办文学活动，广纳文学贤才。湖南文学和新疆文学的合作交流，堪称学院对外交流的一大盛事。

自2012年以来，毛泽东文学院已举办五期新疆作家班。新疆作家班汇集了来自天山南北、在文学事业上已取得不俗成绩的汉族、各少数民族中青年作家。2014年新疆生产建设兵团作协与湖南省作协结对子，意味着两地的文学交流更加全面而深入。学员们文化背景不同，生活习惯各异，为此学院认真研究和分析他们的特点，有的放矢地延请全国名家名师讲学，组织研讨、对话交流和社会实践，管理上强调服务意识，让各族学员充分感受到文学院是作家之家。新疆学员们纷纷表示，学习期间既聆听了名家的精彩讲座，亦感受了湖湘文化的博大精深。

20年来，学院还先后承办了全国性的“走向大自然”征文比赛、“三名楼”笔会、“桔洲杯”全国书画大赛、“韶峰杯”全国诗词大赛等一系列的大型文学艺术活动，为作家和艺术家们举办作品研讨会、画展、书法展等数百场次，接待了数以千计的作家、艺术家，如各省市作家代表团以及香港、台湾等地区的作家访问团。日本、越南、马来西亚、印度尼西亚、泰国、新加坡等国家的作家、艺术家先后前来学院访问交流。友好的文学交流和思想碰撞，使学院赢得了外国友人的高度认可和诚挚赞美。

（原载《湖南日报》，2017年12月1日第15版）

作者简介：

尹红芳，湖南耒阳人，湖南省作协会员，湖南省文艺评论家协会会员。曾在《当代教育论坛·校长教育研究》担任记者、编辑部主任，在《湖南教育》担任记者、编辑，在中央媒体《中华工商时报》担任记者；现为《湖南报告文学》副主编。发表作品50余万字。著有人物传记《凤舞寿岳》，报告文学《城道》。

因为信仰（节选）

李万军

创薛家模式

2013 年 11 月 3 日，习近平总书记在考察湖南湘西花垣县十八洞村的扶贫工作后，首次作出了“实事求是、因地制宜、分类指导、精准扶贫”的重要指示。紧接着又强调说一定要做实的三件事：一是发展生产要实事求是，二是要有基本公共保障，三是下一代要接受教育……各级党委和政府都要想方设法，把现实问题一件件解决，探索可复制可推广的经验。

对照习近平总书记的扶贫新要求，反观以往的扶贫做法，王新法发现，以往的扶贫，除了大多存在“输血式扶贫”外，还有一个最大的通病，就是多数扶贫人压根儿就没有农村工作经验，而且沉不下去。即便是沉下去了，亦是人在心不在，要么是说教太多，要么就是蜻蜓点水。既不能做到以身作则和身先士卒，也不太注重精神灌输和思想帮扶。换言之，大多没有做到扶贫先扶志。没有思想的扶贫，便没有真正的脱贫；没有思想的扶贫，就不会是精准扶贫。对此，即便很多人想到了，却未必愿意去做；一些愿意去做的，又未必做得到。有鉴于此，王新法未雨绸缪，立意高远，看得精准，对即将开始的驻村扶贫工作，就像是乌龟吃称砣已经铁了心。

习近平总书记关于精准扶贫的讲话精神一见诸报端，王新法便来到了薛家村。

初来乍到，面对各种非难，面对种种质疑，王新法没有退缩，而是咬定青山，沉下身子，不慌不忙地在薛家村打起了太极拳——展开“山河圆”项目、请烈士回家、打造生态有机茶业、帮助村民修路架桥引水，实事一件一件地干，项目一项一项地抓好落地。与此同时，他深知精神脱贫和思想帮扶的重要，除了向村支两委和村民们反复阐述他的扶贫理念外，还开诚布公地告诉村民，他是“带着思想来的，不是带着私欲来的”。

接下来的事实证明了他不愧是一个言必行、行必果的扶贫实干家和思想家。比如，王新法除了着力培育以“山河圆”为重点的红色爱国主义教育基地、实行生态殡葬等项目外，他还率先垂范，实施了一系列的思想帮扶新举措。如展开移风易俗活动，修改“村规民约”，打造“希望工程”，创办村民社团等组织，开始着手探索一条自律与他律相结合的社会主义文明新村模式。

“山河圆”项目完成之后，王新法曾向村支两委建议，立足原有“村规民约”，将原来条文式、材料化的“村规民约”，修改为便于记忆和传唱的“四字经”句式。“村规民约”制订完成后，他还与贺顺勇一道，带领几名村民，从就近山上请下一块大石头，再找来一位雕刻匠，将这44句176字的“四字经”刻在了石头上，立在了村口边，可谓用心良苦。“村规民约”内容如下：

村规民约、村民共决、共同遵守、行为准则
遵纪守法、禁毒禁赌、禁黄禁偷、依规采伐
团结邻里、宽人严己、知荣明耻、忠信孝悌
文明和谐、见面问好、帮贫扶弱、爱幼尊老
诚信友善、遵守诺言、见利谦让、不欺不骗
乐于奉献、热心公益、大局观念、自强自立
保护生态、禁渔禁猎、山川河流、苍翠清澈
家居卫生、村容整洁、垃圾分类、改水改厕
庭院美化、别致风雅、依规建房、白墙青瓦
男女平等、婚姻自由、教子育孙、优生优育
勤劳致富、科技率先、合理经营、特色发展

把内容刻进了石头，不等于就会刻入村民的心里。不久，王新法再接再厉，专门请人为这“村规民约”谱成了歌曲，开展起了“学传教唱”活动。

“红白喜事协会”

开始时，薛家村跟周边的一些村寨别无二致，除了传统的婚丧嫁娶之类的红白喜事之外，其他时节，如孩子升学、搬迁房屋、生日赈酒亦是此起彼伏。不管亲朋好友有钱没钱，也不论左邻右舍高不高兴，反正你赈我也赈，不赈的是傻瓜。就这样，日复一日，年复一年，大家都这么轮番上阵。至于人情礼，少则一百，动辄几百上千。实在有困难的，就只好赊账吃酒。个别揭不开锅的，为顾及脸面，甚至还出现了借贷吃酒的状况。

一次，村里有户人家摆喜酒，邻里乡亲都去了。曾德美和曾德凤80多岁的姨姨那天也去了。王新法听说之后，也不请自去。去归去，但王新法心里早已为自己定好了个规矩，就是无论“吃”到谁家，只送口头恭贺，绝不上一分钱人情账。那一次，他也是按这规矩做的，但在吃饭时，他看到曾德凤的姨姨，顾不上吃饭，却在两个上衣袋里摸索了好半天，才摸出一个塑料袋，且这个包裹得严严实实的塑料袋，里三层外三层的。老太太好半天才将这袋子解开，拿出了一个脏兮兮的手绢，再一层一层地打开，方才露出五角一元之类的零钞，左数右凑，似乎怎么也凑不够一百元整数。见此情形，王新法便赶紧上前，向老太太问过好，然后从自己口袋里掏出了一百元钱，塞给了这位老太太，嘱她赶紧把人情写了好上桌吃饭。老太太推脱再三，见王新法执着如初，便不再坚持，就去上了这一百元的人情账。

可“吃”完这一次喜酒后，王新法怎么也笑不起来。一回到“指挥部”，他便将村主任贺顺勇和曾德美等人叫来，发表了看法：“今天这喜酒，从尊重传统习俗的角度而言，可以赈酒，所以我去了。但一看到老太太为了这笔‘人情账’的窘迫状态，我心里就不是滋味，觉得这原本热闹的喜事，似乎一下就变味了。一想到在这样一个贫困的山村里，一个80多岁的老太太，要积攒几个私房钱该有多难。像这样的陈规陋习，我看是到了非治不可的程度了。我的意见是，正常的婚丧嫁娶酒还是可赈的，但也要设置前提，加以规范。最主要的一条，就是不准收大人情，借机敛财。尤其不能让红白喜事成为村民的负担，成为个别家庭‘脱贫致富’的旁门左道。今后即便要上人情的话，我看不能超过一百。最好是村支两委和军人团队商议一下，推动村里成立一个‘红白喜事协会’，专门协调和监督管理这些不良习俗。”贺顺勇和曾德美听了王新法这番话，虽然心里觉得这项工作很有难度，但觉得王新法提出的“红白喜事协会”这个点子好，不失为一着妙棋。只要办好这个协会，治理和规范好这个千百年来无人来管的传统陋习，是完全可行的。于是第二天，薛家村里破天荒的“红白喜事协会”就这样成立起来了。

村民中，第一户加入协会的会员和作出承诺的党员骨干便是贺顺勇。他是这样公开承诺的：

红白喜事协会会员规范赈酒承诺书

为了社会和谐，营造一个风清气正的文明薛家新村环境；为了把喜事办好，不让人生厌，真正组织和搭建好一个亲友团聚、相互沟通情感的平台和纽带，我们必须共同遵守有关“规范赈酒行为的规定”，现本人承诺如下：

一、严格遵守本村制定的“村规民约”和本协会制订的“规范赈酒行为”条款，做一个移风易俗和遵纪守规的合格村民。

二、除正当婚丧嫁娶、生育、儿女上大学外，坚决不整“无事酒”，不参与“无事酒”的帮忙和吃酒。

三、做好宣传，搞好相互监督，践行勤俭节约，遏制奢侈浪费之风。如遇他人乱整酒，做到及时劝阻；对不听劝阻的，将检举揭发到村“红白喜事协会”处置。

承诺人：贺顺勇

随着村主任贺顺勇加入“红白喜事协会”，并第一个公开承诺后，曾德凤、姚泽友、覃遵彪、贺文清、简发成等党员和群众都纷纷跟进，并作出了与贺顺勇同样的承诺。两年后，薛家村309个户主309户人家，全部都加入到了“红白喜事协会”，也都作出了同样的承诺。如今，薛家村里赈“无事酒”的行为得到了根本上的遏制，赈正常酒的做法也得到了较好的规范，甚至还出现了个别家庭赈酒不收分文礼金的例子。同时，本着一分为二的原则，对正常的婚丧嫁娶赈酒宴请，王新法不但不会排斥，有时还会主动参加。当这些喜家遇到点小摩擦时，他还会主动当起和事佬，总是弄得各方都称心如意。

2014年腊月，跟随王新法修过路架过桥的挖机师傅简发星和董杨，眼看就要喜结良缘了，可董杨的父母却因为与女儿、女婿两句话不合，就闹起了小别扭。

这位名叫董杨的90后女孩，是石门县蒙泉镇人。石门县是全国闻名的柑桔之乡，而蒙泉镇则是石门屈指可数的柑桔出产基地，所以蒙泉镇自然属于石门县农村经济相对发达的乡镇。董杨自幼成长在这一方水土里，家境在当地农村相对优越，加之人又长得天生丽质、容貌出众，还讲得一口流利的普通话，自然被父母亲视为掌上明珠。孰料，平素里小鸟依人的女儿董杨，在某职业高校读书时，偏偏就与这出生在深山老林里的同学简发星擦出了爱情的火花，开始了“早恋”。毕业一年后，当董杨父母想干预一下女儿的亲事时，这对自由恋爱的年轻人一急，就干脆领了结婚证，且先过门到了简家。董杨父母眼见这“生米煮成了熟饭”，也就不再说啥了，只希望男方家明媒正娶、大操大办一番，把女儿风风光光地娶进门。对此，董杨和简发星也曾当面向父母承诺过，肯定会遵从父母的意愿。

可谁曾想这董杨和简发星，尤其是董杨，来到薛家村的这半年多后，亲眼目睹了王新法的所作所为，并亲自经历了王新法在薛家村开展的移风易俗的活动后，思想上受到了极大的震憾，灵魂上得到了极大的洗礼。特别是这个依照传统习俗，还不算完全过门到简家的媳妇董杨，这半年多来，在薛家村党支部的考察培养下，已向党组织递交了入党申请书，成为了薛家村里最年轻的预备党员。

此番与父母的小别扭，自然就源于对这场婚礼操办上的观念冲突。董杨的父母固执己见，坚持无论如何要像模像样地操办一场体面的婚礼，而董杨和简发星一下好像变了个人了，面对父母的固执，两个年轻人的头摇得像拨郎鼓似的。这对父母看到这对年轻人自食其言，气就不打一处来。于是双方就这样僵上了。

解铃还须系铃人。王新法听说了这回事，感到事关重大，责无旁贷，觉得自己无论如何都要支持这对年轻人。于是在结婚大喜的前夜，以男方知事兼接亲司机的名义，来到了董家，说服了董杨的父母，高高兴兴地将董杨接进了薛家村。

“老年人协会”

还有一件事，让王新法深有感触，又触动他推动成立了另一个协会。

安家片村民田玉树，这个新中国成立后次年到武汉某部服过役的老兵，当年是某部雷达分队的技术排长，还曾被授予过中尉军衔，1957年退伍回乡。由于那时的退役安置政策“宽泛”，加之他思想境界高，就没有向组织提出过任何要求。组织见他能说会道，还当过技术军官，就安排他当了一名老师，后来又安排他当过广播员和电工。2003年，薛家村进行电网改造时，田玉树不幸被高压电杆压伤了肩膀，当时也没太在意。囿于当年的条件，只是弄了点草药，治疗了几个疗程。却反而错过了最佳治疗时机，落下了残疾，需要经常花钱治疗，这给原本就不殷实的家庭带来了很大的负担。在家人和乡邻的劝说下，田玉树遂开始上访。由于这些年来改革力度越来越大，电力公司领导层新老交替频繁，加之田玉树老人当年受伤时的档案欠缺，故他的上访一直没有个结论。

王新法来到薛家村后，曾经两次走访慰问过田玉树老人。虽然自己也曾有过蒙冤的经历，但除了同病相怜，也不便帮他解决这个历史遗留问题，只是从此多了一份对这位老人家的关怀。后来，田玉树见王新法在薛家村不图名、不图利，如此无私奉献，深受感动，遂决定不再上访了，反倒关心爱护起他来。一有机会，就找王新法拉拉家常，嘘寒问暖一番。

再说堪舆人漆开毅，早年曾在镇里乡镇企业办当过20多年会计，没有享受正常的退休工资；在农村土地承包到户时，也没在村里分到土地。王新法一来薛家村，最先了解到他的情况，便向村镇两级呼吁，帮他解决了退休待遇。

通过这两件事，联想到薛家村里的老人都需要关爱，需要呵护，需要相互促进和鞭策，王新法又与村里一道，推动成立了村“老年人协会”。

“我看是非·我看美”

村里留守儿童多，没有父母陪伴，大多属于隔代看管，比较容易学坏。即便不学坏，也容易出现心理脆弱等许多毛病。该是时候考虑启动关爱下一代的工作了。再者，改造思想和移风易俗，不能光靠大人们被动遵守和良心发现，也不能只靠王新法一己之力来扭转风气，而要转换思维、另辟蹊径来改变监督模式，形成长效机制。是否可以将关爱下一代的工作和“小手拉大手”的工作两相结合、相得益彰呢？

本着这样一种想法，2014 年 7 月 28 日，薛家村历史上头一个关爱下一代活动就此启动。一个以“我看是非 · 我看美”为主题的青少年志愿活动小组宣告成立了。

对这个活动小组，或可说是精神文明励志班，王新法看得特别重，亲自担任了该小组的总协调人，当起了后勤部长。并协调了团队中一批有爱心的成员，筹措了 17 万余元，购买了 50 台 DV 机、1 台投影仪和 1 台可移动式功放音箱设备，并把 DV 分发给了 30 多名孩子。薛家村的村主任贺顺勇、清官渡村的村主任游碧云、南北镇中心学校的老师贺关贤、退休老师的覃事琼等，出任了该小组的辅导老师，还有曾德美、卢志亚和漆开渊等都参与其中，出谋划策，一同承担起了共育共教的责任。

根据王新法的意图，老师们很快制订出了活动小组的规范要求：每逢周末，小组必须开展活动。开展活动的大致内容为帮助孤寡或空巢老人清扫房间，维护环境卫生，及时发现身边的“是非”和“美丑”，并用文字或图片记录下来。每个星期六上午，在小组老师的辅导下，孩子们将自己用 DV 拍摄的图片或视频，用投影仪放出来共同分享；将自己撰写的“是非美丑”作文，在村广播室现场直播。每次活动，王新法和辅导老师都会对活动情况和每个孩子的表现进行点评。这样既锻炼培养了孩子，也使全体村民受到了来自下一代的鞭策与教益。

为了把活动小组搞得更有起色，王新法还运用了鲶鱼效应，将自己因病休学的侄儿张华健、外孙子杨钰泽请来薛家村，放在了活动小组，体验农村生活，当起了“孩子王”。74 岁的退休老师覃事琼，对这项没有待遇、只有义务的关爱下一代工程感到乐此不疲，竟把自己的家务事全都搁到了一边，把全部心思都放在了孩子们身上，生怕辜负了王新法的重托。

活动小组初见成效的，当属孩子们的作文水平和口语表达能力的提升。善武能文的王新法，为了尽快提升孩子的作文水平和表达能力，一开始，总是让孩子们自我作文，让孩子们自由发挥，然后逐个讲解点评；过了一阵子后，就开始命题作文和依材料写作，让孩子们在同题写作中，学会选材，学会思考，学会运用语言，懂得文章的结构和立意。最后“逼”着每个孩子，都必须通过村广播室进行现场直播。起先，有的孩子很不适应，感到紧张，不敢广播，经常哭鼻子。对这样的孩子，王新法就将他们放到最后，但总的原则是必须人人过关。通过这样几次三番的倒逼，最后，孩子们全部都会对着话筒念作文、发通知、讲故事了。

有一次，王新法让孩子们写了一篇“薛家村的变迁”的命题作文，村民白方梅 8 岁的小孙女唐基敏最先写完，且得到了王新法的表扬。之后，有位小同学硬是写不出来，为了完成任务，便将唐基敏的作文悄悄地拿过去抄了。唐基敏很生气，就跑到王新法那里去反映，没想到王新法不但没有点名批评那位小同学，还发出了一阵哈哈大笑，然后走到唐基敏身边，摸着她的头说："小丫头，我就说你写的作文好吧？别放心上，就因为你的作文好，别人才会抄啊！加油！"正当唐基敏迷惑不解时，那位小同学倏地一下站了起来，涨红着小脸说道："王爷爷，是我抄的，我错了，以后我会努力赶上她的。"听到这位小同学的认错，王新法又是一阵大笑，弄得全体同学都跟着笑了起来。一时间，这老少两代人其乐融融。

13 岁的程乾以前是一个很调皮的男生，自加入活动小组后，除了学业上进步明显外，较以前更讲卫生，也懂得了文明礼貌，还和王新法交上了朋友，一有空闲就喜欢和王新法黏在一起。还有很多跟他类似的孩子，都不再随地吐痰，不再乱扔垃圾，不再破坏生态环境。孩子们不仅自己完全能够做到，同时他们还开始监督自己的父母亲要严格遵守，不得违反。做得好的就及时写出广播稿件，给予表扬，否则就到村广播室去"曝光"。

2015 年 1 月 31 日，"孩子王"杨钰泽根据覃事琼的安排，进行了这样一次表扬附带通知式的广播：

全体薛家村民们：

你们好，劳动辛苦了！

薛家片三组村民田登祥、四组村民覃遵科和五组村民贺新国，他们三人不等不靠，今天上午不约而同，主动对自己家门口的坑洼路段进行了平整夯实。他们之所以这样做，不仅仅是为了自己，更主要的是响应名誉村长的号召——人人为我，我为人人；赠人玫瑰，手留余香。今天，他们这种不计得失、助人利己的行为，值得我们全体村民学习和效仿。希望今后涌现更多像他们这样的好人好事。

安沟片三组和四组村民，最近以来，在名誉村长和片长唐德成的带领下，团结协作，齐心协力，仅用了 15 天的工期，就完成了一座几十年以来一直想修而没修成的爱心桥。从此，彻底解决了三组、四组的交通出行问题，同时，也为整个薛家村提供了交通便利。他们不仅如此，还根据名誉村长的建议和帮助扶持，百尺竿头，更进一步，又修通了这座桥头的接引路。最后，又用一个星期的时间架起了"阴坡"桥。他们这种不等不靠、不计得失、自力更生、艰苦奋斗的精神，更值得我们全体村民学习，致敬。

薛家片一组、二组和三组的村民，自从腊月初十起，就在名誉村长和党员骨干的带领下，奋战在峡河公路建设工地上。为了早日完成这条通向美好未来的"仙景大道"，他们一不怕苦，二不怕死，签订了生死状，放炮炸石，开山劈路，夜以继日，废寝忘食，披肝沥胆。尤其是名誉村长，哪里最危险，他就冲向哪里；哪里最关键，他就出现在哪里。其他参战村民都无怨无悔，做出了无私奉献。特别是外出打工回家的张贤亚和金星弟等人，一连几天，每天都主动来到工地，与大家一道并肩修路，表现出了极强的主人翁精神，特提出表扬。希望全体村民都要向他们学习。

最后一个通知：有需要油茶苗的村民，请在三天之内抓紧到村主任贺顺勇家进行登记，价格每株 3 至 4 元。今天是一月的最后一天，也是薛家村共同富裕合作社社员登记最后一天，还有想参加的，请带齐身份证和户口本复印件赶快报名！

最后，祝大家劳动愉快！

久违的乡村广播，久违的乡音乡情。这薛家村里的广播伴随着王新法驻村扶贫的脚步，得已恢复起来。

请向薛家村看齐

光有孩子们手中的摄像机和高音广播还不够，薛家村里还需要有像样的文化活动中心。王新法问来找去，村民们都不约而同地将手指向了安家片那所早已荒废了的小学校舍。随着前些年计划生育政策的深入实施，一般农村家庭也只准生育一个孩子，娃娃们越来越少，这所学校最后不得不停办了。于是，这校舍也就自然荒废了。但有一二个开矿户，多年来就一直将这所“荒废”的校舍据为己有，还在校舍里堆放了一些乱七八糟的家什，甚至将学校的操场也开垦成了菜园。退役老兵田玉树等村民，曾在村民大会上多次提出过这个问题，以期待村支两委能够收回这所被占的学校，但因各种阻扰都没有办成。

王新法听说了这回事，感到不可思议，觉得无论如何都要将这原本属于集体的房产和土地收回来，也正好可以弥补安家片没有文化休闲场所的遗憾。于是，他开始三番五次地走访事主，好说歹说，左说右说，依村民的话说，只差一点就是“九九八十一难”了，才最终将这所废弃的学校收了回来，用作了村民的文化活动中心和小型集会场所，从而填补了薛家村没有文化活动场所的空白。

王新法在着力营造文化活动场所的同时，携手村支两委，还开展起了“好媳妇”“好公婆”“好邻居”评选活动、优秀退伍军人评选表彰活动；运用现代多媒体技术手段，拍摄旨在讴歌薛家村革命先辈光辉事迹的 MTV 节目等。通过这些活动，利用起村广播、村民道德讲堂等形式，大力宣扬这些近在眼前的身边典型，着力营造了争创文明新村的浓厚氛围。

2015年4月18日，常德日报记者罗远文和曾玉英慕名来到薛家村，采访了镇政府、采访了村支两委，也采访到了王新法和曾德美，看到薛家村果然名不虚传，村里到处呈现出一派欣欣向荣的景象，遂有感而发，连夜撰写出了《薛家村社会治理群众唱主角》一文，次日便刊登在该报的头版头条，并配发了《请向薛家村看齐》的导读短评。自此，它标志着当地媒体开始逐步走向薛家村，走近王新法，它意味着薛家村的神秘面纱正逐步向世人撩开。

薛家村社会治理群众唱主角

本报讯（记者 罗远文 曾玉英 通讯员 邹坤源 何烽）“大家抢着义务修桥铺路，我这把老骨头也要尽点力，还哪有时间上访哟……”4月17日，人送外号“张镇长”的69岁村民张昌厚，笑言自己绰号可休矣。

石门县南北镇薛家村离县城约140公里，山高林密，洞奇、峡深、花美、水甜，有“最武陵”之称。全村309户980人，30岁以上的单身汉41人。过去村民经常扯麻纱，为鸡零狗碎的事儿都要上访。去年以来，“名誉村长”王新法和“最美乡贤”曾德美，与村支两委一道，大胆创新社会管理模式，激活群众主体意识，走出了一条自我管理、自我发展、自我监督的新路。

构建自我管理载体是当务之急。“三会一课”（支部会、党小组会、党员大会和上党课）真开真讲，事事先拿基本方案，供村民代表大会、村民理事会商议修改并投票表决。为了抢项目，村民代表常常争得面红耳赤，一旦通过，没有一人讲价钱。除了农忙季节，农历九月至次年三月，每月初四雷打不动举办“美丽乡村讲坛”，176字的村民公约得到执行。

代表不忘身份，党员争先带头，突出自我发展，社会主义核心价值观得到充分体现。凡修桥铺路改水等公益事业，村民吃自己的饭，做村里的事，不要一分钱。开山劈路上级怕出事，10多位党员带头签字按手印，出了事故不找政府。去年全村累计义务投工2860多个，建好了5.5米宽4.5公里长的盘山公路，新建了6座桥。

“与民共富军人团队”结合土家族殡葬改革，在海拔1190米的“六塔山”，建成面积319亩的山河圆，种植名贵树木3000株，油茶树11000株，树间分区祭奠先烈、军人和一般群众。68位先烈安葬前，党员王承梅和王东娥带领留守妇女，绣制68面五星红旗。村民陆续将良田中的先人墓迁至山河圆。

村民纷纷加入茶叶、油茶、旅游、工程合作社，村里正在组建“与民共富”合作社联合社。仙景洞、剪刀峡、六塔山精品旅游线路正在规划、设计、实施。

全村8岁至13岁的学生，成立“我看是非·我看美”活动小组，拿着捐赠的摄像机采访，每周六广播播新闻，定时张贴文章图片，弘扬真善美，鞭笞脏乱差。广播一响，村民仔细收听，唯恐自己成了村里的负面新闻人物。

不上访，退低保，送腊肉，比卫生。一股股现代农村文明新风，吹拂了薛家村的山山水水。去年镇里评选感动南北镇人物、最美乡贤、和谐家庭、最美庭院、文明新风，该村项项拿奖，成为一面旗帜。

请向薛家村看齐

一个村，发展状况如何，人们习惯的评价标准，往往看其区位特点，资源禀赋，有多少楼房，这当然非常重要，但记者觉得，更重要的是幸福指数和发展后劲。近几年，石门县南北镇党委书记匡斌带领一班人，巧借乡贤文化引领，在薛家村尝试社会管理创新，转变群众观念，走自我管理之路，人通政和，发展提速，值得看齐。

农民很纯朴，农民爱比照，农民讲现实，这是走访农村听得最多的话。即使在某些美丽乡村建设示范村、现代农业建设示范区，政府投钱，乡贤拿钱，修条路，埋条管，开条沟，田压不得，树碰不得，否则狮子大开口，要阻工，要品补，要上访的情况，可谓屡见不鲜。和谐来和谐去，令基层干部疲于奔命，很是头疼。沟淤了，路乱了，要大家像以前一样投几个义务工，依现在的工价，没有100多元钱一天，你口都莫开。

自己是主体，自己的事，必须自己参与，哪有当看客的道理，这是薛家村村民的共识。修路、改水、架桥，政府给了钢筋、水泥、水管等物资，其他的事全部是义务工。修路要压田，要砍树，没有人说半个不字，而且不要一分钱，自己主动搞。

从上访村到和谐村，薛家村短短两年能够脱胎换骨，决窍在哪里？一是充分展示了乡贤文化魅力，有不求回报的“傻子”在带头干，身教比言教强很多；二是团结群众服务群众管理群众的载体很实用，乡村讲坛不仅请人讲，而且自己讲，少了形式，多了参与。“我看是非·我看美”用孩子的视角看社会，对心灵的触动更深。“与民共富军人团队”从全国各地先后来了140多人，他们享受的是民风和环境，群众得到的是支持和鼓励；三是家家参加合作社，有些茶农目前就是“订单农业”，依托自然优势发展乡村旅游，产业发展态势让群众看到了希望。

2015年9月11日，常德市委宣传部原副部长张志平从媒体上不时看到“王新法”，不时看到“薛家村”，遂在石门县委宣传部李飞副部长的陪同下，来到焕然一新的薛家村，看望了埋头苦干的王新法，看到了蒸蒸日上的薛家村未来。在回程告别之际，他反复向石门县委宣传部和南北镇陪同的领导强调说：“王新法肯定是一个十分稀罕的典型，值得大推特推，你们可先从小处着眼，做好基础材料准备工作，我回市里后，也会给胡丘陵部长汇报。”转眼到了这年年底，王新法就被评选为常德市“十大新闻人物”。

随着王新法在薛家村的思想感召力和精准扶贫战斗的渐次推进，薛家村的人均收入由前几年的不足2000元，至2016年时突破到了6000元，终于成功摘掉了省级贫困村的帽子。各级宣传部门和新闻媒体也越来越关注王新法和薛家村，村民们的思想觉悟也开始出现了质的跃升。仅2016年，就有3名村民主动提出退出享受低保，73岁的堪舆人漆开毅就是其中之一；还有17名在外打工的青年回乡捐款1万多元，用于基础设施建设；在村里，要求像唐弟育那样争当“名誉党员”的人也越来越多了；在村外，一些曾经在薛家村下放过、插过队或蹲过点的薛家远客，则纷纷要求来当薛家村的“名誉村民”。同时，石门县首个红色旅游村的帽子也落户到了薛家村，常德市经投公司兴建的“十八湾休闲度假村”旅游项目也开始显山露水。一个管理民主、产业初兴、村容整洁、乡风文明的新薛家，已然成形。2016年10月，薛家村实至名归，一举摘取了湖南省“省级文明村镇”的称号。

（选自《因为信仰》，中国国际广播出版社，2017年12月出版。《中国报告文学》2017年第10期刊登）

作者简介：

李万军，笔名万钧悟见，1968年11月生，湖南省常德市汉寿县人，中共党员，一级警督。现供职于常德市公安局武陵分局。中国报告文学学会会员、中国散文家学会会员、全国公安作协会员（首届签约作家）、湖南省作协会员、湖南文理学院现代文学史客座教授；曾进修于鲁迅文学院公安作家班、毛泽东文学院中青年作家班；曾服役22年，历任战士、排长、指导员、股长、科长、县政协委员等职。至今发表作品100余万字，大多散见于《中国作家》《中国报告文学》《啄木鸟》《战士文艺》《解放军报》《人民公安报》《湖南日报》等报刊，出版过个人文集《走笔军旅》和长篇报告文学《因为信仰》；作品曾获得过战士文艺奖、丁玲文学奖、金盾文化工程奖等。

生长的土地（节选）

何宇红

我们来自五湖四海

团山湖是一个有四千多人口的村子，我以为这是很平常的事情。可是，当我知道团山湖最开始只有32个人的时候，我真是大吃一惊。团山湖不过只有不到六十年的短短历史，就是繁衍速度再快，也不能变出这么多人啊？

现在这些人都是哪里来的？

“我们团山湖的人来自3个省、17个县、23个地区、85个大队。”当82岁的文前佑口齿清楚地吐出这一串数据，我有些吃惊地望着他。团山湖的人居然跨越三个省，这实在是有些不可思议啊，是不是他年纪大了有些糊涂？他好像看懂了我的心思接着补充说：“这个结果是我们村上在进行阶级调查的时候花了三个月的时间弄清楚的，主要是老校长肖预知主持这个事情，一些疑难杂症我还参与了。”

文前佑其实和我爸爸是老朋友了，我们叫他文伯伯。小时候，文伯伯是我们家里的常客，他、我爸爸，还有电工魏师傅，差不多是桃园三结义的状态，经常深更半夜还黏在一起喝酒、聊天。

他们三人在一起聊天，一般聊的都是团山湖的人和事，哪里要开一个渠道啊，哪里要修一座机台啊，哪里又要建一个生产队。小时候他们聊什么我不关心，现在，我却要找他们把那些故事翻出来反刍反刍。

现在我们村有四千多人，这四千人的祖辈竟然来得这么不容易，来源这么广，我真有点不相信。但是文伯伯说得如此清楚，如此坚决，我不应该怀疑的。当我把我们团山湖村的那些生产队的来龙去脉搞得清清楚楚，我确信无疑了。

1. 最早的主人

“我们最开始留在团山湖的人，一共有三十二个，可是，那三十二人现在只剩下三人了。”文前佑有些遗憾又有些骄傲，“这三个人是我、李湘梅、范正兴。”

1958年10月，乌山公社、友仁公社合并为五星人民公社，团山湖国营农场解散，变成了乌山公社的一个大队，雷锋先是在五星人民公社担任通讯员，后来去了鞍钢。农场的国家干部都各自回到了原来的单位，或者有了新的工作岗位；原来下放到农场的很多职工也纷纷离开了团山湖，有的回了原单位，有的回了老家，例如雷锋的姐姐王佩玲也离开了团山湖。

一时间，团山湖有些人去楼空的感觉，这个时候，县委考虑到团山湖虽然完成围垦了，农场建立了，还需要人们居住在此，继续耕耘，所以县委决定把九中队的三十二个人留下来定居在团山湖，他们的主要工作是继续为拖拉机服务。

“当时围垦团山湖有十一个大队，为什么单单就留了你们第九大队呢?”我想这肯定也是读着的疑问。

“九大队的人啊，来自白箬铺区，这些地方的人吃得苦，霸得蛮，劳动起来不偷懒。还有一点很重要，九大队的人很年轻，都是一些二十来岁的小伙子，和雷锋差不多大呢，都没有成家，所以呀，就被领导看中了。”文前佑说起这些往事脸上就出现一片潮红，好像回到了二十多岁的时候。

“我们那时候留下来的人有周志华、周明琪、刘友金、午忠义、金顺文、肖德云、曾福全、吴九龄、周树生……”文前佑扳起手指头算着，好像回到当年出发的地方。

那一天，在杲山庙的前坪，原来团山湖国营农场的场长李庆发把九大队的人集中到杲山庙的前面，大声喊话：“同志们，你们为了建设团山湖国营农场做出了很大的贡献。现在农场改成了团山湖大队，我也变成了五星人民公社的书记。因为你们表现突出，县委交给你们一个光荣的任务，决定让你们九大队留下来，继续服务拖拉机，继续在团山湖搞生产。”

消息一宣布，大家议论纷纷。

“哎，这样我就不能回老家了，家里的父母还等着我回去呢。”肖德云有些埋怨，他家庭条件比较好，家里子女少，父母年纪大了，他显得郁郁寡欢。

“我就不想回老家，老家的田实在太少了。”周志华有些欣喜，好像留在团山湖是他盼望很久的事情。

“我觉得团山湖的生活虽然苦一些，但是做起来事来劲。”吴九龄有些激动，他挽起衣袖时刻准备大干一场。

“我是一块砖，哪里需要哪里搬!”最后作为九大队四中队队长的李湘梅这样总结，帮大家做出了扎根团山湖的决心。

留下来的这三十二个人，还真像一块块砖一样被搬到了三个不同的地方。

一个地方是团山湖中心的地带，这块地方大部分的土地已经被雷锋开垦变成了良田，种上了各种蔬菜，所以叫作蔬菜中队；一个地方是团山湖的东南角，这地势比较低，水田比较多，适合种植水稻，叫作水稻中队；还有一个地方是团山湖的西北角，因为正面对着隔河相望的团山，所以叫作团山中队。

李湘梅就是蔬菜中队的队长，文前佑是团山中队的队长，范振兴是水稻中队的队长，其他的人都分配在三个中队。三个年轻的队长，正是今天仅存的老人，这真是一种巧合。而队长这个职务对于当时的他们来说，就意味着更多的付出，更多的示范，吃更多的苦。

如果说到吃苦，这三十二个人应该是团山湖最苦的，他们用一种几乎是原始人的生活打造了最开始的那一片绿洲。

那是怎么样的一种生活呢，文前佑说了一句顺口溜：

> “天是被子地是床，稻草铺开做床单。雨水伴着汗水流，雨滴伴汤都喝光。”

确实，当时最困难的事就是没有房子，只有狭窄的工棚。工棚里根本住不下，只得把一些衣服锅灶堆积在那里。下雨的时候，外面下大雨工棚里下小雨。吃饭的时候，那些雨滴会和菜汤一起混合到肚子里。没有一个可以安心睡觉的地方，这毕竟不是长久之计啊。既然决定定居了，总不能长期住工棚吧？于是，团山湖的第一代房屋诞生了，那就是一种木巷子屋。

几位老人连比带划着给我描述这种木巷子屋，这种屋主要是木头、竹篾、牛屎、稻草、泥土构成的，木头和竹篾相当于今天的钢筋，牛屎相当于水泥，稻草相当于砂石，泥土相当于砖头。房屋几乎没有什么造型，一般都是建成一字型的单间宿舍似的房子，生产队人多就多建几间，人少就少建几间。

开始建房子了。首先按照线条隔一段距离钉一些木头在地基里，算是构建好屋子的骨架。然后在两个木头之间编织竹篾，木头是竖着的，竹篾是横着的，这样就横竖交织成一个小巷子。接着往格子里面放置稻草，把牛屎泥巴搅拌在一起浇灌到稻草里面。最后把泥土牛屎抹平整理成一面墙。墙有了，主体结构就建好了，屋顶很容易弄，都是从老家山里砍来一捆捆的茅草扑在竹子做的架子上，和古时候的茅屋差不多。

有了这种木巷子屋，就有了栖身之所，团山湖的这批青年哥哥很满足，哪怕是天天穿草鞋，哪怕是下雪天去开荒，哪怕是天天吃的酸菜汤。

1959 年，经过一年的劳动，团山湖新增田地面积五十多亩，蔬菜队分成新田队和白马队。新田队是为了纪念雷锋最开始开拖拉机开垦出一片新田，白马队是因为雷锋经常骑着白马从那一片机耕道上去送信。

1960 年，看到团山中队人口单薄，而这个中队的附近还有大批土地处于荒芜状态，为了加大开发力度，县委就从望城各地引进了一批人员来团山中队安家。到了 1961 年，团山中队新增土地一百多亩，其中靠近西南方向的土地因为离生产队的木巷子太远，加上人口也增加了不少，决定从团山中队分出 7 户人去西南方向，建立一个新的生产队。因为这里有两口大塘，所以叫作新塘生产队。

随着团山湖农场改成了大队，这些中队纷纷变成了生产队，水稻队改成了龙塘队。于是，最初的那三十二个人随着他们的成家立业，随着他们的安居乐业，演变成了五个生产队，那就是白马队、新田队、团山队、新塘队、龙塘队。

也正是他们，这批土地的最早主人，奠定了团山湖的雏形。

2. 又来了一群年轻人

1958 年 12 月的一天，沉寂了很久的杲山庙变得沸腾起来了。因为团山湖农业技术学校从徐家桥搬迁到了杲山庙，学校的学生都是十五六岁的孩子。学生有一百多人，分成两个班，一个蔬菜班，一个水稻班。这是一所半工半读的学校，下雨天学习文化知识，天晴参加劳动，相当于现在的初中。

学生都是来自于望城县境内不同乡镇的年轻人，比较集中的有新康、友仁、白马、靖港等地的学生。他们都是各地高小毕业生经过考试选拔才能来这所学校读书的，学校的办学理念是希望培养一批有志于新中国农业发展的人才，希望培养一批像雷锋说的用科学方法耕种土地的“新式农民”。

罗志爱就是众多学员中的一员。他来自望城县友仁乡的古村，父母都是贫农，家里兄弟姐妹有八个。新中国成立以后，家里勉强让他读了高小。罗志爱聪明伶俐，希望还可以继续读中学。

“我原来的同学都去报考望城一中了。”罗志爱试探着问父亲，虽然知道家里负担重，但是又抱着一丝希望。

“读中学的学费要贵蛮多，望城一中那么远，只能寄宿，又要缴伙食费，家里根本负担不起。就是考取了也不能读!”爸爸黑着脸说。

“唉，志伢子，你也十四五岁了，下面还有两个弟弟要读小学，你要体谅家里的难处啊。”妈妈的话像是补充，又像是安慰。罗志爱知道读望城一中无望了，他默默地拿起锄头去干农活去了。

一天，罗志爱正和哥哥罗志明正趴在水车上车水，正好听说望城县准备办一所新型农业技术中学，简称“农中”。到农中读书不要学费和生活费，而且办学地点就在友仁的邻乡乌山，离家里也不远。罗志爱大喜过望，一阵风似地跑回家，顾不上跟在后面跑的哥哥。

“妈妈，有不要钱包吃包住的中学读，我要去。”罗志爱的父母开始没有弄明白怎么回事，这个时候后赶到的罗志明把这件事情和父母详细地讲了一遍，原来哥哥也想去读这个学校。

“既然有这样不要钱的学校，那就两兄弟一起去报考，也好有个照应。”父母这一次答应得真爽快。

就这样，罗志爱和哥哥急急忙忙步行十几里赶到乌山乡的徐家桥报考，很顺利地考取了“农中”。“农中”开了两个班，一个蔬菜班，一个水稻班，罗志爱和哥哥都成为蔬菜班的学生。

最开始学校建在乌山一个叫徐家桥的地方，因为场地限制，总是不好开展劳动。1958 年年底，团山湖国营农场解散，作为场部的杲山庙一时闲置下来，所以干脆把农中搬到了杲山庙。农中的业余生活也是相当丰富的，他们这些学生有男有女，正值十七八岁的青春期。除了学习和劳动，他们还开展一些文娱活动，打篮球、打乒乓球、拔河、读书、唱歌，把艰苦的读书生活点缀得多姿多彩。

时隔六十年，罗志爱对这段青春岁月还无限留恋：“我们那时候的校长叫肖学理，我们的班主任老师叫刘义民，另一个班的班主任叫罗世珍。教音乐的老师叫沈国英，是个女老师，我们最喜欢上她的课。我们班上的同学有 52 个，和我玩得好的同学有丁果成、丁根宇、严上海、李丽军、任爱珍……”

1961 年秋天，罗志爱和他的同学们从农中毕业了。毕业以后，同学们的命运各不相同。易淑梅和王文范爱好文艺，花鼓戏唱得好，被招进了公社文工团，他们是招工最早的，大家都羡慕得不得了。后来，有的同学被招到了卫生院，有的同学回了自己的老家。报名参军的人是最多的，哥哥罗志明也报名参军了。

罗志爱却不见动静。其实，罗志爱有自己的想法，最开始，他也想去参军，但是一个家庭只有一个参军的名额，哥哥去了他就不能去。后来，他暗地里想，如果能够留在团山湖也是一个理想的归处。三年的理论和实践，他已经掌握了种植水稻和蔬菜的本领，在团山湖做一个新式农民完全够本；三年的劳动，罗志爱已经对杲山庙周围的这一片土地有了深厚的感情，喜欢上了这片土地。

一天，好朋友严上海和他聊起天来：“志伢子，你毕业了到哪里去啰?”

“我也没有什么门路，也不想回友仁去了，家里人口多负担重。”罗志爱想到家里还有两个弟弟，有些欲言又止。

“我也和你一样的想法，不想回老家去了。其实，如果能够继续留在团山湖，这也是一个不错的地方。”严上海若有所思。

听到严上海的话，罗志爱眼睛一闪一闪地发亮，原来，还真有和他一样想留在团山湖的人。他忍不住在严上海的肩膀上重重地一拍：“团山湖确实不错，我也早有此意，要不我们和校长说一说吧！”

两人敞开了心扉和肖校长一说，肖校长觉得这个主意不错，他认为这个想法有一定的代表性，有这个想法的人的肯定还有一些人，于是进行统计，一共有三十多个学生愿意留下来定居在团山湖。

肖校长大喜过望，他正在为学生的去向着急，看着学生参军的参军，当医生的当医生，唱戏的唱戏，可是正儿八经当农民的很少，要知道这个学校是“农中”，主要还是输送农业技术人才的呀！都不当农民了，那这三年学习算什么呀？现在有人主动提出在团山湖做新式农民了，他高兴得连忙向上级汇报，上级立马签字，团山湖正需要这样的有文化懂专业的年轻人啊！

于是，这三十多个学生成为团山湖第二批定居的人，这些人有严上海、罗志爱、王金元、丁果成、任爱珍、李丽军、张裕华等。因为都是十七八岁的青年哥哥，他们这个生产队叫作“青年队”。青年队没有穿插到已有的生产队去，而是在靠近杲山庙不远的大堤下安营扎寨，队长是严上海，罗志爱当了队上的会计。

自从有了青年队，团山湖大队的知名度进一步提升，越来越多的人主动报名来到了团山湖。于是，又有了几个新的生产队：卫星队，同心队。

3. 三十六根讨米棍

瞿福元对肉香有些敏感。

关于吃肉，关于瞿福元，队上流传着一个有点夸张的版本。小时候，瞿福元和大多数穷人一样，家里只有过年的时候才能吃到肉。一次，瞿福元的妈妈瞿满娭在地主家门口讨米的时候，捡到了一根系肉的竹笋壳。说到这个竹笋壳，还是有些来历的。湖南的屠夫喜欢用竹笋壳撕成一条条的来系肉，顾客买好了肉，屠夫拿刀在肉里随意戳一个肉眼，顺手拿起旁边早就准备好的已经有些干的竹笋壳，麻利地从肉眼里穿过打一个结，顾客就可以提着走了。

这次瞿满娭捡到了这根竹笋壳，显得有些兴奋，因为上面沾满或者说是浸泡着肥肉油。妈妈捡到以后左看右看，想到家里已经吃了几天红锅子菜（即没有油的菜），就把这根竹笋壳当成宝贝一样带回了家。回家炒白菜的时候，用那根沾着一些肥肉油的竹笋壳在白菜锅里打了几个回转。吃饭的时候，瞿满嗲疑惑不解地说：“今天的白菜怎么显得好吃了蛮多啊？”

“我今天捡到一根竹笋壳，上面还粘了好多油，炒白菜的时候在锅子里转了一圈。”

“真的啊，我看看，在哪里？”

“丢了，上面的油已经炒到白菜上面了，还要干什么呢？”

“丢了，哎，你要开始只用一半留着一半下餐吃就好了。”

当我向瞿福元求证这件事情的真实性的时候，他笑眯眯地说：“是真的呢，只是我爸爸没有说那句要留一半的话。”看见我脸上露出不可思议的表情，他补充说，“这些事情在过去都不算稀奇，我们小时候家里买了糖，都要把那张包糖的纸分给我们几兄弟舔干净吃了。”

瞿福元和我说话的时候，他正倚在自己家的小别墅的客厅前眯缝着眼睛听花鼓戏，退休不久的儿子正在果园里打理着，媳妇和老婆忙着办厨，孙子开着小车带孙媳妇、重孙一起回家吃饭。此时，厨房里飘出腊肉春笋的香味。

“我做梦也没有想到今天我们可以过上皇上一样的生活，要知道我们这个队的人可以说是三十六根讨米棍到团山湖啊。”见到我问起他来团山湖的故事，瞿福元把花鼓戏的声音拧到最小，无限满足地说。

瞿福元是我们新洲生产队年纪最大的人，他的老家在望城一个叫作道坡村的地方。他是1963年来到团山湖的，今年已经89岁。因为身体好，队上的人把他叫作“瞿石爹”，意思是他像石头一样结实。但是瞿石爹说其实自己小时候就叫“石伢子”，小时候因为家里穷，根本看不起病，上面的两个哥哥都因病夭折了，这一回生下他，父母就希望老天照应，希望这个儿子像石头一样不生病，所以叫作“石伢子”。

“石伢子”是长大成人了，后来的两个弟弟也健健康康地来到人间。可是，一贫如洗的家里只能靠父亲做长工养活全家，一年到头总是吃不饱，实在没有办法只好出去讨米。到了读书的年龄，家里咬牙送去念了三个月的私塾，算是开了一下眼，能认识数字和简单常用的一些字，就加入了村里讨米的队伍。因为是家里的老大，十二岁的他结束讨米的历史，也像父亲一样做了一名长工。1943年日本鬼子来了长沙，他长工做不下去了，又流浪到湖北做工和讨米。直到1951年，因新中国成立了，家乡清土反霸，家里破天荒分了田，这些在外面讨米的人们纷纷回家。当时有人统计，道坡村竟然有四十八根讨米棍在外面讨生活。

同年，石伢子为了感恩新中国让自己分到田地，积极报名参军，投身到“抗美援朝”的战斗中。1952年复员转业，继续回家务农，支持农业建设。作为复员军人，瞿福元又积极投身到了社会主义建设事业当中，1952年他积极参加治理南洞庭的国家水利事业；1953年参加望城治理乔口的水利事业，围哑河，开益阳。最让瞿福元骄傲的是这次他因为表现突出，在乔口荣立二等功，奖励青布一匹；1957年的治理沩水的工程，瞿福元其实也参加了，不过不是治理的团山湖这一段，而是团山湖对门的新康乡那一段。

尽管分了田地，但是道坡村山多田少，像石伢子一家五口人不过一亩多田。1954年，石伢子成家了，家里添了儿子以后，更加吃不饱了。整个道坡村都出现这种人多田少肚子饿的现象。尤其是青黄不接的时候，全村人都断了粮。这时候，有些人又偷偷干起了老本行，那就是外出讨米，只是这一次讨米的区域缩小了，就在望城范围内活动，讨米的人数也减少了，只有三十六个。

看到这种情况，县委想到正在招兵买马的团山湖，那里田多人少，何不调一部分人到团山湖去呢？公社领导一商量，就发出来号召。于是，那三十六个经常在外讨米的人纷纷来到了团山湖，但是他们是带着讨米棍来的，因为他们私下里想，万一这个地方还是搞不饱肚子，他们只好重操旧业了。

他们来到团山湖农场一看，有些傻眼了：青年队的生产红红火火，上好的水田一片片；蔬菜队已经成了规模，他们有了大片成形的土地；砖厂队也已经有了自己的田地，虽然地势低一些，但是毕竟是一片水田了；团山队也定居了一年多，田土初具规模；新塘队占据了团山湖的西北角，也有了自己的生产基地。这些生产队一起劳动，一起吃饭，劳动的时候还说说笑笑，虽然大家都是黑瘦黑瘦的，但是每个人都神气十足的样子。

瞿福元在田头悄悄问一个年纪稍大的人："你们这里好不好，吃得饱吗？"

老人稍稍沉吟："只要做事，就有饭吃。"

"可是，现在团山湖找不出什么良田了。"

"田只要你开荒，还到处有。我们很多田也是自己开出来的。"

那个时候，整个团山湖确实已经找不出现成的开垦好的田地，只有砖厂队的不远处，卧着一个绿洲，一片高地，其余还是杂草丛生的湖草。看到那片绿洲，石伢子有了主意，他指着那片绿洲说："看那里，看那一片绿洲，我们就在这片绿洲前定居吧。"

这时，讨米的队伍里有一个年纪比较轻的人，他叫李子云，是这群讨米人当中文化程度最高的人，读了三年级，他顺着石伢子的手看去，脸上露出笑容："要不我们这个队就叫新洲队吧！"

"新洲队，要得，我们要在这里开辟一片新的绿洲来。"瞿福元非常赞同。

于是，这一群汉子纷纷扔掉了手中的讨米棍，拿起了锄头、耙头，他们要用自己的双手养活自己，开垦自己的家园。

湖草是他们要战胜的第一个敌人。割、烧、砍，十八般武艺用尽，湖草顽强的生命力还是无法阻挡。后来他们发现，最好的方法是掩埋，取了高处洲上的土搬运到低处湖草丛生的地方，让泥土盖住湖草。这样一来既让土地变得平整起来，又让湖草不得翻身转而沤成一种肥料，给土地增加养料。

没有工具和牛力，这是他们遇到的第二个问题。搬运泥土，从高地到低处，说起来容易，做起来却艰难。高处的泥土因为从来没有被开垦过，非常坚硬，没有任何机械也没有牛来犁，大家只好一锄头锄头地挖，一篼箕一篼箕地担。凭着一种愚公移山的精神，终于开垦出来了第一块土地。

"那个泥巴啊，有时候坚硬得像石头一样，每个人手里都长满了泡，我偏偏不信这个邪，我倒要看看是泥巴厉害，还是我石伢子厉害。"石伢子今天依然很牛气地说。

"你看看我的手，磨了无数的水泡以后就不长水泡了，涨了无数层硬茧子以后已经成了一双铁手。"瞿福元朝我伸过来手，我轻轻一握，真的硌得人生痛生痛，石嗲真是名不虚传啊！

“那个时候男男女女都去做，白天也做，晚上也做，连孕妇都去做呢。有时候为了开垦一块地，几个人像牛那样背着犁头去犁田。”

“难道没有牛来帮忙吗？”

“我们那时候穷，没有牛，其他生产队也只有几头牛。后来，大队上看我们队来得比较晚，基础又差，就从其他生产队协调两头牛给了我们。”

苦战一年，这些讨米汉子硬是开出了三十多亩田，并种上了棉花、蔬菜，还有水稻。虽然吃得还不是太饱，但是毕竟彻底扔掉了讨米棍。讨米汉子觉得这块土地是可以养活人的，是可以生根的，1963 年年底，他们纷纷回到老家，把家中的父母妻儿接来，从此把家安在团山湖。而他们当初带到团山湖的讨米棍早就被当成了柴火烧掉了。

至此，团山湖最后一个生产队——新洲队，定型了，生根了。

（原载《中国报告文学》，2017 年 2 期）

作者简介：

何宇红，教师，湖南省作协会员，湖南省报告文学协会理事，《湖南报告文学》杂志编辑。作品发表于《中国作家》《中国报告文学》《格言》《散文诗》《初中生》。2011 年湖南人民出版社出版长篇散文《记得那时年纪小》；2013 年撰稿《谁动了我的青春》并由中国检察出版社出版；2014 年 9 月由湖南大学出版社出版《雷锋在 1958》，该书获得 2017 年长沙市精神文明建设“五个一工程”奖。

俄罗斯旅草

甘建华

去俄罗斯旅游观光，一直是我多年的梦想，也是践行台湾余光中先生谈到旅行的意义时所说："旅行让我看到世界各地的人们，都有着各自喜欢的生活方式，进而开阔了我的视野和写作的兴趣。"

我最早读到的第一首外国诗歌，便是"俄罗斯文学之父"普希金《渔夫和金鱼的故事》。后来对我影响至深并为之感恩的，是康·巴乌斯托夫斯基的《金蔷薇》，年轻时我甚至能够倒背如流。他的另一本散文集《面向秋野》，同样具有巨大的艺术魅力。因为这两部名著，巴乌斯托夫斯基在我的心里，有着崇高而神圣的地位。可惜这次俄罗斯随团之行，没有到过他的旧居和博物馆，甚至没有见到他的街头雕像，这是我引以为憾的事情。

不过，我在俄罗斯苍茫的天穹下，看到了莫斯科和圣彼得堡的云彩，绝不同于世界上的其他地方。它就像高尔基《海燕》开篇所说的那样："在苍茫的大海上，狂风卷集着乌云。在乌云和大海之间，海燕像黑色的闪电，在高傲地飞翔。"

8 月 24 日，星期四，长沙晴热，莫斯科阴晴不定

昨天晚饭后，与内子阿芳乘高铁到长沙，夜宿黄花机场。今早不到 3 点即醒来，5:30 乘车赶往候机楼集合。

以往我们湖南人去俄罗斯，一般得去北京、广州、西安或者乌鲁木齐中转，航班会在中转机场停留数个小时甚至过夜，耗时会比较长。今年 4 月 6 日，长沙—莫斯科航线开通了，这是湖南首条直飞俄罗斯的定期航线，每周往返一个航班，也是继法兰克福、洛杉矶、悉尼、墨尔本航线后开通的第 5 条洲际航线。

湖南、广东、江西三省旅行社组织了十几个团，三四百人，多半是中老年游客，又以女性居多。我们正无所事事地等待，忽然有人在我肩膀一拍，却是衡南县卫生局原局长王承宗，说是和妻子刘西莲、颜长庚医生一同出游，还有一个是诗人陈群洲的姐姐陈群雅。如此甚好，有了 6 个衡阳人，旅途想来不会寂寞。

8:10 登机，甫一坐定即昏睡，两个小时后才醒来。吃喝一点，继续睡，直到下午 1 时，终于有些精神了。

这架客机由俄罗斯艾菲航空公司执飞，既没有视频，也没有音响，显然已经落伍了。不明白机舱内的温度为什么总是这么低，也不明白俄罗斯男女乘务员为何面无表情。空姐长长短短，胖的瘦的，没有中国空姐漂亮大方、笑语嫣然。更有一点奇怪处，空男皮肤白皙、眼神忧郁，空姐却胳膊粗壮、皮肤黑红、汗毛竖立。诗人丘特切夫曾说过“理智无法了解俄罗斯”，看来我们也不能靠理性认识俄罗斯人。

俄航《Fly》与中国 DM 的开本、厚度差不多，只能看图，我不识字，看与不看就那么回事。好在登机时顺带了一张当天的《湖南日报》。邻座有一个长沙女孩子，读郑也夫近著《文明是副产品》，询问其职业，说是公务员。借过来翻阅一通，中信出版社 2015 年 10 月版。

飞至莫斯科，已是北京时间下午 6:50，当地时差往后退 5 个小时。差不多十个小时漫长而无趣的旅程，考验着颈椎、腰肌及两腿的忍受能力。

出关时我们团 39 人，用了两个小时，据说这是比较快的，导游说最慢一次四个半小时。莫斯科人的慢是出了名的，上午十点钟上班，中午一点钟午餐，下午上一个多小时班，还得喝半小时的茶。一条道路修建改造两三年，一栋楼建成六七年，都是常见的事情，不能用中国标准来衡量。

莫斯科地处平原，横直都是 50 公里，市区人口 1400 多万，绿化率 46%，可谓是一座森林中的城市。据说从来没有雾霾，呼吸疾病发病率低。

先去列宁山观景台，又叫麻雀山，位于莫斯科市西南，地处莫斯科河南岸，也是莫斯科市至高点，海拔 220 米，但是没有什么特别的感觉。正对着观景台的是中央体育场。1980 年莫斯科召开第 22 届奥运会，扩建后的中央体育场作为奥运会主会场，现在是欧洲最好的体育场之一。导游指着远处说，那是克里姆林宫教堂群、新圣女修道院、地铁桥、科学院主楼。景色美则美矣，可我们初来乍到，哪里能够分得清啊！旁边有十几个俄罗斯男女，穿着奇装异服，满脸笑容地邀请我们拍照，但这是要收费的，团里没有一个人做冤大头。

身后便是俄罗斯最古老的大学莫斯科大学正门和主楼。60 年前的 11 月 17 日，也是这样的黄昏，毛泽东主席在这儿接见数千名中国留苏学生和实习生，做了一番非常精彩的演讲，开口就说：“世界是你们的，也是我们的，但归根结底是你们的。”

我们跨过马路，想去莫斯科大学观摩，突然间风雨大作，将伞都快要撕破掀翻了。靠着路边的水泥柱避风，看到一位个子高大、身材匀称、面容端庄、皮肤白皙的年轻母亲，胸前的兜里装着一个漂亮的小男孩。她没有撑雨伞，弯腰疾步地穿过马路，小男孩睁着圆圆而有神的大眼睛，往外探头探脑。这情境仿佛在拍摄一部电影，让人半天回不过神来。待风雨稍歇，赶紧跑回大巴，发现天上出现一抹绚丽的彩虹。记忆里，已经好多年没有看到彩虹了。

车子驶过莫斯科大学，导游说，俄罗斯总统普京虽然不是这所大学毕业的，但非常关心它，今年建校日还特地发来贺信。之前的2014年11月，俄罗斯地理学会在这儿召开第15次全俄会员代表大会，普京和国防部长绍伊古连任学会董事长和会长。我听后颇为吃惊，因为我也是一个地理学人，现在的时代被称为“地理学家的时代”，但没想到普京会如此重视地理学。

入住四星级宾馆，发现三件令人困惑的事情：一是门上没有磁碰，开门得用屁股抵着，才不至于摸黑插电卡；二是浴室没有地漏，洗澡必须拉上布帘，否则水流到卧室，便会报警受到处罚；三是床铺太小，像我这样的中等个头睡下去翻身都不是太容易，不知俄罗斯大块头们是如何伸直腰腿的。

8月25日，星期五，阴转晴

一晚上睡得很踏实，早晨5:30醒来，浑身都是劲儿。先是像在国内一样翻看微信，忽略不题。阿芳梳洗后去餐厅吃早餐，我在房间独自啃面包，读《文明是副产品》。

上午9时，穿越莫斯科市区，城市仿佛还没有完全从睡梦中醒来。一行人前往金环小镇谢尔盖耶夫，距离莫斯科70公里，车程两小时。这是莫斯科的卫星城市之一，堪称中国版曲阜，人一生必去的地方之一。

下车后去洗手间，右边的草地斜坡上，有一个俄罗斯画家在画油画，随地摆放着一幅幅比较精美的小品，感觉比国内许多画家画得好。试探着询问价格，可惜对方听不懂中文，甚至没有任何反应，也许沉浸在他的艺术世界里。

谢尔盖耶夫风景如画，建筑独特，随手一拍都是一张明信片。来俄罗斯之前，我知道基督教、伊斯兰教、佛教是世界三大宗教，当然也知道天主教、基督新教和东正教，却没有特别在意后三者，它们只是基督教的三大流派。俄罗斯大多数人信仰东正教，普京就是一个东正教教徒。但东正教教徒不允许离婚，普京离婚后是否还是东正教教徒，这是一个问题。东正教祖源就是谢尔盖耶夫镇，镇名与创始人谢尔盖·拉多涅日斯基连在一起，小镇修道院前立着他的雕像，这是俄罗斯一个重要的精神家园。

到处人满为患！仿佛世界各地各色人种都涌向了这里，尤以中国人为多，到处听得到东北话和四川话。听说普京近年先后四次来过这里，竟然有人憧憬着能有巧遇他的好运气。我不是来膜拜朝圣的，但在庄严肃穆的圣歌声中，同样追求内心的平静，感受神圣的力量。注目拉夫拉教堂四个洋葱头型的蓝色圆顶和正中金色的大圆顶，随着人流被动地游走，仿佛有一种穿越时空的感觉。

下午返回莫斯科红场，没有看到列宁、斯大林、赫鲁晓夫的塑像，却看到了卡尔·马克思的巨型雕塑和落在他头上、肩上的和平鸽，看到苏联卫国大英雄朱可夫元帅天马行空的雕塑。在阴云的背景和阳光倏尔的折射下，后者给人以极其强烈的震撼，仿佛感到神祇的降临。

来之前在俄罗斯旅游中文网看到一则消息，俄国今年 4 月评选本国历史上最伟大人物，约瑟夫·斯大林位居榜首，这是他历经六十余载质疑、否定、污蔑、谩骂、诅咒之后，第一次完胜苏维埃创始人、几乎拥有完美人格的列宁（第三名），甚至压倒了俄罗斯历史上的著名诗人普希金（与普京并列第二）。进入榜单前十名的还有彼得大帝、宇航员尤里·加加林、作家列夫·托尔斯泰、格奥尔吉·朱可夫元帅、叶卡捷琳娜二世女皇和诗人米哈伊尔·莱蒙托夫。这些人在中国也有巨大的影响，每一个名字都是如雷贯耳，我们出游俄罗斯不可能绕开他们。但是问题来了，俄罗斯《消息报》援引列瓦达中心的民调结果报道称，参与调查的只有 1600 人。如此说来，人数是不是太少了点呢？结果是否公正客观呢？谁敢保证事件背后没有人操纵呢？诗人西川说："很多我们认为高尚的说法，背后都有现实的因素。"

红场是一个世界性话题，也是每一个莫斯科游客的向往。可惜的是，这儿正在筹备 10 月份的国家百年庆典演出，彩色布围将我们拦在外面，只能远远地观看。红场给了许多同行者革命的回忆，有人甚至争论《列宁在十月革命中演讲》那幅油画表现的角度和位置。我则想起 2013 年初夏那场音乐会，世界著名女高音 Anna Netrebko 和世界著名男中音 Dmitri - Hvorovsky，用《莫斯科郊外的晚上》这首歌，把莫斯科人的肾上腺素提到了无以复加的地步。苏联倒了，联共没了，但迷人的情歌依旧回荡在红场和俄罗斯人的心里。最初我是在大学校园听到这首歌的——"深夜花园里，四处静悄悄，只有风儿在轻轻唱，夜色多么好，心儿多爽朗，在这迷人的晚上。"优美的旋律和简洁的歌词，既包含有对祖国母亲的热爱，也包含有对爱情的憧憬，对自然的迷醉，对未来的信仰，所以一下子打动了年轻的心，成为我们那一代大学生的集体记忆。恰好我的手机里有这场音乐会的微信，听着那原汁原味的歌唱，音乐的魅力抚慰了我远游不安的心灵。

旁边的莫斯科古姆商业城，据说开业时是亚历山大三世亲自剪彩，迄今已有 124 年的历史，也是世界知名十家百货商店之一。"古姆"在俄语里的意思，就是"国立百货商店"，所以一双很一般的鞋，也得几千上万的卢布。玻璃屋顶使整个商场光线明亮，有许多外国游客楼上楼下地穿梭，世界名品店却少有人进，这与中国的情形大体差不多。猜测深圳万象城可能是其仿品，但不像这儿给人一种放松感。这里的服务员眼睛中饱含着商业的笑意，绝对不像飞机上的空姐那样呆滞无神。

地导钱龙，中国黑龙江人，今年 31 岁，来俄罗斯 12 年了。读书不少，口才不错，中音动听，讲述俄罗斯的历史头头是道。

8 月 26 日，星期六，晴好

在国内旅游最头痛的事情，就是披星戴月，急着赶往下一站。但在俄罗斯旅游，却是慢吞吞的，不疾不徐，因为这儿的旅游景点，都得上午 9 点钟以后才开门，晚饭前就打烊了。

早餐后等待了两个小时，9∶40 出发，前往莫斯科南部的察里津诺皇家庄园。1776 年，叶卡捷琳娜二世为纪念第一次俄土战争的胜利，下令修建了这座皇家建筑群，设计师是著名建筑师巴热诺夫。由于女皇对修建的宫殿不满意，它们随即被拆除，按照另一名建筑师卡扎科夫的方案重建。直到 1796 年女皇去世，这座皇家园林始终没有建成。2004 年开始，莫斯科市政积极复原察里津诺庄园，建筑外观全部用红砖砌成，并镶有白色石刻的观赏性装饰图案。这也是我有生以来亲眼看见的最大的一片典型哥特式建筑群。

这儿的青草葱绿，树木葳蕤，路径弯弯曲曲，湖水清澈透明，非常适合闲庭信步。这个庄园的面积 116 公顷，相当于 120 多个足球场，仅此一端，即可见俄罗斯面积之广大。尤其是那些高大粗壮的树木，动辄几百年树龄，这在中国的公园内是很难看到的。有一个长得非常漂亮的俄罗斯女孩，紧靠着一株大树回眸一笑，让其男友将其摄入镜头。看到我们都在注视她，她的脸倏地红了，羞涩得像一个中国新娘，让人顿生许多好感。

第一次知道叶卡捷琳娜二世，大概是在 1984 年春天，其时我在青海师范大学地理系读书。有一天，同桌上课时用衣袖遮盖着一本破书，一边看一边傻笑。我感到十分奇怪，这厮平时不喜欢读书，眼神总是一片迷茫，什么书让他读得如此入神呢？下课时借过来一看，封面早就没有了，扉页还在，波兰人卡·瓦利舍夫斯基著《俄国女皇——叶卡捷琳娜二世传》。随便一翻，到处都有“情夫”两个字眼，这在那时可是禁忌啊！由此产生了解这个外国女皇的兴趣。

叶卡捷琳娜二世本名索菲娅·奥古斯特，并非俄罗斯人，父亲是德国境内的一个小公爵。改变其命运的是一个非常偶然的事件，因为表兄被挑选为沙皇的继承人，所以在普鲁士国王腓特烈大帝的撮合下，她嫁给了自己的表兄，也就是后来的沙皇彼得三世。但两人的婚姻并不幸福，彼得三世喜欢士兵木偶更胜于她。继波兰贵族波尼亚托夫斯基之后，许多男人走向叶卡捷琳娜二世的床笫，走进了她的生活。1761 年 12 月，彼得三世即位后，叶卡捷琳娜二世生下一个男孩，但朝野都知道孩子的父亲不是沙皇。沙皇震怒之下，准备废掉皇后，但这个婆娘的手段更高强，联合近卫军发动政变，废掉彼得三世，自己即位为新沙皇。可叹的是，这个年仅 33 岁的女人，非常崇尚武力，将俄罗斯和整个欧洲拖入战争，却也使这个暮气沉沉的国家重新焕发了生机，成为名副其实的欧洲最强大的国家。她本人也成为俄国人心目中仅次于彼得大帝的一代英主，被尊称为“叶卡捷琳娜女皇”，也被尊称为“大帝”。

说到大帝，就不能不说到彼得大帝，深刻地影响了俄罗斯国运的皇帝，并被今日俄罗斯人顶礼膜拜的男神。他是与中国清朝康熙大帝同时代的元首，1682 年即位，1725 年去世。1689 年掌握实权后，他强力推行政治、经济和军事等方方面面的改革，制定的西方化政策使俄罗斯变成一个强国。继而发动战争，夺得波罗的海出海口，给俄罗斯帝国打下了坚实基础。

我们赶回市区克里姆林宫，不远处即是总统府，普京大帝就在那儿办公。

午餐是在一家北京人开的哈尔滨饭馆吃的，与别的饭馆不一样，这一家完全在地面上。因为俄罗斯每年 9 月下旬之后入冬，一直要到翌年 4 月底化雪，冬季长达七个多月时间。春季短暂，夏季稍长，秋季只有两三个星期。所以饭馆大都在地下层，进门处都狭窄。听说就连普京与友人经常聚会的地方，门脸也不开阔，但里面的豪华奢侈却穷极想象。

老板长相标致，面色和善，亲自招呼客人，亲自端盘上菜。问他来俄罗斯多少年了，说是 25 年，准备再干几年，叶落归根。这是我们在俄罗斯吃得最好的一顿饭菜，包括那位老板的笑容，一直成为团友们的温馨回忆。在俄罗斯做餐饮很不容易，也有地下社会控制，如果没有得到他们的允许，根本不可能开得成饭馆。而政府及其有关部门，则对所有行业实行监控，高端赚钱门类绝不允许外国人涉足，中国人只能在饭馆、物流这些地方挣辛苦钱。

晚上 9:50，乘坐莫斯科往圣彼得堡夜火车，双层，四人软卧包厢。站台上大多数是中国人，导游清一色东北人。其中一个男导头上扎着发髻，面相颇似湖南喜剧明星“碰碰胡”胡建林，挥舞小旗领队碎步疾行的样子，有着较强的戏剧舞台效果。他的脸上表情很丰富，有一种苦逼相，又有一种自嘲味，比较耐人寻思。他似乎感觉到我在观察他，侧过身来冲我一笑，这笑却比哭还难看，我不知道他到底经历了什么事情。

事先导游就说了，让我们每人将 50 元卢布，放在车厢的茶几上，这样就能享受到列车员的微笑，可能的话还有滚烫的开水。夜火车比我们以前在国内乘坐的绿皮火车还是要讲究许多，舒适干净这是不用说的。

8 月 27 日　星期天　晴好

凌晨 4 点多钟醒来，见列车左侧晨光熹微，太阳慢腾腾地升起来，照耀在异国他乡的土地上。

6 点多钟到达圣彼得堡，这是俄罗斯第二大城市，只有 300 多年的历史，却做过 200 多年的首都，现在还被称为“北方的首都”。1924 年为纪念列宁而更名为列宁格勒，1991年又恢复源自耶稣的弟子圣徒彼得的原名。现有人口500多万，面积1400多平方公里，距离莫斯科700多公里。它是联合国教科文组织认定的世界遗产，与莫斯科构成著名的双城记，往俄罗斯旅游者一般都是冲着这两座城市而来的。

这儿的人一般都是9点钟起床，10点钟上班，此时尚在宿酒梦中。街道清冷干净，甚至可以说是空旷辽阔，举目所见都是长长的火柴盒式建筑。天气较冷，风也有力，相当于湖南12月的天气。难得看到早起锻炼者，只有一个妇人牵着一只公狗溜达，身上并无雍容华贵的皮服。偶尔也能看到一两个酒鬼，歪歪扭扭地行走，斜着眼睛看人，嘴里嘟嘟囔囔着，也不知道在说什么。

在一个洛阳人开的川香阁用早餐。地导小宋说，昨天之前，这儿下了七八天大雨，今天放晴，你们好幸运，圣彼得堡一年才有几十个晴天。同时提醒我们，莫斯科的小偷厉害，但与圣彼得堡比较起来，那就是小巫见大巫了。她用与其年龄不相称的表情，严肃地告诫我们："记住！我只要说'土豆'，你们就要注意了！"并且再三强调："你们一定不要离团！不要离团！不要离团！"她说俄罗斯人都把中国游客当大款，有时候遇到独行客，甚至会公开抢劫。有一次，她被抢后想去追贼，马上从旁边跳出两个同伙，用手指着她，让她站住，否则便有好看的，吓得她掉头就往回跑。如果发生一点小小的失窃，千万不要找警察。因为这儿的警察根本不像中国警察，不会对普通百姓负责，更不会对外国游客负责。他们让你登记备案后，反复询问到底发生了什么事，而不会及时出警办案。俄罗斯人基本上不会讲中国话，警察也只会三两句日常用语，双方无法沟通，只好自认倒霉，赶快离开警察局，盼望早点回到亲爱的祖国。的确，整个行程中，三个年轻的导游都和牧羊犬一样，时刻盯着我们周围的一举一动，这份关怀无法不给予最好的评价。

上午参观圣伊萨基耶夫大教堂和喀山大教堂。我不信教，祖辈都在中国南方乡镇，与洋人不搭界，所以对外国教堂没有什么兴趣，只是瞄一眼罢了，说明咱来过见过。下午参观滴血大教堂，听这翻译过来的名字顶唬人，其实倒是一个美丽的所在。洋葱头式的教堂顶部，装饰成一支支蜡烛状，从人间向上帝举起。洋葱头可能是用马赛克拼嵌而成的，颜色鲜艳，不易褪色。围绕教堂转悠一圈，会被它的金碧辉煌所震撼，走近看每一处细节都无比精致。见有三个卖油画小品的摊点，询问价格，女摊主在手机上写5000卢布。见两个街头行为艺术家伸手，各给他们几十卢布硬币。

涅瓦河畔十二月党人广场，白鹃梅开得正艳。广场中央有一个圆形大草坪，中央竖立着彼得大帝的骑马雕像，从每个角度看上去，都非常壮观而有气势。据说骏马象征着俄罗斯，马蹄踏着的蛇寓意着反对势力。具有讽刺意味的是，恰恰是所谓的反对势力，却成了人们永远缅怀并歌颂的对象。将近两百年前，1825 年 12 月 14 日，趁着刚登基的尼古拉一世根基未稳，激进的自由党人们在此发动政变，希望能将俄国带上民主自由化的政治体制。在沙皇的残酷镇压下，革命宣告失败，参与政变者付出了惨痛代价，都被打上“十二月党人”的烙印，流放到遥远的西伯利亚。直到整整一百年后，为了彰显这批先驱的历史意义，将当时发起革命的元老院广场，更名为十二月党人广场。历史就是这样吊诡，最终还是回归人心，十二月党人站在了赢的这一边。

就在这个著名的广场，有两首长诗让我心潮澎湃。一是普希金 1833 年创作的《青铜骑士》，也叫《彼得堡的故事》，是其所有作品中最具革命性的一部，锋芒直指沙皇亚历山大一世。“高傲的骏马，你奔向何方？/你将在哪里停蹄？/啊！威武强悍的命运之王，/你就如此在深渊之底，/在高峰之巅，用铁索勒激起俄罗斯腾跃向上?”另一首是涅克拉索夫于其 40 年后发表的《俄罗斯妇女》，讴歌十二月党人的妻子们，在道德腐败、落井下石的时代，没有抛弃自己的亲人，而是勇敢地站在断头台边，或是跟随丈夫流放。她们的崇高品德和自我牺牲精神，让后人由衷敬仰并为之歌唱。

圣彼得堡夏宫是 1704 年彼得大帝下令兴建的。它与伦敦大英博物馆、巴黎卢浮宫、纽约大都会艺术博物馆，并称世界四大博物馆。里面收藏着无数奇珍异宝，数量多达 250 万件。

这天的行程非常紧凑，微信计步超过 2 万，后来都是拖起脚杆走路了。尽管又是一个自费项目，但是到了圣彼得堡，怎能不看一场经典芭蕾舞剧《天鹅湖》呢？据说淘宝代购第一排只要 696 元人民币，可我们身在异乡为异客，每票 1200 元人民币——只能认宰！这是亚历山大皇家艺术剧院，苏联时期叫普希金剧院，更早的名字缘于尼古拉一世皇妃亚历山德里娜。就像在西安旅游总能感觉武则天、杨贵妃的气息一样，在圣彼得堡也躲不开叶卡捷琳娜二世。剧院前面的广场中心，就有一尊她的高大雕像，披着华丽的斗篷，手握权杖，扬着头颅，威风凛凛，一代英雌横空出世。雕塑下面是她的一帮侍女和宠臣。

剧院并不是很大，但是十分豪华，三四百个位子，座无虚席。除了地层的环形软席，还有五层环形包间和座位。舞台前有下沉的乐池，由乐队演奏柴可夫斯基的交响乐。演出分四幕，上下各半场，两个半小时。我们太累了，脑袋时不时像鸡啄米一样，好在只是浅度睡眠，没有打鼾，该鼓掌时也会跟着拍手，也算维持了中国人的体面。俄罗斯人天生适于跳芭蕾舞，下半身普遍长于上半身，两条腿并拢起来中间没有缝隙，所谓“亭亭玉立”，大约说的就是这个意思。四个小天鹅跳舞的时候，我们的眼睛睁得大大的。白天鹅、黑天鹅连续做边甩动作时，身形舞姿将我们彻底征服了。看过真正的《天鹅湖》，回想以前在国内看过的芭蕾舞，感觉实在有天壤之别。从此，世界上只有两种人，一种是在圣彼得堡看过《天鹅湖》的人，另一种不是。

8月28日　星期一　阴冷

早上9:50出发，90分钟后到达拉多加湖。这是涅瓦河源头，最后流入芬兰湾（波罗的海一部分）。湖面1.8万平方公里，约有岛屿660座，是欧洲第一大淡水湖，世界第二大淡水湖，俄罗斯境内第三大湖泊。湖天相连，湖浪很大，水色由近及远越发晦暗，让人感觉有些害怕。

这也是一个传奇湖泊，一个有故事的湖泊。二战时期，德国法西斯对苏联发动突然袭击，列宁格勒被围，陆上交通完全中断，空中通道只能起联络作用，唯一能与后方相连的就是拉多加湖。苏联部队死守拉多加湖南岸，保护着这条生命通道，最终赢得了战争的胜利。

湖岸二战纪念碑是一个半环形，但顶部断裂了，也可能是故意这么弄的。地下一枚大五角星，天然气火口熊熊燃烧着。往前延伸的地方有两条履带印，一个工人用刷子刷出其中的沙土，以便让杏黄色履带印露出来，两个工人蹲在旁边看。导游调侃说，这是俄罗斯人干活时的经典场面，一个人干，两个人看。没错，我们在许多地方，都曾见到这种可笑的场面。

湖畔乱草丛生，各种野花开得粗粝，刚劲而且有力。有不少花楸树，红果累累，听说可以制酱酿酒。我摘下尝了尝，味道有点淡，还有点酸。

中午吃俄餐，当地人用木柴烤的鳕鱼，还有罗宋汤什么的。我从小就不吃海湖之鱼，好在带了一包从长沙机场买的方便面，边吃边想念衡阳的美食。

游览叶卡捷琳娜二世宫殿和花园，天气很好，阳光和煦，人的心情也十分惬意。导游讲述其轶闻，我不感兴趣，关注的是这儿的建筑艺术和园林景观。这是彼得大帝为妻子叶卡捷琳娜一世建造的，也是其女儿伊丽莎白女皇、叶卡捷琳娜二世、亚历山大一世及尼古拉二世最喜爱的郊外行宫，的确蔚为大观、叹为观止。

这儿是普希金市，旧称皇村，就是普希金成长为一个天才少年的地方。他在这儿度过6年（1811—1817）求学时光，俄罗斯诗歌的太阳从这里冉冉升起。1814年，15岁的他当众朗诵诗作《皇村回忆》，受到宫廷大诗人杰尔查文的击节赞赏，据说后者当时激动得热泪盈眶。在名作诗体小说《叶甫根尼·奥涅金》中，普希金这样写道："当年，在皇村学校的校园里，/我像朵鲜花似的自由开放；/喜欢读阿普列尤斯，/而没读过西塞罗。/当年，在神秘的山谷里，/春光明媚，天鹅鸣啼，/我伫立水边，欣赏幽波潋滟，/缪斯在我的面前出现。/我学生时代的小房，/突然大放光明：/缪斯在这里大摆年轻人才思的盛宴，/歌唱童年的欢乐，/也歌唱我们古代的荣光/和心灵的颤栗梦想。"

除了家乡雁城衡阳和第二故乡青海高原，我很难得留恋其他地方，但现在第三个地方出现了。离开皇村时，我真的有些依依不舍，怀念少年时代读到《渔夫和金鱼的故事》的唏嘘和懊悔，怀念大学时代朗诵《假如生活欺骗了你》的彷徨和忧伤。普希金在创作活动上曾备受沙皇政府迫害，法国流亡者丹特士又放肆地追逐他的妻子，在忍无可忍的情况下，普希金死于一次事先布置的决斗。那一年离现在刚好 180 年，那一天是 1837 年 2 月 8 日。而在其过世前三年，挚友果戈理曾大胆预言，像普希金这样的俄国人，200 年才能出一个。遗憾的是，俄罗斯迄今似乎并未见到新的普希金诞生，令人有“前不见古人，后不见来者，念天地之悠悠，独怆然而涕下”之慨。不知道下一次什么时候会再来这里瞻仰文学圣地，热泪顿时溢出了我的双眼。

这样比较文青的心情，直到一个多小时之后，来到涅瓦河畔，看见阿芙乐尔号才有所缓解。毛泽东说：“十月革命一声炮响，给我们送来了马克思列宁主义。”说的就是这艘巡洋舰。稍一推算，它发出进攻冬宫的信号，刚好是在百年之前。而这一百年来，无论中国还是俄罗斯，都发生了那一代伟人所无法想象的巨变。

小宋告诉我们一件事情，听得我们目瞪口呆。为了在圣彼得堡购房安居，她去年从国内父母亲友处拆借一笔钱，先提着 500 万卢布到银行存款。储蓄员一听数额，睁大眼睛，随即一溜烟不见了。再出来时，身后跟着部门经理。经理听完后，转身不见了。再出来时，身后跟着副行长。听说她明天还要来存 500 万卢布，副行长也不见了。再出来时，行长满面春风地跟在后面，马上安排中午的饭局。在饭桌上，行长小心翼翼地问道：“你为什么要在我们这儿存这么多钱呢?”她非常奇怪：“不就是 120 多万元人民币吗?”行长讪笑道：“你要知道，我们俄罗斯人是从不存钱的!”

晚餐自理，想不通这是什么理由。我们交了 8600 元团费，有人说是交了 9000 元。到楼下的麦当劳吃晚餐，花样简单，只有汉堡包之类，没有我想吃的鸡腿。到地下 24 小时超市，食物远没有中国丰富，水果都不太新鲜，面上有黑斑。俄罗斯没有农业，除了土豆和鸡，其他全都依赖乌克兰进口。地导说他们不会做菜，所有的菜都做得稀里糊涂，半生不熟，一锅乱烩。他们非常喜欢吃中国菜，但又不敢多吃，多吃之后容易发胖，那样又得使劲减肥。虽然这样，我们还得尊重他人的生活习惯。我们花了 400 多卢布，买了一些食物，凑合着向胃做一个交代吧。

8 月 29 日　星期二　阴晴不定

早上醒来，给随团导游小刘微信：今天上午的涅瓦河游船自费一项，昨天我们已经正式提出不参加，原因不想多说了。我们知道您需要到达现场才能购票。请尊重我们的意愿，也感谢您的理解。

后来，同行的另四个衡阳人一再相邀，我们也不再勉强，与十几个人登上游船。旁边俄罗斯小伙子拉着手风琴，长沙来的几个七旬老妪随着琴声唱《好一朵美丽的茉莉花》，声音十分悠扬动听。

船上另有一个中国团，都是四川成都人，说从四川飞莫斯科 8 个多小时，机票加服务费 12000 多元，比我们多 3000 多元。先前听说跟我们同机来的江西团，只有 7000 多元。不知境外旅游的水到底有多浑、多深。

涅瓦河全长 74 公里，其中 28 公里位于圣彼得堡范围，其余在列宁格勒州境内。平均宽度 400 至 600 米，最大宽度 1200 米，最深处 24 米。以河水流量计算，涅瓦河居伏尔加河、多瑙河之后，是欧洲的第三大河流。圣彼得堡是一座水城，由几十个大小岛屿和大桥组成，又被称为“北方威尼斯”，那些古典宫殿、教堂、学院均分布在涅瓦河两岸。它的风光美丽自然不用多提，单是“开桥”就颇值得一说。凌晨三四点钟，从我们所住宾馆门前眺望，只见不远处的大桥中央两段桥，慢慢被拉升跨吊在半空之中，巨大的钢铁大桥宛如两匹奔马般扬起前蹄，让滞留的船舶顺利驶向芬兰湾，场面十分壮观，令人印象深刻。

其他景点我都没有刻意记住，涅瓦河右岸的彼得保罗要塞却是例外：1703 年在兔子岛上奠基，与圣彼得堡同龄。本来是为了防卫瑞典以及发动战争之用，但几次都没有发兵开战，直到后来改成关押政治犯的监狱，成为俄罗斯的巴士底狱。据说高尔基、陀思妥耶夫斯基、车尔尼雪夫斯基等文坛大咖，都曾因反对沙皇的暴政身陷其中。“There is only one thing that I dread: not to be worthy of my sufferings。”陀思妥耶夫斯基这句话英译我倒是知道，翻译过来便是：“我只担心一件事，我怕我配不上自己所受的苦难。”陀氏是世界小说史上真正的天才加鬼才，一旦读过他的《卡拉马佐夫兄弟》《群魔》《白痴》《死屋手记》，那就终生无法自拔。

车子经过涅瓦大街的时候，中国诗人昌耀的名字跃上了脑际，其长诗《一个中国诗人在俄罗斯》“之三：我们在涅瓦大街狂奔”：“从一个处所赶赴另一个处所，/中国诗人在涅瓦大街徒步狂奔。/车辆梭织街衢，轮胎嚓嚓不可须臾。/我们如何横穿时间的河流？//时雨时晴。中国诗人捧腹狂奔。/面孔痴迷闪烁，映出路人的惊愕。/从一个处所赶赴另一个处所，/我们将时间掰成双份享用。//嗨，彼得堡宾馆不供应开水。/我们吃不惯鱼子酱，饮不惯克瓦斯。/妓女的电话每夜轮番骚扰，睡卧不宁：/‘要不要 SEX？十八岁。炉火纯青。’//俄罗斯啊，我们心情复杂莫名，/街头铜像石人密探巡警也被感染，/加入我们的队伍随着一同狂奔：/‘但是，等等，你们可是偷渡客？//啊，对了，你们具有合法身份。/护照上注明——中国诗人。/请从这边走好。请注意安全……/我们俄罗斯传统把诗人看得很重……’”

很惊奇！很惊奇！1998年，昌耀随中国作协代表团在圣彼得堡，居然被“妓女的电话每夜轮番骚扰，睡卧不宁”。我此行在莫斯科、圣彼得堡住的都是四星级宾馆，却从未接到一个骚扰电话，甚至提醒起床的电话也没有。昌耀是湖南常德桃源县人，我在青海读书时也见过他，没听说他会俄语，看来他不是一般的人！

俄罗斯女性普遍个子比较高，颜值也高，尤其是穿着紧身裤这种时尚单品，使身材显得特别挺拔，并且性感魅惑。她们一拨又一拨地从我们面前走过，就像电影中的女神一样，套用一个中国式词语，便是“具有强烈的视觉冲击力”。中国女人大都属于小巧玲珑型，穿紧身裤有自己的号码。俄罗斯女人似有先天优势，随便一条裤子，脚蹬平跟鞋，都是高挑大长腿，看上去更有韵味一些。

我们出游俄罗斯的时候，适逢一位美女模特正被中文网站推介。她叫叶卡捷琳娜·里斯娜（Ekaterina Lisina），今年29岁，拥有常人无法企及的身高——6英尺8.77英寸，换算成米的话，大概是2.05米。她的腿长52英寸，大概为1.32米。

俄罗斯之行，导游应部分游客要求，带着大家转悠了两三个商场，旅游产品无非是套娃和琥珀，再就是软玉、紫金、油画之类。他们并不强行要求大家购物，甚至暗示我们不要购物，颇有中国情结。商店服务员大都是帅小伙，会说中国话，进门时满脸谄笑，但如果问过价后又不买，那服务员则是另外一副表情，眼皮耷拉下来，颇不耐烦的样子，让人哂笑这就是大国小民。一个比较大的国营店内，有几个套娃画师现场演示工艺流程。其中一个脸型俊美、身材颀长的女孩子，笑起来美艳得不可方物，也可说是“一笑倾人城，再笑倾人国”，许多女游客都争抢着与她留影。我们转来转去，为了不虚此行，花175卢布买了一个皇冠钥匙扣。

8月30日　星期三　阴

出行前见网上有一个帖子：《俄罗斯回来感叹：中俄生活差距实在太大了!》，我看过并部分地相信其说。可到了俄罗斯之后，地导和当地华人声称：“真不知道发帖者是从哪里说起的。”比如医疗、教育之类，帖中所说都言过其实很不客观，连卢布与人民币的汇率都没有搞清楚，可以斥之为造谣惑众。其实，中俄根本差距在国土面积与人口数量，其他则是差异。

莫斯科是俄罗斯首都，也是全俄第一大城市，市区原有高楼一般七八层，多是赫鲁晓夫、勃列日涅夫时代的产物。近年上海一家房地产公司进驻，成规模地开发一片，最高一栋99层。不幸的是，由于俄罗斯人没有购买力，房屋严重滞销，这个公司已经连续亏损160多亿元（未经证实，也不知道是卢布还是美元，亦或人民币）。

或许是旅程最后一天了，大家的神经都比较放松，大巴司机仿佛知晓游客的心情，带着我们在大街上慢悠悠地兜圈子，见识了许多著名的雕像，寻找到许多有关苏联的记忆。莫斯科电影制片厂前，有一个必定出现在苏联电影银幕上的镜头：一对苏联青年男女并肩而立，男的高举左臂，手持铁锤；女的高举右臂，手持镰刀。铁锤与镰刀，既是苏联共产党的党徽，也是苏联国旗的象征。旁边是宇宙航行纪念碑，碑前矗立着苏联宇宙航行之父齐奥尔可夫斯基的塑像。碑身高达96米，相当于30层楼高，顶尖是一枚飞向太空的宇宙飞船，整个纪念碑呈镰刀形，仿佛是宇宙火箭上天时从尾部喷射的火焰。苏联曾经夺取宇宙飞行的两个世界之冠：1957年10月4日，用宇宙火箭发射了世界上第一颗人造卫星；1961年4月12日，用宇宙火箭把人类第一个宇航员加加林少校推上太空，而加加林的塑像，则高高矗立在加加林广场的纪念碑顶端。此外，高尔基大街附近有契诃夫塑像，红场附近有陀思妥耶夫斯基、罗蒙诺索夫的塑像，阿尔巴特大街有普希金塑像，莫斯科河畔有列宾塑像。这些著名作家、艺术家、科学家的塑像，辉耀着俄罗斯和全人类，我们无法不对其肃然起敬。

下午4时，Vnukovo机场，就要告别俄罗斯。登机前半小时，邻座的青年主动用汉语与我打招呼："你好!"原来是塔斯社记者安德烈。听说我曾经也是记者，他连呼"同行！同行!"并上网百度，合影留念。

多年以前，阅读黄永玉先生《沿着塞纳河到翡冷翠》，里面有一句话非常打动我："你刚刚抵达一个地方，马上感到有一种离别的隐痛，就说明你爱上它了。"现在网络流传颇广，许多年轻人常常相互转发，成为一个金句。

那么好吧，再见，俄罗斯！尽管你有很多不足的地方，但保持了国土上的青山绿水和地大物博，保持了对于历代文学艺术家和于国有功英雄们的足够尊重，保持了城市建筑难以置信的完美艺术，保持了世界三大军事强国的潜在地位，保持了食品安全和各项社会起码的福利，保持了每家每户都有一个热水浴缸，甚至保持了国酒伏特加的基本价位，并且庆幸经济开始触底反弹有所恢复，所以依然不失为一个伟大的国家！

（原载《陕西文学》，2017年第6期）

作者简介：

甘建华，生于1963年8月18日，湖南衡阳市人。中国作家协会会员，中国地理学会会员，湖南省湖湘文化研究会副会长，湖南作家书画院副院长，南华大学衡湘文化研究所研究员，衡阳师范学院终身客座教授，湖南衡岳湘水文化传播有限公司董事长，湖南尚美装饰工程有限公司董事长，衡阳日报社高级编辑。出版《西部之西》《天下好人》《铁血之剑》《蓝墨水的上游》《江山多少人杰》《冷湖那个地方》《柴达木文事》《盆地风雅》等专著，主编《名家笔下的柴达木》《我们的柴达木就像画一般》《天边的尕斯库勒湖》《名家笔下的衡阳》《唯有南岳独如飞》《石鼓书院》《茅洞桥记》等散文选本，策划“诗文风流·翰墨飘香——中国作家书画作品展”“春天奔涌而至——同题美图诗词书法”并出版同名画册，获得青海省首届青年文学奖（1991 年）、第二届中华铁人文学奖（2004 年）、第七届冰心散文奖（2016 年）、首届丝路散文奖（2016 年）、在场散文竞赛奖（2017 年）、首届昆仑文学艺术奖（2017 年）等奖项。现居衡阳。

与潜逃者对话

胡勇平

犯罪后，能够自动投案，如实供述自己的犯罪事实，是自首。不但可以得到从轻或者减轻处罚，而且是一场灵魂的自我救赎，是一场和解与放下。

——题记

一、回家

2008 年 4 月，一个乍暖还寒的傍晚，一个很不平常的陌生电话，让我成为这个社会上一个令人起鸡皮疙瘩的另类人群的一员——逃犯的职业倾听者。

来电显示，对方是座机，区号在新疆。打电话的人说他叫谭某。声音很年轻，口音是湖南湘乡话。

我是湘乡人。这些年，居住在长沙，因为做律师的原因，走南闯北，说得更多的是普通话。虽然不时回老家看望亲人和朋友，但只要不是在湘乡话环境中，听到湘乡话，总会有一种莫名的激动和天然的亲切。

对方说："勇哥，你好。"

"你是哪个？"我用湘乡话答。

"你不认识我，我是从网上知道你名字的。我们是老乡，想向您咨询一些法律上的问题。"

职业敏感告诉我，谭某在用乡音拉近我俩的距离，心想这小伙子可能摊上事了。

"2002 年，在湘乡的一家茶楼，有一个姓龚的人被杀。你知道这件事吗？"谭某说。

在湘乡，这件事影响颇大。受害人的父亲是一个省人大代表、著名民营企业家。坊间的传闻经过各种立场和爱憎的随意加工，已是形形色色，但事件的梗概基本相同。

谭某陈述了事情的大致经过。

谭某的一个朋友和龚某有隙，纠纷中，吃了亏。朋友不顾亲友的劝告，执意报复，叫了谭某以及另几个朋友去寻仇。于是，到了事发茶楼，吵闹中，谭某用刀子架在对方一个哥们脖颈上，威逼他不要管闲事。和谭某同去的朋友，则一刀捅死了龚某。谭某见祸闯大了，爬上火车，从此亡命天涯。

“勇哥，你说，有没有办法找条出路?”

“出路”含义太多，太混沌，我很职业地回答：“回去自首吧，这是最好的出路。”电话那边可以明确地感觉到不满意，电话挂了。

他忽然挂断电话，我有些恼火，好像是受了调戏。之后，我通过湘乡公安局的朋友了解了这个案子的情况。的确有一个叫谭某的人在逃，心里不禁一沉。

第二天，因为家事，我回了趟老家。办完事，见时间充裕，找到几个了解谭某的人，问他们，谭是个怎样的人。他们让我对谭某有了初步印象：俊气；不坏；很热心，重感情，肯帮忙；卷入龚某被杀案以后，下落不明，公安局正在网上通缉他。

我想起了先天晚上他说的“找条出路”，可能是说“了难”，即花钱消灾。摊上人命官司，岂是花钱能了事的，我好心要他自首居然把我的电话挂了，心里有些鄙夷。

一个星期后，谭某的第二个电话来了。他很直接，几乎听不出半点犹豫，他想投案自首。但有两点疑虑：当时他确实没有动手杀人，其他同案在接受审判时，不知道别人有没有把责任都推给了他；现在投案，死者龚某的那个当人大代表的爹会不会放过他。

我很严肃地告诉他，同案犯把责任全部推给他的担心是完全多余的，警察办案，法官断案，都会要调查清楚，不会别人说什么就是什么，更何况案发现场有那么多目睹者，他的事情是完全可以说得清的。至于是否能得到受害者家属那边的谅解，我想只要心诚道歉，做一些感情和经济上的补偿，应该没有问题，更何况他没有给死者造成直接伤害。

谭某在电话那头明显有种如释重负的感觉，连声说谢谢以后，又问了我两个很实际的问题，律师费怎么收？现在他在新疆，千里迢迢，怎么到案？他把话说到这个份上，我开始有些小激动了。要是能促成谭某投案自首，既给国家省了一笔追逃费用，又能开辟律师劝逃犯投案自首之先河。谭某犯罪后自动投案，如实供述自己的犯罪事实，不但可以得到从轻或者减轻处罚，而且是一场灵魂的自我救赎，是一场和解与放下。

我很坚定地告诉谭某：只要他能投案自首，我不收一分钱律师费，免费担任他的辩护人。至于他现在远在新疆，如何到案的问题，他可以有三种选择：到新疆当地公安机关自首；告诉我具体位置，我通知湘乡公安机关的人去接他；自己想办法回到湖南，我亲自陪他回湘乡投案自首。他说他想自己先回湖南，和我当面谈一次以后，再去自首，我毫不犹豫支持了他的想法。

为了解决他在回湖南路上可能被抓的问题，我建议他遇到警察盘问，立马主动讲清楚身份和动机。假如遇到这种情况，我还可以帮他做证。他在电话那头笑得很黑色幽默，他说：“我要是在路上被抓了，我的辩护律师帮我作证，这管用吗？”这时，我灵机一动，想到了一个促成谭某自首的主意。我说：“如果你本人没有意见，可以请媒体记者全程跟踪报道此案。有媒体介入，就不用担心路上被抓说不清楚了。通过媒体的宣传，不但有力地宣传了我们的法制，宣传了司法部门的公正，同时，将在众多潜逃者中，立起一个看得见的指路牌。”

电话那头，谭某答应了我的安排，最后说：“谢谢你了。”

我感觉到他轻松了许多。我甚至看到了远隔千山的他，脸上有了释然的笑容。

我迅速联系上了湖南一家法制媒体总编谷先生，将事情的来龙去脉说了。这件事立即引起了他的高度重视。谷先生说，全国打盗抢抓逃犯专项行动正在如火如荼地开展，谭某在这个背景下投案，更有积极意义，作为法治媒体，应当全力支持。谷先生派出了做深度报道的一线记者配合我的工作。

2008年4月26日黄昏，谭某回到了湖南长沙。他穿件T恤，一条牛仔裤。果然帅气。给我的印象是一个精明、干练、果断的男人。

这是谭某亡命天涯六年后，第一次回到湖南。

当晚，我和记者陪他住在长沙君逸康年酒店。晚饭时，我特意给他点了剁椒鱼头、辣椒炒肉、口味虾，还有啤酒。六年没有吃过正宗湘菜了，他吃得很香，吃相有些狼狈。

谭某说，他负案逃跑后，隐姓埋名，首先在西南、西北的一些小城市讨生活，后来去了新疆乌鲁木齐，在那里花钱买了一套假身份以及文凭，找到了一份软件开发的工作，现在是这家公司的高管。他爱上了一个维吾尔族女孩，那个女孩也钟情于他，他们相约白头偕老。可结婚登记却成了大问题，作为男人，如果连这个起码条件都不能做到，又有什么资格给了女孩更多的爱？他无法说服恋人，只得说服自己：必须和女孩去登记，婚礼时，有双方亲友祝福。但是，没有户口，使用的名字也是假名，他如何登记结婚？便是平常，遇着警察查户口和身份证，他都会紧张得半死，更遑论婚礼上双方亲友的祝福了。于是，他陷入了一种没法解决的矛盾之中。他痛苦，却不能让他爱的女人知道他的痛苦，他得在深爱的女人面前，表现得快快乐乐。更严重的是，他拖一天两天可以，拖得久了，心爱的女人还会相信他吗？一次酒后，他借着酒劲，将他的真实身份，将他的痛苦，跟老板说了。老板没有因为他当年的冲动酿下的罪行嫌弃他，反而劝他投案自首得到最终彻底解脱。于是，他通过网络找到了我。

我们天南地北地聊一个话题：他会判多久？

我给他提了两个要求：一是向公安机关讲清楚犯罪事实；二是向被害者家属道歉，给予被害者家庭适当经济补偿。他答应了，并说，这是他应该做的。我分析了案情，解释了相关法律条文，很客观地说：“就目前态势，承担的刑事责任在三年左右，能不能缓刑，要看法院就全案做出的综合性结论了。”

这一夜，谭某是无眠的，我和记者也是无眠的，春天里的长沙夜，湿润而充满生机。

第二天一早，总编辑谷先生赶到了酒店。谷良在来的路上，就用我的电话对谭某说：“能够自我反省，主动投案，这是善的开始。”他一进门，立马紧紧地握住谭某的手。他的表情和一举一动，都是在平视中，欢迎浪迹天涯的游子归来。他说了许多鼓励谭某自首的话。谭某事后感动地说：“没想到一位报社总编辑，能如此平易近人，完全没嫌弃我这个犯罪分子，这让我十分感动。”

上午十一点许，经视的记者开车来了，我们该出发去湘乡了。

谭某拉着谷总编辑的手说，他希望通过媒体表达对被害人家属的忏悔，表达对父母、对所有关心他的人的歉意：“我对不起他们。我一时冲动，致人死亡，虽然我没有直接动手，毕竟是帮凶。我也对不起我的父母，让他们担忧了6年，而且还要继续担忧我以后的生活。我从千里之外赶回来投案谢罪，希望其他人以我为戒，千万莫做伤天害理之事。”

谭某说这番话时，我注意到了，他眼里含着泪。

小车载着我们一行朝湘乡开去。到达长沙境内时，谭某的脸色，显得轻松。这让我放心。我甚至相信，他已经彻底战胜了心魔，已经看到了刑满后人生的美好。然而，车一进湘潭境内（湘乡隶属于湘潭市），“近乡情更怯”，他的脸色渐渐地沉，目光里的恐惧渐渐地多。我为了缓解谭某的压力，不时地给谭某递水、递烟、递槟榔，说着别的事儿，分散他的注意力，以图让他不去放大内心对投案自首的恐惧。

我们在湘潭市区境内一家小饭馆吃午饭。

无论扒饭，无论夹菜，谭某的动作都相当迟缓，甚至和我们说话，也有一句，没一句。我和记者都故意说着轻松的事，可是作用好像不大。他脸色愈来愈凝重。饭后，谭某说，他去上个厕所。

半小时过去了，谭某仍没有从厕所回来。我望着记者们，记者们望着我。从目光中看到了一样的担忧：他不会又跑了吧？

经视摄影记者终于忍不住问：“不会跑了吧，要不要去找？”

我摇摇头说：“真跑了，也由他去吧。一个人主动结束‘自由’的生活，带上枷锁，需要强大的内心。”

正当我们怀疑前功尽弃，愈来愈失望时，谭某回来了。

我长长吁了一口气，很直接地说了一句话：“我以为你反悔了，跑回新疆去了。”

谭某一怔，继而说：“确实犹豫了，是要坐牢哩。”他凝重的脸色告诉我，他的内心已十分恐慌。他反复说，“拜托胡律师全力帮我!”“拜托记者多给我说几句好话!”

到了湘乡。

六年很长，湘乡变化很大。他望着窗外路边的建筑，眼睛也睁大了些。我想，他此时的心，定在想，这儿原来不是这样的，这里没有那栋高楼，这儿该是一口水塘，他或者还和同学在水塘里游过泳。又或者在回忆，在上学或者放学回家的路上，他曾经扯着路边的狗尾草含在嘴里，唱着我们湘乡的童谣。又或者在回忆，他曾经向哪个女同学借过半块橡皮。他没有提出回家，直接去了湘乡公安局。我猜想着，他不是不敢回家，而是不想看到父母的泪水，那泪水定将使他悔恨欲绝。

手铐铐上双手的时候，谭某双眼红了，湿了，但没有流泪。

法院开庭了。我如约担任了谭某的辩护人。

开庭前，我收到了一张十万元的汇款单，是谭某在新疆打工的老板汇过来的，注明是给受害人家属的赔偿、法院的罚金以及谭某的律师费专用的。我没有接受律师费，余下的两万块钱转给了谭某做生活费。

一审结果：谭某系投案自首、认罪态度好，获得了被害者家属的书面原谅，同时媒体专门开具专函，请求对他减轻处罚。谭某因故意杀人罪，被法院判处有期徒刑三年。

入狱前，我去看他。我告诉他，没有给他争取到缓刑，我对自己有些不满。没想到谭某却笑得坦然：“胡律师，你尽力了。再说，与其过得不死不活的，还不如跨过这道坎。坐几年牢我有心理准备，只是觉得故意杀人罪这个罪名很刺耳，当时我真的没想杀人。”

2010 年，谭某减刑出狱，重新找到了工作。

不久，他迎娶了他的新娘。新婚那天，我去贺喜。他对我满是感激，待我如上宾。临别时，笑着说：“谢谢勇哥让我上了报上了电视，当了回明星，在牢里都有人找我签名，这以后用我的照片得考虑收费了。”他笑得很灿烂。

这一刻，我心里有着满满的成就感。我确信，我做了一件于他，于我，于整个社会都有益的事。我确信，他会成为一个有益于社会的人，会成为家庭的骄傲。

媒体对谭某投案自首整个过程的新闻报道，获得了 2008 年度全国法制新闻一等奖；我所在的律师事务所也因此开通了国内首条投案自首律师劝导热线。

二、插兄弟两刀

江湖上有句话叫：为兄弟两肋插刀，为女人插兄弟两刀。

事情发生在2014年春夏之交。

忙完一天的出庭，黄昏时候，回到家。我将疲惫的身子泡在浴缸中，闭着眼，什么也不想，很快进入慵懒和舒适的半梦半醒状态。我喜欢这种状态，尤其是每次出庭回家后进入这种状态能使我很快恢复精神和体力。我将这个过程，视作一种享受。

偏偏在这时，手机不知趣地响了。

自从开通了投案自首劝导热线13548620158以来，全天候24小时我都不关机。

“喂”了好几声，对方都不说话。一看来电号码，是本市座机。我想，可能是朋友在恶作剧。我有些恼，对着手机说：“再不说话，我挂了。”

电话那头终于开口了：“你是胡勇平律师吗？”

声音有些瘆人，好像来自遥远的不确定的地方，又好似来自久远的过去，更似从地底下冒出来。它让我想到了地狱。我浑身起鸡皮疙瘩，赶紧振作精神，披上浴巾，大声回答：“是的，你是谁？有事吗？”

电话里静默了一阵，又开口了：“我想咨询你一个问题，可以吗？”

他这话一出口，我知道了对方的基本身份：一个在逃罪犯。

自从八年前，这条投案自首律师劝导热线开通，我已经不是头一次遇到这种情况了，只是这种声音释放出来的死亡和绝望气息，倒是第一次碰到。我已基本恢复了体力和精神，即使真是地狱打来的电话，也不再害怕。我得尽快获得对方的信任，尽快了解对方找我的目的。

“有什么事，你说吧。”我的声音很温柔。

对方断断续续、遮遮掩掩，终于问：“杀了人，一定要死吗？”

我的心一颤，尽量让自己的话平和一些：“不一定。如果你相信我，就请告诉我是怎么回事。”

电话那头讲述了一个匪夷所思的故事。

他姓姜，是一个油漆工，在包工头向某手下打工。向某是他老乡。

昨天晚上，他梦见自己和一个女人做爱。这个女人不是他的妻子。梦醒了，男人的尊严和梦里情景，让他直冒冷汗。在他家乡，长辈解梦时都会说梦是反的。于是姜某立即给老婆小丽打电话，诈她说，他已经知道，她有野男人。他说得坚定和愤怒，好似掌握了确凿证据，已不容置疑。小丽支支吾吾。姜某再三盘问。小丽在哭泣中，将“野男人”的经过说了出来。

一年前的一天，姜某被向某委派到外地做工。因为要一段时日，他委托向某给小丽送生活费。

向某到姜某家时，小丽正袒露半边衣服，露出一只乳房，给孩子喂奶。这时，恰是夏天。小丽的穿着当然是夏装，性感和女人味无法包住。向某不能自禁了，竟然色胆包天，将她摁在床上，当着孩子的面，将她强奸了。

完事后，向某威胁小丽，如果说出去，就让她老公失业。

这以后，向某隔三岔五便来找小丽。

小丽不敢告发：闹得满世界知道了，她如何做人？又或者，小丽根本就不知道，她身后站着强大的国家机器会为她撑腰。她只是告诉了姜某的姑姑：向某不是好人，经常趁姜某外出做工之际，来占她便宜。姑姑是工地厨子。她怕姜某找向某拼命，也害怕自己和姜某失去饭碗，要小丽息事宁人。

姜某听完妻子诉说，如五雷轰顶，他立马给向某打电话质问。向某矢口否认，将电话挂了。姜某给向某发信息，说姑姑也知道这件事。向某见掩饰不住，在来往信息中，承认和小丽发生了关系，但不承认是强奸。

姜某无疑是一个老实人。他一没想到要去报案，二没想过要去寻仇，三没想到要求补偿。他想到的是那句老话：惹不起，躲得起。

今天晚饭时，姜某找到向某，要求结算工资，带着一家人离开这个是非之地。在正常的人际交往中，此时的向某见到姜某，定会在惭愧中如老鼠见到了猫。姜某不找向某麻烦，还主动离开，向某该是谢天谢地，立马答应姜某。如果还有半丝羞愧之心，还会或明或暗给予姜某或多或少的补偿。

然而，姜某和向某的关系，偏偏不是正常的人际关系。向某不但不答应姜某结算工资，反而说工程未完，不同意给钱。向某以为他吃定了姜某，竟然无耻到极点，毫无顾忌地挑战人类忍耐极限，当着几个工友的面，嘲笑姜某，说姜某没有本事管好自己的老婆。说他搞小丽时，小丽半推半就。完事后，小丽还夸他床上功夫比姜某好。天底下的人，有几个能忍受这般羞辱？姜某冲进厨房，拿了把菜刀出来，三下五除二，将向某砍倒在血泊之中。在场的工友都吓傻了。

匆忙中，姜某搭乘一辆出租车逃离了现场，在火车站附近找了一家没有要身份证登记的旅社住下，准备找机会乘火车亡命天涯。情绪安定以后，知道自己闯了大祸，上网查到了我的电话。

听完姜某诉说，我心里像塞进了一团猪毛，习惯性的话冲口而出：“你赶快去找警察自首，说不定还能保住一条命。”

姜某语气依然阴沉：“我不会去自首。坦白从宽，牢底坐穿；抗拒从严，回家团圆。”

他的无知，以及对国家司法的曲解，让我对他产生了厌恶。

我说：“既然你这么认为，打电话给我有什么意义？”我毫不客气把电话给挂了。

我点燃一支烟，斜躺在床上。我叫自己不再想这件事。可是，这件事却挥之不去，耳边满是姜某那种阴森森的声音，眼前浮现出向某压在小丽身上时的那种狞笑，继而是向某肆无忌惮地羞辱姜某，最后是姜某拿刀砍杀向某时那双充血的眼睛。

窗外，下起了雨。雨奇大，好似要冲淡我心底的愤懑，又好似要清洗干净这个罪恶的夜。

夜渐深，我钻进了被子。手机响了。来电还是刚才那个手机号码。又是姜某打来的。

“胡律师，我在网上看了你的简历。你做过警察，应该在公安局有关系。我还有些积蓄，你能不能帮我花钱了难，救我一命，我的孩子还小，我还有年迈的父母，我不想死。”

对姜某，我有同情，也有厌恶。我同情他，是因为他遇到了寡廉鲜耻的向某。可以说是向某的十恶不赦和胆大妄为，将姜某一步步逼向了黑暗的深渊。我厌恶他，一是因为他根本就不相信法律，妻子被强奸了也不报案。杀人后，又无端怀疑司法部门，到这时候了，想到的仍是行贿买命。二是除了最后这冲冠之怒，他选择的全是逃避和忍让，哪有半丝男人气？行凶前，他若能多点男人气概，也不至于闹到杀人的地步。

我尽量压制住自己的情绪：“你犯的是死罪，不是花钱能够了难的。你要是还为你的父母孩子考虑的话，就应当赶快去自首，我真的帮不了你。”

的确，只要他不自首，我没有能力帮他。

我刚想挂电话，电话那头号啕大哭：“胡律师，你别挂电话，实话和你讲吧，你得救救我们家小丽，要是我被枪毙了，她肯定会自杀的。”

我警觉地问：“小丽怎么了？”

姜某说，小丽老家在河南农村，自幼父母双亡，是外婆带大的，被人贩子骗到姜某老家，卖给了一个年过半百的老光棍。小丽宁死不从，趁人不注意，逃了出来。慌不择路，掉到了江里。或是天意，恰恰碰到有事回家的姜某，救了她。姜某带着小丽连夜逃回了他打工的地方。姜某姑姑做主，两人在工地上成了亲。不久，有了孩子。姜某说，他们夫妻日子虽然艰难，但却很恩爱。

姜某说，他了解小丽，小丽肯定是被向某强暴了，她绝不可能因向某勾引动心。姜某说，如果他被枪毙，小丽又将面临老光棍的纠缠，只剩死路一条。

对姜某的厌恶，渐渐地退去；对他的同情，则愈发浓烈。

听完这个故事，我一面安抚他的情绪，一面思索如何帮助这对苦命鸳鸯。我告诉他，故意杀人自古以来都是很重的罪，现在已不是梁山好汉的时代，更何况是在众目睽睽之下行凶，坦不坦白，根本就不影响对他的定罪。同时，现在的法制很健全，绝不要相信花钱消罪这些江湖谣言。最后，我说，他这个事，受害人向某自身有过错，保留好证据，法律会给公正判决的。

我劝他自首。我说我可以陪他一起去。他说他没有胆子去公安局，现在也不想见任何人，只愿意安安静静地一个人待着。我叹了一口气，告诉他，出了人命大案，他还在用手机打电话，公安机关肯定锁定了他的位置。只要他不再逃跑，就在旅店等着警察来，主动讲清楚原委，根据相关司法解释，也可以认定自首。最后我又补充了一句，如果听我的规劝，我可以为他提供法律援助，给他做最好的辩护。

姜某说了声“谢谢”，把电话挂断了。

我暗暗祈祷，姜某一定要听我的劝，不要再逃跑，一定要坐在旅店等警察。

的确，他这条命能不能保住，全在他一念之间。

第二天，一个自称是姜某妻子的女人给我打电话，说姜某听了我的话，在酒店房间等着，已被警察带走了。我守约给姜某担任了辩护律师。法院考虑受害方存在一定的过错，姜某属于激情杀人，又尽了一定赔偿责任，加上其自首情节，从轻判处其无期徒刑。

姜某服刑后，监狱领导考虑到其妻儿的艰难，帮小丽在监狱附近找了一份清洁员的工作。同时，在探视日，允许他们一家子团聚。

三、以杜甫的名义发誓

七月的成都，一会被太阳烤着，一会被雨淋着，我一下飞机就被这种又是风雨又是晴的暧昧气息包围着。老一辈人告诫：少不入川，我心里一笑：好在我已经不小了。我到杜甫草堂见我的好朋友，也是一个在逃罪犯——老罗。

成都与长沙，被唐朝诗人杜甫连着：一个是杜甫草堂，一处是杜甫江阁。长沙的杜甫江阁是我喜欢的去处之一。喜欢的原因，一是由于江阁古香古色，临着湘江；一是由于杜甫的诗。很多时候，或者一个人，或者邀上一二好友去江阁喝茶，说些与湘江、与杜甫相关，或者不相关的事。

与我一起来杜甫江阁喝茶的朋友中，有个四川商人老罗。

老罗也喜欢杜诗，也喜欢抚着江阁的栏杆，说着杜甫在成都的故事。有次，老罗说到杜甫在湘江上老病孤舟时，一声长叹，说，我们这个民族，对自己的文化人，有太多不公。

老罗是商人，有文化的商人。他是广东某租赁公司长沙公司的副总经理。大约是典型的双重人格，于老罗，文化和生意泾渭分明，互不干涉。说文化时，绝不会说生意；说生意时，绝不会说文化。说文化时，抚今追昔，儒家的道德，佛家的善，诗家的风流，画家的空灵，说得头头是道。那感叹，那手势，那眼神，对古时道德和文化可谓高山仰止了。谁若是在这时候，说到钱，老罗准会嗤之以鼻，一百个看不起。老罗说生意时，就专心致志说生意，说怎样赚钱，说怎样玩资本营运，怎样空手套白狼。这时，谁若是说文化，老罗准会说人家酸，酸死人了。

老罗和我在一起喝茶，基本都是先说文化，后说生意。

我有点欣赏他的文化，但厌恶他的生意，理由是他无意中跟我说了一件事：某报社有一个记者派了一个人到他公司卧底，从基层业务员干到了中层后辞职。这个记者拿着他们公司整套业务材料，向他敲诈了四十万，交易居然是在澡堂子里完成的，彼此把要的东西放到衣柜里，然后换手牌。我一直劝他找机会离开这家公司，他所在公司的那种保本还利营销方式迟早会出事。我曾经无不嘲笑地说："连贩毒贩枪都没有那么高的回报，你们最后怎么去面对客户？"他不听我的劝，每一次都摆出很多理由：他只是公司的副总，负责公司的行政和接待，不参与公司的具体业务；公司总部请了退下来的一位副国级、一位正部级领导做顾问，后台硬；和董事长蒋某是肝胆兄弟。

他们公司多次表示，希望我做他们的法律顾问。我拒绝了。老罗问我，每年六位数的律师费为什么不要？这钱如此好赚，为什么不赚？我没说做法律顾问责任重大。我说："我愿意和交你这个朋友，但不喜欢你们公司。"我讲了一句半开玩笑半认真的话："将来你要是进去了，总得留一个兄弟在外面搭救你吧。"

每次和老罗一起消费，我都要求 AA 制。老罗出手大方，说有他在，什么消费都不要别人出钱。这话我信。我见过他"千金散去还复来"的潇洒。因我坚持，说："不 AA 制，兄弟以后不陪你了。"他才肯放下身段，和我 AA 制。

四年前的那个下午，该是各色树刚换完新叶，绿化带嫩绿一片的时节。我好不容易偷得半日闲，准备去郊外踏青。

两点许，正准备出门，老罗打电话来了。他邀我去杜甫江阁喝茶。我本想说，已约好朋友去踏青，见他的声音好似被什么东西压得极沉重，答应了他。

我们坐在江阁靠湘江这边。

我以为他会如往次望着湘江，先从杜甫说起，再说孔子或者谁，最后说他们公司的生意。可是，他没说杜甫，也没有说谁，甚至他们公司的经营也没提半个字。他只是叹气，或者说些前言不搭后语的话。他甚至没有遵守我们的惯例，借口上洗手间，把单买了，而且招呼都不当面打，只是用手机发了个短信：不好意思，公司有事先走了，哥哥保重。

此刻，我隐隐约约感觉到什么，心里有些不安。

一个月后，他果然出事了。

租赁公司涉嫌非法吸收公众存款，公安部督办，涉案九十多亿，受害人达二十三万之多，公司五十多位高管被抓。老罗逃了，成了网上通缉的逃犯。

今年七月底，我在深圳出差，晚上十一点许，接到一个电话，很陌生的号码。听到对方的声音，我的手抖了起来，差点没握住手机。居然是老罗。我一口气问了他三个问题：你现在在哪？这几年你到哪里去了？你怎么知道我在深圳？他在电话里笑，说："感谢哥，还记得我。证明哥有良心。你还是那么关心我。有时间你飞到成都来吧，我到杜甫草堂等你。"

老罗自然没有到机场来接我，像地下党接头一样，我们先是在杜甫草堂见了面，拥抱一下后，彼此什么都没说，草草围着杜甫草堂转了一圈，肚子有些饿了，同时也得找个地方切入正题了，我说想请他陪我去川西坝子吃火锅。

来川西坝子宵夜的人们一溜儿老长，人头攒动，煞是热闹。听口音，来自五湖四海，看人们的穿着和气质，大都是来这座城市旅游的人士。空气里飘着各色食物的气味，飘着汗臭气，也飘着食客们无遮拦的各色国骂。老罗好似习惯了这种生活，大大咧咧坐下了，我想听他这几年的遭遇，他却说起了文化。他说着杜甫当年的落魄，硬是病死湘江的一条破船上，说孔子当年也如丧家犬，屈子则自沉汨罗江。我笑了，索性打断他的话，严肃地说："兄弟，投案自首吧。提心吊胆的日子，哪是人过的？"他一怔，目光怯生生地望着我，许久才说他愿意投案自首。但是，他得知道，将怎样处理他。

第二天，我与办案单位取得了联系，就老罗投案自首的问题进行了咨询。办案单位答复得很干脆：如果把任职期间的工资、奖金、分红全部退赃，加上投案自首的情节，可以上报取保候审。办案单位说，共需退赃一百七十多万。

老罗为退赃的问题犯难了。这几年潜逃在外，靠在一个酒店打工混日子，一下子到哪里去筹那么多钱？他告诉我，他以杜甫的名义发誓，肯定会投案自首。但是，得等他筹足款子。老罗说，他不想吃牢饭。我建议老罗，书面向办案单位写一个投案自首的意愿书，然后尽快筹款。老罗接受我的建议。

几个月过去了，老罗仍没有投案自首。

现在，老罗在成都，还是在别的城市？我不知道。

四、结语

我统计过一个数字：凡投案自首的潜逃者，重新犯罪率不到百分之十。

负案潜逃者，一般过着三种生活：第一种是谭某这种生存能力比较强，用另外一种身份过上表面正常的生活；第二种是到处打零工，过着漂泊不定，抑或还要风餐露宿的日子；还有一种，破罐子破摔，本来是犯了小罪，后来犯下大罪。

前不久，我所在的律师事务所，要做新的宣传画册。我为投案自首中心写了一首诗：

请放弃你的“自由”

日子最不舒心的是
盯着的眼睛太多
随时可能招来警察
夜半三更，害怕有人敲门
春天来了，心还这么冷
手机成了摆设，一个电话也不敢打出
隐姓埋名的日子，怕黑也不能开灯
过节了，娘做了一桌子饭菜，
热了又冷，冷了又热
那双筷子孤单单趴着，
异乡的冷酒，淋着乡愁
比失去“自由”更痛苦的是，
揣着车票，踏不上回家的路
江湖上混终归是要还的
明天去给警察一个坦白
即便是牢饭也吃得安稳。

在和潜逃者们的沟通中，我能感受到他们内心的沉重和恐惧。他们担心很多，有些甚至是无需担心的担心。譬如说，他们有一种心理，认为公安局为了抓他们，费了很多力气，如果被逮到，或者送上门去，肯定没好果子吃，怕挨打。当然，更怕加重对他们的处罚。还有许多貌似很平常的道理，我得和他们解释很久，才能让他们确信，某种担心是多余的。

这条热线开办这么多年了，我总结了一些特点：打电话来的，外省多于本省；农村居多；时间多集中在晚上十一点半到凌晨两点；全部用公用电话；多是心存委屈，有话要说的；犯的事相对不大。至今为止，打电话来的，还没发现一个大毒枭，或是抢劫团伙头目。

他们打的第一个电话，通话时间多在三分钟以内，主要确认接电话的人是不是胡勇平。重要的东西会在第二个电话里出现，一般隔三四天打来。这几天里，他们没闲着，他们在查胡勇平的资料，以确认这个人是否值得信赖。当然，电话总是先恭维几句。

许多打电话的潜逃者，犯的事的确较小。

有一个江西的女人，半夜打电话，一直哭，哭了好久才开口说话，原来，她把她婆婆打伤后跑出来了。三四天以后又给我打了电话，那个电话打得很长，讲他们家的故事，说她是无辜的，不是故意打婆婆的，是失手。

有人妨碍公务，担心被抓，跑了。其实这只会被行政处罚；有的把别人打得满头是血，以为打死人了，或是把人打成重伤，也跑，结果可能是个轻微伤。

接过一个广州打来的电话。对方是湘中人，二手机械设备公司的老板，销赃过两台挖机。案发后，他跑到广州避风头，上网一查发现自己成了个逃犯，就找我商量。后来他回来自首，被判缓刑，现在公司仍然在营业。

在逃跑和自首这个问题上，我认为情商和智商都很重要。我想告诉潜逃者，事情或许没有你想象的那么糟，勇于面对自己犯下的错和罪，远比亡命天涯要好。

八年来，我倾听过很多潜逃者的故事。走私的、袭警的、受贿的，形形色色的都有。曾经有媒体帮我统计过，打投案热线的人，最终投案自首的只占到不足30%。的确，流浪的日子固然不好过，但要潜逃者亲手结束“自由”的生活，需要巨大的勇气。

（原载《中国报告文学》，2016 年第 10 期）

2017 年 8 月，老罗终于在我的劝说下，亲自到长沙市公安局天心分局投案自首，考虑到老罗的认罪态度以及身体状况，投案后第三天，办案单位就给老罗办理了取保受审手续。

（作家楚荷对本文有贡献。）

作者简介：

胡勇平，笔名胡勇、印证、湘乡印顽、阳光律师、尚书房行走等。籍贯湘乡，1967 年生，在职法学博士，湖南闻胜律师事务所主任，湖南大学法学院硕士导师，宁波大学特聘专家。湖南省作家协会会员，毛泽东文学院第九期学员，鲁迅文学院网络作家第七期学员，主编《法律人的诗》，作品散见于《诗刊》《青海湖》《诗歌报》《湖南文学》《文学界》《湖南日报》等，多次获全国性文学创作大奖，著有诗集《异声》，文集《信用战争——一个中国律师的自由手稿》，长篇报告文学《百姓法事》等。CCTV2014 法治人物（湖南）十强，湖南老百姓最喜爱的十大律师。

粟裕与抗美援朝

张雄文

毛泽东首选粟裕挂帅

毛泽东最早设想派遣中国军队与美军作战以支援朝鲜，是1950年5月14日。这一天，得知苏联同意金日成越过“三八线”，统一朝鲜半岛的军事计划后，他对前来北京的金日成说：“如果美国人参战，中国将会派自己的军队帮助朝鲜，而且现在就可以向中朝边境调去军队。”

6月25日，朝鲜战争爆发。两天后，美国总统杜鲁门宣布出兵朝鲜，并下令第七舰队进驻台湾海峡，协防台湾。粟裕统率三野全部12个军和其他野战军4个军共65万人正积极备战，准备攻台的行动受到严重阻碍。

毛泽东被迫决定推迟攻台作战，决定将主要战略方向由东南转向东北。7月2日，周恩来奉毛泽东之命对苏联驻华大使说：“如果美国人越过三八线，那末中国军队将穿着朝鲜人民军的制服采取反对美军的志愿军行动。为此，中国领导人已经在沈阳地区集中了三个军，兵力为12万人。”

开始集结第一批军队后，统率军队的最高指挥员毛泽东也想好了，便是中央军委委员兼三野前委书记、攻台总指挥粟裕。7月6日深夜，他亲笔拟写一份给粟裕并告知华东军区司令员陈毅、政委饶漱石的电报，召粟裕前来北京接受新的重任：

粟裕同志并告陈（毅）饶（漱石）：

现有重要任务委托粟裕同志执行，请粟于7月16日前将三野事务处理完毕，于7月18日来到北京接受任务，粟来时可随带秘书及参谋人员数人。

毛泽东

七月六日二十三时

这一特别署名“毛泽东”而非“中央军委”专致粟裕的电报，不仅表明他与美军作战的“志愿军行动”决心，也说明他对粟裕的格外倚重。

与阻挠攻台的美军第7舰队作战尚不具备海空军条件，但陆地交锋，毛泽东相信国内战争中歼灭美械装备国民党军最多，攻台作战准备中又对海陆空联合作战已有相当认识和研究的粟裕，能够出奇制胜，再展神威。

第二天，即7月7日，毛泽东决定正式组建东北边防军，准备出国作战。他委托主持军委工作的副主席周恩来召开国防会议，讨论朝鲜局势和国防问题，总部与各兵种主要负责人悉数奉命与会：总司令朱德、代总参谋长聂荣臻、总政治部主任罗荣桓、总后勤部长杨立三、总政治部副主任萧华、海军司令员萧劲光等人。此时，时为中南军区司令员的林彪因病到了北京休养，因已集结东北的部队与计划中的首批部队主要是原四野的人马，他也被安排参加了国防会议。

会上，周恩来传达了毛泽东对形势的估计和成立东北边防军加强边防，必要时出国支援朝鲜人民军作战的决定。他还说，一旦边防军参战，“改穿志愿军服装，使用志愿军旗帜”。随后，他提出了东北边防军所辖部队、人数、指挥机构等方面的安排，宣布以粟裕为东北边防军司令员兼政委。

编入东北边防军的首批部队，除已集结东北驻于齐齐哈尔的42军与佳木斯、安东的第1、第8炮兵师等部外，还有原四野13兵团。

13兵团是粟裕建议从其他野战军抽调4个军参加攻台后，毛泽东极有远见设立的全军战略预备队，下辖38、39、40军3个军，此时分别驻在中原的信阳、漯河、洛阳。原本准备情况危急时用于攻台，朝鲜战争一爆发，它便被派上新的用场，返回当年的征战之地东北。

会上，熟悉13兵团情况的林彪提出了一个很好的建议。他说，鉴于13兵团有可能先期入朝单独对美军作战，而兵团司令员黄永胜对如此大规模的异国作战指挥，似乎难以胜任。因此，他主张让刚拿下海南岛不久的15兵团司令员邓华与黄永胜对调。考虑到便于指挥，他还建议将13兵团兵团部与15兵团兵团部互换。会议采纳了他的建议。

国防会议的各项事宜形成初步决议后，周恩来当天将其上报毛泽东，毛泽东批示：“本日会议决议事项同意，请即按此执行。”中央军委随即开始着手实施各项事宜，包括通知粟裕准备就任新职。

毛泽东等待粟裕病情好转

粟裕已于7月6日深夜便接到毛泽东的亲拟急电，随后又接到了中央军委的任命通知。但遗憾的是，这时他的身体状况很差，主要源于两个原因：

一是早年负伤次数过多。他曾6次负伤，尤其是1930年2月头部受重伤后，头颅内一直留有三块残碎弹片，直至去世火化时才被发现。他于1950年12月到莫斯科经专家诊断后，不但发现有2次伤及脑神经，还检查出整个肠子错位，互相扭结。医生判断为战争中翻滚、摔打、跌撞过重、过频造成的严重内伤。

二是长期高强度指挥作战，使其过度劳累。三野（华野）司令部长期由粟裕主持，先以副司令员之职负责战役指挥，后又索性代理司令员，指挥华野所有的重大战役。三年多战争期间，陈毅仅在华野司令部11个月。

战伤后遗症与过度劳累使年仅43岁，正当壮年的粟裕患有高血压、肠胃病和美尼尔氏综合症，经常头晕头痛，靠戴健脑器工作。半年前的淮海战役中，他曾连续七天七夜未睡觉，病痛发作时健脑器也失去作用，不得不躺在担架上指挥。战后不久召开的中共七届二中全会，他也因病未能参加。

大半年的攻台作战准备后，粟裕病情又复发。得知毛泽东亲自点将，交给他抗美援朝新任务后，他深感这是毛泽东的信任，理应勇挑重担。但又考虑到身体状况，恐怕顶不下来。

因此，粟裕回电毛泽东，说明了病情，提出是不是可以考虑另外的同志。他说，接受了这个任务，如果指挥不当，下面就难以指挥了，是要误事的。

深为赏识粟裕军事指挥才干的毛泽东仍然坚持要他去，但将原定到京时间推迟到8月上旬。7月10日，毛泽东又亲笔拟稿致电粟裕："来电悉。有病应当休养可以缓来，但仍希望你于八月上旬能来京，那时如身体已好，则担任工作，如身体不好则继续休养。"不久，毛泽东又指令陈毅向粟裕当面传达，明确要他担负抗美援朝作战指挥任务。

也就在7月10日这一天，周恩来再次召开国防会议，对第一次会议决议内容略加修改，其中除以粟裕为司令员兼政委外，又增设萧劲光为副司令员，萧华为副政委。

随后，周恩来致电东北军区司令员高岗，通报了会议部分内容："为加强东北边防准备，军委已决定13兵团及42军与炮兵第1、2、8三个师等调至东北本溪至安东、通化至辑安线集结待命。"

三天后，周恩来将《关于保卫东北边防的决定》的正式稿上呈毛泽东，并附信说："请主席再次批准，交总参谋部作为各项实施之根据。"毛泽东批示："同意，照此实行。"

这一天，中央军委正式颁布了《关于保卫东北边防的决定》，确定13兵团和42军等部组成东北边防军，"这些部队最迟于8月5日前抵达指定地点，完成集结"；确定"以粟裕为东北边防军司令员兼政治委员，萧劲光为副司令员，萧华为副政治委员"；确定"以15兵团领导机关为基础组成13兵团领导机关，以邓华为司令员，赖传珠为政治委员"。

这一决定明确了东北边防军的地位。它是应朝鲜战争而预先筹划组建的战略方面军，其司令部与13兵团兵团部属上下两级机构。与一般性质的边防部队截然不同，它是由从全国其他野战军中抽调而来的部队组成。

公开编入东北边防军序列的13兵团，仅是其所属的一部，其余不仅有42军与炮兵第1师等部，9兵团与19兵团也已被内定编入其中（不久正式编入）。

之所以内定19兵团，源于攻台准备时粟裕建议调其他野战军四个军参战后，毛泽东不仅以13兵团担任全军战略预备队，还从一野抽调19兵团，作为可以随时调动的机动力量。攻台作战终止，朝鲜突发意外后，19兵团便与13兵团一样，连同粟裕后来建议北调的攻台主力9兵团一道，被毛泽东编入东北边防军，归粟裕统一指挥。

东北边防军第一批编入的部队仅4个军25万人，8月31日正式编入另外内定的两个兵团时也仅有11个军60万人，而粟裕准备攻台时便统率三野第7、第9、第10兵团和其他野战军4个军，达到4个兵团的规模共65万人。

因而，单从统率兵力而言，粟裕调任东北边防军，似乎不是“高就”而是“降格”，但因东北边防军是野战军级单位，粟裕便第一次改变了长期以野战军副职身份担负正职责任的局面，而且军政双挑，出任司令员兼政委。

这是毛泽东出于对胜仗的渴望，给予粟裕的一个全新的平台。《远东朝鲜战争》的作者王树增说，毛泽东极为渴望用优势兵力像淮海战役歼灭国民党军那样全歼美军几个整师。而粟裕正是毛泽东心目中淮海战役“立了第一功”的人。

不仅如此，毛泽东还给粟裕精心挑选、配备了两个得力的军政副手。一个是原林彪东北民主联军的副司令员、时为海军司令员的萧劲光，一个是罗荣桓这一总政治部主任的副手政治部副主任萧华。他们两人在国共第二次内战中合作共事，一道主持接近朝鲜的南满军区，与林彪的东北野战军主力“南拉北打”。不仅熟悉首批编入东北边防军的13兵团与42军，也熟悉东北与朝鲜的气候、地理等条件，能给粟裕的指挥提供诸多有益的帮助。

尽管有病在身，但接到毛泽东的多次电令后，粟裕慨然受领了任务，说：“如果毛主席一定要我去，我就不能推辞了，我还是要去。”他一面养病，一面立即着手进行新任务的准备。

根据毛泽东“可随带秘书及参谋人员数人”的指令，粟裕一面选配东北边防军指挥部的参谋、通信班子，一面安排调查侵朝美军空军的飞机数量和作战能力。

他还向中央军委建议，增调原准备用于攻台作战的三野主力9兵团参战。这一建议经代总长聂荣臻转达后，很快被毛泽东采纳，9兵团被内定为东北边防军下辖兵团之一。

但粟裕的病情日益加重，不仅无法工作，甚至左右环视也困难，吃饭时要把饭菜摆在正面一条直线上。他不得不向毛泽东请假治疗，力求尽快康复。临行前，粟裕带病主持三野会议，研究了朝鲜战争问题，并对其余各项大事作了必要的部署。张震回忆说："粟裕在去青岛休息前，主持召开了三野会议，研究了朝鲜战争问题。"

粟裕前往青岛三天后，毛泽东又于7月17日为中央军委起草致电华东局以及三野前委副书记唐亮等人并转告粟裕，要求粟裕8月上旬报告身体状况，说如果痊愈，必须迅速前往北京接受新任务。电报说：

华东局，唐张周转粟裕同志：

毛主席前电粟要他于八月上旬来京，依情况或留京休养或担任工作。现粟已去青岛休养，甚好。请粟于八月上旬来电报告身体情况。如病重则继续在青岛休养，不要来京，如病已愈，则盼来京。

军委

七月十七日

因为粟裕需养病，毛泽东专为他而设的两个副手萧劲光和萧华也就可以不急于到职了。因此，东北边防军的指挥机构也就建不起来，周恩来深为焦虑。他于7月22日与代总长聂荣臻联名致电毛泽东，建议说："请主席考虑边防军目前先归东北军区高岗司令员兼政治委员指挥并统一一切供应，将来粟、萧、萧去后，再成立新的边防军司令部。"

毛泽东第二天复电同意，批准东北边防军暂归东北军区司令员兼政委高岗指挥，并统由东北军区供应，边防军的日常训练工作暂由13兵团统一组织，因赖传珠也离职养病，由邓华兼任兵团政委。

粟裕休养半个月后，病情仍未见好，他心急如焚。8月1日，遵照毛泽东两次要求他"8月上旬来电报告身体情况"的电令，他托到青岛探望的公安部长罗瑞卿带信给毛泽东，报告自己的病情和心情。

信中说："头晕头痛症并未见好转，文件书籍均不能阅读，每日只能看看报纸，且每次不能超过二十分钟。"他说："因新任务在即，而自己病症未见转好，心中甚是焦虑，以致愈加不能定心休息。"

因医生认为这种病非短期所能治愈，粟裕又分析"依目前局势发展似有一时期之间隙"，即朝鲜局势恶化，美军越过"三八线"，东北边防军随之出国作战尚需一段时间，因而向毛泽东请求："能批准职给予较长的休息时间，以便于专心休息以期早日恢复工作。"

粟裕信中所说的"新任务"即指抗美援朝作战。他的"目前局势发展似有一时期之间隙"分析，与当时毛泽东的看法一致，毛泽东也认为8月内可能没有作战任务。

8月4日，毛泽东在中央政治局会议上谈到朝鲜战争的形势时说：“如果美帝得胜，就会得意，就会威胁我。对朝鲜不能不帮，必须帮助，用志愿军形式，时机当然还要选择，我们不能不有所准备。”他强调了出兵朝鲜很有必要，再次提出东北边防军出动时“用志愿军形式”。

8月上旬，东北边防军第一批部队13兵团与新编入的50军等部全部奉命到达指定位置。毛泽东于8月5日致电高岗，要求准备于9月上旬出国作战：“边防军各部现已集中，8月内可能没有作战任务，但应准备于9月上旬能作战。”

他指令高岗召集一次东北边防军各军师干部会议，“指示作战目的、意义和大略方向，叫各部于本月内完成一切准备工作，待命出动作战。务使士气旺盛，准备充分”。

鉴于粟裕需休养，而各项准备工作又不容松懈，毛泽东只得令萧劲光、萧华先去部队熟悉情况，并做必要的战前动员。他告诉高岗，“我们当令萧劲光、邓华、萧华参加这次会议”。

8月8日，毛泽东收到了粟裕的信，深为关切，复信说：“病情仍重，甚为系念。”因为他认为“8月内可能没有作战任务”，因而同意了粟裕“批准职给予较长的休息时间”的请求，写道：“目前新任务不甚迫切，你可以安心休养，直至病愈。”

粟裕将这封信保存了多年，去世前一年才赠给中央文献研究室，亲笔说明，“这是1950年我在青岛休养时向主席写信报告我的病情后主席给我的回信。信中所指新任务是参加抗美援朝作战，因我的病经久未愈，后来改由彭德怀去担任了。”

此时，与朝鲜人民军交战的美军还没有越过“三八线”，朝鲜局势还不很明朗，不仅粟裕信中分析“目前局势发展似有一时期之间隙”，毛泽东也估计东北边防军“8月内可能没有作战任务”，还没有到主帅必须立即出马的地步，所以说“目前新任务不甚迫切”，要粟裕安心养病，以便尽快康复上任。

粟裕延长养病时间后，原来担负的华东军区暨三野总部主持工作也一时无法继续履行，毛泽东只好令已长期实际负责地方工作的华东军区暨三野司令员陈毅重返军队，担负粟裕留下的空缺。

毛泽东加强东北边防军力量，继续等待粟裕病情好转

也就在8月11日这天，根据毛泽东的要求，东北边防军所属的13兵团召开各军、师干部会议，听取部队情况汇报。边防军副司令员萧劲光与副政委萧华奉毛泽东之令，都专程从北京赶到沈阳出席会议。

会上，萧劲光宣布了东北边防军未来的作战任务，明确为“准备赴朝鲜作战，支援朝鲜人民抗击美国侵略。部队出国作战时将使用‘志愿军’的名称。同时中国不准备对美公开宣战”。

两天后，暂时负责指挥的高岗又主持召开东北边防军军师高级干部会议，对边防军的任务、出国作战的目的和意义、军事准备的要求等进行了动员和部署。他受毛泽东的委托在会上作了报告，萧劲光、萧华和13兵团司令员邓华也在会上发言。

高岗根据毛泽东与中央军委的设想，再次明确说：“边防军出动时，到朝鲜去是以志愿军的名义出现，穿朝鲜服装，用朝鲜番号，打朝鲜人民军的旗帜，主要干部改用朝鲜名字。这样的处置，可以使朝鲜人民喜欢，又很有策略。”

这两次会议，合称为“沈阳军事会议”，主要作用是，萧劲光与高岗明确传达了毛泽东交与东北边防军的任务，即准备入朝作战。

8月中旬，内定编入东北边防军的三野9兵团奉命开至津浦铁路线，原一野19兵团也奉命开至陇海线，均处于机动位置上待命。

萧劲光从沈阳返回北京后，向毛泽东汇报了军事会议召开的情况，反映了东北边防军目前存在的一些问题，难以完成毛泽东“准备于9月上旬能作战”的要求。

毛泽东因此于8月18日致电高岗，肯定了他军事会议上的报告，决定将东北边防军完成各项出动准备的时间延长至9月底。他说：“萧劲光来告边防军的各项问题都可以解决；边防军完成准备的时间可延长至9月底，请你加紧督促。”

与此同时，毛泽东注意到美军可能在仁川登陆，是个值得密切注意的大战略问题。他立即决定采取三项措施，其中之一便是“检查督促东北边防军各项战备工作的情况，严令在9月底以前完成一切作战准备工作，保证随时可以出动作战”。

按照毛泽东的要求，8月26日，周恩来主持召开东北边防军准备工作会议，各总部和各军兵种主要负责人与会。

会上，他作了《充分准备，出手即胜》的报告，通报了朝鲜战局和可能面临美军在仁川登陆的困难局面，强调东北边防军要加紧训练，务必在9月底以前完成一切作战准备，待命出动。因司令员兼政委粟裕在休养，周恩来说明东北边防军暂归高岗指挥，等正式开战时再派出高一级的指挥员。他说：“将来部队行动后，前线指挥要一个统帅去，萧劲光、萧华也是在部队出动时再去。”

8月底到9月初，毛泽东一面等待粟裕病情好转，一面也开始充实东北边防军的力量。他考虑将早已内定编入东北边防军的另外两个兵团正式纳入建制，在已集结的边防军第一批部队5个军基础上，再增加8个军（实为7个军）。

遵照毛泽东的要求，周恩来于8月31日主持东北边防军建设计划会议，决定东北边防军以11个军60万人作三线配置：以原四野13兵团（含42军）为第一线，原三野9兵团为第二线；原一野19兵团为第三线。

他还决定，第一线部队出动后，第二线部队北上至第一线部队原驻地，第三线部队移至第二线部队原驻地，一面继续训练，一面准备参战。

也就在这一天，面对美军可能在仁川登陆的严峻局面，代替粟裕负责暂时指挥东北边防军的高岗十分焦急。他虽然是东北军区司令员，但实际并不懂军事，更无指挥大规模战役的经历。他清楚，边防军统帅至今未到职，使各项准备工作很不充分，必然影响即将到来的作战。因此，他致电毛泽东："建议指挥部队的统帅与专门人材早日来东北，以便作充分准备。"

但直到此时，粟裕的病情依然没有好转。

8月下旬，按照毛泽东"休养地点，如青岛合适则在青岛，如青岛不甚合适，可来北京，望酌定之"的指令，粟裕离开了青岛，但没有去北京，而是转往无锡疗养。

9月初，粟裕又途经上海返回南京家中继续疗养。尽管病情依然严重，但因兼任的华东军区职务并未去职，且"两手已不如在宁时之颤抖"，9月5日他还是抱病在参谋部送呈的《关于第9兵团参加东北边防军的行动方案》上签署了名字。

粟裕因病不能担负剧烈战争的指挥重任，毛泽东不能不在入朝部队最高指挥员人选上做第二手准备，开始考虑让中南军区司令员、原四野统帅林彪率军出征的可能性。然而林彪也有病在休养，而且很严重。

此时，美军还没有越过"三八"线，主帅出马的情况依局势来看还可以再等几个月。毛泽东在等待粟裕和林彪病情好转，几个月后，无论是粟裕还是林彪，谁的病情稳定一点，再决定由谁出马不迟。因此，他于9月3日回复高岗"建议指挥部队的统帅与专门人材早日来东北"的电报，说"林、粟均病，两萧此间有工作，暂时均不能来，几个月后则有可能，估计时间是有的"。他还要求高岗"请即就东司（即东北边防军司令部）及13兵团设立，并进行研究"。

也就说，既然粟裕和林彪暂时都不能前往就任，毛泽东要求暂代东北边防军指挥任务的高岗迅速考虑组建东北边防军司令部的事宜。

因为最高指挥员人选始终未定，高岗又不熟悉野战军事务，东北边防军指挥机构始终未组建。后来局势恶化，毛泽东被迫匆匆指派彭德怀担任司令员时，在来不及组织指挥机构的情况下，彭德怀只得利用13兵团司令部，将其改作志愿军的指挥部了。

毛泽东这一电报中，还告诫高岗注意两点：一是"必须以现代战争观点教育部队，切忌不可轻敌”；二是“对省级主要同志只讲边防，不讲其他”。

这不仅再次表明毛泽东出兵朝鲜的决心，担心部队有轻视美军的情绪，也说明他非常要求讲究策略，对省级干部以外的人只能宣传是东北边防，而不是抗美援朝，以免过早暴露中国的目的。

为加强东北边防军，周恩来奉毛泽东之命，多次与中央军委各部门会谈。9月3日，周恩来将会谈确定的《关于加强边防军计划的报告》上报给毛泽东。

报告确定归东北边防军建制的兵力是“11个军36个师连特种兵总队及后勤部队，共约70万人”，即13兵团、9兵团与19兵团等部。预备继续补充的人数为“准备20万人”，分别“从华东、西南保留复员壮丁10万到12万，从东北、华北等新区及河南于明年春季动员10万人”。报告还作了必要的战争伤亡准备事宜，“卫生组织照20万人伤亡布置，医药器材照70万人准备”。

这一伤亡的准备，已超过国内战争任何一次战役的规模。国共决战中的辽沈战役中共军队伤亡6万余人，淮海战役伤亡13万余人，合计才接近20万人。周恩来正是以这两次战役的伤亡总数作参考，来准备抗美援朝卫生组织的。

9月15日，朝鲜局势异常严峻起来。美军从朝鲜西海岸的仁川港登陆，全线进抵“三八线”，将朝鲜人民军主力隔断在“三八线”以南，朝军腹背受敌，造成重大损失。

经过一番紧急运筹与决策，毛泽东决定改派没有任何思想准备的西北野战军司令员彭德怀挂帅，率东北边防军立即出征朝鲜。10月8日，他颁发命令，“着将东北边防军改为中国人民志愿军，迅即向朝鲜境内出动，协同朝鲜同志向侵略者作战并争取光荣的胜利”，同时正式任命彭德怀为中国人民志愿军司令员兼政委。

预设已久的东北边防军最终公开打出了“志愿军”旗号，但因为粟裕病休，司令部指挥机构一直没有建立起来，而出国作战在即，临时上阵的彭德怀已经没有充裕时间进行重新组织。毛泽东只得决定以边防军所属的13兵团指挥机构升格为志愿军总部。第二天，东北边防军以志愿军的名义正式跨过鸭绿江出战。

粟裕未能再到朝鲜挂帅，负责志愿军撤军事宜

志愿军出征朝鲜后，经过7个多月的较量，美国意识到长期陷于朝鲜战场不利，因而谋求同中朝方面举行停战谈判。毛泽东也通过彭德怀的实战，深感以现有武器装备难以歼灭美军的重兵集团，便接受了谈判的请求。交战双方于1951年7月10日在“三八线”上的开城举行第一次会议。此后，双方打打停停，但再无前5次战役规模的大兵团作战。

1952 年 3 月，毛泽东派陈赓前往朝鲜，代替生病的彭德怀主持志愿军总部工作，彭德怀回国治疗。

病愈后，毛泽东考虑到朝鲜战场已相对稳定，不需要剧烈的大兵团运动作战，便将彭德怀留在了北京，接替周恩来主持中央军委日常工作。他的志愿军司令员兼政委一职，则奉命交与副司令员邓华代理。

邓华接到命令之前，最初代替彭德怀主持志愿军总部工作的陈赓，已于 6 月中旬被时为副总参谋长的粟裕建议调回国内主持筹建军事工程学院。

邓华接到任命新职的电令后，深感不安，致电彭德怀并毛泽东说："志司任务繁重，且关系全局，个人德才资体均很不够，实在费力挑不动。"

他认为"目前虽无大的战斗，但工作上是有损失的"，因而建议说："为加强志司领导，彭总不能回时，粟裕同志来此很好。"粟裕是毛泽东两年前考虑的抗美援朝挂帅第一人选，因病不能挂帅出征后前往苏联治疗，现已病愈回国。

邓华的建议不无道理，两年前粟裕生病未能统兵抗美援朝，最后由彭德怀接任；现在彭德怀生病，而粟裕病愈，可以前往担负原本就是他应履行的职责了。这也表明了邓华期待在粟裕这位华东主将和常胜将军麾下工作的由衷愿望。

当时粟裕已在总参谋部担任副总参谋长，邓华为了让毛泽东和中央军委答应粟裕顺利前来，将粟裕走后的一些人事安排也考虑很周全。

他建议说，粟裕的"副总长职陈赓同志很可胜任"，也就是让陈赓接任粟裕的副总参谋长一职。而陈赓正在负责筹建的军事工程学院，邓华则说："工程学院可另选人。"

对自己的去处，他说："我则到兵团去再锻炼一下能取得一点前线的经验是有益的。"

同样考虑到已无大的战役战事，不需要野战军级主帅出马，此时的志愿军司令员兼政委，也仅仅相当于"看守内阁"，粟裕又是刚进入总参谋部担任聂荣臻代总参谋长之下的唯一副总参谋长不久，因而毛泽东和中央军委未接受邓华的建议，没有同意让粟裕前往朝鲜接任彭德怀之职；同时也出于对邓华的信任，决定仍然由他代理志愿军司令员和政委，主持志愿军全面工作。

第二年 7 月 28 日，彭德怀又到朝鲜，但已不是指挥作战，而是代表中朝一方与美军签署了停战协定，交战双方的兵锋最终停滞在"三八线"，抗美援朝由此结束。多数志愿军部队奉命回国，部分留下保障停战协定的实施。

1957 年 12 月，毛泽东决定从朝鲜撤回全部志愿军部队，提出在 1958 年内分三批撤回。

1958 年 1 月 24 日，他致电金日成说："1958 年 3 月至 4 月撤回三分之一，7 至 9 月撤回第二个三分之一。年底以前撤回最后的三分之一。"

时为总参谋长的粟裕抗美援朝挂帅虽然未能成行，却成为撤回志愿军的主要执行者之一。

2月7日，他根据毛泽东的电报，提出了关于志愿军撤军方案和回国后部署的两个方案报告。

经中央军委143次会议讨论后，第二个方案获得基本同意：先撤回的部队驻东北；第二步撤回的驻华北；最后撤回的部队驻华中和四川，以便进行营房补修生产等工作。

随后，根据军委会议的决议，粟裕着手进行一系列精心准备工作，包括起草部队调动的命令。

他先是安排总参谋部作战部起草了以中央军委名义调志愿军回国的命令，但主持军委工作的彭德怀不同意，只好又改用国防部名义，仍然被兼任国防部长的彭德怀打回。彭德怀说，这个命令要用总参谋部或总参谋长名义下达。

粟裕只得安排作战部重新起草了以总参名义下达的调志愿军回国命令。但他认为用总参谋部或总参谋长名义下达这样的命令不妥，几经思考后，在电报稿上写上"请彭总阅后发"，也就是由彭德怀决定命令的署名。

彭德怀将电报稿直接拿到军委会议上讨论，结果以总参谋部或总参谋长名义署名的形式被否定了，最后还是决定调志愿军回国的命令以中央军委名义发出。

2月14日，粟裕又与国务院总理周恩来、外交部长陈毅等人一起组成中国政府代表团前往朝鲜访问。粟裕的主要职责是慰问志愿军与部署撤军事宜。

3天后，粟裕和周恩来接见了志愿军司令员杨勇，指令说，"撤军要交好、走好、到好"，"只要朝方提出需要的一概留交"，"对方未提到的不强给"。

随后，他和周恩来、陈毅等人一起冒着纷纷扬扬的鹅毛大雪拜谒了志愿军烈士陵园，向倒下的烈士们敬献了花圈。返回后的下午，他又和周恩来等人一道给即将归国的志愿军司令部干部和各军代表作报告，给抗美援朝画上了最后的句号。

不过，粟裕遵照彭德怀指令起草调志愿军回国命令，不久被冠以"擅自调兵回国"之名批判为"反党反领导的极端个人主义者"罪状之一，成为粟裕一生挥之不去的阴影。

（选自《吹角连营——毛泽东和他的五大名将》，团结出版社2017年11月版）

作者简介：

张雄文，中国作协会员、湖南省作协全委、株洲市作协副主席、鲁迅文学院第33届高研班学员。作品散见《人民日报》《文艺报》《人民文学》《湖南文学》《山东文学》《创作与评论》《散文百家》《诗歌月刊》《散文选刊》《解放日报》等报刊。出版有《无冕元帅》《名将粟裕珍闻录》《毛泽东粟裕与淮海决战》《蒋介石的枪杆子》《战场上的粟裕》《踏雪泥集》《眼底吴钩》《多是横戈马上行》《吹角连营》等九部书。曾获山西省“五个一工程”奖、北方十三省市文艺图书一等奖、全国侗族文学“风雨桥奖”、《散文百家》全国征文一等奖、《人民文学》全国征文佳作奖等奖项。

深杉“候鸟”（节选）

王丽君

认识汪思龙，是在湖南卫视推出的《绝对忠诚》栏目中。汪思龙是一名研究杉木种植与丰产的科学家，他正蹲在一片杉木树下，与身边的年轻人在对话：

这个数据多少？

1.4。

这个数据多少？

1.67。

这回多少？

1.72。

现在呢？

1.42。

他们在说什么呢？我的目光带着问号。这样的场景与忠诚有什么联系？

心中科学家的形象，应是时刻皱着眉头在思索问题，突然想到一个重要的理论，便飞快地冲起实验室，夜以继日，不眠不寐求证他得到的启示。而电视中的这位，神情疏朗，只说着简单的几组数字。这与他的科学研究项目有多大的关系？跟一林子的杉木打交道，这些简单的数字到底又有多大的价值？

电视里的配音不断送来：

数据监测记录是汪思龙和学生们在野外的主要工作，“人工林生产与地下碳固值之间的权衡关系”是国家973课题，在这片林子里要进行持续四年的观测试验。

汪思龙：0401这个林子里有测不完的数据，现在了解的是测树干呼吸、土壤呼吸，其实还有很多东西我们不了解。

原来树干和土壤也会呼吸。这是多么新颖的世界！戴一顶黑色且有帽檐的帽子的汪思龙，问得一连串数字后，终于站起身子。不容否认，他是个帅气的男子，个子不高，却拥有一种杉木的精气神。笔直，乐观，毫不犹豫地向上，仿佛这世上，没有任何东西可以阻碍他与天空不断接近的步子。

当他左手取下头上的帽子，眼前的神情便有些变化。因为他显露出头顶稀少的头发来，与这个丰茂的杉木林形成强烈的对比。还有引人注目的是，右手的大拇指则和食指始终捏在一起。三十年与林木和土壤打交道，这是汪思龙研究土壤取样时的习惯动作。

这时，太阳从杉木林顶上投射下来碎碎的影子，落在他的身上，也落在他身边年轻的观测员的身上。身边的年轻人是他的学生，学生称他是杉木林里的百科全书，对每一棵树了如指掌。而我的感觉是，他正在指挥着这一片片杉木的生长。

电视里继续着关于会同杉木林的话题：

> “春分时节，在海拔1100米的怀化会同县广坪镇的森林里，桃花梨花，争奇斗艳；但是很少有人认识这种花，开在长刺的树上，雌雄异体，除非把身体靠近，轻易闻不到它的清香，它就是杉木开出的花。”

他笑了。杉木上开出的花朵似乎也是满含笑意的。我却傻眼了。

原来，电视中的汪思龙，是在与他的学生一起测量树的根径、胸径，并通过多次这样的数据对比，一点点破译杉木的成长密码。

原来，简单的数据，日积月累有如此强大的作用。汪思龙用这些数据，搭建起人心通向杉木之心的桥梁。事实上，这些简单的数据，也搭建了让我从长沙走向沈阳走向会同的桥梁。

汪思龙每年从沈阳来到会同的大山，远离家，远离妻儿，与杉树们做伴，一待就是大半年，有时甚至从开春一直要待到冬季才能回家，常年过着候鸟般的生活。这样的日子，至今已有30多年。

这是多么不容易的坚持！是什么给予他的力量？要有怎样的信念，才能走过这30多年的风风雨雨？我想，他不是一只普通的“候鸟”，他是一个有着博大情怀、崇高信仰的“候鸟”，这只候鸟用真情守候而成为杉木林之上。杉木开出的花，为他！为他们！

1. 帅小伙飞梦深山

狗伙伴

1985年，从安徽农业大学林学系毕业的汪思龙，被分配到了沈阳应用生态研究所，并且奔赴野外站——湖南会同的大山。

他原本出生在青阳的大山里，十年寒窗，终于跳出农门，走出大山，却又走进了另一座大山。这是父母很为之纳闷的事。但选择林业专业的汪思龙早就知道，工作是要上山的，出差也是理所当然的。

对于这些，他有足够的心理准备。

汪思龙的导师陈楚莹说，从事杉木研究这一行，一定要到野外去多看，多了解。

迟早都要回到山里，迟不如早。于是，他出发了。

第一趟出差，从沈阳到北京，然后转广西柳州，再至玉林。36个小时，路途有多么辛苦，汪思龙并不觉得。因为一路上新鲜得很。南方与北方的气候、植物、土壤都不一样，路上处处是风景。

棕榈树、羽尾燕，还有羊蹄夹，真漂亮啊，尤其是羊蹄夹，两个椭圆形的瓣，花是红色的，这些都是安徽青阳老家少有的。甘蔗、木瓜、芭蕉，不断进入他的眼帘。香蕉很多，从前他并不知道香蕉树长成什么样，而这回，梦幻般地一一出现在他的面前。

在南方，太阳是白色里，明亮、耀眼，恍惚的感觉伴随着他。唯有让他觉得真实的是，这里的土壤是地道的砖红壤，真实地站在砖红壤上，一切都能真实地开始。

第二天一早起床，汪思龙就开始了他的调查。他调查的方向有杉木人工混交林的，也有土壤动物蚯蚓、土壤植物的。调查结束，已经是一个月以后了，意气风发的他，干脆不回沈阳，与一个叫邓仕坚的老师直接到了湖南会同。

我们国家杉木人工林在全世界面积是最大的，但是很尴尬的是，我们的生产力不够，每亩生产的木材不是最高的。甚至在许多地方连续栽种后，长势一代不如一代。而在会同县广坪镇，人工栽培杉木的历史长达八百年，半个多世纪以来，一代又一代科学家驻扎在此，就是要将民间栽培经验和林木生长奥秘变成科学结论，指导全国的人工林生产。他们白天在野外观测数据，采集样本，饿了就吃点干粮；晚上阅读文献，分析数据，乐此不疲。

汪思龙进山的日子是1985年11月。路的两边，郁郁葱葱的杉木林排着整齐的队伍迎接他。没想到的是，迎接他的除了那些林子，还有陌生又熟悉的狗，起先是对着他的脚步声大叫，随着站里工作人员的招呼，它们很快就和他亲热起来，围着他转圈儿。他似乎又回到他的家乡。

其实在青阳，大山里的绿除了竹和茶树，还有那连山连坳、一望无垠、满目葱绿的杉木林。这时节，它们正在皖南丘陵山地写意绿的精彩，勾绘绿的神韵！

当眼前与他的记忆相重叠，汪思龙内心的杉木情结被触及。他用视线掀起那绿色的一角，走进杉木林中，那密密麻麻高达数丈的杉木林阵，确实叫人震惊！看那林阵，一排排横成行，一列列纵成线，一方方如阅兵式之方阵，那么严整，那么威武，那么气宇轩昂，那么无边无际，看不到尽头……他深深震撼了：是谁有如此这般神奇的创意，演绎出这大气磅礴的军阵演练？

他要探寻，他要掌握它们，他要当它们的将军，指挥这千军万马！他要做它们的王！

它们其貌不扬，用途极广，只需稍事雕琢即为良材。它们能自然生长，靠的是山地深厚肥沃的沙质土壤和温润气候与阳光。它们既可独处，又可成林成片，还可与各种树种和谐相处，杂居生长。更重要的是，它们讲奉献！只要人们需要，它们总是将自己的身躯（树干，优等的木材）无偿地献与人类，却并不苛求回报。

野外站的人正是怀抱着杉木的这些品质，在这个大山蹲了下来。日子久了，寻常人也不知道，到底是杉木的这些品质影响了他们，还是他们赋予了杉木林这些品质。

尤其是那声声狗叫声，他仿佛回到了自己的家，又仿佛来到了一个战地训练场。

第一天晚上八点，正好是读数据的时间，他跟着站里的两位观测员一起往林子里走去。

只见他们头上戴了野外照明灯，并且各自拿着手电筒和一个数据记录本。

他极快地跟在他们身后，沿着小路往山下走。

一开始，狗是跟在身后的，不一会它就跑到前面去了。老观测员介绍说，在他们野外站，狗与人一样，是有口粮的，它们的饮食，是允许入账的。这些小伙伴可有用了，平常的日子，它们在站里起着安全保卫的作用，夏天进山难免有蛇，它们还很自觉地跟着，在前面开路。

从老观测员的话里听出，会同站的狗多么可爱，多么通人性。

的确是这样，在大山里，人烟稀少，狗是非常重要的朋友。

打开一个立在地上离地约有几米的箱子，里面横着放大了儿倍的“体温表”。那是测林内气温的，一位观测员一边读，一边要汪思龙记下了上面的数据。另一边的观测员正蹲在地上，顺着手电筒的光往地上看，有三根横放在地上的超大“体温表”，另有三根立于地面。这是林内测地表温度的。这一系统叫小气候梯度观测系统。

晚上他们只读了这些数据。事实上，这个实验场所还有地表径流场、树干径流装置、穿透雨收集器和枯枝落叶收集器等。他们还要到山上另一块地方去读数据。

会同站早期的定位观测以气象和土壤养分为主。气象观测最早始于1960年，分林内小气候观测和林外气象观测，小气候观测主要针对不同发育阶段和不同立地类型杉木人工林，观测点和相应观测设施位于站部周围，试验林归疏溪口村集体所有；林外气象观测站位于疏溪口黄家团南面老站部用房前的空旷地。

这些气象观测在“文革”期间基本中止。1987年，会同站开始在么哨试验林场建立气象观测站，重新恢复了常规人工气象观测，包括空旷地和林内气象观测。1998年开始设置自动气象观测。1999年，按照CERN监测规范要求，分别在1983年营造杉木人工纯林和常绿阔叶林内设置了主观测场。2000年开始按CERN监测规范和指标体系开展水、土、气、生四大要素监测和数据积累。

2004年完成了气象观测站标准化扩建，使观测站面积达到了25×25平方米，各种观测仪器的布设和指标观测均达到了国家气象局标准，并同时开展人工和自动观测。经过长期研究和调查之后，会同站向中央建议将我国林业区域战略重点由北方转移到南方，转移到亚热带和热带；商品用材由依靠天然林转向人工林；树种由单一树种逐渐转向多树种；林业结构逐渐由纯林转向混交林。

超大体温表观测的数据，是林内小气候观测。

退出这个观测场后，他们开始往往山上走，约二百米处，有一大块被围起来的空地，既有刚才看到一模一样的箱子，也有立在地上的超大“体温表”。他们是通过数据对比，掌握林内温度和林外温度，林内气温与林外气温。

一路上，一条“保安狗”始终跟随，第二天一早听到的声音，依然是狗叫声，汪恩龙醒来时，太阳已高高挂在了天上。

他再次走进那光影重叠的树林子，发现这树林子里除了杉木，还有火力楠、桤木和刺楸等，在大自然的风雨中，它们各自按着自己的生命规律悄无声息地成长。这些树木呼吸着成长着，它们的身世与人不一样，却终究与人一样，出世又入世。十年、二十年，终究会走出深山老林，与人类共光阴，同人类一样彰显自身的价值。

测日照、测风向、风速、降雨、水分蒸发等的仪器，它们都固守着自己的职责。

也许正因为杉木生长缓慢，才更是为人间增添一种情愫，成为一道道风景，成为一件件甘为人类付出的神器。

在他转身间，一只狗在不远处看着他，汪思龙笑了，向它招招手，叫一声小伙伴，那只狗儿摇摇尾巴，算是对他的回答。

酸雨·蛇影

汪思龙小时在山里的生活，上学多于进山，而到了会同后，简直是拥抱大山了。与大山打交道的日子，各种大山里的奇遇，也就扑面而来。

寂寞的会同大山之夜，可以让他回到童年，回到祖母的怀里，回到父亲的《封神演义》里。父亲爱看小说，靠用屋前屋后的竹林扎扫帚卖而将儿子送出大山的愿望，也许是从雷震子的翅膀得到的启示。而汪思龙和他的哥姐和弟弟，当时就是一边写作业，一边看着父亲入神的样子……甚至，他还可以回到母亲的那一杯明前茶里。

儿时的温暖，学习的快乐，与大山的气势环绕着他。会同与九华山的气势在他心中融为一体，让他的心感到无比安宁。

一颗安宁的心不但可以高过大山，也可以低若大地，可承载理想，亦可俯身杉木。

时间很快就到了 1986 年，这一年属于见习期，汪思龙除了解站里主要做些什么工作，熟悉环境外，同时还辅助有高度责任心的女站长、导师陈楚莹做人工酸雨实验。

二十世纪八十年代，我国不少地方发现了酸性降水，特别是西南重庆、贵阳地区尤为严重。人们平常称之为酸雨。

土壤营养包括氮（N）、磷（P）、钾（K）、钙（Ca）、镁（Mg）、硫（S）等，这些植物需要，人也需要。其中氮是蛋白质的核心成员，磷是染色体，遗物质的关键成分，也是力量的传递者。

力量！力量！是否是这种土壤营养传递给了汪思龙力量？

酸雨与氮有很大关系。大气中的硫氮太多，降水后便形成酸雨。而酸雨多，又会加重钙与镁的淋失。过酸会导致土壤微生物根系的损伤，没法维持活性，吸收的能力就差了。

因此，国内外一些文献曾报道：酸性降水能影响生物的生长发育，降低生物产品的产量和质量，甚至引起鱼类和森林的死亡，破坏生态平衡。森林是陆地生态系统中最重要的组成部分，是人类生存和生产的必不可少的物质条件。研究酸雨对森林树木的影响和危害，是保护环境和发展林业生产的一项重要内容。为此，在非酸雨区的湖南会同森林生态实验站开展了模拟酸雨喷树试验。以便掌握树种有没有被酸雨污染，哪些树种更有能力抵抗它的危害。

当时在会同没有发现酸雨，于是将其作为一个“清洁区”。这一切让汪思龙感到无比的新奇。他跟着站里的科学家们拿各种小树苗做实验，用模拟酸雨按降雨量配比，洒在小树苗上，观察叶片多长时间会产生损伤斑点，时间长的还看落叶数量，落叶越大就意味着越敏感，伤害越大。若酸雨停止，它很快又发芽长叶，说明它的恢复能力越强。

他们还在菜地种杉木马尾松，再看净生长，结束后也会把根挖出来，看根的生长情况。按照导师陈楚莹说的，既有处理的，又有不处理的，这样进行对照，才能把握实际情况。

当然，一个试验周期差不多要一年的时间，这是一个漫长的过程，更需要耐心、恒心和毅力才能掌握它们。

在这一年里，由于项目的需要，除了模拟酸雨的实验，还要进行实地调查。在会同的大山里做调查时，有好些惊险的镜头，让汪思龙刻骨铭心。

会同这片林子，有的已在进行研究，有的还是原生态的。布点为科学研究的，肯定都有路了。而大部分，得靠手中的工具才能为自己砍出一条路来。

夏天里，汪思龙和几位科研人员来到一个林子，他们边看边往林子里走，听得路边有窸窸窣窣的声音，还没反应过来，就感到脚上有东西触动，天啊，那是一条蛇！

那条蛇从一边的林中窜出，竟“嗦”地从他的脚上溜过，惊慌地又窜进另一边林中。

汪思龙吓出了一身冷汗，虽然蛇很惊慌，没有伤害到他，但心中先前的那些新颖感，已被这蛇吓走了。

直到他回到站部，心里还不是滋味。

当晚，他失眠了。

多少年的努力，仍然没有走出大山，仍然远离城市的繁华，与狗们做伴，还有那可怕的蛇。那些霓虹灯光，那些高楼大厦，那些人流车流，远比这大山里热闹啊。

那样的地方，不会有蛇影。那样的地方，只有美好。

翻来覆去睡不着，恨不得爬起来就离开这鬼地方。但他爬起来时，却不由自主地走进杉木林，一边摸摸那些树干，一边用力地呼吸几口杉木中的清香，然后返回住处，拿起了书——看书看书！看着看着，他的心湖竟平复了，那些个激荡的波浪，慢慢变成了轻轻回荡的涟漪。然后，脑里心里又全是关于杉木的一切了。

是的，城里没有充满生命力的杉木，没有带着杉木香的空气，没有洒在杉木身上碎碎点点的阳光，没有让他回到童年记忆的那种夜晚……

心中自是百感交集。感慨之后继续看书、思考。

很多漫长的日子，当他不知道怎么挨过时，他便在杉木林中徘徊，便坐在桌前看书，便用心于科研。用心于人工酸雨的实验，与杉木林相处的日子，一晃而过。

路漫漫

站里当地年轻人很多，工作之余，大家常在一起打牌下棋，打篮球，很有活力，管理也很到位。虽有短暂的不适，但汪思龙很快就融入这个观测、研究杉木林的大家庭。后来他哥开玩笑说，他们被父亲用扫把从大山里扫出来后，没想到弟弟汪思龙竟然又进入了另一座山。但他相信他的弟弟会干得很好，因为，汪思龙太了解大山里的林子了。

就这样来来往往，在会同调查、了解，然后将这些数据带回沈阳进行研究分析。就这样，他成了会同站真正的一员。

不过，会同的现实情况也摆在他的面前：站里实在没什么更好玩的，尤其是交通太不方便，没法出去玩。林场离外面有17公里路，直到2000年才修成柏油路。当时道路是沙石路或土路，下雨后就变成泥泞路，天晴时车开过去灰尘四处飞。

好在汪思龙的定力不错，过去的经历和磨炼让他很快静下心来，学学外语，看看文章，用来打发工作之余的时间。

只是，在沈阳与会同之间的路程由新奇慢慢变得漫长。

路程太远了，一次二次的新鲜劲很快就过去了，代之而来的是旅途的疲惫。从沈阳出发到会同，起点的车还好，一般都有座位。若是从会同回沈阳，开始得坐汽车到怀化，再从怀化上火车，常常得站上七八个小时。当然，幸运的话，到娄底就有座位，否则有时到长沙甚至武昌才有。起初傻乎乎地站着，后来学乖了，用杉木做一个小板凳带着，放在过道上坐下，这样就好了很多。

别的对年轻人来说也许不算啥，但汪思龙肠胃有毛病，遇上车上人多，不能及时上厕所，这让他难受得很，有时回到沈阳，就再也不想去会同了。

记得那次，年后的火车上人满为患，不光是座位上过道上人满满的，座位下都干脆有人躺着睡着了。而他偏偏肠胃不好的毛病发作了。

汪思龙站在过道上，肚子一阵接一阵地痛。想往厕所跑，一抬脚，发现脚要离开地面有些困难。低下头，看到的是一个人坐在自己的行李上，行李紧靠着自己的脚。他想试试抽脚离开地面，却看到另一人的脚很快就占据了那微小的位置，接之而来的是自己只能摆出金鸡独立的姿势……

肚子还是一阵一阵地痛，那个难受劲儿，使他几次三番想尝试突围，冲向厕所，可人挨人，人挤人，想动一下身子都难，又如何将那一肚子“委屈”发泄？忍一忍，又想一想，脸越逼越青，还是只能忍着，难受的泪水在眼眶里打转……谁说男儿有泪不轻弹！不伤心时也有泪！

想起父母对自己的期待，想起自己曾经的梦想，不就是考上大学，从大山里飞出来吗？而今……

这样的一路历程，能让汪思龙一而再再而三地来回吗？这样一座大山，能留住汪思龙的心吗？

寻找实验林场的途中

会同站建站初期，科研人员只能住在广坪镇老乡的木屋中。为填饱肚子，他们科研与种粮、打鱼两不误。77岁的会同县原副县长杨武祯回忆说：“当时条件差，他们的打扮跟当地农民一样，穿上草鞋，拄起木棍，背着水盆就往山里走。摔跤、衣服划破是常有的事，出来时灰头土脸。”

科研人员喝不上县城的自来水，供电是农网，电压不稳和断电常使实验干到一半又得从头来。通往会同站实验林场的13公里山路，坑坑洼洼，碰到冰雪雨水，要走两个多小时才能上山。

说实话，没有坚定的信念和坚强的意志，连续野外观测和研究的日子是无法坚持下来的。汪思龙心中不是没有苦涩：“工作不是很体面，好不容易跳出农门，做的还是农啊林的。既不光鲜亮丽，也不是打个电话动动笔就能搞定的事。”

一点都没错，汪思龙头一次做杉木林调查，没有经验，天气热，穿的是T恤，林子里走走停停，回到宿舍，脱掉外衣，全身都是红点。一天下来，就非常厉害了。

这样的经历多了，就常穿厚一点，但一路出汗，就像夏天掉在水坑里的感觉，难受得很，却不得不忍受。

有时为寻找符合研究要求的林子，通常要走很远的路。

比如要有代表性，树龄、坡度、坡向等是否均匀，20米范围内不能有不协调的东西，比如发现了一大块空地，这样的林子是不符合要求的。

常常走啊走啊一直走到中午，回到住处便是晚上了。湖南的野外大都有蛇，那是很难克服的恐惧。

一次几个人外出寻找新的试验林，走着走着迷了路，肚子却呱呱叫起来，精神也就不振，心里却紧张。

饿了一天，好不容易才走回住处。也许是饿晕了吧，大家回到站里时都很累了，负责做饭菜的同事把一种看似是油的东西放进菜里，结果一个站的人都拉肚子。原来，那种油是用来刷木桶以防漏水的。

会同站一共有四块样地，分别在广坪镇、平村镇、堡子镇、鹰嘴界。会同站有么哨实验林场水文观测场、养分平衡实验场、长期试验林地等基础设施，以及土壤动物试验、凋落物剔除试验等试验样地。让汪思龙记忆犹新的是鹰嘴界的样地。

鹰嘴界是“文革”后找到的一个场地，早已成为国家站很重要的一个平台。

因为未来发展很受局限，就要找符合未来发展的样地，通过林业局同志的介绍，汪思龙他们便一个一个地去看。自然保护区一个技术干部提供的线索说，他们那儿有一个1000多亩的人工杉木林，引起了他极大的兴趣。

那么，如何选择林子呢？汪思龙说，对于林地的选择，一是看林子的大小和具体情况，比如里面是否有被严重破坏的空地，是否有悬崖绝壁、石头等，没法去做调查的，大石块多的都不合适。二是要看近处还有没有更好的，因为这个地方比较远，没有车道，走两个多小时的爬坡路才能到达，周围没有电、水。三是要看增加什么设施，因为观察林地要做水泥标识，保证水和电的供应。四要看地形边界，坐标，仪器测试标庄，边界林地坐标定位。五是如果选为样地，得将每一棵树挂牌定位编号。

鹰嘴界国家级自然保护区距会同县城约35公里。总面积1.75万公顷，南北长约24公里，东西宽约10.6公里。

2001年9月，鹰嘴界自然保护区因丰富的生物多样性，天然林多、物种丰富、地广人稀、景观奇特，被省人民政府列为省级自然保护区，后来又被国务院列为国家级自然保护区。加之，区内地貌景观和森林生态景观交相互融，两者有机地融为一体，景色十分迷人，堪称湘西一绝，被有关专家誉为“小张家界”。同时，那里环境幽静，树幽林密，具有极强的古朴原始神秘感，且空气负氧离子含量极高，是湘西南地区最大的天然生态氧吧，是人们休闲度假、返璞归真、科学考察、观光旅游的一处理想场所。

当发现这一山区后，汪思龙非常兴奋，经过多方调查考证，是他们心中理想的场地。可是在寻找林子的过程中，也遭遇到一些非同寻常的事，让他刻骨铭心。

经常和同事一起去调查林子，一次遇上了马蜂窝，大家都被蜂蜇了，一位同事眼睛立马肿了。

被毒蜘蛛侵扰，在会同森林站工作的人都躲不过，汪思龙更是。会同站起初的房子都不密封，早上起来发现皮肤红了，就是毒蜘蛛的分泌物碰到了皮肤，一般要几天才能好。

在路上、在房间发生这样的事很正常。久了，汪思龙也习以为常了。只是，汪思龙开始重新审视自己所学的林业。

想起在考大学选专业那会儿，他并不知道要选择什么，甚至觉得自己更喜欢做木匠。小学时，一放学他常跟在一木匠看他做家具，自己回家模仿。

他从外面捡来木头，自己做成鞋架，家里的小推车，甚至哥哥的架子床都是他做的。以为林业学习可以学到木材加工、植树造林、测量，高中学高等数学和物理也就特别用功。

大学时，了解到林学是一个长期作业的工作，有的20年甚至更长的时间才能培养一个林子。他当时对土壤学比较感兴趣，到这个站更多的是做与土壤相关的工作，这与自己原来的兴趣重合了。

第一次住院

那年正在读硕士。

为了给站里做标牌，用了汽油稀释油漆，汪思龙不知道自己对汽油过敏，弄了一个上午后，中午吃饭时，人就站不住了。这可把站里的同事吓坏了，赶紧将他送到会同医院。躺在医院的床上时，他竟然还是感觉天旋地转，连病床都在转动。医生看过后说，这是诱发了美尼斯综合征。

他并不知道自己会有这种病。

这是汪思龙第一次住院。身体上的难受，有时还可挺得住，但心里忍不住地落寞。家人远隔千山万水，不能来照顾自己。由此又想起父母、爱人和孩子，他们生病时肯定也会想念他，他却没法去照顾他们。想起这些，说不出的心伤，忍不住的遗憾。

记得妻子张莉每每与他说起一些经历时，眼睛里泪汪汪的。虽然北方女人相对坚强，但她到底是个女人啊。在病中，汪思龙更加思念家人，渴望小家的温暖。他几乎就想扔下手中的一切，回到沈阳的家，抱抱妻儿，带着他们一起去孝敬父母，管他什么杉木林！

什么硕士博士的，哪有一家人在一起互相照顾，享受天伦来得实在。

汪思龙躺在病床上，左思右想，心中更是难受。

“思龙，唉，听说你病了，我给你做了荷包蛋，快快快，吃了荷包蛋就不想家了……”汪思龙回忆到这里，眼睛就红了。原来，一本地同事的妈妈听说汪思龙病了，想着他的家人在外地，便给他做了当地人认为最营养的汤。

汪思龙的心里，忽然间一股暖流涌上来。

病床上的汪思龙，喝完汤后精神变得振奋。在场的同事说，当时汪思龙的脸色很快就由阴转晴。蛋汤怎么会那么神奇！

这一次进医院，汪思龙竟给自己找到了一个温暖的注脚。

会同的杉树，静静地立在他的生命中，它们的根就像筋络，遍布于他的全身，让他拥有的时光，既有苦涩，也有甘甜。这一碗蛋汤，冲淡了那些没法说出来的感伤。

乡情就似那杉木树啊，亲切，懂他的心。同时，他们彼此需要。

先前的那种想法，那一刻便抛到了九霄云外。

汪思龙重又拥有了最初的梦想。

在会同的日子，白天到杉木林中工作，晚上给予汪思龙的，是深山里的寂寞。他不知道自己在这个深山度过人生的大部分时光是否值得。

蚊子的嗡嗡声总似乎在提示着什么。好在躲在蚊帐里就好了。大山里的安静，天籁般的声音滋润着汪思龙的耳目和心灵。

他是改革开放恢复高考后，头一个去野外站工作的大学生，很快就和当地聘请的人混熟了。

到了晚上，相互邀着下象棋，打扑克。不过大多数时候汪思龙要看书，考博的那段时间，就是在会同站努力学习考上的。但大山里的蚊子特别多，有时大家成了蚊子的盛宴。

最惬意的时候，要数点一支蚊香，躺在凉椅上仰视星空的时候。

心里头想着的是白天的工作。

人工林不像天然林，天然林没有归整的行，东一棵西一棵的，他们当时调查的人工杉木林，因树小，枝叶矮，比较密，胸径、地径贴近地面树干的直径……

慢慢地，汪思龙感觉自己和它们贴近了。找到了通往它们的密码，这些就像暗夜里的星辰，给他鼓励，给他希望。

他准备考博，他决定在这条路上继续走下去，和会同站的杉木林相伴着，一年两年，几十年。这种决定就好像在黑暗中看到星星。

星星与明月相伴时最孤单也最不孤单。

候鸟们与杉木林相伴，眼里会有星辰，明月会随之而来。

当汪思龙看清真实的自己和外界，他便从黑夜迈向了光亮。

科研的过程，其实也是自我救赎的过程。享受小家温馨，都市繁华，谁都想啊，这些矛盾和迷茫，最终被一个个科研成果所化解。以至于有一天，心中终于释然。

童年的创伤，会在成长的途中愈合，而不能和家人在一起的疼痛，却随同这些杉木林的成长而被置入心灵深处。

正如站里的每一个人都在漫长的时间之河中潜游，在一场关于爱的承担和付出中往前走。

这是一场路途中的人与自己的较量。时间不分古往今来。

春日的夜晚清明，夏日的夜晚凉爽。秋日的夜晚，到处都有着收获的气势。而冬日，雪花晶莹着每一颗心。

他有时会想起曾在雪中夜走的事，无限感慨。

心亮了，不只是晴朗的夜晚天是明亮的，有雨的夜晚天也是明亮的。

值得庆幸的是，站里虽然艰苦，但是导师陈楚莹非常关心人，会鼓励人。她是站里的灵魂人物，总是以各种方式鼓励着汪思龙。

当时有很简单的放映机，汪思龙非常好奇，觉得它很神秘。陈楚莹看他那充满期待又不知所措的眼神，便对他说："这东西简单，你肯定能一学就会。"果然如此，在看到导师示范后，他就能放映了。

第一个试验让汪思龙一直记忆犹新。陈老师取了样，汪思龙把标样放在测热机里测热值，每单位树叶能释放多少热量。

通过测量，能知道树长那么大，通过光合作用有多少热量固定在木材中，这于汪思龙来说很新鲜，那个仪器对他来说也很新鲜，不知怎么用。

陈老师见他好奇的样子，说，这个简单，老师教你。在她的示范下，汪思龙果然一下子就会了。

老师的每一句话都在鼓励他。她像一个母亲对待孩子一样，和他细心耐心地讲南方人工林如何重要，应该关注什么内容以及生态学等方面的问题。真是收获不少。

他想起四年级时引他进入起跑线的老师。鼓励对于汪思龙，在小学很重要，在这时，同样重要。他心里充满了感激。

都以为汪思龙必定是个神童，无数人猜想他小时候是如何以神童的名义生活在大山，让大山的人们茶余饭后谈起他的神奇。他却涩涩一笑："我小学四年级以前，成绩很一般。"

那怎么可能？

"我想，一切的改变，应该都在四年级吧。现在回忆起来，那时遇到了一位好老师应该是我进步的一个重要的因素。有时我想，我的脱胎换骨，突飞猛进，以至于考到了第一名，并此后几年一直保持了这个成绩，与那位老师是密切相关的。你看，我多么幸运！"

一个优秀的老师不在于教好优秀的学生，而在于能将一个落后学生带入前列。每一个老师都有很多很多这样得意的学生，这个并不稀奇，但为未来的一位科学家打下了基础的老师是什么样的呢？

四年级以前，汪思龙的作业经常都是求姐姐帮忙的。每次挨批评的人中都有汪思龙，他就常常逃课。看起来，他与其他普通的孩子没什么两样，除了上学，得帮父母做些家务。尤其是暑假，得帮着做农活，整个人晒得很黑。点豆、锄草，一样也不能少。

四年级，学校来了个本地的初生毕业生代课老师，他叫王礼权。这个名字，汪思龙永远都不会忘记。电影文化给大山乡村注入了无限的生机。什么《地雷战》《地道战》等传得热热乎乎，最吸引孩子的当然是《闪闪红星》之类的电影。

也许因为汪思龙儿时胖乎乎的，长得有点像潘冬子，在那个热爱英雄的年代，每次搞校外活动，王礼权老师就让汪思龙扮游击队员，演小小红星。这些校外活动与老师的欣赏，让汪思龙的学生生活得到彻底改变。潘冬子那种遇到困难不低头的精神，也不断渗入了汪思龙的心里。

小小竹排江中游，
巍巍青山两岸走，
雄鹰展翅飞，
哪怕风雨骤，
……

汪思龙张口就来，小小年纪，那般投入，进入了角色的他，眼里尽是激情澎湃。王礼权看在眼里，忍不住为他点赞。“要想胜利不能靠等，要去斗。”这句话始终在汪思龙的心里盘旋。

老师的赞许，同学与先前不同的目光，让汪思龙觉得，世界原来如此美丽，学习原来是如此快乐的事。被人关注的时候，原来自己也可以如此好！

想着潘冬子的可爱、机智、聪明，其实自己也可以！

他的优势也就逐渐体现出来，考了第一名，这期末领回了奖状。从此，他在小学的学霸之位——第一名，再没有别人能抢占。

这样的转折太快了吧。

他笑了：“我确实就是这样。”

林清玄是对的：好孩子就是被唤醒了内心的种子。

显然，汪思龙被那个叫王礼权的老师、电影里的潘冬子、赞扬的声音、羡慕的目光唤醒了内心的种子，从此开始发芽、开花。他们的初中班只有两个考上高中的，汪思龙是其中一个，且是考到了青阳中学重点班。

到了青阳中学，汪思龙又遇到了挑战，第一学期的考试，他是班上 53 个学生中倒数四名。

汪思龙的心里极度失落，从学霸的地位落到倒数名次。不过，他不服输！从此，努力、刻苦、用心、心无旁骛占据了他整个的世界。两年后，班上 18 个人考上大学，其中就有汪思龙的名字。

那时的清华、交大等重点名校，汪思龙心中并没概念，也不指望考上，只是尽最大努力考好而已。因此，考上农业大学，就是非常幸运的事了。

学习对汪思龙来说，毫无悬念。拼命努力，考上大学，走出大山，这是他的目标。

可是，他走出一座山，却又走进了另一座山。

（选自《深杉“候鸟”》，湖南少年儿童出版社，2017 年 10 月出版）

作者简介：

王丽君，笔名紫云英，中国报告文学学会、散文学会、诗歌学会会员，湖南省作家协会、书法家协会会员，长沙市作家协会理事，岳麓区文联副主席、作家协会主席。曾获多种征文奖、书画奖。著有诗歌集《缓慢行走的日子》，青少年长篇励志报告文学《深杉“候鸟”》，中篇报告文学《楚天春色》（合著），长篇历史文化散文《长沙橘子洲》（合著）等。

红军村里的后人们

刘晓平　王成均

引子

毛垭村地处偏僻深山，与湖北鹤峰接壤，全村有毛垭、苦竹溪、苦竹塔、文家界、谢家界等五个组，在2016年合村并乡的行政改革中与邻村合并了，如今已改名叫红军村，属于湖南省张家界市桑植县龙潭坪镇。为什么改名叫红军村呢?当年贺老总建立湘鄂川黔革命根据地时期，毛垭这个仅有三十六户一百多人的村庄，就有三十多人参加了红军，七人为革命事业献出了生命。在村里驻扎着肆佰多名红军指战员，在文家界、苦竹塔、云头山的战斗中，有二百多名红军指战员英勇牺牲。毛垭村是真正的红军村。

毛垭境内青山连绵，溪谷纵横，是一块高出四周的大台地，周边绝壁悬崖，是一个易守难攻的好战场，可谓是一夫当关，万夫莫开。当年贺老总领导的红军在这里建立了四届乡苏维埃政权，就是看中了这里革命的群众基础好，还有就是这里易守难攻的地势。

一

2017年3月19日，一个叫杨光雄的红二代死了。他死在野樱桃花盛开的烂漫里，死在野草破土而出的希望里。微风拂过，一缕缕野樱桃花香和泥土的清香，弥漫在病床边守候的亲人心间。吊脚楼外一树树粉白粉白的野樱桃花，此时却幻化成一朵朵送别的白花。一年又一年的这个季节，总会有老人嗅着花香闻着泥香静静地死去，毛垭人在革命战争年代，早已练就了视死如归的勇气。

临终前，杨光雄示意儿子杨生前拿出一枚银质奖章，八十五年的珍藏，银质奖章仍闪耀着光泽。银质奖章正面，五角星包裹着镰刀斧头熠熠生辉，背面“中国工农红军三军九师二十五团政治处竞赛胜利奖章”二十三字清晰可见。杨光雄用生命的最后一丝余光望了望银质奖章，喉管动了动，滑过一句浑浊的声音。儿子杨生前靠近父亲的嘴边，听到了几个字：

完—成—爷—爷—心—愿。

爷爷心愿是什么呢？守候在病床边的后人们心里清楚，那就是守好这块土地，建设好这块土地，挖掉这块土地的穷根。

银质奖章是杨光雄父亲杨云清传给他的。1975 年 6 月 9 日，是七十多岁的父亲临终的日子，父亲握着银质奖章，告诉杨光雄，要好好珍藏这枚银质奖章，贺老总回家乡，你就把贺老总奖的这枚奖章拿给他，对他说："您的警卫排长等不到您回来的那天，可他守住了毛垭这个村庄，守住了毛垭这块土地，并决心世代建设好这块土地。"

奖章是红三军九师 25 团开展体育竞赛活动的奖品。当时，身为贺龙警卫排长的杨云清陪贺老总视察九师 25 团。正在开展竞赛活动的 25 团举行射击比赛，一时技痒，杨云清参加了射击比赛，打惯跑动猎物的猎人杨云清一下夺了个头彩。警卫排争了光，贺老总也高兴，亲自为七次身负重伤的警卫排长杨云清颁发了这枚奖章。

杨云清忘不了颁发奖章的时刻，贺老总要他脱下衣服的情景。贺老总用手轻轻抚摸着杨云清身上的七处伤疤，对红军指战员和乡亲们动情地说："闹革命就会有流血牺牲，我们拼死拼活为了什么，就是要让贫苦乡亲过上'电灯电话，楼上楼下，出门有车，进门逮酒肉喝香茶'的日子，让下一代不再担惊受怕遭欺压。"

杨云清听进了贺老总的话。看着台下的红军指战员和乡亲们向他投过来的敬佩的目光，他无法表达自己的心情，激动而亢奋地吼起了山歌。他一吼，参加竞赛活动的红军指战员和乡亲们一起吼起来，激昂的吼声如酒液点燃了革命的激情，伴着山谷的回响，形成天籁之乐——

要吃辣椒不怕辣
要当红军不怕杀
刀子架在颈项上
脑壳掉了碗大个疤

视死如归的豪迈声音回荡在毛垭激情燃烧的山寨。那时那刻，杨云清发现毛垭的山水早已描绘出一幅乡亲们安居乐业的幸福图画。

1935 年 11 月 19 日，身为红军警卫排长的杨云清理应跟随贺老总长征。他想到了上有年老的父母，下有妻子儿女。贺老总了解他的心思，给他留下 8 支枪，要他好好保护自己，保护红军亲属，等红军打回来。杨云清就这样留了下来。

贺老总走后，杨云清为了保存这 8 支枪，15 年如一日带着父母、妻儿躲在山中。山里的湿气浸进他的骨骼里，加上饥饿，等到敌人捉住他，杨云清早已成了皮包骨，病入膏肓，奄奄一息了。敌人认为这是一个必死的人，便把他扔在山里。可敌人想不到，亲人用遍身烧麝香的办法救活了他。他等到了打回来的红军（解放军），他等到了贺老总当上了元帅、当上了国务院副总理的好消息。

毛垭地理交通闭塞，杨云清万万没有想到他敬重的贺老总会遭到迫害，早已在1969年6月9日就含冤去世了，他没有等到贺老总回来看他的那一天。历史有时就那么巧合，杨云清临终那天，北京八宝山公墓正举行贺龙骨灰安放仪式，国务院总理周恩来抱病出席讲话，历史永远会记住这动人一幕。周恩来一下车，即悲痛地边走边喊："薛明！薛明呢？"薛明赶紧出迎，周恩来握住薛明的手说："我没有保护好他呀！"说完，彼此哽咽无声。哀乐声中，周恩来走到贺龙遗像前深深地鞠躬。而就在这一天，曾担任贺老总警卫排长的杨云清念着贺老总的名字离开了人世。

二

毛垭，中华人民共和国六十九万个行政村的一个偏僻村庄，一个真正的红军村，也就是敌人视为眼中钉的红脑壳村。贺老总领导的红军长征后，毛垭村成为敌人疯狂报复的对象。全村二十三栋房屋，被敌人大面积烧毁两次，烧毁达十八栋半。烧房子时，敌人也没抓到人，就又放火烧山，大火烧了三天三夜。房屋没了，遮风挡雨的树林没了，毛垭人不得不集中到大岩屋下居住。五十多人因久住潮湿的大岩屋，全部患上风湿等疾病，饱受病痛折磨。然而，再苦再难的日子也要活下去，毛垭人只有靠信仰活着，毛垭是他们生生不息的家园，他们要誓死守卫。

1939年2月19日，杨光茂就生在大岩屋里。父亲杨青彬开始跟贺老总当警卫，后担任红军游击队队长。杨光茂出生后，先是跟着父母亲住在大岩屋，敌人不甘心，一次次上大岩屋抓人。父母亲背着幼小的杨光茂躲在长出树芽的山林里，这一躲就是十多年。杨光茂打记事起，就吃上了没完没了的野菜野草。现在被视为珍品的野菜，在那个没有油水的年代，可以说是苦不堪言。漫漫长夜，苦难中孕育光明。杨青彬和妻子唐幺姑带着儿子杨光茂艰苦度日，又在困苦中生下二儿子杨光远、女儿杨竹香。夫妇俩知道贺老总回来一定会带兵，他们就又可以送儿子跟着贺老总干。夫妇俩明白，毛垭有了后人，就有了生生不息的红色火种，有了守卫江山的力量。

杨光茂是听着父亲讲述贺老总闹革命的故事长大的，他知道贺老总领导穷苦乡亲闹革命，就是要打下一个让穷苦人家做主的江山。

1950年10月，桑植得解放。参加长征的伯父杨云阶回来，把祖父杨卫超、父亲杨青彬等安排随杨光茂一家大小13人到常德地区临澧县合口镇落户。杨光茂一家13人只住了4年。尽管临澧有山有水有稻田，顿顿有大米饭吃，出门有车船，可他们思念毛垭，在他们心中，流过血流过泪流过汗的毛垭才是他们的家。他们要回家去，要世代建设好毛垭这块土地。

三

杨光茂真正担起守土的职责是1959年9月14日。这一天，他光荣地加入了中国共产党，成为一名光荣的共产党员。第二年，他当上了毛垭生产大队的会计和秘书。这是他在新中国成立后担任人民公社社委会委员、民办教师后的又一职务。从降生下来就四处躲藏到翻身做主人，杨光茂尝到了人民群众当家做主的幸福。

杨光茂告诫自己，自己是红军的后代，毛垭是红军用血水浸过的村庄，他要好好守护，好好珍惜，要完成父辈没有完成的事业，要让乡亲们过上好日子。但要怎样过上好日子呢？毛垭虽然解放了，但地处偏远山区，自然条件太差。1974年10月，杨光茂被任命为大队党支部书记。他感到肩上的担子好沉好重，望着敌人烧成光秃秃的荒山，他认为要做的第一件事就是带领红军村里的后人们，在烧毁的大山上造林，为子孙后代造一座金山。20年岁月，每年春季和秋季，杨光茂就带着全村男女老少200多人栽杉树。50亩，100亩，200亩，500亩，1000亩，20年栽树，20年抚育，1000亩杉树早已成林，变成了绿色银行。按现在的市价，上万方木材早已价值达1300万元。如果开发这片杉树，把这些钱财分给每一户人家，全村人早已成了小康村。但杨光茂和村里人选择了守住这片杉树，只采取间伐，让毛垭山长绿，水长清。

杨光茂做的第二件事是修一条人行道。他和乡亲们想方设法要把毛垭和首都北京连起来。1976年10月，杨光茂组织红军村里的后人共100多人又开始修路，路面不宽，仅一米，长4.8公里，然而这一修就是22年。从村里通往落金沟的人行道全是挂在悬崖绝壁之间的山岭间。路修通了，杨光茂又动员分散居住在五个山界的红二代、红三代把路修向村里，一户户红军后人们把人行道从家里连到村里，又从村里连到乡里，再从乡里连到县里、市里、省里，直至北京。路接近了红二代、红三代与北京的距离。路通那天，杨光茂和乡亲们耳贴着地面，他们仿佛听到北京的心跳声。

红二代村民谢南阶住在谢家界，离村里5公里，他信奉不等不靠，要改变故土面貌得靠自己。他积极支持修通去乡里的4.8公里路，接着修自己通往村里的5公里人行路。从62岁到68岁，谢南阶扬起手中的大锤修了6年整。谢南阶修的人行道全是青石岩，修1米宽的人行道要凿4000锤，5公里人行道要凿1600万锤。路通了，谢南阶的腰却弯了。谢南阶知道，父亲谢祥武当过苏维埃主席，叔叔谢竹林是红军通讯员，自己是红军子弟，一定不能给红军后代丢脸，给党面子上抹黑。谢南阶6年凿山修人行道的故事感动了县里市里的领导，两级政府拨专款标准化修通了5公里通往村里的路。当5米宽的公路变成了水泥路，谢南阶喜极而泣，奔前跑后，引导一辆辆小车驶进了毛垭村。通车那天，毛垭人像过节日一般欢庆了一天!

四

1996年2月，当了22年村支书，57岁的杨光茂决定退休了，他把建设家乡实现前辈心愿的重担交到了红三代杨生泽身上。杨生泽当过海军，见过世面，杨光茂相信毛垭人会在他的带领下，把家乡建设得更美好。杨生泽当过民兵营长、干过治安主任，从2005年4月28日当选村主任到第三年担任村支书，杨生泽做了三件事。

第一件事，是把叔叔杨光茂修的人行道加宽加长，让1米宽的人行道也修成可通车的宽畅大道。修路的几年时间，他放弃自家经营年收入10万元的酒店生意，全身心扑在工地上，从修路工地下来，自己反欠下9.8万元的债。第二件事，是协助扶贫后盾单位市县自来水公司，带领乡亲们投入义务工1.7万个，把20多根水泥电杆抬上山，让毛垭村通上了电。在抬电杆过程中，村里人有8人受伤，1人重伤。他常说："扶贫不扶志，等于没干事。"他在扶贫单位的支持下，首先想到的是让红军村里的后人们，树立起改变故土面貌的决心。第三件事是动员乡亲们造田，要彻底扔掉吃了40年国家统销粮的包袱。

毛垭海拔1500米，高山峡谷，地层稀薄，不适合造田。以前乡亲们每年要从15公里外的粮店背回两万斤国家统销粮，一米宽的人行道一天一个来回，乡亲们都背怕了。最远的村落文家界，来回往返坐车不说，一天要走20公里山路。红二代贺学元就住在这里。贺学元的父亲贺文泽跟着贺老总闹革命，是红军战士。贺老总带领部队长征，安排他跟着贺文慈留守后方保卫红军家眷。当年，贺老总住在贺学元家，吃着苞谷、红薯饭时，许愿说："将来共产党坐了天下，你们为共产党作了贡献，共产党会让你们毛垭每个家庭餐餐吃上大米饭。"

新中国成立了，贺学元一家人真的吃上了大米饭，可吃得太苦。每年，国家分配给贺学元家600斤国家统销粮，贺学元带着妻子、儿子背粮食。贺学元背80斤，爱人背50斤，大儿子11岁，只能背20斤。爬山过界，总是每天天麻麻亮全家人就出门，天黑才回家。背一回粮食要11个小时。一天，儿子把粮食放在路边休息时，突然对父亲说："爸爸，我们有手有脚，为什么不自己造田种粮食，我们背斤谷种回家多轻松。"儿子的话一下击中了贺学元和妻子的心，一家三口人哭在一起，哭过后，贺学元夫妇对儿子说：“好，我们造田。”

背了26年统销粮的贺学元响应村里号召，动手造田。他从前靠背粮让失散红军父亲贺文泽顿顿吃上大米饭，现在他要靠自己造田种粮让大家吃上大米饭。1997年春天，贺学元和妻子、儿子开始造田，父亲贺文泽不顾身体年迈，也参加造田。贺学元住的地方，全是岩山，前后是六十度的陡坡。贺学元一家人用钢钎、用大锤砸岩，开出了一块块稻田。1997年，一家五口人造田2块，一块0.25亩，一块0.15亩。1998年，全家造了一块田，面积0.45亩。1999年，全家又造了两块田，都是0.22亩。2000年，全家人造了一块田，0.33亩。2001年，全家人造了3块田，一块0.51亩，两块都是0.22亩。五年时间，贺学元一家五口人不管风吹雨淋，寒来暑往，背岩2150方，挑土900方，造田9块，大的0.51亩，小的0.1亩，9块田共2.23亩，每年可产干谷2140斤。2001年，90多岁的父亲贺文泽去世。临终前，他含着泪说：“儿呵，旧社会把穷人变成要饭的，天天吃野菜，共产党得了天下，给我们统销粮，让我们吃上大米饭。你带着妻儿造田，自力更生，不再吃共产党的统销粮。好哇，我死了也瞑目了。”

五

善良、忠诚、视死为乐、勇于牺牲等红军精神融进红军村里后人们的血液里，血融于水的真情在94户农户保存完好的吊脚楼弥漫。

走近毛垭，家家户户的客屋里，毛泽东、邓小平、江泽民、胡锦涛、习近平等党和国家五代领导人的PS合影画像被请上了板壁中央，一幅“翻身不忘毛主席，小康不忘共产党”的对联和“江山永固”的横批折射毛垭红军村后人们对党的感恩之心。

贺老总当年承诺的“电灯电话，楼上楼下，出门有车，进门逮酒肉喝香茶”早已实现。在村支书杨生泽、村主任李立忠的带领下，生活在红军村里的后人们，依托毛垭的山山水水，做起了一个个有滋有味的小康梦。红二代覃东海的三叔是红军游击队员。红军长征后，三叔被土匪捉住，身上被砍了三菜刀，一刀断了命根子，终生不能娶，覃东海为其养老送终。覃东海的儿子、红三代覃政兰从小受到影响，养成自立自强的品德，十多岁就到宁乡、郴州挖煤，不幸造成双腿残疾。他回到家乡，利用伤残的补偿，跟着父亲覃东海养起了蜜蜂，做大了养蜂产业，年产蜂蜜700斤，每年收入5万元。覃政兰不满足一家小康的现状，又成立桑植县启锡养蜂专业合作社，办起以开发深加工蜂蜜系列产品的张家界蜂传万里农业开发公司，安排17名残疾员工就业。五年来，他通过蜂蜜产业，带动全县500名残疾人过上了小康生活。

红三代李立忠是村主任。他的外祖父文昌林曾是给贺龙部队担任运送枪支弹药的红军战士，长时间用骡马运送枪弹，风餐露宿。贺老总看在眼里，记在心里，他送给文昌林一件驱寒的大衣，一个壮胆的马铃。至今，李立忠还珍藏着赶骡马的马铃。李立忠的母亲是文昌林的女儿。2016 年农历九月二十九，享年 75 岁的母亲去世，已有 58 年党龄的母亲临终前流着泪告诉李立忠：“保护好马铃，我千不该万不该用贺老总送的大衣包蜂桶，让风吹烂了贺老总送给我家的传家宝。”2014 年，李立忠当上了村主任，他率先栽了 10 多亩青钱柳，成功后带动全村发展青钱柳 500 亩，引导乡亲们通过发展“两叶（粽叶、青钱柳叶）”稳步过上小康生活。

红二代龚坤香是烈士龚玉阶的女儿。1932 年 2 月，红军大队长龚玉阶掩护陈培荫脱险后，自己被捉住，敌方要龚玉阶交代贺龙在哪里，龚玉阶拒不答应。凶残的敌人把龚玉阶全身衣服扒光，倒绑在一架梯子上，然后找来一根削尖的竹筒，钉进龚玉阶的屁眼里，再把一瓢瓢烧沸的开水灌进竹筒里，活活地烫死了龚玉阶。龚玉阶的妻子胡四去湖北想把丈夫运回毛垭埋葬，可丈夫全身已被烫熟了，只有埋在湖北鹤峰县太平镇一个叫艾蒿坪的地方。丈夫死后，胡四带着半岁的龚坤香改嫁到文家界刘美常家，生了三个孩子，只活下一个。母亲胡四临终前，给女儿龚坤香留下的遗言是多生儿女。母亲含着泪说：“我们是红军亲属，身为女儿身，只有多生儿女，让子孙跟着贺老总干。”龚坤香听进了母亲的话，结婚后，生了四个儿子，四个儿子又生了八个孙子，现在全家有 17 人。龚坤香逢人就说：“我们是红军的后代，红军是共产党的部队，后代在共产党的火种就在。”现年 86 岁的龚坤香跟儿子杨光平生活在一起。在毛垭这个有名的红军村里，曾经的 36 户 100 多人已发展到 94 户将近 300 人，每个家庭都与红军有扯不断、理不清的红色背景。自新中国成立以来，他们就坚持一定要实现前辈英烈的心愿，自觉投身于改变故土面貌的行动中去。他们从不邀功，也从不想向党和政府伸手，他们只想静静地守候着这块血泪浸过的家园，陪伴着 200 多个牺牲在这块土地上的红军英灵，过着他们幸福的小康生活。他们说：“若先烈有知，会含笑九泉！”

（原载《人民文学》，2017 年第 6 期）

作者简介：

刘晓平，中国作家协会会员，湖南省散文学会副会长，湖南省文联、湖南省作协全委会委员。

王成均，湖南省作协会员。

红军长征在新化奉家的故事

袁杰伟

四代村民为无名红军战士守墓

一

翻开中国守墓史，最震撼心魄的可能就是明代袁崇焕的守墓人。我在内心里唯一赞成，也认为最有价值的，就是为袁崇焕守墓。因为袁崇焕不但冤情震天地，而且他是一个时代的悲剧。当然，存在即合理，历史无法假设。

但在湖南省新化县奉家镇墨溪村，却有四代人为一个无名的红军战士守墓，至今已守了整整八十一年！

这到底是一种什么样的情感，什么样的精神，什么样的信念，什么样的情结，什么样的力量呢？

故事得从1935年12月说起。

奉家是一个四面环山的古老村镇，这里只有一条大路通往外面。传说在秦朝的时候，一部分湖广先民为了逃避战乱，长途跋涉来到了这里，然后隐姓埋名住了下来。他们全部改姓奉，一是以示与秦朝区别，二是寓意着自己是从秦朝时逃到这里来定居的。他们在这里一住就是几百年，生生不息，繁衍后代，直到东晋陶渊明生活的年代才被人发现。而真正归附王化，由中央政府统治，则是在宋朝熙宁年间，即1032年，宋神宗开王化之新化，在这里设县治，于是取名新化县。

但奉家离新化的县城非常遥远，走路要三天三夜才能到，骑马也得整整一天，因为这里山路崎岖，容不下数人抬着一顶大轿行走。因此，虽然名为新化，其实也还远远没有被“化”着，仍是一片“蛮荒”之地。虽然“蛮荒”，但这里的人都是因逃避战争而来，不喜欢战争的人肯定也不喜欢内斗，所以这里的民风非常淳朴，人们十分善良，待人甚是热情。

1935年12月（农历十月），贺龙、任弼时、关向应、甘泗淇、李达等率领中国工农红军红二、六军团经溆浦到达新化奉家，司令部设在下团村，开展打土豪、斗地主、救济穷人、宣传红军等活动。

由于村民最初对红军不了解，以为他们是土匪，因此，红军来之前，大多数村民都躲到深山老林里去了。后来看到红军给老百姓挑水、打柴、挖土，看到红军打地主、斗恶霸，便对红军产生了好感，红军远远地跟他们打招呼："老乡早！"村民们也笑着向红军们打招呼。

村民奉显梯家也住了11个红军战士，是奉显梯主动邀请过来的。一开始，红军只同意住到屋檐下，奉显梯就自己陪着红军在屋檐下住了一晚，没想到这一晚就着了凉，不停地拉肚子。这下他更加觉得屋檐下睡不得。第二天，他一个劲地把红军战士往家里让，让他们到床上挤，或者睡到厅屋里。一个小战士说："老乡，您别客气，我们年轻，身板硬，没事的。"奉显梯和堂弟奉显情、儿子奉名鼎说："出门在外不容易，你们是为我们穷苦人，我们也要为你们着想啊。"好说歹说，红军才同意住到厅屋里来。一到半夜，屋里鼾声四起，似乎要把这几间茅屋震破，奉显梯睡不着，起来小解。可是，当他走到屋外的马桶处，一个黑影出现在他面前。奉显梯想叫，黑影突然说话了："老乡，你晚上睡不好啊？"原来是红军。奉显梯这才镇定下来，说："是小红军啊，你怎么也睡不好？"小战士有点艰难地说："可能是白天吃了不该吃的东西吧，有点拉肚子！"奉显梯点个火把一照，只见茅房的板子上有一滩红色的东西，大惊道："小战士，这是你拉的？"小战士难为情地说："是我，不好意思，等会我给你弄干净。"奉显梯说："小战士，你这是'下红'呀。""下红？"小战士不解。奉显梯反倒有些不好意思了，"下红"在新化是骂人的话，骂一个人懒、非常懒、懒得不像话就说他是"下红"。可是，我怎么能骂红军小战士是"下红"呢？可是，他的的确确是"下红"呀！奉显梯搜肠刮肚也不知道如何跟红军战士解释什么是"下红"。"下红"在当时是一种顽疾，很难治。

小战士非常疲惫地说："我知道了，老乡，没事的，早点休息吧。"

奉显梯再也睡不着了。

第二天一大早，红军战士就到外面去了，包括那个"下红"的小战士。

奉显梯躺在床上，堂弟奉显情和儿子奉名鼎进来了。奉显梯有气无力地说："我没事，但小战士'下红'，你们要想办法帮他治好，看样子很危险。"

奉显情和奉名鼎点了点头。这一天，他们就忙着到外边找治"下红"的药，一个老中医告诉他们，把饼药用柴火烧焦，然后立即用来泡水喝，可以治"下红"。

在一个庵堂里，他们找到了两粒饼药。饼药就是农村蒸酒时用来做酒引子用的小圆球，它是用农村土生土长的辣叶等原料做成的。

可是这一天傍晚，红军战士没有回来。直到三天后的中午，四个红军战士用一个临时做的杉木担架把小战士抬来了，小战士的脸苍白，浑身无力，嘴巴微微张开。

奉显梯一家大吃一惊。

“怎么这样了？这几天哪去了？得赶紧吃药才行。”

一个红军首长眼里含着泪，从身上掏出两块银元，掐到奉显梯手中，还没开口，热泪已经掉到银元上。

红军首长饱含深情地说：“老乡，我们的部队明天就要转移了，小战士病重，只好留在您这里，请您帮他治病。如果实在不行，就请您用这两块银元置办棺木，安排后事。请相信，我们红军是为穷苦人打天下的，红军还会回来的！”

奉显梯握着红军首长交给的两块银元，不知道说什么好，眼泪吧嗒吧嗒地往下掉。四名战士向小战士敬了个礼，又向奉显梯敬了个礼，转身就消失在山坳里了。

奉显梯把饼药烧焦，泡了开水，用调羹喂给小战士喝。小战士喝了后，当晚一度有所好转。一个劲地说：“谢谢老乡！谢谢老乡！”

但到了后半夜，小战士又开始拉肚子，且拉出来的全部是血。奉显梯知道已经无能为力。凌晨五点多钟，小战士就停止了呼吸。

奉显梯一家人非常悲伤。此时才想到还没来得及问这个红军战士的名字。

奉显梯年龄较大，因照顾无名战士身体也受了风寒。他把奉显情和奉名鼎叫到床前，把两块银元交给奉名鼎，交代他们办好红军战士的后事。当天，两人领命从山下买来一副棺木，将小战士葬在墨溪村红旗界枫树山的红硃湾。

因为当地有“短命鬼”和外地人不能上坟山的习俗，为了保护好小战士的坟不受破坏，奉显梯、奉显情和奉名鼎轮番天天在山上守墓。他们见到人就说：“这是红军战士的墓，我们村里的人要保护好啊。红军是为我们穷苦人打天下，他们得了天下还会回来的！”每碰到一个人，他们就宣讲一次。碰到不讲理的，讲不清的，他们就多讲几次。

一个月过去了，村里人都知道，山上埋了一个红军战士，都知道红军战士是为穷苦人打天下的。

半年过去了，周边几个村的村民都知道这里埋了一个无名红军战士，他们不但不来破坏，还自觉地献上野花、燃放鞭炮。第二年的清明节，到红军墓来祭拜的村民川流不息。看到这样的场景，奉显梯一家人感到非常欣慰，他们真没想到，本来担心被别人破坏坟地，而事实上，无名红军战士的坟受到所有村民的祭拜。

二

时间一晃到了二十世纪七十年代初期，三十多年过去了，红军战士的墓依然保存完好。每到清明，村民们依然自发地前往祭拜。为了对下一代进行革命传统教育，大队队长罗承忠组织大队小学的师生前往祭拜，并给他们讲述红军当年在奉家打土豪、斗恶霸、帮助贫苦百姓的故事。学生们只在书本上读过红军的故事，现在听到他们身边的红军故事，感到红军离他们很近，革命先辈离他们很近。

1972 年的清明节，罗承忠、奉名鼎的儿子奉孝义、大队小学校长带着一百多师生来到红军墓前祭扫。一个三年级的小朋友说："罗伯伯，这个红军战士的墓，怎么连一块墓碑都没有？"

罗承忠心里咯噔了一下，这不是自己的工作做得不到位吗？这小朋友说得有道理啊，红军战士没有名，墓碑也没有，怎么在这里进行革命传统教育呢？

回去之后，罗承忠立即向上团公社（今奉家镇上团管区）写了报告，将报告交给公社秘书陈品高，陈品高非常重视，及时交给了时任上团公社党委书记的张楚文。张楚文认为红军过境奉家，不但留下了光辉的历史，还留下了这么一个现实的遗存，理应加以重点保护。于是，张楚文立即以公社的名义向新化县民政局申请立项并获得了批准，新化县民政局拨付了专款 3 万元。在 1972 年 12 月，无名战士的墓地被修葺一新。墓前立着两块石碑，分别刻着"红军万岁"和毛主席"红军不怕远征难"的诗句。红军墓竣工之际，全大队的人都闻讯前去参观、行礼、祭拜。红军墓，已然成为人们怀念红军的一块圣地，也成为学校对学生进行革命传统教育的地方。

2012 年，83 岁的罗承忠在弥留之际，给子女们留下了唯一的遗嘱：我死后，你们要把我葬在红军墓的旁边，我要永远陪着这个外地来的无名红军战士！

家人们含泪答应了罗承忠的请求。后因红军战士墓旁无地可葬，儿女们便将他葬在红军墓下边约 20 米处。

有人对罗承忠的遗嘱进行了这样的解读：一是怜惜红军战士在他乡孤独，他要陪伴；二是因为红军战士"短命"，担心有些人有偏见，他要以一个八十三岁老人的陪伴消除偏见；三是他担心时间一久，别人就忘了这座孤坟，不来祭扫。而他葬在这里，儿孙后代们自然会来，他们祭扫他的同时，也自然就会祭扫红军墓。人们感叹地说，罗承忠对红军真是爱得深入骨髓，而且真的是用心良苦，这种情怀，令人钦敬！罗承忠的后人也没有忘记父亲的嘱咐，每年的清明节，在为父亲祭扫的同时，都要为红军墓祭扫、挂青。当地群众到红军墓前祭扫的人络绎不绝，大家来了，都少不了在红军墓前插一炷香，作一个揖。

三

二十世纪八十年代，田代友接过了村支书的接力棒。每年的清明到来之前，田代友都要来给红军墓锄草、割青、打扫，并烧上纸钱，献上自己深情的一拜。同时，他还来到村属小学，向小学生们讲述红军在奉家的故事，讲述红军墓的由来。在清明节这天，学校的全体师生都会来到山上，祭扫红军墓，将这作为小学生的必修德育课来上，每年一次，一次也不能少。

四

2014 年，田代友老支书在担任了 20 多年支书后，退居二线。年方三十出头的伍玉山接过了墨溪村村支书的接力棒。

伍玉山上任不久，就来到山上看望红军墓。他发现，从 1972 年至 2014 年，42 年过去，红军墓上的土已经瘪了下去，那两块墓碑经过几十年风雨的剥蚀，已经有些字迹模糊。

当天晚上，他就召集村支部会议，对如何整修红军墓进行了专题讨论。大家认为，不但要重修红军墓，而且要对墓碑的内容进行丰富，在墓碑上要对红军行军的路线图进行全面体现，对红军在奉家的整体情况要有个概述。要让红军墓成为整个奉家镇进行红色教育基地，甚至成为新化县进行革命传统教育的地方。

形成一致意见后，村支部向奉家镇党委报告。奉家镇党委高度重视，立即向新化县民政局打了报告。新化县民政局进行立项，并拨付了红军墓修缮专款。

2015 年 12 月，村里对红军墓进行了整修，整修后的红军墓高一米多，墓前的石碑上，刻有红军在奉家的全过程文字介绍和行军路线。原有的两块石碑依然保留。无名红军战士的墓，历经 80 年的风雨，更加壮观。

2016 年清明节，红军墓迎来了整修后的第一次传统教育，100 多名师生和村干部一起，来到红军墓前，庄严肃立，三鞠躬。

一个无名红军战士的墓，虽然经过数十年的风雨剥蚀，却愈来愈清晰，愈来愈重要地耸立在当地老百姓的心中！它成了当地人民怀念红军、纪念红军的一个现实所在，成为见证红军彪炳史册功勋的一个乡村见证！

雪中送毯

奉家，尽是山，因此又名奉家山。

岩板村分水界庙地，是奉家山最高的地方。这里，一条瀑布从山上穿岩而下，所经之处成为一条分明的分水岭，轰隆隆的流水声划破山的宁静，奔流到山下，流入渠江，再曲折汇入湘江，经长江注入东海。

因为这条无名的瀑布把山分成了两边，人们把这里叫作分水界。

但此时，这条瀑布的水不大，飞水而下的声音也比夏日里小很多。毕竟是寒冬季节，大山里的冬天来得更早，天气也更冷。举目望去，到处是白茫茫一片，连树上也挂满了厚厚的一坨一坨的雪，很多树枝和竹子都被压断了，断裂处露出崭新的、雪白雪白的“肉体”来。

平时里，这里人迹罕至，只住着一户杨姓人家。杨家是从隆回县逃荒讨米过来的，可能估计自己在山下奉姓人口集中居住区难以找到容身之地，就在分水界的一块大石头边上找到一处三不管的空地，用黄土、石头和树干垒成了三间房子，得以安家度日。于是杨家就成为在这里定居的一个杂姓人家，同样被奉家人接纳。杨家人就这样在这里定居下来，生生不息，繁衍后代。

到了 1927 年 2 月，本故事的主人公杨诗培出生时，杨家已有老少 8 口人，分别是爷爷、奶奶、父亲、母亲、两个姐姐、一个哥哥。在山上没有水田可种，只能多种容易生长的作物，于是，贱生贱长的玉米成为一家人重点种植并赖以维持生存的主要食物。但生活用品出奇的少，一家 8 口，却只有 3 张薄薄的被子。在冬天只能靠人挤人取暖，但睡在边上的人还是难免有肢体要露到被子外面受冻。

1935 年的冬天，杨诗培 8 岁。这天上午，他被一阵连续不断的脚步声惊醒了，爷爷奶奶仓促地将他弄醒，拉着躲到山上去。他睁开眼一看，只见一队当兵的队伍正在向山上走去。队伍经过的大路离家只有二十来米远，只见他们身着深灰色服装，扛着步枪，戴着八角帽，帽子上别着一颗红色的五角星，衣领左右各有一枚红色的领章，每个人的身上还披着一条暗红色的毯子。

这是一个兵荒马乱的年代，在奉家山人听来的传言里，只要是兵，就会打、砸、抢。只要看到兵来了，就尽量躲得远远的，叫作“躲兵灾”。他们知道，在偏远的山村，兵来了也待不久，过不了几天，他们就会开走。

山的那边，就是上团村、下团村、墨溪村等人口稠密的地方。

看来，这些兵可能要在那里驻扎。

好在这山上的树木多，密密麻麻的树林很利于躲藏。何况这些兵不熟悉地形，随便一躲，这些兵就找不到他们了。

爷爷、奶奶和母亲带着两个姐姐不知什么时候跑到山上去了。

父亲杨芳高没有走，杨芳高是个桶匠，做桶的功夫了得，因在家里排行老三，俗有“三桶匠”之称。他生就一副天不怕地不怕的性格，他的性格就像他箍木桶用的粗大的铁箍一样坚硬，他想：我都这把年纪了，难道还怕他们抓我当兵不成？报名当兵说不定他们都不会要了。家里又没什么值钱的东西，怕个啥呢？他们要是打我，我是箍桶匠，还有锋快的斧头呢！

8 岁的杨诗培见父亲没走，自己也没有往山上走。

这到底是群怎么样的兵啊？看上去面黄肌瘦，却又很有精神，很有纪律，很有秩序，一边走一边喊着口号。路边的苞谷地里，挂满了苞谷，却没有一个人去摘。这些兵怎么与众不同呢？这年代，哪有当兵的见了东西不抢的？

杨芳高、杨诗培父子十分纳闷。

直到晌午过了好一会儿，看到兵也走得差不多了，杨诗培不停地对父亲说：“我饿了，要吃东西。”杨芳高这才到屋后的山上去抱一捆柴回来，想烧个火，烤玉米棒子给儿子吃。

令他意想不到的是，出门往后面山上才走了不到30米，刚刚接近干柴堆的时候，看到又有一队兵走过来了，以勇敢自居的杨芳高感到一种本能的紧张。于是，他放下柴捆，本能地向山上的密林中跑去。

“老乡——不要怕，我们是红军！”

正在他拔腿往山上跑时，后面一个骑马的军官在马上喊住了他，他不觉回头一看，只见那军官披着一件黄色的军大衣，头戴平顶黄军帽，手里拿着一个弯弯的烟斗，上嘴唇的胡子浓密而黑。

胡子军官勒住马，满面含笑地说：

“我们是工农红军，是专门帮老百姓的，我们只打土豪、斗地主！”

打土豪，斗地主？土豪、地主谁敢动？世界上竟然还有这样的军队？这怎么可能？

杨芳高将信将疑。

就在他将信将疑的那会，胡子军官已从马上下来，随手一招，队列里出来3个士兵跟在他身边，面带笑容向他走来。3个士兵的身上，每人都背着一个暗红色的背包，而这位军官的腰上，别着一把有黄色牛皮套着的短枪。

“回来，回来，老乡！我们到你家里看看！”

“我是到山上打柴，要烧玉米棒子给我崽吃。”杨芳高突然用方言回答，似乎是为自己逃跑的动作打圆场。

胡子军官和3个士兵嘿嘿笑着，军官指指盖着茅草顶的房子问：“这就是你家吗？”

“是的，你们等一下，我要儿子给你们开门。”随即他大声对屋里喊：“诗培，开门！”杨诗培大胆地把门打开了。

“小朋友，你真不错！今年几岁了？上学了吗？”为首的胡子军官亲切地问。

“8岁，没有读书！”

“为什么没有读书呀？”

“家里没钱，请不起老师！”

杨诗培背着一捆柴从后门进来了。

“老乡，你辛苦了！”穿大衣留胡子的军官说。

杨芳高嘿嘿地笑着：“你们坐，我烧玉米棒子给你们吃吧！”

杨芳高在灶中燃起柴火，火焰立即把略显阴暗的屋子照得亮堂起来。

杨诗培在厅堂的门边不解地看着父亲和这几个当兵的，他想不清父亲怎么一下子跟这些当兵的熟了，就像亲戚一样。他不知道这是为什么。见父亲不怕，他也就不怕，只是跑到一边去玩了。

“小朋友，过来过来，一起烤火！”

杨诗培一动不动，摇了摇头，对他父亲说：“爹爹，我饿！”

杨芳高给4个红军官兵一个发了一个玉米棒子，说：“自己烤着吃吧，咱穷人别的没有，玉米棒子还是够吃。你们看，这梁上挂的，箩筐里装的，地上堆的，全是玉米棒子。玉米叶和玉米秸秆，我们就用来烤火。”他自己也抓了一个玉米烤给儿子吃。

4个官兵都推辞不接。

“老乡，我们是毛主席、共产党领导的工农红军，不拿群众一针一线！”杨芳高听得似懂非懂。他不敢相信，世界上还有这样的军队。

胡子军官问：“老乡，你家几口人？他们都到哪去了？为什么只有你们俩在家？你们这里保长甲长欺负百姓么？到外地逃荒讨米的多么？有地耕么？有农具么？农民兄弟讨得起堂客么？雪天有被子盖么？”

一连串的问寒问暖，把杨芳高问得心里暖乎乎的。杨芳高一知半解、遮遮掩掩地回答着。红军军官说：“到你家里参观一下，行吗？”杨芳高憨厚地一笑，说：“行。只是不成样子，让你们看出丑来呢！”

一口热情的方言土语把胡子军官和3个战士都逗笑了。

胡子军官说：“我们都是闹革命的穷人，没有什么丑不丑的。我们就是要帮助有丑的人呢。”杨芳高听得似懂非懂。

在一间被称作卧室的房子里，红军军官看到，房间里的床是用几根杉木钉在墙上，树皮都没有剥，只在木头上铺了一层稻草，稻草上再铺一张薄薄的旧棉絮。一家8口人，只有3张薄薄的棉絮。

“老乡啊，天这么冷，你们怎么过冬呀？”

“挤啊，我们就是晚睡一点，挤紧一点，就这样过呢！”

据当地老人回忆，1935年的冬天，奉家山的天气很冷，最低温度达到过零下九度。杨家人是怎么在抵御寒冷啊！

胡子军官和3个红军战士都沉默着。军官向战士们使了一个眼色。

3个红军战士心领神会，一起解开系在身上的红背包，一个战士热情地说：“老乡，你家被子太少了，我们的毛毯，就送给您过冬吧！”

“这……这……这怎么使得？”杨芳高张大了嘴巴，小杨诗培高兴得跳了起来，跑过来接过毛毯，立刻往身上一围，露出一脸的快乐。

“没关系，老乡，要记住，毛主席、共产党领导的工农红军就是为穷苦百姓服务的！”胡子军官说，战士们微笑点头。

杨芳高的眼睛不知什么时候湿润了，用模糊的眼光看着眼前的红军官兵。对方向他微笑告别。

若干年后，杨诗培在宣传画上看过贺龙的像，惊喜地说：“这个胡子军官，原来送了毯子给我父亲，现在当什么大官了呀？好人啊！”

（原载《中国报告文学》，2017 年第 1 期）

（娄底市政府原副秘书长奉有良，娄底市直工委书记、娄底市民间文艺家协会主席刘福高为笔者采访提供了大力支持，特此致谢。）

作者简介：

袁杰伟，中国作家协会会员，湖南省报告文学学会理事，娄底市作家协会副主席。

田汉、田家与湘昆（节选）

张式成

一出戏救活一个剧种

一

“这真是开国的气象。”

——田汉

雄鸡一声天下白，春潮涌动山与海。中华人民共和国成立后，国歌词作者、文化巨匠田汉，出任政务院文化教育委员会委员、中国戏剧家协会首任主席，及文化部戏曲改进局、艺术局局长。对于民族戏剧，他有深层次思想，例如需进行田野普查，14年抵御侵略长期抗战，又3年内战，时间相当于一代青少年的成长，理清家底刻不容缓；要振兴民族戏剧，在《人民戏剧》创刊号发表《怎样做戏改工作》；建起戏曲实验学校（中国戏曲学院前身），他兼任校长。他忙得团团转，看到国家正阔步走向新的前方，他欣喜地说：“这真是开国的气象。”

1950年年初，虽然国家刚从烽烟中诞生，又全力拯救邻居进行抗美援朝战争，但共和国上下对当时最广泛联系群众的文化艺术大类——戏剧，给予了高度重视。

湘南处处，绿漫溪渡。1953年嘉禾县举办首届物质交流大会，领导考虑要有建树，必须把本地和周边县群众留住。政府文教科提出，只有演大戏的方法才能做到。文教科长是中山大学毕业生李沥青，县委第一、二任书记高兆勋、雷天启用了本县这个知识分子。但嘉禾没有专业戏班，于是从远邻道县请来祁剧团，连唱7天戏，交流大会也开满7天。群众反应强烈：我县也要有专业祁剧团，工商联业余老湘剧社和祁剧爱好者登台心切，无服装，集资买四处借；演员少、功夫浅，派人去桂阳请剧团师傅来演来教，教会了再“送客”。

桂阳县是湘剧团。湘剧因方言道白的不同，分长沙、衡阳两派。清末衡阳湘剧因地理位置不同，在湘水流域下方衡阳一带演出的叫“下头班子”，在上游流域郴州一带演出的叫“上头班子”。从咸丰年至民国，在衡阳起班的8个戏班，在郴州起班的6个戏班（州城、郴县、永兴），都保留有昆、高曲牌。

新中国成立后，郴县新华、新春台两个湘剧班与祁剧艺人，组成郴州湘南前进剧团，一时实力雄厚，风头无两。1951年，桂阳县“七属会馆”请来该团，夜夜满场，观众发狂！县政府一看，动员该团留在桂阳。该团一看，在此戏票卖得手发烫，于是爽快以前进团名定点桂阳。

嘉禾人来求桂阳前进剧团借聘演员、师傅，本来担心有难度，谁知刚到任的团长不封堵，表态：“演员自愿，剧团不加干涉。”此话传出，一批演员竟愿意远走高飞，天上掉下个大馅饼！原来，桂阳县前进剧团由两个剧种合并，主演湘剧兼顾祁剧，时日一长，难免产生间隙。

嘉禾代表又惊又喜，因为一时承受不了一大批，还考虑不能影响兄弟县剧团演戏，提出借聘分批。但前进剧团的祁剧演员表态：“要去大家一起去！要不去一个也不去。”嘉禾代表做不了主，请示县工商联，最后只好同意借聘全部的祁剧演员。这样，桂阳县前进剧团的祁剧演员，加上社会闲散演员共17人，全部到了嘉禾县。

嘉禾县一看又喜又惊，喜的是借来一个专业戏班，惊的是拖家带口近40张嘴要吃饭。无钱无粮怎么办？文教科李科长，请示县委书记和县长，书记说：“过一段，看看桂阳的反应怎么样。”半个月后，桂阳县前进剧团的牌子翻转，挂的是“桂阳县湘剧团”。桂阳方面没开玩笑，有心将祁剧演员永久“借”给嘉禾县。于是，嘉禾县委、县政府拍板：1. 成立嘉禾县革新剧团；2. 民营性质，自演自养；3. 原湘剧社没收的行头全部借予（实为给）剧团；4. 为解决演出、住宿问题，将义公祠拨给剧团；5. 剧团由文教科兼管，文教科派到剧团的干部工资由文教科发，不增加剧团负担。

1954年7月20日，在东门口义公祠召开大会，嘉禾县革新剧团正式成立。文教科派干部李民杰任指导员，与团长共抓工作。

开办之初，新漆木桶三天香，县城群众踊跃观看。等“木桶”香味飘散，老是那几出祁剧，今天演《长坂坡》，明天上《黄鹤楼》，后天演《黄鹤楼》，大后天上《长坂坡》。剧目不多，是因为行当不齐整，设备少布景烂，所以对付着老调老腔，嘉禾县城小，观众上座率便下降，演员只能每天喝稀饭。旦角只有一个何明翠，行话讲：“要吃饭，一锅旦。”好旦登台，观众特别捧场。

剧团指导员李民杰带剧团的祁阳人唐国甫，冒着风雪严寒，去祁阳县请名演员杨美玉来搭班。当时，嘉禾去祁阳尚未通汽车，要过宁远去道县坐船；回程走在雪地上，娇气的杨美玉叫苦连天，山坡上了一半，杨美玉尖着嗓子喊：“我不走了！我不去嘉禾，这个鬼地方！”唐国甫也急得大喊：“我的姑奶奶，打好了咣（方言：交易的话），这个关键眼，你不去嘉禾怎么办！”李民杰一拍胸膛：“来来来，爬到我身上，我背也要把你背到义公祠堂!”就这样，李民杰背她上雪坡翻山，把小“姑奶奶”背到嘉禾救场。

这边，李沥青等也在救场，为发挥杨美玉“美玉”特长，特地给她改了两出戏《开弓吃茶》《张节反戒》。李民杰揉一揉背“美玉”背痛了的腰腿，也整理改编了几出戏。政府没钱，他拿自己的工资做抵押，向银行贷款，远赴广州十三行，买来袍铠戏装。新角、新戏、新装，舞台顿时一亮。李民杰在李沥青支持下，踢开了头三脚，观众有了新鲜感，门票率又回涨。县委书记、县长经常到义公祠看看，县里还把剧团演员曹子斌选为县人民代表，参政议政写提案，这种政治待遇，艺人们过去想都不敢想。

第二任指导员谢明有，也带来党和政府的温暖。他当过海军，到过不少地方，见多识广。他考虑旧的烂的设备实在该换了。恰好郴州一家舞台灯光布景私营店老板来公关，讲郴县祁剧团、郴州京剧团买了舞台设备，门票翻了一番。谢明有马上召开团务会，介绍自己在上海看到的布景灯光，说得大家心里发痒，纷纷拍手同意换装。设备买来，嘉禾破了天荒，义公祠戏台上，演《水漫金山》，真好似波涌浪翻；演《白娘子盗草》，恰好像云雾遮山。于是接连排演《张羽煮海》《嫦娥奔月》《大闹天宫》《三姐下凡》，剧团专业，像模像样。周边县戏团也来参观，零陵还有3个有些名气的男女演员，要求加入嘉禾剧团。

实力增长，质量上档，人的心思也活泛，想到不能光在本地演，还要拉出去打打硬战。湘南连粤北，粤北也是祁剧的流行区域，一抓信息，晓得韶关地区已经没有祁剧团，只乐昌县保留一个花鼓戏剧团，还是郴州临武县的师傅在教唱。于是嘉禾革新祁剧团抓住这空档，走出蓝岭山，从临武县演往邻省韶关，连下连县、阳山、连山、连南，兼顾粤北数个工矿，数月时间，场场爆满，既增进了湘南戏剧与粤北观众的传统情感，又赚了大把的人民币，以经济收入保证发掘遗产，十二分合算。

二

“最近我还听说在桂阳、嘉禾发现了湘昆，拥有许多失传的老戏，是很宝贵的。”

——梅兰芳

嘉禾，多好听的名字；嘉，即“善、美”，还含有“吉庆、幸福、欢乐”之意。剧团终于在这片善美乐土立住。那两年，文教科长李沥青有事没事都爱到剧团转转。1955年上半年剧团一次演出，他看到老艺人何民翠用祁剧高腔唱《思凡》，感到很意外，联想到常德的获奖戏《思凡》是武陵戏高腔唱的，怎么何民翠能改用祁剧高腔演呢？事后就问何民翠：“你们也有高腔？”何答：“这不算什么，我们嘉禾剧团，高、昆、乱、弹都能唱。”李沥青听到“昆”字，大感惊讶：“你还能唱昆？”何谦虚地说：“我不能，但是我们剧团有好些个老演员能唱桂阳昆曲。”李沥青又是一惊，然后一个晚上兴奋得没合眼睛！

他的思绪，跳出身体躯壳，从这峰峦起伏、林涛啸腾的蓝岭，奔向南海之滨、椰风海韵的羊城，回到久违了的茵茵母校。在中山大学，他读的是中文，中大的中文系师资力量，居于全国前列，其传统戏曲戏剧的研究也居于前列，有董每戡、詹安泰、王季思等著名专家。考入中大，对于他这个湘南郴州嘉禾县的学子来说，更多一重精神联系。嘉禾县是湖南两个民歌之乡之一（另一个是湘西桑植），民歌中又以汉族“伴嫁哭嫁歌”享誉全国。他自幼受此熏陶，酷爱诗歌、文学、音乐、戏剧，因此中学毕业选择考中山大学中文专业。通过系统学习、名师授课、图书馆查资料，他探得昆曲园林之美，已尝试创作剧本。如今，发现民歌家乡尚存早已消失的明清王朝宫廷宠儿——昆曲，怎不一夜睁眼到天明？

第二天，他马上到剧团开老艺人座谈会，作调查访问。一提到昆曲，老艺人像打了鸡血针——精气神倍增。原来，从桂阳移过来的祁剧班底，5 个主心骨萧剑昆、匡升平、彭升兰、李升豪、萧云峰，还有嘉禾本地的男旦李升莲，原本就是桂阳、嘉禾各昆班的主要成员、升字辈，他们经常组合在各昆班，最后在“昆舞台”班。他们的前辈老师，是清末名闻湘南的昆曲“大先生”即名小生谢金玉、名旦张宏开、名净蒋玉昆等。

其中，经历清末民国初、年已 70 岁的萧剑昆，“文”字科班出身，先学老旦，年纪大后改司鼓。与其他几位老艺人比较，彭升兰只专小旦行，萧云峰、匡升平只专小生行，李升豪只专花脸行，萧剑昆懂生、旦、净、末、丑，各个行当都“喰（qi，方言：吃）通”。还懂戏剧文学、音乐、表演三本经，因为他一共出入 10 个昆班，做鼓师、掌乐队，还在嘉禾县定里乡拉起一个“吉昆文秀班”，也是桂阳“昆世园”“昆舞台”的班主，是民间戏剧活动家；这两个数字，在清末民初桂阳、嘉禾昆班，都属之最；几个老艺人都指着他：“他是个戏篼子”“肚子最‘饱’。”李沥青意识到，萧老就是桂阳土昆硕果尚存的代表人。

老艺人回忆，清晚期到民国初，湘南郴州、桂阳一带及至活动到粤北的昆班，都出自桂阳州（包括本县、临武、嘉禾、蓝山），记得起名称的有 11 个昆班（现统计为 20 来个）；师傅、演员、乐手等，基本上也是桂阳、嘉禾、蓝山及邻县新田、常宁这几个县的，都相邻或挨近祁阳，故受祁剧影响，能昆、祁不挡。

桂阳大先生谢金玉堪称湘南土昆一代宗师，深谙各门行当，擅长谱曲创腔；诲人不倦，戏德高尚；扶贫济困，誉满梨园；执教“升”字科班，受聘桂阳玩友会辅导昆腔；81 岁卧病在床，临终时哼唱昆曲一晚！名旦张宏开挂牌 9 家昆班，能演花旦、正旦、闺门旦、小旦。他饰《藏舟》的邬飞霞，根据南岭河流落差大水急驰的特点，改用撑长竹篙，身弓臀部翘，舞姿特美好，戏迷道“张宏开撑一篙，值铜钱八百吊！”嘉禾周流才是昆文秀班“小生王”，俊美嗓音，儒雅扮相；演《连环记》吕布见貂蝉，双翎抖动、心喜欲狂；演《琴挑》潘必正爱慕陈妙常，进退潇洒，风流倜傥。可惜英年早逝，令人心酸。

提到剧目和曲牌，老艺人们转而开怀，争着发言说桂阳土昆底子在，“十八记”“三钗”，大戏、整本戏、折子戏演都演不过来，至少有两百多支曲牌。萧剑昆讲：“我们老昆班也叫集秀班，还到广州去演过。”他建议：“我们应该把昆腔唱起来。”萧云峰甚至着急：“我们几个唱昆曲的人，都一大把年纪了。再不恢复唱昆曲，昆曲就会灭种了！”说得人人摩拳擦掌，激动得就要上场一样……

李沥青激动了一上午，惊喜了一上午，开完会马不停蹄找到县委袁书记、县政府黄县长汇报，建议“百年大计，只争朝夕”，事不宜迟要抢救，要挖掘。书记、县长当即表态：“要保”，同意文教科意见立即组织行动。李沥青偷闲帮剧团的忙，整理出传统昆剧《三闯负荆》，交给他们排演。老艺人们对着剧本，就能用本地官话进行道白、哼唱……

此后，文教科派出懂曲谱音律的干事李楚池去剧团，此人十分关键。如果说县委书记、县长相中了李沥青任文教科长，那么李沥青则相中了李楚池这匹看似清瘦却胸藏大心脏的“老黄牛”。

1925 年，李楚迟出生于嘉禾县田心乡玉洞村，读高小时便跟着大哥学弹风琴吹横笛。玉洞村有一个“打八音”的坐唱班，他又跟着学会二胡、唢呐，吹拉弹唱。抗战时，明代大儒何孟春老家郴县留学过日本的名师邓深泽（邓华将军堂兄），把南京行健中学迁回桂阳。李楚池考入该中学。高水平的音乐老师教得规范，传统的工尺谱、现代简谱、西洋五线谱，他全部消化进头脑。初中读完，父母均已病亡。李楚池孑然一身，却竟然进了临（武）蓝（山）嘉（禾）三县联立乡村师范。原来一次偶然的机会，该师范总务主任到玉洞村做客，发现了李楚池的音乐才干，回校后向校长极力举荐。于是初中毕业的李楚池青云直上，站到师范的音乐讲坛，教起跟他一般大的学员。顿时新闻传三县：玉洞的石头变成了玉，嘉禾音乐小老师成了少年王。

1949 年 10 月，李楚池参加了中国人民解放军中南军区海军文工团，见了大世面，在音乐道路上飞速成长。1953 年春从湛江转业回家乡，到文教科报到，见到了李沥青科长，从此与湘昆事业结下不解之缘。李沥青先分配李楚池去省级重点小学珠泉完小，因为当时学校正在排演嘉禾花灯戏《梁山伯与祝英台》，分他去恰好人尽其才。李楚池迈出戏曲音乐的第一步，接着接受命运的第二步安排。一年后革新剧团初成立，条件艰难，文教科为扶持民营剧团，从学校抽出李楚池等两个音乐老师去剧团，调查祁剧音乐。工作一段，1955 年将李楚池直接调文教科上班。

昆曲剧种尚存于南岭山乡，而且就依附于剧团老艺人身上，但他们年龄都大了，抢救发掘工作的第一步就是笔录他们记得住的曲牌唱腔。这需要懂音乐的专干，李沥青和文教科干部想到了李楚池，顺理而成章。于是，李楚池编制在文教科，1956 年 9 月起，人天天去剧团上班，听萧剑昆、彭升兰、匡升平等老艺人拍曲哼唱。他非常敬重老艺人，记谱、提问、修改，吹笛伴奏，定下稿本，回家吃饭，工作不分白天晚上。第二步就是老艺人走台复排，将一出出戏回忆出来，李楚池详细记录戏文唱词道白。老艺人过去都是口传心授，如今见政府把这么一个尊重他们的内行派来，简直心花大开。

就在 1956 年下半年，老艺人们带动全团，推出昆腔：《三闯负荆》、匡升平团长的《武松杀嫂》、萧云峰的《琴挑》等。观众反映强烈：这么美的本土昆腔，就在我们身旁，都去义公祠看看！县委书记、县长表扬了剧团，李沥青也提拔为副县长。

当年 12 月，湖南省戏曲座谈会在省会长沙召开，郴州专区文化科通知嘉禾县派两个剧团代表参加。团里派的是老艺人萧云峰和刘国卿，他们在会上汇报了嘉禾县发掘昆曲的事情。这立即引起与会的一位外来代表的极度重视，他就是京戏大师、中国戏剧家协会副主席梅兰芳。梅先生正率领中国京剧团在长沙演出，省文化厅认为机会难得，恭请他莅临座谈会作指导。

梅先生很开心，认为湖南是国歌词作者、中国戏剧家协会主席田汉先生的家乡，这样的会议，再忙也要出席。他没想到，两个毫不起眼的老演员，竟然说湖南的边远山区县发掘了昆曲，这使他十分惊奇，心情激动不已……

因为梅兰芳和他全家与昆曲有密不可分的关系。他曾回忆："我家从先祖起，都讲究唱昆曲。""我第一次出台是 11 岁，光绪甲辰年 7 月 7 日，广和楼贴演《天河配》，我在戏里串演昆曲《长生殿鹊桥密誓》里的织女。""为什么从前学戏，要从昆曲入手呢？这有两种缘故：（一）昆曲的历史是最悠远的，在皮黄没有创制以前，早就在北京城里流行了。观众看惯了它，一下子还变不过来。（二）昆曲的身段、表情、曲调非常严格，这种基本技术的底子打好了，再学皮黄，就省事得多。因为皮黄里有许多玩艺，就是打昆曲里吸收过来的。"

另一点牵扯他激动的因素，是全面抗战八年时，他蓄须明志；抗战胜利后，他剃掉胡须，上海各剧场纷纷要求他登台演出。但南北交通尚未正常，梅剧团一时无法抵达上海。于是他与京昆名生俞振飞合作，请俞振飞每天帮他练习吊嗓子，在美琪大剧院演出昆曲，以欢庆打败日本侵略者，国家民族重获希望。他同俞振飞、姜妙香演出剧目《断桥》《奇双会》《思凡》，与程少余合作《刺虎》《思凡》。轰动本埠、南京、苏杭戏迷齐聚上海滩，挤破剧院门窗！人们崇敬他蓄须明志、抗争八年、品格高尚。演到第三天，宋庆龄、蒋介石、宋美龄特地来看戏，梅兰芳把《刺虎》演完，换上西装，进入休息室，蒋介石、宋庆龄与他亲切握手，宋美龄特地赞扬："你能坚持不给敌伪演出，使全世界都知道中国有个不怕刺刀的演员，为中国人长了志气！"因此，抗战胜利后第一次大戏、也是第一次唱响昆曲的，是京剧大师梅兰芳。

在湖南省戏曲座谈会上，中国戏剧家协会副主席、京剧大师梅兰芳，听完嘉禾县剧团代表发言后，他也激动地作了一个发言。1956 年 12 月 20 日《新湖南报》迅速刊载这个言论，经与梅先生的秘书沟通，标题定为《互相学习，不断学习》。内容有"最近我还听说，在桂阳、嘉禾发现了湘昆，拥有许多失传的老戏，是很宝贵的，希望领导重视，可惜我演完了戏，就要离开长沙。否则，我很想看到他们的演出"。由此，文中"湘昆"这个名词，出现在中国戏剧史页上。

三

一出戏救活一个剧种。

——田汉

梅兰芳先生从长沙返回北京，告诉了田汉先生：参加您家乡的戏曲座谈会，非常有收获，在您家乡发现了湘昆。这引起中国文联副主席兼中国戏剧家协会主席田汉的高度兴奋和殷切关注。

话分两头：过去的 1920—1940 年，昆曲在全国濒临绝望，戏班受日寇侵略的干扰，躲开城市颠沛流浪于农村水乡。老百姓都很困难，戏班只求一口饭，碰上地痞流氓，被压榨侮辱不讲，名字都被叫成"叫花子班"。国势如此，何等凄凉！新中国成立后，田汉一做调查，发现在全国戏剧界中，"百戏之师"的昆曲情况最惨，上海、北京、江苏、湖南、四川、云南都没有专业昆曲戏班，只有浙江杭州还有仅存的一个民营国风昆苏剧团，加上小得可怜的永嘉县戏班。

为此，1955 年春田汉遂有杭州之行，他是专程来看戏看剧团，看的是民营国风昆苏剧团排演的《长生殿》。昆曲艺术家周传瑛饰唐明皇，张娴饰杨贵妃，王传淞饰高力士，田汉看完戏，对省长沙文汉提出：让这个团去首都演出。田汉沿用清中期徽班进京的做法，因为进京可以造成昆曲在全国的影响，可以振兴古老的昆腔。于是，沙省长将此任务交给省文化局长黄源去办。黄源组织了一个班子，整理、改编传统剧目《十五贯》，以作进京演出的新剧目。这出戏的剧情是：一位清明官员况钟，在监斩过程中发现囚犯呼冤端倪；注重调查研究，与主观主义的上司巡抚展开较量；微服私访，发现小偷过失杀人、栽赃他人的事实真相；一波三折，最终战胜官僚主义，昭雪冤案。这出戏，既保持住昆曲特色，又蕴含社会现实意义。

戏在杭州初演再到上海演，被中宣部长陆定一看到，也说去北京演。1956年4月转成国营的昆苏剧团晋京演出，田汉领衔，梅兰芳、欧阳予倩、白云生等戏剧界负责人、专家，看了演出。田汉带头写文章《看昆苏剧团的〈十五贯〉》，梅兰芳等也撰《我看昆剧〈十五贯〉》，田汉夫人安娥也写《昆曲〈十五贯〉的音乐改革》，对昆曲进行盛赞。于是这出戏名气愈响，终于在4月17日晚上，演进了中共中央、国务院驻地中南海怀仁堂，毛泽东主席、周恩来总理等中央领导观看了这出戏。19日晚上在广和剧场，周总理再次观看，并讲话、接见演员。5月2日，毛泽东、周恩来、朱德、董必武、邓小平等，在中直机关又看一次。其间，4月21日，文化部召开表彰大会，传达了毛泽东3点指示：《十五贯》是个好戏，要奖励，要向全国推广。

5月17日，周恩来总理在中南海召开了关于《十五贯》的座谈会，田汉是主持者之一，周总理作专题讲话。周总理前后两次讲话的主要内容如下：

《十五贯》有丰富的人民性和相当高的艺术性。我们不但要歌颂劳动人民，揭露反动的统治阶级，也需要像《十五贯》这样的戏。不要以为只有描写了劳动人民才有人民性。历史上的统治阶级中也有一些比较进步的人物……我们不能用现在的眼光去看历史上的事情……

我们都是从旧社会过来的，犹如小孩从母体中生产出来一样。我们还或多或少地带有封建思想和资产阶级思想的残余，官僚主义就是这种残余的一种表现形式。我们有的官僚主义者比戏中的巡抚还严重……我们有的官僚主义者恐怕连这个巡抚都不如呢！这很危险。况且实事求是，重视调查研究，这是符合于唯物主义思想的。

……有的剧种一时还不适应演现代戏的，可以先多演些古装戏、历史戏。不要以为只有演现代戏才是进步的。昆曲的一些保留剧目和曲牌不要轻易改动，不要急，凡适合于目前演的要多演，熟悉了以后再改。改，也要先在内部试改，不要乱改，不要听到一些意见就改……

《十五贯》轰动了全国，是有它的历史原因的。昆曲受过长期的压抑，但是经过艺人们的努力奋斗，这株兰花更加芬芳了。由于它土生土长，到底还是经得起风吹霜打的，现在又引起了人们的重视。应该承认，“百花齐放，推陈出新”的方针提出后，我们还没有圆满地执行，昆曲在解放后多年来受轻视，就是一例。这说明我们的成见还很多。北京有两个著名的北昆演员，我们虽也叫这些老艺人教徒弟，但没有提倡昆曲。浙江昆苏剧团是自己奋斗出来的。在解放前，他们为了继承发扬昆曲艺术，曾组织了个小剧团，到处流浪。解放后，他们继续奋斗，终于受到了重视。这也说明一个道理：只要奋斗，就有出路；不奋斗，就无法生存。在我们的新社会，只要你在正确的道路上奋斗，是会产生成果的。……

我们搞艺术，不要只是搞一种单调的东西，要善于吸收，对外国的也是这样。一个民族和国家，其所以能够存在，总有它一些长处。尽管以往的社会制度一再改变，但人民是永生的，不同时代不同民族的人民总是有自己的优秀的东西。

《人民日报》记者在座谈会后，就《十五贯》现象采访田汉，田汉说了一句精辟凝练、深含哲理的名言："一出戏救活了一个剧种。"第二天，即 5 月 18 日，《人民日报》就用田汉这句话做标题，依据周总理的讲话精神，发出一篇社论《从"一出戏救活了一个剧种"谈起》。另一说，社论是田汉应名记者、作家袁鹰之请撰稿，袁鹰修改。浙江国营昆苏剧团结束在北京一个半月的演出后，揣着文化部颁发的 5000 元巨奖和 12 万元门票收入返回杭州。上海电影制片厂将《十五贯》拍摄成戏曲片；全国又掀起一个电影《十五贯》高潮，借助影音画面字幕等现代艺术手段，连小学生都能看懂古装戏。古老昆曲，大放异彩，重射星光。

这一头：嘉禾县，甚至郴州文化部门，就是在全国掀起昆剧《十五贯》的热浪中受到极大鼓舞，情绪高昂，嘉禾县文化科拿着《人民日报》到剧团宣传，演职员们手舞足蹈、欣喜若狂。读完报纸，埋头苦干，确定抓最有把握的几出昆戏排演，衣服干了又湿，湿了又干。

1956 年 12 月，湖南省也是借《十五贯》的东风，召开戏曲座谈会。会议一完，萧云峰、刘国卿两位代表从长沙返回郴州、嘉禾县，传达了座谈会情况，欢欣鼓舞自不待言。人们尤其感兴趣于梅兰芳先生关于"湘昆"定位的提法。对了，是啊，我们就是——湘昆。是三百多年来，老祖宗用湘南官话道白，汲取湘南祁剧、衡阳湘剧音乐与打击乐特点，糅合郴桂民间小调、嘉禾民歌精华，创制了自己的怀鼓，采用了战鼓、大小锣，这样的昆曲不是湘昆是什么？接着《新湖南报》在 1956 年的最后一天，即 12 月 31 日，发出《"百花齐放，推陈出新"的方针指引下，本省戏曲事业空前繁荣》的评论文章，评说"本省地方戏曲在全国范围内是最丰富的地区之一，除为大家熟悉的 18 个主要剧种外，现在又在嘉禾县新发现桂阳湘昆"。

湘昆得到戏剧界、文化部门、传媒界、享誉世界的戏剧巨匠的承认。更主要是昆曲受到了田汉等中国戏剧家协会领导层的重视，连中共中央主席、国务院总理都那么关怀，嘉禾剧团全体演职员连同县文教科和县委县政府，有了强大的精神支柱。但他们没有就此满足，他们十分清楚，这只是被认可的第一步，接下来要一颗汗珠摔八瓣地艰苦付出！

1957 年年初，湖南戏剧活动家、桂阳人程一中，在湖南省人民代表大会上，做了《重视桂阳湘昆，关心老艺人生活》的书面发言，后发表在 1957 年 6 月 20 日《新湖南报》上。在此前后，他数次写信给李沥青副县长，打气鼓劲，了解情况。

省戏剧界、省文化局向嘉禾县投来关切的目光，1957年9月，省文化局一纸通知，专门调嘉禾剧团赴省会长沙，汇报演出第一批整理出来的昆曲剧目。因为浙江省昆苏剧团的《十五贯》全国巡演到长沙，该团还带有《长生殿》等剧目，所以这是一个向昆曲名家学习、取经的好机会。省文化局特别安排了浙昆和湘昆一场同台交流演出，以推动湖湘昆曲的发展。能开眼界看浙昆的大戏，能向拍电影的艺术家同台学艺，嘉禾剧团昆班心中暗暗惊喜。

这确实是一场不对等的演出，一方是省级专业昆剧团，艺术家多，剧目全国大火，刚拍摄了电影；另一方是县级剧团，差了两档，民间老艺人多，才开始恢复昆曲剧目，刚结出青涩之果。不过，嘉禾剧团精心准备了湘昆的拿手武戏，由团长、小生兼武生匡升平饰主角的《武松杀嫂》。这出折子戏，在全国的昆剧团、班都不见了，独独湘昆保存完好。浙昆的老艺术家第一次看到，禁不住由衷地叫好。演出后，省文化局给《武松杀嫂》发了一个大奖。由此，湘昆的折子戏《武松杀嫂》，以及匡升平饰演的“武松”，名声大噪。

这，又是一次非同寻常的艺术交流：浙昆从柳条飘拂、波光荡漾的西湖岸畔，越过昆曲源生地昆山，千里迢迢到楚南；湘昆从南岭山乡，沿着郴江、耒水、湘江，八百里奔波到长沙；一方说吴侬软语，一方说湘南方言。而丝竹声起，云锣敲响，天下昆曲一家欢，历史性的会师，记于戏剧史上，如斯情谊地久天长。

而以1956年昆剧《十五贯》进京为标志，全国相关省市流散的昆曲人才迅速集结，民间社班恢复升格为专业团体。除了浙江省昆剧团、永嘉县昆剧团；江苏省快马加鞭在当年10月，将苏州民间职业剧团改为“江苏省苏崑剧团”（1960年分为苏州昆剧团、江苏省昆剧团），“苏”即苏州、江苏，“崑”即昆腔源生地昆山；湖南省在1957年开办嘉禾县湘昆学员训练班，迈出专业昆剧团的关键一步（1960年上调为郴州专区湘昆剧团）；首都北京1957年成立了北方昆曲剧院，陈毅副总理、田汉、梅兰芳、欧阳予倩等出席；上海以上海戏曲学校昆曲班学员为主体，在1961年成立上海青年京昆剧团（1978年改为上海昆剧团）。

如此，中国昆曲复活了一个大家园，形成日后名扬世界戏剧界的基本条件，最终以“表演艺术”项目，跻身联合国教科文组织2001年公布的第一批“人类口头和非物质遗产代表作”名录。追根溯源，其始作俑者，即国歌词作者、中国戏剧家协会主席田汉。

（原载《中国报告文学》，2017年第6期）

作者简介：

张式成，中国管理科学研究院特约研究员，湖南郴州市政协一二三届委员兼文史研究员、郴州市人大立法专家库成员、郴州市历史文化名城保护办专家召集人；中国散文学会、中国大众文学学会、湖南作协会员，湖南报告文学学会理事，郴州市作协名誉副主席；郴州市文史研究会理事，郴州市道教协会、郴州市民间文艺家协会、郴州市伏羲文化研究会文史顾问，郴州市地名、城市形象标识、非物质文化遗产、文物、城市雕塑等评审委。

图书在版编目（CIP）数据

2017 湖南报告文学年选 / 游和平主编． -- 湘潭 ：湘潭大学出版社， 2018.2
ISBN 978-7-5687-0191-4

Ⅰ．①2… Ⅱ．①游… Ⅲ．①报告文学－作品集－中国－当代 Ⅳ．①I25

中国版本图书馆 CIP 数据核字（2018）第 021802 号

2017 湖南报告文学年选

2017 HUNAN BAOGAO WENXUE NIANXUAN

游和平 主编

责任编辑： 李志红
装帧设计： 周湘兰
出版发行： 湘潭大学出版社
社　　址： 湖南省湘潭大学工程训练中心
电　　话： 0731-58298960 0731-58298966（传真）
邮　　编： 411105
网　　址： http://press.xtu.edu.cn/
印　　刷： 长沙鸿和印务有限公司
经　　销： 湖南省新华书店
开　　本： 787 mm×1092 mm 1/16
印　　张： 16.75
字　　数： 319 千字
版　　次： 2018 年 2 月第 1 版
印　　次： 2018 年 2 月第 1 次印刷
书　　号： ISBN 978-7-5687-0191-4
定　　价： 36.00 元